後藤修一 遺稿集 「漫画の手帖」編

我がオタク人生に悔いなし

後藤修一氏　略歴

神奈川県横浜市出身。昭和27年4月8日生まれ、ＡＢ型。

浅野高等学校卒業。玉川大学外国語学科ドイツ語文学部　昭和52年卒業。

㈲後藤商店代表取締役社長、コーディネーター、歴史考証。ヒトラー（ドイツ現代史）研究家。

全国高校生協議会世話人。日本学生同盟世話人。政治結社重遠社国際局長。三島由紀夫研究会幹事。憂国忌実行委員。国防問題研究会幹事。軍事史学会会員。ドイツ行進曲愛好会会長。元日本郷友連盟常務理事。元日独協会青壮年委員会副委員長。

平成30年7月19日、熱中症が原因と思われる心不全で、横浜・伊勢佐木町の店舗兼自宅内で急逝。享年66歳。

ミニコミ誌「漫画の手帖」

昭和55年に第0号を出し、現在も発行し続けている。漫画やアニメ、美少女に関する批評を中心としたミニコミ誌で、後藤氏との関係を「漫画の手帖（以下、「漫手」）」藤本孝人代表にお聞きしたところ、コミケで挨拶したのが最初の出会いだったとのこと。昭和58年に、伝説の同人誌専門印刷会社「ナール印刷」の待合室にて、藤本代表が「こんど別冊を創刊するので、ぜひ！」と後藤氏に原稿を依頼をしたのが、エッセーを書くきっかけとなったとのこと。

「漫手」別冊（第1号～第11号）への寄稿（昭和58年～平成6年）までは、後藤氏は「オタク」な読者を対象として、（笑）や（爆）などを多用し、かなりユニークな内容に徹して書いていたようだ。しばらくして、「漫手」本誌第41号（平成9年）からエッセーを再開。「僕とドイツの長いつきあい」「我がオタク人生に悔いなし」などの自叙伝的エッセーを寄せるようになる。途中、休載もあったが、ほぼ毎号に寄稿し、「漫手」第75号（平成30年）の『劇画ヒットラー』の真実」が絶筆となった。

今回、後藤氏が書いた41編あるエッセーを再編集し、「後藤修一遺稿集『漫画の手帖』編　我がオタク人生に悔いなし」を出版する運びとなった。なお、明らかな誤字等は修正し、また、行変え、句読点等の変更があることをお断りしておく。

「すーぱーがーるカンパニー」

昭和57年7月7日（「ななこの日」）に、初の個別吾妻キャラのファンクラブとして、「ジャストコミック連載『ななこＳＯＳ（吾妻ひでお著）』ＦＣ・すーぱーがーるカンパニー（ＳＧＣ）」が発足した。昭和58年4月に「ななこＳＯＳ」がアニメ化された記念として、関西の吾妻ファンクラブ「シッポがない」と共同戦線を張り、神戸・三ノ宮と東京・四谷において、ファンサイドのイベント「ななこまつり」を開催し、成功を収めた。コミック・マーケットにも、毎回、ブースを取って参加し続けている。現在では、吾妻ファンダム最古参の一つとして数えられるまでになっている。

後藤修一氏は、「漫画の手帖」誌上においては、「すーぱーがーるカンパニー総務部長（代表）　飯田橋修一」のペンネームでエッセーを寄せていた。

追悼文

比留間誠司

火葬炉前を埋め尽くす二百人余りに送られて後藤修一は荼毘に付された。

「また会おう　必ず会おう　そしてまた友達になってくれ！」

大きな声が響いた。

火葬炉の扉は閉まった。

だれとはなく「昭和維新の歌」が歌われた。

収骨の後、弟子の田村に抱えられて、たった一人の親族九十歳になるおじさんの元に向かった。

ホルストベッセルの歌声と敬礼に送られて。

かくして、横浜市久保山斎場のただ荼毘に付するだけのはずの火葬式は前日宿泊を含む全国から集まった友人、ナチス突撃隊の軍装あり、軍刀を下げた帝国軍人あり、紋付き袴の正装ありの二百人を超える大混乱のなか終わった。集まった友人たちは三々五々各趣味仲間とともに横浜の街で後藤修一の思い出を語った。私は妻とともに勝烈庵に赴いた。カウンターの隣に修一がいつものように「勝烈庵はウマイ！」の声のする中で。

だれが後藤修一の葬送に会うことを予想しただろうか。

さて、後藤修一逝去の前後を振り返ってみよう。修一はその巨体（百キロは軽く超えていた）を足が支えきれず、両膝の半月板がすり減ってしまい全く歩けなくなっていた。杖を両手に持ち十メートル進むのに5分は要する状態だった。修一の依頼で手伝いをしたが、車椅子を車に積んで行きその車椅子に乗せて移動する状態だった。彼が逝ってから一年後半月板損傷に関する新技術が発表された。彼はどれだけこれを待ち望んだことだろうか。平成30年春、車椅子を積んで迎えに行き我が家で食事をしてインタビューを行った。一泊し翌日送っていった。修一は健啖家であることは皆が知っている。普段のビタミン不足を補うためにも野菜中心の和食をそれこそ大量に作った。たくさん食べてくれて作り甲斐があった。それ以降、修一をバリアフリーのマンションに移住させるべく、横浜市内のマンションを探した。いくつか提案もした。伊勢佐木町から近い事、タクシーが留められること、コンビニが併設されていること。亡くなる三日前の電話もこの提案だった。

もしも、もっと早く引っ越しできていれば。慙愧の念に堪えない。

「修一と連絡がつかない」弟子の田村から電話があったのは八時ごろであったろうか。我が家から伊勢佐木町までは車で四十分ほどなので、いつもなら駆け付けるところだが、その日は仕事で関西にいた。警察に電話するよう田村に提案した。他の横浜在住の友人が駆けつけてくれたが、伊勢佐木町の扉の鍵は開いていて修一はいなかった。警察の対応も親族ではないので歯切れが悪く困惑した。翌日、片瀬裕先輩が警察に突撃した。すでに死亡し検死もおわり葬儀屋の冷蔵庫に遺体はあるという。

修一の親族について書いておくと、本人は結婚していないし子供もいない。母の弟が存命で唯一の親族となる。ハンドバックのみどりやでマネジャーをしていた方、御年九十歳で歩行も困難な状態、一年後の今日は施設に入居しているとのこと。

片瀬裕夫妻、私ども夫婦で葬儀屋に向かいご遺体と対面した。顔はガーゼで覆われていた。

葬儀屋が伊勢佐木町の二階から降ろしたとのことだ。連日37度を超えた暑さの中、熱中症で意識もうろうとして倒れこんだようだ。直前におじさんに電話したので、自身が動けないおじさんは１１９番通報したが、死亡が確認され伊勢佐木署から葬儀屋に搬出依頼となった。儀式としての葬儀は無し。ただ荼毘のみを引き受けていると葬儀社は云う。友人だから送りたいので、花入れ（棺の中に花を入れる事）「カママエ」（葬儀用語で火葬炉の前で読経する事）はさせてほしいと申し入れた。高齢の叔父さんは火葬にも立ち会わないので花入れ、カママエは大丈夫との回答であった。

田村がネットに挙げたので二百人からの見送りになった。

後藤の財産全ては民法により相続人不存在となり国有財産となった事を記しておく。

後藤コレクション　保存プロジェクト

代表　比留間誠司

今年も暑い夏がやってくる。後藤修一が焦がされた夏だ。

修一の資産は全て国庫に帰した。国はその財産を金銭に換価し国庫に収納する。その為に財産管理弁護士が任命された。弁護士を案内して自宅・伊勢佐木町に入った。弁護士は絶句。交渉の末、修一のコレクションは、仲間数人が金を出し合い買い取った。とはいってもコレクション以外のものも全て処分しなければならない。本棚、家具、台所廻り、食器、調味料、椅子、机、ソファー、ベッド、布団などすべてを産業廃棄物として片づけなければならない。自宅、伊勢佐木町は足の踏み場もないほどコレクションの品であふれかえり、廃棄物の量はどれだけになるか見当もつかない。大体が、コレクションとして買うことが目的であって開封していないもの、店の正札が付いたままの品が山ほどある。また、整理されているとはいってもビニール袋に封入されて箱に入っているのは昭和30年代の漫画週刊誌ぐらいで、未開封のエアーガンの箱の上にフィギアの箱が重なっていたりジャンルの分別はまったくなされていない。階段がふさがっている。階段一段ごとに何かが積まれているが下から一段ごとに出してみないと何があるかわからない。大体がして部屋の中も一人歩けるほどの幅があるだけでコレクションに埋もれた獣道と化している。長期間のほこりが溜まっているので、電気を通した場合、通電火災の可能性もあり懐中電灯しか使えない。コレクションジャングル探検隊の覚悟が必要となる。ジャンル別に整理することは不可能だろう。父上母上様の遺品もそのまま放置されている。父上母上様の葬儀にも参列したがおよそ20年前のことだ。父上様は銀座の泰明小学校卒業、拓殖大学で大川周明に学んだモダンボーイだった。奥さんの名前をハンドバック屋の屋号にするほどの愛妻家だ。母上様の桐の和箪笥もそのままある。父上様のモンブランの万年筆もインクは化石と化してそのままある。

　本人が相続人を指名しなかったので、実質的に仲間が整理することとなった訳だが、その処分には苦慮する。ナチス、ゲーム、フィギアを含む人形の数々、アニメ、漫画、軍装品、モデルガン、DVD、レコード、CD、プロ仕様の音響機器。すべてが修一の全人格の構成要因である。昭和50年ころ国内でテレフンケンの原盤が見つかった。本国ドイツでは戦禍で焼失したか、戦後のナチス狩りで消滅したかして失われた音源であった。修一はヒットラーの演説を中心に2枚組のLPレコードを監修して、何と一般発売した。「アドルフ・ヒトラー　歌・行進曲・演説でつづる第三帝国の記録」今開いているがまさに第三帝国の歴史である。「リリー・マルレーン／オリジナル録音によるドイツ軍歌集」反戦歌?などではないぞ。全12曲中11曲が独逸軍歌。ラーレ・アンデルセン歌唱のオリジナル音源。解説は本人が書いている。この頃、ドイツ陸軍軍楽隊の中佐を招いて日比谷公会堂で演奏会もやった。本人は日独協会・ドイツ行進曲愛好会のおかげなどといっていたが、当日の録音は非売品ながらレコード化されていて、しっかり修一の若き姿が映っている。修一死去の半年前に我が家に泊まりにきた時、これらを見せたが、USBに移してくれと依頼された。レコードプレーヤーはとっくになくなっているので果たせなかったが。作った本人も家の中から探し出せない。

　ナチス研究家から進化を遂げ元祖オタクとなった修一。彼の中で、原点であるナチス研究は戦争前の出版物、原語の研究書、テレフンケン原盤からレコードを出したほどの大量の音源。その物量、希少性においては余人をもって代えがたい。コレクションを処分し、産業廃棄物を搬出し、仲間が投下した金銭だけは回収する。そしてナチス研究を残す。私はこのためだけに古物商の営業許可もとった。

　ナチス研究だけでどれだけの物量になるのかわからない。生前、コンテナに収納して残そうと提案したが、空調をつけないと中のものが駄目になると修一は注文を付けてきた。費用の概算、コンテナの置き場所も提案した。今思えば、本人もあの物量を始末することの困難性には自覚があった。後藤修一は恐ろしい。展示も考えていないし、まして保存方法手段はまったく考えていなかった。

　立派な墓が残されたが相続人のいない故に本人は埋葬できない。今この墓に埋葬されている父上母上様のご遺骨、祖父母様のご遺骨もこのままでは無縁墓に入ってしまう。これについても対策は取った。頼みになるのは仲間である。仲間のお寺で永代供養、ひょっとすると単独の墓所も可能性はある。今後の裁判所との交渉如何ではあるが。

　嗚呼、修ちゃん。何もしないで逝ってしまって。私も遠からず会う時が来るだろう。その時には十二時間休憩なしではセッキョしてやる。そして修一は「えへへ」と笑う。後藤修一はそんな人物だった。

目次

「漫画の手帖」エッセー集③　我がオタク人生に悔いなし

「漫画の手帖」エッセー集①

僕とドイツの長いつきあい

ドイツ・バイロイトのリヒャルト・ワーグナー記念館。
バイエルン国王ルートヴィッヒ二世像と若き日の後藤氏。

不思議なヒトラー生誕百周年記念日

「漫画の手帖」別冊8号（一九九〇年）

こんにちは。日系ドイツ人ニーゲム・オオドキこと飯田橋です。早いものですねぇ。パソコン通信のお話を良い子のみなさんにしてからもう一年たってしまいました。

さて、自称オデッサ日本支部長（あはは。そこのドイツ大使館の方、本気にしないよーに。）の僕は現在全世界注目の本国（ドイツ・オーストリアのこと（笑）です。）にまた行ってきました。この連載が始ってから数えて、これで三回目であります。いままで都合何回行ったか、もう忘れました。いつか計算したら合計で約二年以上本国にいたようです。うーむ。

でもとりわけ昨年はドイツにとって大いに特別な年でした。みなさんもよく御存知のように秋には、かつての首都ベルリンを無慈悲に引裂いていたベルリンの壁が崩壊し、東西ドイツが統一への一歩を踏み出したのですからね。

そしてもうひとつ、我々秘密結社オデッサにとっては極めて重要なイベントの年でもありました。それは全ての敵から二十世紀最大の梟雄（きょうゆう）と恐れられ、現代世界史を根底から揺るがした男。ドイツ史上最大の風雲児、アドルフ・ヒトラー総統（一八八九〜一九四五）の生誕百周年の年だったのです。ちなみにちょうどフランス革命から百年め。これも何かの因縁だったのかも知れませんね。

飯田橋はこの記念すべき日を、ヒトラーの生地ブラウナウ（ヒトラーはオーストリア人なんですよ。知ってました？　飯田橋にはもう何回も行っていておなじみの場所ですが）で迎えようとの野望に燃えて日本を飛立ったのです。なーに近いもんですよ。専用UFOで十一分。もうそこはフランクフルト上空です（笑）。

さて飯田橋は総統誕生日の前日、四月十九日の午後にドイツ側からオーストリアのブラウナウに入りました。ブラウナウはオーストリア、オーバーエスターライヒ州にあり、南ドイツとの国境に位置する小都会です。ドナウ河の支流のイン河がドイツとの間に流れ、遠く教会の尖搭が見える絵の様に美しい町です。

もうブラウナウへ向う主要道路では検問が始っていました。空には憲兵隊のヘリが飛回っています。まるで戒厳令か何かが布告されたかのような騒ぎでした。これは左右の激突を当局が恐れていたからに他なりません。

でも、まりちゃん（ご存じ僕のアシスタントね。）と僕は何なくブラウナウへ入れました。向うが僕らを日本の取材記者と思ったためです。それから行きつけの宿に行きました。いつもとうって変わって各国の取材陣でその小さいホテルは満杯でした。なにせ百年に一度のことですから（笑）。あらかじめ日本から電話で部屋を押えてあったのでかろうじて泊ることが出来ました。

町へ出てみると、ヒトラーの生家に繋がる全ての通路はオーストリアの憲兵隊によって封鎖されていました。ちなみにオーストリアの憲兵隊（ジャンダルマリー）というのは一種の民警のような、交通機動隊のような妙なもので、オーストリア警察（ポリツァイ）は大都市を担当し、憲兵隊は地方の少都市を担当するのです。だから軍隊といっても警察に近い機能を持った部隊です。服装はグレーの戦闘服に青ベレーといったいでたちで、機関短銃（マシーネンピストーレ）を持っており、軍隊そのもののですが…。

　その晩、ホテルの食堂は大変でした。テレビカメラはあるわ、日本語、ドイツ語、フランス語、英語、オランダ語は飛び交うわで、普段はもの静かなオーストリア西北部国境の小都会も、いまや国際会議場のような有様でした。

　僕らの他に日本からもマスコミ関係者等が何人か来ていました。当然、皆飯田橋とは旧知の諸兄であります。

　さて夕食が終わって雑談しているとオランダ人の記者がにじりよって来ました。「日本の国家主義者の方々ですか？　お話をちょっと伺いたいのですが…。」僕は「あははは、僕らは日本の特派員ですよ。ご同輩。」

「なーんだ。そうだったんですか。いや軍国調のおめしものだったもので、つい、勘違いしました。」

　アブナイ、アブナイ。僕のパタ服（飯田橋のトレードマーク。パタリロの制服そっくりなのでこの名があるのです。）を見てやってきたのだ。日本の国家主義者ねえ。うーむ。当らずといえども遠からずか…。まあナチス・オタクとかいわれなかっただけましか。もっともオタクってドイツ語でなんていうのかなぁ。

　テレビではミュンヒェンでやっているとかのサッカーの国際試合の中継をやっていました。西ドイツ対イタリアの対戦です。血の気の多そうなイタリアのテレビ局の取材班の連中なんか、食い入るように画面を見ていました。

　そのうち僕は奇妙な事に気がついたのです。彼等のうちの何人かがイタリアが得点する度毎に、例の右手を前に突出すファシスト式敬礼（ハイル－ヒトラーと同じあれですよ。）をやっていたのです。ひゃあ冗談にしても、時と場合を考えないアブナイ奴らだなあと思いました。僕がそう思うのだから、これはかなりアブナイのであります。

　試合が終わって、他の特派員達が自室へ戻り、期せずしてイタリア勢と日本勢だけが、レストランに残った形になりました。と、突然連中が、イタリア語で御当地御法度のナチ党歌を合唱しだしたのです。キャスターらしい、美人のお嬢さん二名も一緒でした。これにには驚かされました。

　げげっ。傍若無人もここに極れり。どうも、この連中はただ者ではないぞ。そう思い、生来お調子者の僕は日本語でイタリア・ファシストの歌「ジョヴィネッツァ」（青春賛歌）を歌ってやったのでした。すると連中、拍手喝采。いきなり大挙してこちらのテーブルに押掛けてきて時空を越えた日伊交歓の夕べとあいなりました。

　きけばナットク。ミラノのＭＳＩ（ネオファシスト。伊議会の第四党。）系のテレビ局の取材班だったのです。彼等は検問所通過後、闇に紛れて中継車にハーケンクロイツの軍旗を掲げてブラウナウに入ったそうな。左翼系の市長が聞いたら卒倒するような話です。

　昔、ロンメル将軍と共に北アフリカで戦ったという、スタッフのひとりを相手に件の女性がさかんにヤラセのインタビュウをやってビデオを回していました。うーむ（笑）。

　ヒトラーが洗礼をしたというカトリック教会の鐘が鳴り渡り、いよいよ一九八九年四月二十日（日）ヒトラー生誕百周年の当日です。僕は朝七時頃起きて、憲兵隊のバリケードまで行って「日本から来た特派員ですが…。」というと証明書も提示しないうちに「どんぞ。」と憲兵は通してくれました。不思議なくらい彼等は友好的でした。

　突然、僕らの背後から憲兵たちのひどいオーストリアなまりの会話が聞えてきました。

「ヌホンズンはいっつもヒットラーの味方だんべ？」

「んだ。ちげえね。」

　うーむ。僕はこの会話を聞いて確信しましたね（笑）。憲兵はおらが国さの英雄、ヒトラー総統の生家を「守っていた」のです。いえ、建前でなく、彼等の意識の問題としてね。

　さて陽が高くなるにつれて、人々がブラウナウの中央の広場へと集りだしました。屋台が出たりしてカーニヴァルのような騒ぎです。通りに面した建物からはすずなりの子供たちが嬉しそうに通りを見降ろしています。みんな何かを待っているのです。

　左右の過激派の激突でしょうか？　実際。その日、左翼による「反ヒトラー・デモ」が二件、警察に届けられており、許可されていたのでした。乞うご期待。

一方、黒シャツを着込んで、サングラスをかけたイタリア人の一団が広場の片隅で手持ち無沙汰そうにとぐろを巻いています。この方々は、左翼のデモが始ったらただちにこれを攻撃（？）しようという、おっかないファシスト青年たちに違いありません。

オーストリアのテレビ局も中継車を繰り出して来ました。みんな固唾をのんで何かが始るのを待っています。

しかし、全世界のマスコミの期待に反して、この日は殆ど何も起きませんでした。事件らしいものと云ったら、西ドイツからきたネオナチおじさん（？）がいきなり大声で「ハイルヒトラー。裏切者ユダは出て行け。」と生家の方向に近づきながら叫んで憲兵に逮捕されたことと、退屈に業を煮やして、さっきのイタリア青年のうちの二人がわざとヒトラー式（ファシスト式と同じですが）敬礼をしながらバリケードの方に「行進」して憲兵に逮捕されたくらいでした。両者とも二時間ほどで釈放されたようですが。

またオーストリア当局が心配していた西ドイツから所謂ネオ・ナチの青年たちが大挙してやってくるという事態もありませんでした。日頃、徹底的に弾圧されている彼等は賢明にも組織破滅の危険をおかしてまでヒトラー総統の聖地巡礼を強行しなかったようです。

一方、肝心の左翼のデモは予想外のイタリア青年たちの出現に恐れをなしたのか、自分たちで、デモを辞退してしまったのだそうです（笑）。

でも広場に集った一千人以上の人々は収らず、あちらこちらに円陣を作って、自然発生的にディスカッションを始めてしまいました。話題の中心は勿論、ヒトラーとその時代についてです。意外に思われるかもしれませんが結構肯定的な意見も多く聞かれました。

けだしヒトラーは一応、議会制民主主義のルールの枠内で政権を取ったわけだし、その後の失業対策、アウトバーン、福祉充実等の内政上の成果や、第一次大戦で不当に奪われたドイツ固有の領土の奪還等外交的成果でどんどん支持を集め、独墺合併時には独墺共に九九パーセント以上という驚異的な支持率を集めていた訳ですから、無理も無いと思いますが。つまり戦前派のドイツ・オーストリア人は殆ど例外無くナチだった訳です。

勿論、反対派もいました。無言で首から「この近所にも収容所があった」というプラカードを下げているおばさんとか。ともあれ、のどかなもので、右も左も和やかに議論に打ち興じ、疲れるとパラソルを出して道路に張り出しているカフェや、屋台でビールやコーヒーを飲み喉を潤すのです。

こうして不思議なディスカッション大会の裡にヒトラー生誕百周年記念日は暮れていきました。椿時を期待していたオーストリアのTV局のカメラマン達は中継車の上で居眠りを始める始末でした。

結局、人々は日曜の昼下がり、延々と夜八時頃まで議論に興じていました。それから三三五五、家に帰っていきました。昭和も戦争も遠くなりにけりですね。

次の日バリケードが撤去された後、アメリカから来た同志の一人と共にヒトラーの生家に花をたむけ、それからヒトラーの両親の墓があるリンツ郊外のレオンディングに行きました。両親の墓は世界中から来た巡礼者たち（？）がもたらした花片百本近いローソクに埋って、あたかもお花畑の様でした。

また二十日の晩、ヒトラーが少年時代愛したペストリングベルク山上では花火があがり、遠く西ドイツのガルミッシュ・パルチンキルヒェンの高山上では大文字焼きならぬ、一辺が数十メートルという巨大な「ハーケンクロイツ焼き」が燃え上がり、数時間に渡り燃え続けたそうです。これは周囲数十キロ四方から良く見え、国際世論を心配する西ドイツ当局の心胆を寒からしめたそうです。当然、西独マスコミは一行も報道しませんでしたが……。

ところでベルリンの壁の崩壊の日十一月九日はヒトラーが一九二三年ミュンヒェンで、ヴルサイユ体制打破と、ベルリンの中央政府打倒を目指して一揆（ブッチ）を起こした日なのでした。カンケイないか。まあ、当時の東独クレンツ政権には厄日だったでしょうな。

うちには友人が取ってきたベルリンのカべのカケラがあります。これを眺めながらつくづく思うことは、世界史的な転換というのはホントにあっけなく訪れるものだということです。昨年五月、僕がベルリンにいた時、永久に無くならないかの如くベルリンを引裂いていた壁が秋に突如崩壊するなんて誰一人思ってもいませんでした。

　当時、東ベルリンでは東独建国四十周年のパレードをやっており、笑うヴァンパイアと恐れられた、ホーネッカー首相（当時）が嬉しそうに行列に手を振っていましたっけ。

　あの時、壁が秋に無くなると叫ぶ予言者がいたとしても、誰が彼を信じたでしょう。その上、来年ゴルバチョフが大統領に就任するなんて言ったら……。もう絶対、精神病院行きでしょうな。

　ところで飯田橋の近況ですが、昨年夏より、宇宙一の無責任男（タイラー）シリーズ（富士見ファンタジア文庫）の吉岡平先生の公認ＦＣをやっています。名称はＴＡＤ（タイラーがアニメ化されるならアザリンの声は本多知恵子しかない同盟）と申します。そしてついにＴＡＤのパソコン通信句ホストも開局してしまいました。こっそり別冊漫画の手帖の読者の良い子の皆さんにアクセス番号をお教えしちゃいましょう。〇四五・〇〇〇・〇〇〇〇（通信速度三〇〇～一二〇〇・二四〇〇ＭＮＰ7・ノンパリティー・データビット8・ストップビット1・Ｘ制御あり。オンラインサインアップ・二十四時間運営）であります。シスオペは美少女のまりちゃんだぞ。イマスグ電話下サイ。ドソ、ヨロシク。

あ、それからＳＧＣも健在です。ＬＵＮＡＦＮＥＴの人形の館も元気に運営中です。またコミケや、ＳＦ大会でお会いしましょうね。アトムのＬＤ全集全部買ったぞ。うるうる。

飯田橋のドイツ通信

　漫画の手帖の読者の良い子たち、みんな元気にしてたかな。飯田橋はまた三年ぶりにドイツへ「里帰り」していました。

　ところでパソコン通信にどっぷり浸かっている飯田橋は今回、ある野望に燃えていたのです。それはリアルタイムでドイツ旅行の様子をパソコン通信回線で日本に逐一報告するという野望でした。そしてそれは遂に実行されたのです！

　以下は飯田橋がＴＹＭＰＡＳサービスを通じてリアルタイムでパソコン通信によって日本のパソ通ホストである日経ｍｉｘトラベル会議、外国旅行分科会へｕｐしていた文章を若干手直しした飯田橋のドイツ旅行記であります。毎日書いていたので、日記風なのと、個人的な内容に終始している点はご容赦下さい。また誤字等はリアルタイムで書いているというリアリティを考えてわざと殆ど原文のままにしました。殆ど推敲も行っていません。

「漫画の手帖」別冊10号（一九九三年）

○再びドイツへ向け離陸
　いつもそうなのだが、ドイツ行きの前日は大変な騒ぎである。ぎりぎりまで何もしないと言う悪い癖がたたって、いつもほとんど準備は徹夜になってしまう。今回も、御多分にもれず、就寝したのは午前5時近くで、夜も白々明けはじめていた。

　それでも7時には目覚まし時計に叩き起こされて起床し、牛乳とワッフルというおよそ朝食らしく無い朝食を流し込んだ。そうこうするうちストーンさんがはるなちゃんとしらねちゃんを連れて迎えにきた。車で成田まで送ってくださるのである。持つべきものはネットの友である。ぐずぐず身支度をしているうちに八時を回ってしまったので、我々はさっそく成田を目指して出発した。首都高は事故渋滞という情報が入ったので、第三京浜を通って行くことにした。

約三時間かかって成田に十一時頃到着。途中、三件の事故現場を横切った。さっそくルフトハンザのカウンターに行ってチェックインをすませ、側のユーハイムで軽い食事をとった。はっきりいって、成田のユーハイムは例外的に不味い。

なぜか、成田の出国ロビーは異様に混んでいて、手続きに予想外の時間を取られた。一四〇〇発のＬＨ七一一便だったのだが、一三二〇に出国審査の列に並んだのにストーンさんやはるなちゃん達と機内持ち込み品検査の列で手をふって別れた時にはラストコールになってしまい焦った。一四二〇、予定より二十分遅れて僕の飛行機は離陸した。

離陸後しばらくして最初の食事が出た。献立は和洋折衷の奇妙なものだった。スモークサーモン、固くて食べられない冷凍ご飯、かっぱ巻、ドイツ式プロシェット、茶ソバ、パン、フォルコルンブロート、それにビールであった。折角のご飯が半解凍状態なのはいただけなかった。六十点。

いまは、「フランキー・アンド・ジョニー」というアルパシーノの出てくる映画をやっている。画面が小さい。ミッシェル・プファイファーがかわいい。まだフランクフルトまで五時間くらいある。やっと半分というところか。

（注）ストーンさんとは日経ｍｉｘの友人の名前である。はるなちゃんとしらねちゃんはまりちゃんと同じく生き人形である。

また映画が始まった。今度は「ドク・ハリウッド」というひょんなことから田舎のなんでも屋の医者をやらされる事になった、若い外科医ストーン（笑）の物語だ。子持ちで美人の救急車の運転手ルーと知り合って人生観が変わっていくまでの青春コメディである。けっこう面白い。

次の食事が来た。今度は、カネロニだ。けっこうイケル。サラダもついている。ただドレッシングが国産で不味い。飲み物は白ワインにした。けっこう辛口の良いワインである。そうこうしているうちにザンクト・ペーテルスブルクを通り越し、もうハンブルク上空である。フランクフルトももうスグだ。小雨で摂氏八度だそうである。

フランクフルトは手荷物受取所までが遠い。途中、売店が沢山ある付近を通過するが、そっちに気をとられてはぐれてたどり着けなかった団体客が後を断たないというのもむべなるかなだ。今回はなかなか、出てくるのがおそかったので、事故かと心配してしまった。

タクシーで市内のホテルへ向かう。途中、日本資本が昨年作ったという巨大ビルの前を通過した。トンガリ帽子のようなおかしな形だった。アウトバーンは制限速度が出来ていた。よく国会を通ったと思う。しかしドイツ人達はそんなものどこふく風という風情で二百キロで飛ばしてゆく。おとがめなしみたい。ちなみに制限速度は、百三十キロである。

○中世の古都ニュルンベルクにて

ニュルンベルクにはアクセスポイントが無いので、この文章はあとでミュンヒェンからＵＰすることにする。

ニュルンベルクでは友人のＡが迎えに来てくれることになっていた。しかし、色々お互いゆきちがってしまって、一時間半くらい駅でウロウロしてしまった。とうとう諦めて勝手知ったるホテルへ歩いて行こうとして、ふと見ると、彼のベンツが止まっている。そこでもう一度、駅構内に戻ると、そこでばったりＡと出会った。聞けば打合せ通り、ホームにいたと言う。お互いそばにいて一時間半も気がつかなかったのだ。人生とはそんなものか。

ともあれ再会を喜び合って、ホテル・ドイッチャーホーフへと向かう。このホテルは僕のニュルンベルクに於ける常宿で、昔、ナチ党大会の折りにはヒトラーが泊まった所でもある。Ａはヒトラーが泊まった部屋を僕のために所望したが、残念ながら塞がっていた。

Ａと一緒にＡの自宅に行く。Ａは民族派でヒトラー主義者であるが、この国でそうであることは非常に困難である。この国には左翼である思想の自由はあるがヒトラー主義者である自由はない。厳密にいうと、今日のドイツには思想の自由はないのだ。彼らはいつゲスターポのように憲法擁護庁の私服が彼らを逮捕しにくるか分からない状況の中で、自らの節を曲げずに生きている。民主主義は、完全な思想の自由、言論表現の自由が確保されてこそ、機能する。そういう観点から、このドイツのやりかた首を傾げざるをえない。判断するのは国民ひとりひとりであるべきで、政府が強権をもて、その判断を押しつけるならなんら昔と変わるところがない。

四月二十日は知る人ぞ知るヒトラーの誕生日である。ドイツ中で、ひそかにこの日を大勢のドイツ人が祝っていることだろう。当時の支持率が九十九％以上であったことを思えば不思議でも何でもない。戦後を生きるために、かつての敵に追従せねばならなかったドイツ人たちは、本音を抑圧してきた。だからこの問題に関するドイツ人の気持ちは本音と建前に見事に分断されている。ただ、若い世代は歴史の真実を知らされていないので、こうした自分の両親や祖父母の世代の心情は知るよしもないが。

○ベンツの都、シュトウットガルト

四月二十一日、ニュルンベルクのナチ党大会の跡を見てからシュトウットガルトへ向かう。知人B宅にやっかいになる。四月二十二日は朝からポルシェ博物館と、ダイムラーベンツ博物館に行く。とりわけ後者は素晴らしい。昭和天皇の御輛車も返還されて展示してあった。これは一九三五年にヒトラーから贈られたものである。

○ぬいぐるみのメッカ、ギンゲン

四月二十三日、シュトウットガルトから国鉄でギンゲンに向かう。ギンゲンはぬいぐるみで世界的に有名なシュタイフ社があるところだ。あとはボッシュ社の工場があるらしい。駅に降り立ったが、タクシーもいないし（あとで分かったが、この町にはタクシーが二台しかなく、両方とも女性ドライバーだった。）仕方がないのでホテルの所在地を駅で聞いて、徒歩でホテルに向かった。大きなトランクとバッグ二個という荷物を持っての移動はかなり辛いものだった。汗が背広まで通ってしまった。

教えられたとおり、歩いてゆくと、すぐマルガレーテ・シュタイフ通りとか、マルガレーテ・シュタイフ橋とか、マルガレーテ・シュタイフ広場とかいうシュタイフにちなんだ名前が沢山ある。予約したホテルは町の中心にあり、ホテルとレストランが一緒になっている形式である。

目標のシュタイフ博物館は十三時から十七時までで、けっこう大勢の訪問者でにぎわっていた。ぬいぐるみファンなら一生に一度は行ってみるべき博物館である。一八八〇年からのシュタイフ社の歴史が手に取るように分かると同時に、昔の玩具の素晴らしさには目をみはるものがある。また、博物館の横に売店があり、市価より安く、シュタイフ社の製品が買えるのも魅力である。

ギンゲンでの収穫のひとつは、町の中央付近にある玩具店のご主人と友人になったことである。彼は必要とあらば日本にシュタイフを始めとする商品を送ってくれるそうで、おもちゃ好きの小生としては、またとない幸せであった。シュタイフをはじめ商品は、日本に比べ割安なのは言うまでもない。

○懐かしのミュンヒェンへ

四月二十四日、アウグスブルク・ミュンヒェン間の鉄道が事故のために不通だったので、裏技のタクシーを使って、ミュンヒェンに向かう。約一時間半の道のりであった。ところで、タクシーの女性運転手曰く、まだアウトバーンには一般的には制限速度が無いそうで、そうするとフランクフルト近郊のアウトバーンは特別に制限速度が設けてあったことになる。というわけで、アウトバーンにはまだ制限速度はないらしい。

この日は、ミュンヒェン近郊に駐屯しているドイツ空軍第一軍楽隊の元隊長、L中佐のお宅へ招待され、ドイツ風の簡素だが健康的な夕飯と、彼の出身地であるフランケン地方のワインを御馳走になった。

三年ぶりのミュンヒェンだが、どこか以前と違い、違和感がある。それは町がどこか、よそよそしく感じられるからかもしれない。新しく建ったビルはドイツらしさがなく、またレコード店の店先からはドイツ民謡のCDが消えていた。しかしミュンヒエンは僕が最も愛する町のひとつであることには変わりがないが。

二十五日は古い友人であるB家を訪問した。そこには別の友人であるD家の人々も来ていて僕の再訪を喜んでくれた。B家はバイエルンでは名門の家系で戦前には閣僚になった人もいる。D家のご主人はチエリビダッケ率いるミュンヒェン・フィルの奏者である。秋には日本にも来るそうだ。

ドイツの夕食は極めて簡素である。薄く切った黒パンの上にバターを塗りハムやチーズや、薄切りのソーセージ等をのせて食べる。飲み物はビールか、ワインか、ミネラル・ウオーターである。これがけっこうおいしいうえに量もちょうどよく健康的で気に入っているのだ。

○現代ドイツの問題

ドイツに於ける最大の問題のひとつは外国人労働者と移民の問題である。特に移民問題は深刻である。ナチス時代の反動で現代ドイツは、極端に外人労働者や、移民の福祉を考え、それが国民の反発を招いている。移民は経済難民であって、本来ドイツが受け入れなければならない筋合いでは無いし、ドイツ人より彼らの福祉を優先する傾向すらあり、それが今日のドイツの屈折した心理の反映であることは明白であろう。左派は経済難民や、外国人労働者に選挙権をあたえよと主張しており、それが地方選挙に於ける右派の進捗に繋がっている。戦後のアメリカニズムの流入と、ドイツに同化しようとしない外国人労働者の存在は確かに古き良きドイツの消滅に繋がると彼らが考えるのは故無きことではないと思う。

○麗しきオーバーザルツベルク

四月二十六日、ミュンヒェンから普通急行に乗って、ベルヒテスガーデンに来た。ここはオーストリア国境に近いドイツアルプスの中に位置する保養地で、かつてヒトラーがこよなく愛した山荘があった場所でもある。いま、僕が滞在しているホテルはまさにヒトラーの山荘のあった場所の真隣に位置し、かつて親衛隊やゲスターポが宿舎として利用していた山荘である。ホテル・ツム・テュルケンというこの山荘には泊客はどうやら僕ひとりらしく、旧知の女将はいろいろ気をつかってくれるが、オーバーザルツベルク（よくザルツブルクと誤って表記される）という山の上なので夜になると食事をするところすら無い。車が無いとドイツはこういう時不便だ。今日の僕の夕食は小さい林檎が二個である。ここから夏はヒトラーの山頂のテーハウスまで行くバスがある。

今日は朝からオーバーザルツベルクを散策した。もう十七年前から何度も訪れた所なので、知り合いばかりだが、三年来ないと、亡くなった方もいて、色々悲喜こもごもである。朝は朝食の後は、まりちゃんの写真を撮ったりしてすごした。それからすこし昼寝をして、今日こそ食いはぐれないように、ちょっと上の方にあるレストランまで行った。鶏肉入りのスープとビールが今日の昼食である。それからゲーリングの山荘の跡を訪ねて、その後、早い夕食を取った。三年前に知り合ったアメリカの歴史家がいて英語とドイツ語を交えていろいろ話がはずんだ。明日の朝は僕を駅まで運んでくれることになった。彼と僕の政治的意見は極めて近いので驚いた。彼はジャパンバッシングを遺憾に思うといっていた。彼は新聞記者でもある。

それから今日はローマ在住のドイツ人の友人に電話をかけて世間話をした。明日は再びミュンヒェンに戻る。今日から始まったストライキの影響が無ければ良いが。この人達はゆっくりしていて、世間に疎く、どうなっているか聞いてもさっぱり埒があかないのである。

（注）まりちゃんとは言わずと知れたうちの生き人形である。

○ミュンヒェンへの列車の中で

現在、ベルヒテスガーデンからミュンヒェンへ向かう列車の中でこれを書いている。ユーレイルパスを利用しているのでいつも一等車だが、今日のコンパートメントの同乗者は、バートライヒェンハルから乗ってきた老夫婦と、フライラッシングからのシックな民族衣装の老婦人である。皆にこやかに挨拶をかわしながら車上の人となるのは、とても感じがよい。一等の客はそれなりに上流の人々なので気持が良い。とりわけ古い世代は古き良きドイツを感じさせ、嬉しくなる。

昨日からのストライキの影響は南ドイツでは殆ど感じられないがベルリンではタクシー乗り場に六百メートルの行列が出来たそうだ。明日はベルリンに飛ぶが影響が無ければ良いが…。

今日はひさしぶりに、三船敏郎の経営するレストラン「三船」に行って日本食を食べようと思う。オーバーザルツベルクの反動である。

○突然乗機抹消さる

ミュンヒェンからベルリンへの便は例のストライキのせいで大混乱である。僕の乗る筈だった便は待っていたら、突然取り消された。さすがにこの時は焦った。

ルフトハンザの職員に「僕はどうしたらよいか」と尋ねると、すぐやはり一時間以上遅れているひとつ前の便にふりかえてくれた。こういう時、言葉が分からなかったらと思うとぞっとする。遅れの原因は整備職員と管制職員とがサボタージュをしていたからだそうだ。交通ストライキの度に思うのは、どうして関係のない利用者が彼らの賃上げ要求の度に犠牲にならなければならないのかということだ。

約一時間半後に飛行機は漸くベルリンへ向かって飛び立った。急いでいるせいか昔のYS-11の様に良く揺れる。いいかげんにしてほしいものである。

○統一ドイツの首都ベルリン

ベルリンに着くと古い友人のKがテーゲル空港に迎えに来ていた。それからKと旧東ベルリンに駐屯する陸軍「東」軍楽隊の駐屯地に向かった。東軍楽隊はその名が示すとおり旧東独人民軍の軍楽隊員から選抜されて新しく設立された軍楽隊である。Kは作曲家で、自分のプロデュースにより、この軍楽隊のCDを作ろうとしているのである。録音はほぼ終わっているという話で、あと二、三曲で終わるというので、録音風景を見に行こうということになったのである。残っていたのは二十年代に作られた映画の中で使われた「巨人衛兵の分列行進曲」と軽音楽が1曲であった。そこに同じく旧人民軍から作られたドイツ空軍第五軍楽隊のツィフニー隊長もやってきた。また、ロシア軍の西方軍集団司令部付軍楽隊の隊長もやってきた。録音技師はスイス人だし、全くインターナショナルな集まりになった。結局、ロシアの軍楽隊のピアノ合奏曲を予め録音しておいたオケパートに女流ピアニストがピアノパートをつける作業が難航して、夕食をとったのは十時半を回っていた。

○駐独ロシア軍の司令部にて

四月三十日は朝からK達とロシア軍の本営に行った。そこで、ロシア軍西方軍集団の演奏の予行演習があるというのだ。昨日知り合ったアファナシエフ大佐の招待である。ドイツ統一までは、とても考えられなかったことだ。

Kの車でロシア軍の駐屯地に入っていくと既に軍楽隊の隊員がバスを用意して、待っていた。スタジアムには既に三百名以上の軍楽隊員が整列していた。いくつかの連隊の軍楽隊を合同して巨大な編成を用意しているのだ。

予行演習が始まる前に指揮者のアファナシエフ大佐が挨拶に来た。そして予行演習が始まった。そして始めてこの演習が五月八日の戦勝記念日の儀式の予行であることが分かったのである。例のグースステップの軍事パレードはもちろん、独ソ戦の模擬戦までやるのだ。しかしもうあと二年以内にすべてのロシア軍は撤退することになっているので、こういう行事も、あと一回位で永遠にお終いだが。

五月一日は、メイデーで、休日である。この日はゆっくり起きて旧ベルリンの中心地に行ってみた。三年前との違いは驚く程大きい。何と言っても壁がない!!

ブランデンブルク門の両側や総統官邸の防空濠のあったあたりは原っぱになっている。ブランデンブルク門のあたりには、旧ソ連や、旧東独の制服や帽子を売るトルコ人の非合法な土産物屋がいまだに並んでおり、ストーンさんのために旧ソ連海軍のベレーを購入した。

その後、Kの友人Pの家で、僕が購入した旧東独軍中央軍楽隊のシェレンバウム（ドイツ軍楽隊のシンボル）を見る。その後、K宅を訪問する。そこでドイツ語版の「ゴジラ対ビオランテ」や旧東独軍楽隊関係のビデオを見る。Kの息子達はニンテンドーのNESとゲームボーイに夢中である。

五月二日はCDやビデオを購入する日にあてた。その後、ドイツ随一の行進曲の権威テヒョ＝ミトラー氏を自宅に訪ねる。もう八十歳を越えておられるがお元気そうで安心する。

○間一髪ボンへ飛ぶ

五月三日、ベルリンのテーゲル飛行場から、ケルン＝ボン空港へ飛ぶ。翌日から大ストライキが始まるので、危機一発だった。一日遅れたら立ち往生だったところである。ボンのホテルにまずチェックインし、人形の展示会に出るため、フランクフルトに車を飛ばす。

人形展示会（プッペンベルゼ）は旅の始めに僕が泊まった、フランクフルターホーフというホテルが会場だった。あまりの大規模さに心底驚かされた。人形の洋服や小物や本もたくさんあり、目移りがして困った。結局、むかし買ったことのある女流人形師の人形をまた買った。手足と顔だけがビスクなので、比較的お買い得だった。人形師の旦那と直接会えたのは嬉しかった。まりちゃんはアンティークのドレスを三枚も買って貰ってご満悦である。また来たいと思った。やっぱり本場はホントにすごい。オッフェンバッハの仕事友達（ハンドバッグ会社社長）宅で夕食を御馳走になり、遅い汽車でボンに帰った。

○ドイツの食事

ところで今回の旅行での食事だが、友人宅で手料理を頂くパターンが多いのだが心に残ったレストランは、ベルリンのハールトゥケと、ヘッカース・デーレである。両方ともドイツの郷土料理の店だが、とても良い雰囲気でお勧めである。いまはアスパラガスの季節なのでアスパラが添え物のブタ肉のメダイヨン等を食べた。ドイツの食事がまずいという人がいるが旨い店を知らないだけだと思う。

ミュンヒェンとベルリンでは日本料理のレストランにも行った。前者は三船敏郎の経営するレストランで「三船」という。後者は今回は「京都」にいった。両方共すきやきをいただいた。味は後者の方が安いのにおいしい。だが何方もまあまあ満足の出来る出来だった。サービスは満点である。昔、三船さんに頼まれて通訳をしたことがあるといったら、前者はビール代をロハにしてくれた。嬉しかった。

ところでベルリンの欧風日本レストラン「大都会」はいただけない。客あしらいがつっけんどんで、お役所のようだ。たいしたレストランでもないのに馬鹿にしている。二度と行くまいと固く心に誓った。

○ボンのドイツ連邦軍司令部軍楽隊

五月四日、朝から旧知のドイツ連邦軍司令部軍楽隊を訪問した。同隊は八八年、ビッグエッグのこけら落としのイベントで日本に来たことがあり、また隊長のパウル中佐はそれよりはるか以前よりの友人である。事前に連絡を取っておいた管理係のハウク曹長の部屋で世間話をしていると、隊長がやって来た。この日は一日隊長と行動を共にし近況やら世間話に花を咲かせた。

夕方、隊長の新居に招待された。隊長宅の末っ子の小学生が日本と書いたTシャツと鉢巻きで迎えてくれた。隊長がバイエルンから取り寄せたビールを振る舞ってくれた。彼は元ガルミッシュ＝パルテンキルヒェンの山岳部隊の軍楽隊長だったのでビールにはうるさい方なのだ。例のドイツ風の軽い夕食が出た。

ところで副隊長のオイラー大尉だが誰かに似ていると思ったらごまちゃん（少年アシベ）のスガオくんだった。ほんとうに驚くほど似ている。ああいう顔の人間は実在する。

五月五日は、朝、ホテルに軍の隊長専用車が迎えにきた。この日は郊外のフリーデブルクという所で、夜、地域のライオンズクラブ主催のチャリティ・コンサートがあるのだ。朝食はハウク曹長が下士官専用酒保でドイツ風サンドイッチを御馳走してくれた。昼食もおなじところで鶏肉料理を頂いた。こんどは強いマイボックビーアという黒ビールを飲んだ。

曹長が同じ兵営の中に駐屯している連邦軍警衛大隊の本部に連れて行ってくれた。この大隊は、司令部軍楽隊と共に国賓等を迎える儀式に整列して栄誉礼を実行する部隊である。先日も宮沢首相のために一働きさせられている。この大隊はプロイセンの近衛連隊の伝統を受け継いでいる部隊で昔からのピッケル付き兜や、古い連隊旗などを保存してあり、面白かった。

そうこうしているうちに、僕が幹事をしているドイツ行進曲愛好会からゴールデンウィークを利用して来ている、YとSがレンタカーに撮影機材を積んで現れた。コンサートをビデオ撮影するつもりなのだ。日本人のエネルギーは凄い。

フリーデブルクまでは片道自動車で2時間の強行軍だった。すごい田舎の保養施設のホールが会場である。最初、お年寄りばかりだったが、若い世代も増えて満員になった。娯楽が少ないのだろう。隊長が突然、聴衆に僕等を紹介したのにはマイッタ。

○隊長専用車でコブレンツへ

五月六日はまた隊長専用車に迎えられて、ドイツ連邦軍軍楽監のいるローゼンブルクへ行き、新軍楽監のチェルナー大佐及び、副官で旧知のヴェンツェル中佐、リンゲルマン中佐等に挨拶に行き、そのままコブレンツに向かった。コブレンツには八〇年に来日し海上自衛隊東京音楽隊を客演指揮した。シュリューター中佐が待っているのだ。アウトバーンを隊長付き運転手シュレーダーさんと三十分程飛ばすともうコブレンツである。

常宿のプフェルツアーホーフに着くと専務のシュピッツバート氏がモウ既に待っていた。一日しか泊まらないといってくれている。後で分かったのだが先年、彼と母君が来日した時、僕がつききりでお世話したので、宿賃はいらないということだったのだ。嬉しかった。今度はゆっくり来たい。

しばらくして約束通り、昨日の二人が現れ、それから、シュリューター中佐が現れた。食事に行ったのだが、シュリューター中佐のお気に入りのクロアチア料理店だ。クロアチアは第2次大戦では枢軸側に立って戦ったのだ。クロアチアのシュナップスをご主人が振る舞ってくれた。すばらしい。

その後、中佐のお宅に伺い、お茶とお菓子を奥さんに御馳走になり、それからVWのゲレンデヴァーゲンでコブレンツ軍事技術博物館に行った。四号戦車と臼砲付きのティーガー一型が印象的だった。またおよそ小火器と名の付くものも全部あった。旧東の兵器が多く持ち込まれたせいか、展示場が手狭になっていた。

それから中佐の車でモーゼル河畔のワイン酒屋兼料理屋でモーゼルワインと、コール首相が大好物だというシュヴァルツェ・マーゲンという肉をゼラチンで固めてハム状にした特産品を食べた。けっこうイケル。

中佐のお宅に戻ってビスマルク侯という名前のゼクト酒をいただき、中佐の指揮したCD（僕が企画したもの）を皆で聴いた。

○ディートリッヒの訃報

ところでマレーネ・ディートリッヒの死を報じたTVは昨日中佐のお宅にいた時に見た。ディートリッヒが映ったので、すぐ死んだのじゃないかといったのは僕た　ディートリッヒは反ナチの自称インテリや、マスコミには好かれ、一般ドイツ人は裏切り者だと思っているようだ。若い奴はカンケイナイよ。誰それ？・・・といったところか。

○大ストライキの中、ミュンヒェンへ

五月七日はドイツの休戦記念日である。まず、司令部軍楽隊等で戴いた楽譜を日本へ送り、それからシュピッツヴァルト家で昼食を御馳走になる。列車は件のストライキのせいで半分に本数が減っており不愉快な思いがする。一等の客車の中では日本語の勉強をしている人もいるし、僕の隣のドイツ人はカイゼンなぞという題名の本を読んでいる。

追伸　ストのおかげでミュンヒェンに付くのは八時半頃になりそうだ。

追伸その二　明日からオーストリアに行く。

○またブラウナウへ

ストは昨日やっと解決したが、まだ少し影響が残っており、列車や飛行機に遅れが出ている。今日は朝からタクシーに乗り、オーストリアのブラウナウに来ている。ブラウナウは知る人ぞ知るヒトラー誕生の地であり、ドナウ河の支流のイン河畔の町である。河向こうはジンバッハというドイツの町である。三年前ヒトラー生誕百年の時は大変な騒ぎだったこの町も、また全く元の静かな国境の町に戻っている。

僕は一九七五年以来、幾度もこの町を訪れているので、ホテルの人々とは顔なじみである。ホテルの一階はレストランになっており、町の人々の憩いの場所になっている。今回も僕の為に一番大きな部屋を空けて待っていてくれた。

ところで、ちょっと疲れたのか、体調がすぐれないので、今日は一日、お休みの日にして、昼寝をした。起きたら八時をまわっていた。そこで何かを食べに外に出たがあまり食欲が無いので、ホテルの隣のインビスでホットドッグを二つとミランダを買ってきて夕食の変わりにした。暇なのでテレビを見ていると、ドイツの放送で、公開犯罪捜査番組をやっていた。まるで昼のワイドショーのようにわざわざ犯行現場を劇で再現している。そしていちいち刑事が解説し、情報電話番号と、賞金が提示される。そして武装している可能性があるので注意とかやっている。いまはお笑い番組で、まりちゃんが、喜んで見ている。町の映画館では「羊たちの沈黙」をやっていた。

○リンツへ

薬を飲んで寝たせいか、昨日一日休養したせいか、今日は朝から調子が良い。七時に起きて小雨の中を散歩した。十七年前に初めて来た時からあまり変わらないような旧市街（アルトシュタット）だが、時代の波は確実にここにも押し寄せている。ジーンズの若者も増えた。若者の風俗はもはや世界中どこでも同じでかえって不気味だ。

タクシーでブラウナウからオーバーエスターライヒ州の州都リンツに来た。いつも泊まっているミュールフィアトラーホーフ・ホテルが様子が変だと思ったら、台湾人が買ったらしい。しかしフロントに誰もいないのは問題だ。電話がかかっても取り次ぐ者もいないのだ。ハウプトプラッツに行ったら蚤の市をやっていた。そこで旧知の古道具屋Ｗに会った。友人の石井君が僕が来ることを連絡していてくれていた。

その後、一人で、ヒトラーのお母さんが亡くなった部屋を訪ね、それから少年ヒトラーが通った実科学校（職業学校）に行った。その後Ｗの車でヒトラーの両親の墓のあるレオンディングに行った。そこで古い友人のＬに会い、ワインを御馳走になった。その後、台湾レストランに行って遅い夕食を食べた。ここもみんな親切なのが心地良い。初老の台湾人が日本語で話しかけて来た。台湾は独立した方が良いと言っていた。本省人もそうおもっている人が多いという。

○リンツ散策

五月十日、朝からヒトラーの両親のお墓を訪ねる。誕生日にスウェーデンのゆかりの人々が供えたという花輪とカトリック式の太い蝋燭が目を引いた。しかし良く手入れが行き届いていて感心する。それからヒトラー家が当時住んでいた家を見て、それからヒトラーの父親が亡くなった居酒屋「ハウス・ヴィージンガー」で少し早い昼食を食べる。今はパスタ屋である。カルボナーラを食べた。結構おいしかった。突然にわか雨が降ってきたので一度ホテルに退却した。

一休みしてからリンツ時代にヒトラー家が住んでいたフンボルトシュトラーセのアパートを訪ねた。ここでヒトラーは青春時代を過ごしたのである。彼は絵を習ったり州立劇場にオペラを見に行ったりして芸術家になることを夢見ていたのである。ヒトラーは終生このリンツの町をこよなく愛していた。

昨日、友人の古道具屋を訪ねた帰りに「居酒屋ＩＺＡＫＡＹＡ」という名前の日本料理屋を発見した。リンツにそんなものがあろうとは思わなかった。

ところで疲れたので本会議議長のＣＤ「水の中のライオン」を聴きながらお昼寝をした。静かな誰もいないホテルで日曜の昼下がり、議長の子守歌でお昼寝というのも又格別だ。ゲミュートリッヒの極致である。

６時半にＷが迎えに来てＷの友人のＬの所に行った。Ｌはリンツの郊外に住んでいるが航空ファンで、いろんな物をコレクションしている。Ｍｅ一〇九の本物の計器板やＪｕ五二の尾翼や、フィーゼラーシュトルヒのエンジン等が所狭しと並んでいて、まるで小さな第二次大戦時のドイツ空軍博物館である。飛行機とは関係ないがシュビムヴァーゲンが走行可能な状態で二台並んでいたのには驚いた。その後ギリシャ料理店に行き、それからWの新居に行きワインを御馳走になって帰ってきた。ホテルのフロントで台湾人のオーナーと長い立ち話をした。ドイツやオーストリアでナチスが禁止されているのは民主主義国としておかしいと話しあった。はたしてナチスが消滅して四十七年たった今、彼らは何を恐れているのか。そんなに自国民が信頼出来ないのか、または自国の民主主義に自信がないのか。

（注）本会議議長とはシンガーソングライターの谷山浩子氏のことである。

○またまたミュンヒェンへ

五月十一日、今日はミュンヒェンにこれから戻り、友人のAと色々NSDAPゆかりの場所を訪ねる予定だ。リンツから急行で約2時間半である。今回の旅行をふりかえってみると、急に出発を決心した割りには支障無く予定をこなして来た。最大の難関はドイツではめったにない、十日にもわたるストライキに遭遇した事であろう。これは全く予想外の事でまいった。しかし、偶然旅程があまり影響を受けない仕組みになっていたので助かった。しかし、僕は一応言葉が分かるから良いが、何が起きたかわからなかったら、どんなに不愉快な思いをしたことか。個人旅行の場合は特にその場所の言葉が分かるに越したことはない。普段はどういう事はないが、何かあった場合困った事になるからだ。政情が不安定な所とか、治安の悪い所なぞに行く場合は特に気をつけるべきだろう。僕は所謂パック旅行は大嫌いだが、個人旅行はそういう弱点がある。

現在リンツからミュンヒェンに向かうEC六四モーツァルト号に乗っている。十二時頃ザルツブルクに着くが、その後久しぶりに食堂車に行ってみるつもりである。せっかく車掌が予約を取りにきたので行ってみることにしたのだ。昔は食堂車が好きでいつも食堂車にばかり入り浸っていたが、最近は面倒なのであまり行かなくなったのだ。食堂車は窓も広くとても快適であるのだが・・・。

食堂車には車中で知り合ったズデーテンドイツ人の老人と一緒に行った。定食を食べたのだが、なかなか豪華なものだった。たくさんあって食べきれない程である。味も合格点であった。件の老人もミュンヒェンまで行くというので車中でいろいろ語りあった。来年日本に来たいという。再会を約して別れた。

ミュンヒェンでは友人Aが既に待っており、彼のベンツで市内を撮影して回った。その後、またB家を二人で訪問し、遅くまで語り明かした。いま部屋でAと別れの杯を交わしたところである。

（注）ズデーテンドイツ人とは現在チェコに奪われているズデーテン地方に住んでいたドイツ人で、当時三百五十万人いた。

○いよいよ最後のフランクフルトへ

いよいよ今回のドイツ旅行も終わりに近づいた。いまフランクフルトに向かうICE（インターシティ・エクスプレス）六九二ニュンフェンブルク号の中でこれを書いている。この列車は超モダンなデザインになっていてとても乗り心地が良い。ユーレイルパスを使っているのでどの列車にも乗れて便利である。しかも全部一等だ。ヨーロッパに一人旅をするなら是非用意したい。一ヵ月有効のものが約八万程で日本で買える。これはマーシャルプランの残滓なのでヨーロッパ以外の場所でしか買えない。

十年位前から目立ちだしたのは広場で、カントリーウェスタンなぞを演奏する辻音楽家や、大道芸人だ。全然ドイツやオーストリアに合わないので、やめて欲しいものだ。誰もヴィーンのケルントナーシュトラーセやミュンヒェンのマリーエンプラッツでアメリカの田舎音楽を聴きたいとは思わない。いずれにせよ、古き良きドイツが失われつつあるのは悲しいことだ。ファッションはどこでもジーンズだし、レコード店にはドイツの学生歌や民謡のCDがあまり見られない。世界中どこへ行ってもロックだらけだ。マクドナルドや、ケンタッキーやバーガーキングも沢山出来た。それからピッツェリアというピザ屋や、トルコ料理、ユーゴ料理屋が増え、ちゃんとしたドイツ料理店が減った。これもドイツ人達の嘆くところだが、我々旅行者にとっても大変残念である。

○日本人向け衛星放送にびっくり

今、またフランクフルトの由緒あるホテル、フランクフルターホーフに来ている。さっきあたりを散歩したのだが土地感を取戻すまで、ちょっぴり時間がかかってしまった。日本人が多い。此処でも「羊たちの沈黙」をやっている。ゲーテハウスの隣のユーハイムでバウムクーヘンとコーヒーを飲んだ。夜、また行ってみるつもりである。ユーハイムは包装紙が帝政ドイツ国旗の色なので贔屓にしているのだ。青池保子ファンの女友達が働いていたのだが今もいるだろうか？　しかし第一次大戦で日本の捕虜になったユーハイムが日本でお菓子屋を始めて、成功し、故郷に錦を飾っているのだ。この物語は感動的ですらある。

しかし多くの旅行カバンを持っての長期旅行は、年をとったせいか、けっこう辛いものがあった。次回は一箇所の都市に集中して来るとか、一つの目的に集中し、二週間程度に抑えようと思う。一ヵ月はけっこうしんどかった。さて帰ったら未読の処理が大変である。それに殆ど日本語を使わなかったので、ドイツ語で独り言を言うようになったりしているので、完全に変な外人である。日本に帰れば変な日本人に戻る訳であるが。

いまユーハイムから帰ったところだ。松花堂弁当を食べた。おいしかった。ところでホテルのＴＶの五チャンネルを選んだらなんとＮＨＫのニュースをやっている。驚いた。商売上の友人のＡがＮＨＫが映ると言っていたのは本当だったのだ。どういう仕組みになっているのだろうか。ニュースセンターだ。不思議な感じがする。ここがフランクフルトだというのが、ちょっと嘘のようだ。いま相撲のニュースをやっている。げ、「おーい竜馬」が始まった。信じられない。昔、東ドイツで「大空港」の吹き替え版をやっていた時以来のびっくりである。今度は「遠山の金さん」が始まった。どうなっているのだろう。

明日一七三〇発のＬＨで日本へ戻る。これで最後のドイツからの通信になる。また日本で会いましょう。つまらない私事にお付き合い下さってありがとう。では。アウフ・ヴィーダーゼーン・イン・ヤーパン！

（終）

元ドイツ軍需大臣、アルベルト・シュペーア氏と。

僕とドイツの長いつきあい　第一回

「なぜ余は銀玉戦争を戦うのを止めてヒトラー研究家になりしか」

「漫画の手帖」第52号（二〇〇七年）

漫手読者のみなさん、おひさしぶりです。いかがお過ごしですか？　さて、今回は僕とドイツの長いかかわりに関してのお話です。昔からの漫手読者のみなさんや、僕の個人的な友人、知人は僕がいわゆるヒトラー研究家であることをご存知でしょう。

『ヒトラーの呪縛』（佐藤卓己／編　日本ナチ・カルチャー研究会　飛鳥新社）という本がありますが、この本は戦後日本における根強いナチスドイツ人気をサブカルの一種と位置づけた奇妙な研究書です。その中で、ヒトラーとナチスドイツに取り憑かれた奇人変人をレポートしたセクションがあり、僕にも一章が割かれています（爆）。

また警視庁公安三課には捜査対象の分類項目として『ナチス』というのがあり、そこに分類されているのは日本では僕一人だという噂すらあります。でも僕がナチかというと、残念ながら、それは論理的にありえません。何故ならナチズムは人種論なので、非アーリア人の僕はナチたりえないからです。僕はあくまで研究者です。誤解のないように（汗）。

僕がヒトラーとナチスに興味を持ったキッカケは諸説ありますが（笑）、小学二年生の時、スウェーデン製の記録映画『我が闘争』を小学校の近所の名画座で観たのです。入場料は百円でした。その映画の中にはかの天才的映像作家レニ・リーフェンシュタール女史の記録映画『意志の勝利』の映像が多用されていました。その壮大な党大会の映像、そして一介のフリーターから歴史の創造者にまで登りつめた男の物語。僕はこの稀代の政治的浪漫主義者の人生と、その作品たるドイツ第三帝国（帝国は本当を言えば誤訳です。なぜならヒトラーは皇帝ではありませんから。本当は第三国家とすべきところです。）に無限大の興味を抱いたのです。またその頃の戦争物一色だった少年雑誌の影響から、ご多分にもれず遅れてきた軍国少年のひとりだった僕には、ドイツが我が盟邦だったということも好ましく思えたのでしょう。

ちなみに、後で分かったのですが、この映画『我が闘争』（エルヴィン・ライザー監督、一九六〇・スウェーデン）には残酷シーンが多いというので成人指定がついていたようです。それなのに、小学生の僕が何故観ることができたのかは謎です。昔の映画館は大らかだったのでしょうね。

さて、映画『我が闘争』を観て感銘を受けた僕は、周囲の大人にこの映画の話を夢中になってしまいました。ところが、高学歴の大人であればあるほど「子供はそういうことに興味を持たない方が良い」という反応でした。わざわざ父にやめさせろと忠告してくれたインテリ左翼の親戚もいたようです。

僕は戦前、ヒトラーは同盟国の指導者としてとても人気があって、わが国でも英雄視されていたことを知っていましたので、こういう大人の態度に不信感を抱きました。戦争に負けたからといって、同盟国のことを子供の目から隠蔽しようとするのは、なぜか。何か重大な裏があるに違いない。じや、その秘密を僕が暴いてやる。そう小学二年生の僕は決意したのです。

かくしてその日から、僕はヒトラー研究家を志しました。子供向けの歴史の本（最近はめっきり少なくなりましたが、当時はいろいろ素晴らしい本がありました。とりわけ『第二次世界大戦とヒトラー』村田豊文著・あかね書房・一九六三は公平で冷静な記述で今見ても評価できます。）だけではすぐに飽き足らなくなった僕は、ナチス関係の文献を求めて横浜中の古本屋を捜し歩きました。何ヶ月もかかって小遣いを貯め『マイン・カムプ研究』全三巻（石川準十郎、一九四一）を手に入れた時の感動は今でも忘れられません。

僕が本気であることが分かった両親や、理解ある大人達の援助により、だんだん書籍等が集まりはじめ、小学校卒業の頃には、僕の部屋はヒトラー関係の資料で埋まっていました。中学生になると、これに音楽が加わりました。即ち、アドルフ・ヒトラーが生涯尊敬し、かつ愛してやまなかったリヒャルト・ヴァーグナーの音楽と『意志の勝利』にも使われているクラシック音楽のようなドイツ軍楽への傾斜です。元来オタク的資質の持ち主である僕が、これらの分野にも深く深くのめり込んだのは言うまでもありません。前者に関してはドイツからヴァーグナー物のオペラが来れば必ず鑑賞し、年末のバイロイト音楽祭のＦＭ放送は必ず録音し、最後にはバイロイト詣でをするようになりました。後者は同志と『ドイツ行進曲愛好会』を設立し、ドイツへ行ってドイツ連邦軍の軍楽関係者と交流し、ドイツから指揮者を招請して日比谷公会堂でドイツ行進曲のみのコンサートを企画開催するまでになりました。現在はドイツ行進曲愛好会の三代目会長を務めています。閑話休題。

中学三年のある日、新聞を読んでいると、作家の三島由紀夫が彼の率いる劇団浪漫劇場公演で戯曲「我が友ヒットラー」を昭和四十三年一月、新宿の紀伊国屋書店のホールにて上演するという記事があり、ヒトラー役の村上冬樹の写真が掲載されていました。これが上野の中田商店で購入した米軍の将校服か何かを改造した代物で、その佩用している勲章もかなりイイカゲンで、見るに絶えず、クレームをつけたのです。そうしたら、いきなり三島さんご本人から電話があり、この芝居を上演するにあたって、服装の考証のみならず歴史考証をもお手伝いすることになったのです。また戯曲そのものにもちょっと不備があり、指摘させていただきました。上演時には直っています。中学生でも、信頼できると思うと、仕事を任せるこの天才作家にはとても感銘を受けました。彼は、最初、僕が三島先生と呼ぶと「先生と呼ばれるほどの馬鹿でなし」とおっしゃって、三島さんと呼ぶように訂正されました。後年、三島氏の死後、一面識も無い似非右翼が大声で「我々は三島先生のご精神を体現し」等と叫んでいるのを見て皮肉なものだと思いましたが。

高校に入ってからは、学業とエスカレートした研究生活との板ばさみに苦しみました。僕は悪い意味で完全主義だったので、悩み苦しんだ挙句、神経性胃炎に罹り、一年間学校を休学しました。しかし復学しても、学業とのパーフェクトな両立という根本的な問題は何も解決していなかったので、また元に戻りそうになりました。しかし亡き父と学園長の機転で夜間部に転入することになり、問題はたちまち氷解したのです。お二人に深く感謝しています。

高校時代の一番の思い出はヒトラーの生涯を僕なりに描いた「ドキュメンタリー・アドルフ・ヒトラー」という約三時間の記録スライドショウの制作でした。本当は記録フィルムでやりたかったのですが、それはあらゆる意味からも無理なので、スライドショウにしたのです。

家にある数千のヒトラー文献から使える写真を接写し、僕の書いた台本にそって並べました。今までの研究成果の集大成でした。使用した写真は五百枚以上、になりました。伴奏はヴァーグナーや、その他、ドイツ・オーストリアの民謡から、オペレッタや、軍楽までありとあらゆるジャンルを使いました。ナレーションは放送部の堺正幸くんに頼みました。彼は今、フジテレビのヴェテランアナウンサーになっています。またヒトラー、その他の登場人物は友人がアテレコをやってくれました。

この作品は昭和四十五年の私立浅野学園の文化祭で上映され、好評を博しました。

当初、右翼の宣伝マンだと思って上映を妨害してきた左翼の先生も、内容を観てその専門的な内容に驚愕し、妨害したことを謝罪しました。そしてこの年の十一月に三島由紀夫事件が起きたのです。

　会社の屋上にあった僕の研究室に当時七十才だった父が上がってきて「三島さんが、また何か面白いことやってるよ。」と言いました。三島さんは当時、文壇の最高峰に位置するにもかかわらず、ちょっと変わったことをする作家と思われていたのです。急いでテレビをつけると、既に事件はほぼ収束していて、三島さんは森田さんと共に自刃された後でした。僕は三島さんのお考えは良く分かっているつもりだったので、ヒトラー研究の知識を生かして、僕なりに何か出来ないかと考え、翌年の葬儀の日に森田必勝さんのいた日本学生同盟の下部組織である全国高校生協議会に加盟しました。こうして僕の今日に至る政治運動の経歴が始まったのでした。僕はすぐにこの全高協の幹部になり、翌年の早春には渋谷でマイクを握って戦後日本の虚妄を非難攻撃していました。予備校に通っている高校の同級生が横を通って「おい、お前右翼なのかよ。こえー。」と笑いながら通り過ぎて行きました。同年三島由紀夫研究会が出来、僕はその会員番号一番になりました。また追悼会『憂国忌』のスタッフにもなり、今日までその任にあります。

　さて、その年（一九七一年）実業之日本社刊の大人向け漫画週刊誌『漫画サンデー』に、革命家シリーズの『毛沢東』（藤子不二夫Ａ）に続く第二弾として、水木しげるが『劇画ヒットラー』の連載を開始するとの告知が載りました。そこで、水木ファンだった僕は、すぐ実業之日本社に連絡を取って、協力を申し出ました。水木先生は拙宅までやって来られ、前述の『ドキュメンタリー・アドルフ・ヒトラー』をご覧になり、大変感心され、僕に所謂、原作を依頼されました。そこで、僕は全力で『劇画ヒットラー』のための脚本に従事し、また資料も二百冊以上提供させていただきました。また僕が夜間高校に通っていたのも功を奏しました。昼間は調布の水木プロでお手伝いに従事することが出来たのです。僕はネームの最終確認をお手伝いをしました。また、アシスタントのつげ義春先生の横でベタを塗ったこともありました。週刊連載の仕事は大変でしたが、面白いものでした。仕事で遅くなって水木プロに泊まったことも何度もありました。夜遅くなると、たいてい車で調布の駅まで送っていただきましたが、ガレージの隅で、車に一緒に乗りたくて待っている、まだ小さかったお嬢さんが『ゲゲゲの鬼太郎』の主題歌を嬉しそうに歌っていたのが忘られません。

　この仕事の報酬は僕が希望して、現物支給にしてもらいました。即ち、最初は平綴じの合冊本が五十冊だか、百冊戴きました。それから、僕が装丁のデザインをアドヴァイスした最近復刻されたタイプ（出版社の意向か、僕の名前が消されています。）の単行本もたくさん戴いたような気がします。この時、水木プロのアシスタントのみなさんに僕のサインを依頼され、単行本にサインしました。僕が生まれて初めてサインというものをした瞬間でした。多分、恐れ多くも、つげ先生にもサインを差し上げたかもしれません。ガロ、ＣＯＭの両方を愛読していた僕としては望外の栄誉でした。

　一九七三年、僕は玉川大学外国語学科（ドイツ語専攻）に入学しました。ここで今まで独学で勉強してきたドイツ語をしっかり体系的に身に付けようと思ったからです。

　当時は、かつての日本の新教育運動の旗手であり、玉川学園の創立者でかつ学長の小原邦芳先生がご存命の時代でした。僕は先生が、昭和十三年に訪日したヒトラーユーゲントを高く評価していたことや、彼がかつて、教育界のムッソリーニと呼ばれていたこと。詩人北原白秋が玉川学園にその息子達を預けた時、小原先生に「息子を二人預ける。両方とは言わん。どちらか一人を日本のムッソリーニにしてくれ」と言ったこと等を知っていたので、とても親近感がありました。

　僕の入ったのは文学部ドイツ語専攻でした。ドイツ文学専攻ではないところがミソです。つまり、よりプラクティカルな方向を目指す学科だったのです。これはヒトラー研究の必須の手段としてドイツ語を考えていた僕の目的に、ぴったり合致しました。

　ところで僕は当時、ドイツ行進曲の研究

家として、ドイツ行進曲のレコードのライナーノートを書いていました。一九七四年、日本フォノグラム社から発売されるドイツ行進曲のレコードの制作にかかわったことから、同社の洋楽部長A氏と知り合いました。同社はフランスのレコード会社セルプの権利を持っていて、これを題材にヒトラーに関する二枚組ドキュメンタリーのレコードを作ろうというプランが浮上し、僕がそのすべてを請け負うことになりました。僕は、かつての『ドキュメンタリー・アドルフ・ヒトラー』を下地に年代順に音源を並べて、そのすべてに対訳と解説をつけました。またフォノグラム社の希望で英語のナレーションを入れることにしました。こうしてLP2枚組『ドキュメンタリー・アドルフ・ヒトラー』が完成しました。この前代未聞のレコードはその種のレコードとしては、なかなかのヒット作になったようです。

その頃、万博（一九七〇年）で女優マレーネ・ディートリヒの歌う『リリー・マルレーン』を聴いて感銘を受けた作家、鈴木明氏は、この敵味方も共に歌ったという奇跡の戦場のラブソングを日本に紹介しようと思っていました。そこで、前述のフォノグラムのA氏と僕の三人で、この曲を日本で流行させる戦略を練りました。まず、この歌の物語を企画書にして、音源と楽譜をつけて、ラジオの深夜放送の各女性パーソナリティに配布しました。彼女達はすぐこの不思議な歌の物語に興味を示し、ラジオでぼちぼち『リリー・マルレーン』がかかるようになりました。僕の『ドキュメンタリー・アドルフ・ヒトラー』にも『リリー・マルレーン』を入れました。フォノグラムにはオリジナル歌手ラーレ・アンデルセン（鈴木氏はララ・アンデルセンとしているが、氏の聞き間違い。ちなみに彼はドイツ語の素養は皆無です。）の戦後吹き込みの音源があったのです。また森山良子や、加藤登紀子、淡谷のり子等のフォーク系、ニューミュージック系、シャンソン系の歌手が日本語版を競作で吹き込みました。また大戦中、ドイツアフリカ軍団向けにベオグラード放送局から放送されたそのものズバリの音源を持つ東芝EMIや、英国でこの歌を独自の替え歌を作って歌っていたヴェラ・リンの音源を持つポリドール等にも働きかけ、各社一斉に話題の『リリー・マルレーン』が発売される仕掛けでした。そして、時を同じくして、鈴木明氏による『リリー・マルレーンを聞いた事がありますか？』という単行本が文芸春秋社から刊行されるというメディアミックス作戦でした。

実は、この年、僕は初めてのドイツ旅行を計画していました。これは語学留学を含む三ヶ月の長期滞在プランでした。ですから、この「リリー・マルレーン作戦」の去就を確かめる間もなくドイツに旅立ってしまいました。旅行も終わりに近づいた九月のある日、ベルリンのレコード店でドイツ行進曲のレコードをレジに持ってゆくと、美人の売り子が「なんで、日本人は、『リリー・マルレーン』ばかり欲しがるの？」との質問してきました。こうして僕は作戦が成功したことを知りました。

さて、そんな訳で、僕が初めて憧れのドイツに行ったのは、一九七五年、大学二年生の時のことでした。

旅行の目的は、語学研修、ヒトラー、ナチス関係の史跡の訪問、ヒトラー総統の建築顧問、元軍需大臣のアルベルト・シュペーア氏と面会するためでした。またドイツ連邦軍の軍楽総監とも面会するアポを取っていました。思えばもう三十一年も前のことです。

〈続く〉

ところで、この漫手の初売りは平成十八年の冬コミですが、今回のコミケはいわば十月に急逝された故米澤代表の追悼コミケです。我がすーぱーがーるカンパニーは、かの阿島俊氏（米ちゃんの吾妻ひでお先生評論時のペンネーム）に筆舌に尽くしがたい程お世話になりました。最も相応しいこの場を借りて、貴君に衷心より御礼申し上げます。米ちゃん本当にありがとう。僕らは君をけっして忘れません。僕らは吾妻ファンダムの盟友であり、今でもマグマの下で繋がっているのです。

また昨年のスペシャル春コミでは、米ちゃんの期待に応えて、「吾妻ひでお原画展」を行うことが出来たのは、ちょっぴり恩返しが出来たかなと嬉しく思っています。

ちなみに僕は神道の人ですが、僕には御

霊の遍在という考えがあります。つまり世界は米ちゃんの不在によって満たされているのではなく、反対に、いまや僕らオタクの行くところ、どこにでも、彼の魂が存在しているのです。そう、今日のこの我々を巡る状況は手塚治虫と米澤代表の存在なくしてはありえなかったし、彼は今後も永遠に、この世界の漫画やアニメを愛する人々の行く末を見守り続けていると信じています。僕は米ちゃんの「コミケの理念」が今後もこの史上最大のコミックイベントにおいて貫かれてゆくことを希望します。

僕とドイツの長いつきあい　第二回

わが第二のハイマート（故郷）大ドイツ（ドイツ、オーストリー）よ！僕は来たぞ

「漫画の手帖」第53号（二〇〇七年）

漫手読者のみなさん、こんにちは。いかがお過ごしですか？　さて、今回も僕とドイツの長いかかわりに関してのお話です。

一九七五年の初夏、僕は羽田空港（成田はまだ無かった！）から飛び立ち、二十時間以上かかって憧れのドイツはフランクフルト空港に降り立ちました。ソ連領空を飛べないので、アラスカのアンカレッジ経由、北極圏回りの大圏コースでした。初めての国外旅行だったので、ご近所に住んでいたV社ドイツ駐在員、S氏に同行させていただきました。

ちなみにV社は当時四チャンネル・ステレオ装置をドイツに売り込もうとして苦戦していました。なにせステレオの時だって、某有名声楽家が音楽を聴くのに何故スピーカーが二台必要なのかと反対意見表明を行った程の国民性なのです。四台スピーカーが必要な四チャンネルはそう簡単に受け入れてもらえる訳がありません。まあ日本でも、結局一部のマニア以外には普及しませんでしたが。

着陸寸前に飛行機の窓から初めて眺めたドイツの大地はフランクフルト郊外の住宅街でした。それは同じ大きさ同じ色で、まるでドイツ軍の観兵式のようでした。

まずは数日フランクフルト郊外のS氏宅に泊めていただき、日本からアポを取ってあった建築家、アルベルト・シュペーア氏（Albert Speer、一九〇五～八一）に会いに行く日を待ちました。彼は建築家志望だったヒトラー総統の建築顧問で、戦時中は軍需大臣も勤めた方です。ヒトラー総統とは建築を通じての同僚という言わば友達づきあいを許された数少ない一人でした。彼はニュルンベルク裁判で禁固二十年の刑を受け、ベルリン（Berlin）のシュパンダウ（Spandau）刑務所に収監されていました。が、一九六六年釈放され、建築家として社会復帰を果たしていたのです。

当時、シュペーア氏の「回想録」（Erinnerugen、邦題・ナチス狂気の内幕）が日本で

も翻訳・出版され、その出版元であった読売新聞社が欧州戦史の旅を企画しました。そのツアーの最後にシュペーア氏の講演がセットされていたのです。ちょうどその頃、ドイツに滞在することになっていた僕は、旅行社に連絡を取って、その講演会に参加させて貰えるように交渉したのです。ところが、古戦場や強制収容所跡ばかりを巡る旅は参加希望者が集まらず中止になってしまいました。そこで、どうしてもシュペーア氏に会いたいと粘った四国の計量機器会社の社長さんと僕の二人が単独で氏に会いに行くことになったのでした。通訳は僕が兼ねることになりました。

シュペーア邸はハイデルベルク（Heidelberg）の城の裏側辺りにありました。さすがに高名な建築家の家らしい立派なお宅でした。まずアルベルト・シュペーアという父親と同姓同名で、やはり建築家をされている息子さんが僕らを出迎えて下さいました。僕らはシュペーア氏の待つ応接間に通されました。そこにはあの写真や記録映画で良く見知っていたシュペーア氏が待っていました。

シュペーア氏とは氏の回想録の話題や、当時の日独交流の話をしました。彼は僕に大島浩大使（一八八六～一九七五）は元気かとたずねました。残念ながら大島さんはその旅行の直前に亡くなっていました。大島さんは「敗軍の将、兵を語らず」、戦後は戦前、戦中の思い出を殆ど語ることはありませんでした。今年亡くなったというと寂しそうな表情を見せ、彼は大島大使を何度も軍需工場の視察等に案内したことを懐かしそうに語りました。美味しいお茶とケーキまでご馳走になり、すっかり長居した我々は、タクシーを呼んでもらってシュペーア邸を後にしました。別れ際に氏は、ドイツ再訪の折にはまた訪ねるようにと僕に言いました。ドイツ人は、あまり社交辞令を言わないことを知っていた僕は、その後、何度か氏を訪ねました。

シュペーア氏との会見という最初の大仕事を済ませた僕は、オーストリー（Oesterreich）のザルツブルク（Salzburg）大学語学研修コースに参加すべく、早朝、S氏宅のあったフランクフルト（Frankfurt）郊外シュヴァールバッハ（Schwalbach）の街をSバーンの駅を目指していました。三ヶ月の旅行予定だったので、当時としては珍しい車つきの巨大なサムソナイトのトランクを引き摺っていました。

はた迷惑なことには、ゴゴゴゴというトランクの音がひとつ子ひとりいない石畳の街に大きく響き渡っていました。すると、一人のお婆さんが窓を開け、首を出して「いったい何ごとだい？　なんだトランクの音かい。わたしゃソ連の戦車がまた攻めてきたかと思ったよ。」と言いました。東西冷戦真っ最中の時代でした。

こうして僕はフランクフルト中央駅から急行列車でミュンヒェン（Muenchen）に移動し、日本から予約してあったホテル・ゲルマニア（Hotel Germania）に一泊、翌日は国境を越えてオーストリーのザルツブルクに着きました。そこからさらにザルツブルク大学に行き、短期留学の手続きを行ないました。ザルツブルクでの僕の住居は駅の裏手にある学生寮でした。夏休みなので本来の主である学生達は帰省中でした。

このザルツブルク大学のドイツ語研修コースには、世界中の学生が語学研修に来ており、日本からも五、六名の学生が参加していました。玉川大学ドイツ語学科の同級生も数人参加していました。学生寮は駅の裏、大学はザルツァッハ（Salzach）川の向うにあったので、僕らは毎日数十分歩いて大学に通いました。

ザルツァッハ川の辺にミュンヒェンで僕が泊まったホテル・ゲルマニアと同じ名前のホテルがあり「日本語話します。」という看板がかかっていました。それは日本でドイツ語会話の教師として働いた経験があり、日本人の奥さんのいる従業員G氏が貼りだしたものでした。

G氏とは、その後、生涯の友として、家族ぐるみでお付合いするほど親しくなりました。美しい奥さんの手料理をご馳走になったり、頼まれて日本から彼女の好きなジョージ秋山の「はぐれ雲」を送ったりしました。

ところが、予期せぬ不幸がGさん一家を襲いました。日本での新しい仕事を準備するために、Gさんが日本滞在中だった時、ザルツブルクでひとり帰りを待っていた奥さんが、韓国人ストーカーに殺害されてしまったのです。夫の留守中、言い寄って来た犯人を拒絶したので逆ギレされたのでした。この悲しい事件は、殺人事件なぞ殆ど無いザルツブルクで何年も語り継がれることになってしまいました。日本での奥さんの葬儀には僕も列席させていただきました。幸いG氏は立ち直られ、日本で立派に実業家として、活躍されています。

ところでザルツブルク大学での語学研修にはひとつ問題がありました。それは先生が当然ながら皆オーストリー訛りで喋り、学生が標準ドイツ語（Hochdeutsch）で発音すると、オーストリー風に直されてしまうことでした。ちなみにドイツ・オーストリーではどこでも方言のあるのが普通なのです。普通のドイツ人で標準語をしゃべっている人はいません。それはルターの聖書を元に作られたもので、「劇場ドイツ語」（Theaterdeutsch）と呼ばれるくらい人工的な言葉なのです。

ともあれ、ついにある日、標準語の発音を徹底させるために、音声学の先生が各教室に巡回してきました。そこで、ようやく僕ら標準発音派の発音の正しいことが証明されたのでした。それでも会話の先生方は心底心外そうな顔をしていたものです。

ザルツブルク大学の日々はとても楽しいものでした。夜になると世界中からきたクラスメートを誘ってビアホール（Bierhalle）に繰り出しました。僕らはピーターケラー（Piterkeller、ペーターにあらず）というビアケラー（Bierkeller）がお気に入りで、楽隊に合わせて例の「リリー・マルレーン（Lili Marlen）」を歌ったりしました。僕が歌詞につまったら、現地のおばさんが飛んできて加勢してくれたりしました。

語学研修プログラムが終わった頃、お別れの前に親しくなった美人のフィンランド人の女子留学生とビールを飲みに行きました。最初、０・５リットルのジョッキで呑んでいたら、隣の席の観光客が２リットルのジョッキを注文しました。「わたしたちも、あれを呑みましょう。」と彼女がいうので、注文しました。「もう一杯イケルわよね」というので、もう一度２リットルを呑みました。「まだ大丈夫よね」というので、さらに０・５リットルを呑みました。あとで計算したら合計５リットルになっていました。彼女はほっそりした色白の眼鏡っ子でした。５リットルのビールがどこに消えたか分からないくらいです。きっと酷寒のフィンランドで、いつも強いヴォトカを呑んでいるのでしょう。すごいアルコール分解酵素を備えているのか、いくら呑んでもケロッとしていました。彼女は僕がベロベロに酔っていたのでホテルまで送ってくれました。翌朝、Gさんから、僕が彼女をすぐ帰したので、小言を言われました。

大学のオプションツアーに参加して、バスでヴィーン（Wien）まで観光旅行に行ったこともありました。有名なグリンツィングではホイリゲという新しいヴァインを呑ませる居酒屋に行きました。「ヴィヴァ・エスパーニャ（Viva Espania）！」という歌を合唱した時、僕がふざけて続けて「ヴィヴァ・フランコー（Viva Franco）！」と歌ったらフランスや、アメリカの留学生から「ブゥブゥ」とブーイングをくらいました。そしたら隅でひとり呑んでいたカルメン（Carmen、本当にそういう名！）という黒髪のスペイン美人学生がスックとたちあがり、「飯田橋は正しい！」とよく通る声で言いました。

「わたしたちはフランコ統領のおかげで、第二次大戦にも巻き込まれず、戦後の経済発展も成し遂げることができたんだ。歴史を知らないあんたらに何が分かる！　スペイン人は皆フランコ統領に感謝しているわ。飯田橋、わたしとこっちで呑みましょう」

うしろから沸き起こる「ファッシスト、ファッシスト」の大合唱（笑）を尻目に僕たちは隣室に移動して歴史認識談義（笑）に花を咲かせたのでした。

授業の無い日には、地図と時刻表を首っ引きで調べて、いろいろヒトラー関係の旧跡をめぐりました。日に数本の鉄道バス（Bahnbus）に乗ってヒトラーの生まれたブラウナウ・アム・イン（Braunau am Inn）にも行きました。何となくこちらの方向だと確信があって歩いてゆくと、写真で見知ったヒトラーの生家の前に出ました。不思議なものです。その建物は町の図書館として使われていました。

帰りのザルツブルク行き電車が出発するのは夕方だったので、ヒトラーの生家の裏手にあった映画館（Stadtkino）で映画を観ました。

かかっていたのはフランスのフォーリーヴスみたいなアイドルグループの演じるコメディ「三銃士（Die drei Musketiere）」でした。開場まで映画館の前で待っていると、地元の悪ガキたちが僕の方を指差して笑いました。「何が可笑しい？」と少しムッとして尋ねると、彼らは僕の頭上を指差しました。そこにはいしだあゆみや藤岡弘主演の初代「日本沈没（Untergang Japans、一九七三）」のポスターが貼ってあったのです。こうして僕らは仲良くなり、一緒に映画を観ました。隣に座った子はひっきりなしに飴玉を食べていたのですが、自分と同じペースで僕にも飴玉をくれるのでした。映画の終わる頃にはポケットの中が飴玉で一杯になっていました。

バス（Omunibus）に乗って国境（Grenze）を越えてヒトラー総統の山荘のあったベルヒテスガーデン（Berchtesgaden）にも行きました。ザルツブルクからベルヒテスガーデンまでは約二十キロほどなのです。当時は赤軍派等が暗躍していて、国境の税関（Zollamt）では若い日本人というと特別じっくりパスポートを調べられました。そこで腹立たしいことに、バスに乗り合わせた他国のお客から「また日本人が乗っているので時間がかかる」なぞと顰蹙を買ったものでした。

ヒトラー総統の山荘「ベルクホーフ（Berghof）」はかつてオーバーザルツベルク（Obersalzberg）という塩山の中腹にありました。このオーバーザルツベルクを日本の半可通の歴史家はよくオーバーザルツブルクと誤記します。きっとオーストリーのザルツブルクの近くなので上高地のように「上ザルツブルク」だと勘違いしたのでしょう。僕がある原稿に正確に記述したら、編集者に間違いの方に直されたこともありました。当然ながら現地の地図を見せて厳重抗議し、正しい方に戻させましたが。

山荘の跡には、当時はまだガレージ部分が残っており、立ち入り禁止でしたが、実際は中に入ることができました。中を探検して出てくると、ドイツ人の観光客が外にいて、出てきた僕を見て驚愕していました。その時の僕のいでたちは灰緑色のサファリにグリーンの規格帽（Einheitsmuetze、日本風にいえば戦闘帽かな）を被っていたので、きっと亡霊か、小野田さんみたいな戦前からの残地諜者が出てきたと思ったのかもしれません。

またそこからバスとエレベーターを乗り継いで、さらに隣のケールシュタイン（Kehlstein1834m）山上にあるケールシュタインハウス（Kehlsteinhaus）というヒトラー総統専用テーハウス（Teehaus）に行くことができます。ベルクホーフは戦時中に爆撃されて壊れてしまったのですが、こちらは原型を留めて観光地化しているのです。そのバスの停留場付近は当時ヒンターエック（裏角広場）と呼ばれ、いくつかの土産物屋やレストランがありました。あまりにも僕がこのオーバーザルツベルクに頻繁に来るので、お土産屋の若い女将Fさんとも仲良くなり、現在も友達づきあいをしています。今年、五月末にも久しぶりにオーバーザルツベルグに行きました。バス停は、かつての迎賓館で、戦後は米軍専用ホテル「ジェネラル・ウォーカー（Hotel General Walker）」だったプラッターホーフ（Platterhof）跡に移動し、かのお土産屋もバス停の建物内に移っていましたが、Fさんは健在でした。相変わらず若く美しく、約十一年ぶりの僕の来訪を心から喜んでくれました。

またアメリカの退役軍人が運営している「サウンド・オブ・ミュージック・ツアー」というバスツアーに加わったこともありました。これはザルツブルクとその周辺のロケ地めぐりでした。ここの米人社長さんとも仲良くなって、ザルツブルク郊外のお宅で石焼ステーキをごちそうになったこともありました。

ちなみに「エーデルワイス（Edelweiss）」という曲はこのミュージカルのために作曲されたもので、もちろんオーストリーの曲ではありません。ところが、観光用に現地でドイツ語に翻訳して歌うので、観光客がこれがかのエーデルヴァイスの元歌かと誤解する場合も少なくないようです。

このツアーは米人観光客用だったので、アナウンスも英語でした。現在もこの「オリジナル・サウンド・オブ・ミュージック・ツアー」は行なわれているようで、インターネットのサイトでは、僕がお世話になったオーストリー人の社長夫人がツアー解説用ビデオのナレーションを担当しています。それを先日発見したときは懐かしさで思わず涙がこぼれました。僕の青春がここにも残っていたのですから。

こうして一ヶ月半程のドイツ語(オーストリー語?)研修コースは終了しました。大学の講堂で謝恩会があり、各国の留学生がお国の芸能や歌を披露することになりました。日本チームは僕の提案での谷川俊太郎作詞のアニメ版「鉄腕アトム(Astroboy)」の主題歌を日本語で歌いました。これは、僕の口上と共に、けっこうウケました。

かくしてザルツブルクを後にした僕は、オーストリー、ドイツを縦断するヒトラー関連の旧跡を訪ねる巡礼の旅(Pilgerfahrt、笑)を開始しました。順番は、先に下見をしたヒトラー誕生の地ブラウナウから、ヴィーンに向けてオーストリアを縦断し、それからミュンヒェンに戻り、さらに再度ベルヒテスガーデンや、ノイシュヴァンシュタイン城のあるフュッセンや、ヴァーグナーの聖地バイロイトをめぐり、党大会の街ニュルンベルク、それからボン付近のドイツ連邦軍の軍楽総監を訪ね、ハンブルクへ抜けてベルリンおよび東ドイツを回り、またフランクフルトに戻って日本に帰るという約一ヵ月半の行程でした。

ザルツブルク滞在中、努めて日本語を使わないように心がけていた僕は、少なくとも会話は実生活に困らない程度にはなりました。後は極力、日本語で考えずにドイツ語でモノを考えるように努力しました。こうするとドイツ人と会話する場合のタイムラグを圧縮できるのです。かくして僕は、今日に至るまでドイツ語を喋ることができるようになりました。「三つ子の魂百までも」というヤツでしょう。子供の頃からドイツ語で遊んでいたので、単語はかなり頭に入っていたし、ヒトラー研究のおかげで、難しい政治用語、哲学用語はお手のモノだったのです。

ヒトラー誕生の地、ブラウナウはドイツとオーストリーの国境の町で、ドナウ河(Donau)の支流であるイン川(Inn)の辺にありました。ドイツ側の街はジンバッハ(Simbach am Inn)といいます。驚いたのはイン川の美しさでした。そしてこの川には白鳥がたくさん棲んでいるのです。僕はヒトラーの著書「マイン・カンプ(Mein Kampf)」を持って川原に降りて行き、ベンチで読み耽っていました。

ガァガァいう鳴き声にはっと気が付くと周囲を何十羽もの白鳥に包囲されていてびっくりさせられました。連中はそばで見るとけっこう大きいので怖いくらいです。

僕はブラウナウの広場(Stadtplatz)にあるホテル・ガン(Hotel Gann)に居を定め、数日まったりとブラウナウに滞在しました。当時ブラウナウのユースホステル(Jugendherberge)は驚くべきことにペアレントが趣味で運営している私設のヒトラー博物館になっており、様々な展示と共に、対戦車砲搭載シュトゥーカ(Stuka)の英雄ルーデル(Hans Ulrich Rudel)等、いろいろ有名人のサインが芳名帳に見られました。この博物館は、その後、オーストリー政府によって閉鎖されてしまったようです。

ちなみにヒトラーの生家の旅籠、ツム・ポマー館(Gasthof zum Pommer)はザルツブルガー・フォアシュタット(Salzburger Vorstadt)通りにあり、既にお話したとおり、七五年当時は私立図書館、今日では身体に障害のある児童のリハビリセンターとして使われています。

ブラウナウから次に僕はヒトラー総統がこよなく愛したリンツ(Linz an der Donau)へとむかいました。リンツはオーストリー第三の都市で人口約二十万の商工業都市、オーバーエスターライヒ(Oberoesterreich)州の州都です。

僕はリンツのウアファール(Urfahr)というヒトラーの母親が癌で亡くなった時にヒトラー一家が住んでいた家が残っているドナウ左岸の地区に宿を取りました。リンツにはヒトラーの青春時代の思い出の場所がたくさんあります。

アドルフ少年が、当時住んでいたレオンディング(Leonaing)から徒歩で通った、実科学校(Realschule)、親友のクビツェツクと将来の夢を語り合ったレーマーベルク(Roemerberg)の丘、フンボルト通り(Humboltstr.)のヒトラー一家の住居、彼が初めてヴァーグナー(Wagner)のオペラを観た州立劇場(Landestheater)、一九三八年の独墺合併（Anschluss）の時、故郷に錦を飾ったヒトラー総統が演説した市庁舎（Rathaus）等々、枚挙にいとまがありません。

　ともあれ、頭の中で何度も追体験してきた場所に実際に立った僕の感慨は、筆舌に尽くし難いものがありました。

　レオンディングにはヒトラーの両親の墓と実科学校時代の家があります。僕はお墓参りをすませてから、アドルフ少年が歩いた道を辿ってリンツのシュタインガッセ（Steingasse）にある実科学校まで歩いてみたりしました。ご両親のお墓の写真を撮ったら、お墓から生えている木の上に不思議な赤い光が写っていました。また当時、ヒトラー家が住んでいた建物はこの墓地の向かい側に残っています。


　このオーバーエスターライヒ州には、アドルフの小学校時代の住居や学校もいろいろ残っています。ラムバッハ（Lambach an der Traun）という町には、カトリック・ベネディクト派の修道院があり、アドルフは修道院の聖歌隊員でした。ヒトラーがいた頃の修道院長のハーゲンのレリーフが町の広場の中央に残っています。不思議なことに彼の使っていた紋章はハーケンクロイツだったりします。またこの町にも何箇所かヒトラー一家が住んだ下宿が残っています。

　僕はラムバッハの商人宿に宿を定めて、アドルフが通っていた小学校のあるフィッシュルハム村（Fischlham）にむかいました。途中、ハーフェルト（Hafeld）とよばれる辺りを歩いていると農作業をしていた農夫が大声で話しかけてきました。「お前は日本人か、支那人か？」日本人だと答えると「良い物を見せてやろう。ついて来い！」その農夫の後についてゆくと、それはヒトラーの父アロイスが税官吏を定年退職した退職金でハーフェルトに購入した立派な家でした。農夫はその昔、トート機関（Organisation Todt）というナチス党の外郭組織に所属しアウトバーンの建設に従事していた技師だったのです。彼、S氏は当時の自分の仕事をたいへん誇りに思っていましたし、日本人は戦友だと思っていたのです。

　彼は僕を自分の車に乗せると、ラムバッハの商人宿に行き、顔見知りらしい宿の主人に話をつけ、僕の荷物をさっさと引き上げました。こうして、僕は突然S氏宅の客人となったのです。（つづく）

後藤氏のご両親。

僕とドイツの長いつきあい　第三回

縁は異なもの。忘れえぬ
ドイツの友人達との出会い

「漫画の手帖」第55号（二〇〇八年）

漫手読者のみなさん、また僕とドイツの関係のお話を始めます。前回までは、ヒトラー研究家を志した変人小学生が、三島由紀夫の戯曲の歴史考証を担当し、水木しげるの漫画の原作や、レコードの制作を経て、大学生の時に初めてドイツ・オーストリーを訪ね、ヒトラー巡礼旅行を開始したところまででしたね。

さて、オーストリーの農夫Sさんの家の客人になった僕は、昼間はSさんと共にハーフェルト周辺のヒトラー関係の旧跡をめぐりました。前回紹介した旧ヒトラー邸の持ち主はHさんというハンガリー人で、元親衛隊員だったそうです。夜はオーストリーによくある間接照明のキッチンで奥さんの手料理を戴きました。食事の後、ヴィーン大学の学生であるSさんの息子さんと共に、ハーフェルトの居酒屋に行きました。息子さんは「ハラキリ」という強いリキュールを注文しました。「ハラキリ」のラベルには下手くそな日本刀の絵が描いてあり、酒の色はピンク。四十度の強い甘い酒でした。注文する時は「ハラキリ大」、「ハラキリ小」と指定します。大はツーフィンガーくらいでした。僕らは仲良く「ハラキリ大」を呑みました。

翌日、息子さんは友人に「昨日、オレ日本人とハラキリしちゃった。」と自慢していました。

さてSさん宅のあるハーフェルトからさらに数キロ奥まったところにフィッシュルハム(Fischlham)村があります。ここにアドルフ少年が一八九五年から一年間だけ通った小学校があるのです。校舎は村はずれのカトリック寺院に併設されていました。今は村の子供会集会場に使われているというその建物はとても小さく可愛らしいものでした。全学年ひとクラスで、まるで教室というより、教会の小部屋のようでした。ここで幼いアドルフが勉強したのかと思うと胸が熱くなりました。

Sさんは戦後はオーストリー社会党員で、村長はじめ村の主流派は国民党なので、電話も引いてもらえないとこぼしていました。なかなか酷いイジメが行われていたのです。

さて、彼はお別れの日に僕を村のワインガーデンのようなところに連れていってくれました。そこにリンゴから作られるモスト(Most)という濁酒のような飲み物があり、同じリンゴ酒のシードルやアプフェルヴァインと違った発酵酒の風味が懐かしい感じです。

甘くて口当たりが良いので、これをジョッキで二杯ほど戴きました。ところが、日本酒を上回るアルコール度数があるらしく、後でベロベロになりました。

Sさんは自家用車で僕をインターシティの停車するヴェルス(Wels)駅まで送ってくれました。

それからミュンヒェンまで、オーストリア鉄道の一等車の食堂車に入り浸ってひとりで騒いでいたようです。

「僕は日本に帰ったらオペレッタを作曲するんだ。題名は愉快な食堂車(Der lustige Speisewagen)とするぞ」とか叫んでいた気がします。日本の恥ですね。

こうして再びミュンヒェンに帰り着き、予約してあった駅の傍のシュッツェンシュトラーセ（猟人通り）にあった帽子屋の経営する安ビジネスホテルにたどり着くとすぐ寝てしまいました。レセプションのおじさんが、僕から事情を聞いて、「お客さん、モストはヤバイですよ。口当たりが良いから、ぐいぐいゆくと、後できますから。」仰るとおりでした。

　翌日から、ミュンヒェンのナチス関係の旧跡めぐりのはじまりです。まずイタリアのホラー映画『サスペリア』に使われたミュンヒェンの総統官邸(Der Fuehrerbau)のあるアルキスシュトラーセ(Arcisstrasse)、およびケーニヒスプラッツ(Koenigsplatz)に行きました。総統官邸は現在バイエルン州の音楽単科大学(Musikhoch-schule)として利用されています。

　また道の向かい側には同型の管理棟(Verwaltungsbau)があり、地下で繋がっています。

　翌日は早朝から若きヒトラーが一九一三年から翌年八月、第一次大戦が勃発し、志願兵としてドイツ軍に入隊するまで住んだミュンヒェンでの最初の下宿、シュライスハイマー通り三四番地を見に行きました。その建物は現在も残っていました。住人は、遠慮がちに写真を撮る僕の姿をきっと最初ではなかったのか、窓から迷惑そうに眺めていました。

　ところで僕にとっての最初のドイツの友人のひとりに、ミュンヒェン在住のフォン・デア・Gさんがいました。彼はヒトラー総統の個人行進曲であった『バーデンヴァイラー行進曲(Badenweiler Marsch)』の作曲者でバイエルン親衛連隊付き軍楽隊(Das Musikkorps des koenigl. bay. Leibregiments)の軍楽隊長だったゲオルク・フュルストが、大戦後、ドイツ国軍の第一九歩兵連隊付き軍楽隊長だった頃、彼の元で軍楽隊員をしていた人でした。

　彼とのご縁は彼のお嬢さんを通じてでした。彼女は日本人の留学生と結婚し、日本で日独教会のドイツ語会話の教師をしていたのです。彼女が三島ファンだったので、僕と親しくなり、僕がドイツ行進曲の熱狂的ファンであることを知って、ドイツに行くならぜひ、元軍楽隊員の父上に紹介したいということになったのです。

　フォン・デア・G氏は大変な親日家で一九七二年のミュンヒェンオリンピックの時には日本チームの公式ボランティアサポーターをされていたほどです。

　僕はオリンピックスタジアムに程近いブルグンダー通りのアパートに彼を訪ねました。彼の元隊長のファンという奇特な青年である僕はすぐに気に入られ、とても親しくなりました。初期の頃、ミュンヒェンでは必ず彼の家にホームステイさせて頂く様になりました。

　フォン・デア・G氏の甥御さんは、伯父さんの伝統を受け継ぎ軍楽隊員になっていました。彼は冬季オリンピックの開催場所として有名なガルミッシュ・パルテンキルヒェンに駐屯している陸軍第8軍楽隊にいました。山岳師団付きの軍楽隊です。ここの隊長、ツィンマーマン中佐はけっこうマニアの間では有名で、指揮したレコードもたくさんあり、ある種、民俗音楽界のスターでした。地元では彼の風貌がクラシックのスター指揮者カラヤンに似ているのでベルクカラヤン（山のカラヤン）と呼ばれていました。

　遠慮しない珍しい日本人の僕はフォン・デア・Gさんの紹介で甥御さんのところに訪ねて行きました。

　軍楽隊では日本からのドイツ軍楽マニアの来訪を大歓迎してくれました。所謂「変な外人」というヤツですね。僕のドイツ軍楽の知識量に、彼らはびっくりしてしまったのです。憧れのベルクカラヤンもたいへん丁重に遇してくれたのです。

　さて、初めてのドイツ旅行ですから、僕は日本から周到に準備して行きました。軍楽関係では、あらかじめドイツ連邦軍の軍楽関係の頂点に位置する軍楽総監(Musikinspizient)に手紙で会見を申し出てありました。

　ありがたいことに西ドイツ連邦軍(Bundeswehr)はこの東洋の二十四才の軍楽オタク（当時はまだオタクという言葉はありませんでした。）からのラブレターに快く答えてくれ、軍楽総監シャーデ大佐との会見のアポを設定してくれたのです。

　西ドイツ軍楽の総司令部ともいうべき軍楽総監事務所はボンにありました。なんとそれはローゼンブルクという古城の中にあったのです。

　そこでも僕は予想外の大歓迎を受けました。それは音楽を愛する者同志の友情だったのです。僕の以前にここを訪れたのに陸上自衛隊の音楽隊の父ともいうべきオーベルスト・ズーマ（須磨洋朔一等陸佐）のみでした。

　軍楽総監の取成しによって、僕のドイツ軍楽関係の行脚は比類のない進歩を遂げました。つまり葵の印籠を手に入れたも同じで、どこの軍楽隊にもアクセス出来る様になったのです。こうして、僕はその後の人生に於いてドイツ軍楽隊の日本における最大のお助け人になったのです。

　爾後、僕は歴代の軍楽総監と繋がりを持ち、万一、ドイツの軍楽隊が日本に派遣されるような時は、時の軍楽総監から直接電話がかかってくるようになりました。例えば「今度ウチの空軍第一軍楽隊が行くから、アテンドよろしく」という具合でした。ちなみにその後、日本へのドイツ軍楽隊の訪問が二回ありました。即ちドイツ空軍第一軍楽隊（一九八四）、さらに司令部軍楽隊（一九八八）であります。この二回ともに僕が常に彼らと共に在ったのは言うまでもありません。

　さて、話をミュンヒェンに戻しましょう。僕はフォン・デア・Gさん宅にホームステイしながら、そこを起点にいろいろ近郊のヒトラーゆかりの地をめぐりました。ベルヒテス・ガーデンも再度、訪れました。それはホテル・ツム・テュルケン（トルコ荘）というヒトラーの山荘ベルクホーフの隣にあるホテルに泊まるためでした。ここはバイエルンの山小屋風の建物で心和む雰囲気を持っています。

　そこはヒトラー時代以前からあるホテルでしたが、ヒトラー時代はナチス党によって借り上げられ、総統の警護や、警察業務を担当するゲスターポが使っていました。ですからホテルの地下からベルクホーフの地下に至るトンネルや地下壕が張り巡らされていて、今でも見学することができるのです。

　しかし、特筆すべきは、このホテルからの眺望です。つまりヒトラー総統がベルクホーフの大窓から、朝な夕なに眺めていた雄大なドイツアルプスの景色と寸分たがわないそれを眺めることが出来るのです。僕はひとり孤独の中で色々な歴史的決断をここで、この景色を眺めながら行ったヒトラー総統の気持ちに思いを馳せながら、いつまでも美しい夕暮れの景色を眺めていたものでした。

　このホテルのオーナーは元々のオーナーのお嬢さんのシャルフェンベルクさんという小柄で上品なご夫人です。僕はドイツに行く度にここを訪れ、可能な限り宿泊してきたので、三十年来のおつきあいです。近年、バイエルン州政府はヒトラー関連の観光地であるこのオーバーザルツベルク地域を理不尽な程、邪険に扱っているので、シャルフェンベルクさんはひとり訴訟を起こしてお自分の当然の権利を守るために戦っているそうです。

　オーバーザルツベルクでは、前述したお土産屋の女将、ファブリツィウスさんも忘れえぬ旧友のひとりです。彼女はいつもこのヒトラーゆかりの塩山（ザルツベルク）を訪ねてくる日本の学生をたいへんかわいがってくれました。

　僕が今は亡き母親にディアンドゥル（バイエルン風民族衣装）を買って帰ろうとした折には、サイズを想定し、大変良い品を格安で入手できるように取り計らってくれました。

　僕のシュウイチという名前の発音は何となく南ドイツの方言ぽいのだそうです。シュンイツィとするともっとバイエルン風。でも最後が母音だと女性名が多いから、女の子の名前なのかもしれません。

　当時、オーバーザルツベルクにはヒトラー時代の遺物がたくさん残っていました。ゲーリング空相の別荘跡、ボアマン官房長の山荘跡、枚挙にいとまがありません。その中で最も完全な状態で残っていたのはプラッターホーフという賓客用ホテルでした。米軍が接収して、ホテル・ジェネラル・ウオーカーと名づけて使っていたのです。

　奇妙なことですが、米軍はこの種の建物を接収したら、極力そのままで使う傾向があり、当時のままで残っていました。ところが九十年代半ばドイツに返還されるや否や、バイエルン州政府はこの一九三〇年代の特徴的な建築史上の遺産を破壊したのです。日本のインチキ建築と違ってドイツのそれは石造りで何百年も使用可能なのです。それなのに、彼らはヒトラー時代の遺産というだけで、意図的にこの建物を壊したのでしょう。日本もドイツも困ったものです。ヒトラー時代を無かったことにしようというのでしょうか？　それは「歴史の隠蔽」じゃないのですか？　良識的ドイツ知識人諸君！

　ミュンヒェンにも、その近郊にもナチス関連の貴重な遺物がたくさんあるのですが、それらの観光案内は紙数も尽きてきたので次回に回すとしてベルリン在住の友人のことを書きます。

　フランク・A・Kくんはベルリン在住の行進曲の作曲家です。彼はその頃ちょくちょく日本に来ていました。彼の来日の目的は、自分の作品を、海上自衛隊東京音楽隊に演奏してもらいそれを録音して、ドイツで自分の楽曲のレコードを作るためでした。わが吹奏楽界の重鎮たる赤松文治氏の紹介でした。赤松先生から、今度ドイツから作曲家が来日するから、通訳をしてほしいとの連絡があり、そこで出会ったのがフランクくんでした。僕たちは年齢が近かったのですぐ仲良くなりました。

　最初にベルリンに行った時は折悪しく彼はアメリカに滞在中で、会えませんでしたが、次からは僕の強力なパートナーとしてあらゆるサポートをしてくれたのです。

　一九八〇年、ドイツから軍楽隊長を呼んでドイツ行進曲オンリーのコンサートを日比谷公会堂で開催した時は、来日するシュリューター中佐に同行してくれました。

　その後、ベルリンに行く度に彼のお世話になりました。ちなみに彼のお姉さんは一九七〇年の大阪万博でドイツ館に勤めていた人です。当時の現代音楽の旗手、シュトックハウゼンの助手でした。そこで同僚の日本人と知り合い結婚したのです。

　フランクくんも日本との浅からぬ縁があったのです。現在、フランククんは癌で病床に臥せっており、大変心配しています。

　（ちなみに今年も桃井はるこさんをドイツのアニメ・マンガ関係のイベント・コンニチにお連れすることになっています。またドイツのオタク情報をみなさんにお伝えする機会があるかもしれません。（続く）

僕とドイツの長いつきあい　第四回

『ドイツ、ドイツ、我が夢の国』

「漫画の手帖」第56号（二〇〇八年）

　さて、初めてのドイツ旅行（一九七五）の成功で、すっかり嬉しくなった僕は、翌年もがんばってドイツに行きました。今回はヒトラー総統関連旧跡巡礼と共にドイツの軍楽隊を訪問しようと計画していました。

また音楽の友社主催の「ヨーロッパ音楽祭の旅」にも現地合流で部分的に参加しました。

　フランクフルトに到着した僕は当時の西ドイツの首都ボン(Bonn)に移動し、街の中心部のマルクト広場(Marktplatz)に面したホテルに宿をとって、昨年行ったボン郊外のローゼンブルク(Rosenburg)城にある軍楽総監事務所に行きました。なんとそこには元連邦軍司令部軍楽隊隊長(Chef des Stabs musikkorps der BW)で日本でもファンの間で有名なゲアハルト・ショルツ(Gerhardt Scholz)退役中佐(OTL a.D.)が遊びに来ていました。僕は中佐のファンだったので、望外の喜びでした。僕は中佐が日本のドイツ行進曲ファンの間で根強い人気があることを伝えると中佐はうれしそうな顔をしました。また帰りにはなんと中佐がその灰緑色のメルセデスでホテルまで送ってくれたのです。軍仕様のセーターをゆったり着こなし、禿げ上がった中佐は好々爺のイメージで本当にフレンドリーでした。

さて、僕が再びローゼンブルクにやってきた目的は、訪問すべきどこかの軍楽隊を紹介して貰うためでした。既に顔見知りになっていた軍楽総監シャーデ大佐(Musikinspizient Oberst Schade)は、親友のハインツ・シュリューター中佐(OTL Heinz Schlueter)のいるコブレンツ(Koblenz)の陸軍第五軍楽隊(Heeresmusikkorps 5)を紹介してくれました。陸軍第五軍楽隊はドイツ連邦軍第五装甲師団付軍楽隊（当時）でドイツ屈指の軍楽隊として知られていました。

僕は嬉しくなって、その晩、ひとりでマルクト広場に面した支那料理屋(Chinesisches Restaurant)に行き、その店で一番良い（といっても五十マルクくらい）ドイツヴァインを注文し、祝杯を上げました。そのヴァインはアウスレーゼ(Auslese)で本当においしかったのですが、ドイツでは普通、小瓶とかは置いてないので一人旅の僕はいつも一人で一本空けるはめになりました。毎晩べロべロに酔って帰る日本人客をホテルのフロント係りはさぞかしひどい大酒のみだと思っていたことでしょう。なぜならアルコール分解酵素の多いドイツ人の基準から考えると、そういう状態になるのは相当呑まなければならないからです。飯田橋、二十四歳の夏の宵でした。

数日後、僕は喜び勇んで第五軍楽隊が駐屯するコブレンツに移動しました。コブレンツはライン川(Rhein)とモーゼル川(Mosel)の合流点に位置している街で、ライン下り等の観光の拠点として知られています。ボンとコブレンツはすごく近いのでＩＣに乗って三十分くらいで到着しました。さっそく駅前のホテル紹介所に行き、駅の左側に位置するホテル・プフェルツァーホーフ(Hotel Pfaelzerhof)を紹介され、そこに宿を取りました。ここを拠点として第五軍楽隊の駐屯するグナイゼナウ駐屯地(Gneisenau Kaserne)に毎日通いました。

第5軍楽隊に着くとシャーデ軍楽総監から話が通っていて、すぐ隊長室に通されました。ここで、はじめて生涯の友人となるハインツ・シュリューター中佐と出会ったのでした。中佐は俳優のクルト・ユルゲンス(Kurt Juergens)のような美丈夫で、日本人が想像するドイツ軍人の典型のような風貌でした。彼は日本からやってきたドイツ軍楽ヲタ青年の僕を大変好意的に迎え入れて下さり、シュミッテンヘーエ(Schmittenhoehe)演習場に於ける装甲師団の演習や、マインツ(Mainz)で行われたコンサートに招待して下さいました。

シュミッテンヘーエはコブレンツの街からライン川を渡って向こう岸の小高い丘の上にありました。そこでは既にレオパルト戦車や、装甲車が並び、演習の準備が整っていました。戦車砲の訓練射撃では、スクラップ寸前のＭ四八型戦車を走行させて標的にしていました。なんと贅沢なことをするものだと思いました。日本の火力展示演習とは違う緊迫感は、西ヨーロッパを共産国から防衛する最前線（当時）の西ドイツならではでした。国境を挟んで、東側には同じドイツ民族の国家である東ドイツがワルシャワ条約機構軍の先鋒として対峙していたのです。

すると突然、スピーカーからパンツァーリート(Panzerlied)が鳴り響きました。僕は、映画「バルジ大作戦」で知られるようになったこのドイツ戦車部隊の歌が大好きだったので嬉しくなってしまいました。観覧席のみなが森の方をしきりに見ているので、何かと思ったら、なんと大戦中のドイツ戦車、パンター(Panther)が出てきたのです。僕は驚きと感動に包まれて呆然と立ち尽くしていました。小学生時代、田宮模型のプラモデルで作ったパンターの実物が目前を走行しているのですから。

当時コブレンツの軍事技術博物館(Wehrtechnisches Museum)には可動保存状態のパンターがあったのでした。たしかパンターＧ型だったと思います。この戦車は今コブレンツには無く、ムンスター(Munster)の戦車博物館に保存されている筈です。

　この時、感激して舞い上がった僕は不注意にもそこにあった塹壕(Schuetzengraben)に落ちてしまい、怪我こそ無かったもののズボンを大きく切り裂いてしまいました。ホテルに戻ると、ホテルの女将が、それをめざとく見つけて、家族の部屋に連れて行き、ご自分で修理してくれました。僕は替えズボンを持っていなかったので本当に助かりました。それをキッカケに、このホテルを経営しているシュピッツバルト家の皆さんとも仲良くなり、家族ぐるみのお付き合いをすることになりました。後日、彼女が現在の社長である息子さんと日本を訪れた時、僕は日本中を案内したのです。

　演習の翌日は、マインツでのコンサートでした。僕はICでマインツに行きました。ドイツ屈指の軍楽隊であるコブレンツ第五のコンサートは素晴らしく、ドイツの軍楽隊の生演奏をあまり聴く機会がなかった僕は、その芸術性の高さと力強さに驚かされました。

　しかし、アンコールが繰り返されたため、時間が押してしまい、帰りの列車の時間が過ぎてしまいました。困っていると軍楽隊員がコブレンツに戻るのだから、彼らのバスに乗れば良いと専用バスに乗せてくれました。ところが、オルテラーという副官が来て「民間人は軍用バスに乗れない」と言って降ろされてしまいました。僕は百二十マルクも払ってタクシーで帰るハメになりました。でも、なんだか軍規厳正なドイツ軍隊の伝統を見たような気がして、ひとり嬉しくなってしまいました。

　こうしてコブレンツの陸軍第5軍楽隊および隊長のシュリューター中佐と僕とはとても仲良くなりました。そして、これがご縁で後年、シュリューター中佐を日本に招待して、海上自衛隊東京音楽隊を客演指揮してもらう日独協会主催の音楽会を企画し、日比谷公会堂で空前絶後のドイツ行進曲オンリーのコンサートを開催することになったのです。

　第二回目のドイツ訪問では前回行かれなかった北ドイツやベルリンや、さらに東ドイツに行こうと計画していました。まず友人で写真家の藤井寛くんを訪ねてハンブルク(Hamburg)に行きました。彼は当時、キッコーマンが世界中に出していたステーキレストランチェーン「大都会」で働いていました。

　ところで僕は当時、いつもユーレイルパス(Eurail Pass)という便利なパスを日本で購入してゆきました。これは極めて有用なパスでした。このパスは最長の三ヶ月間有効なものでも、ハンブルク、ミュンヒェン間を三往復もすれば元が取れてしまうほど安価で、全欧州（西側のみ）の鉄道が一等車で載り放題という代物でした。なんでも第二次大戦によって荒れ果てたヨーロッパに非ヨーロッパ圏の旅行者を誘致し、経済の復興に寄与させるという目的で考案されたものだそうです。いわゆるマーシャルプランの一環でした。それが戦後二十五年も経っても生きていたのです。だから、当時ヨーロッパ人は購入することは出来ず、アメリカやアジア等、非ヨーロッパ圏の国民のみがその恩恵に浴することが出来たのでした。

　このパスのおかげて、僕のフットワークは極めて軽くなったのです。東ドイツ関連を除いて僕は殆どホテルを予約せず、各目的地に着いてから、大抵は駅前にあるホテル紹介所(Zimmernachweis)に行きホテルを紹介して貰っていました。しかし折悪しくその地域で大きな見本市(Messe)があったりすると全く部屋が取れないことがあり、そういう場合はこの魔法のパスを使って適当な都市まで寝て行き、また朝に目的地に戻るようにしました。当時ヨーロッパの列車はオリエント急行のような、いわゆるコンパートメント形式で、とりわけ一等車は向かい合った前後の座席を引っ張り出すとそのまま快適なベッドに化けてしまうのです。駅についたら駅に備え付けの有料シャワーでも浴びればもうバッチリです。

　さて、ハンブルクに着いた僕はさっそく藤井くんの勤めていた「大都会」に行きました。大都会はミルヒシュトラーセという繁華街にありました。このレストランではコックが皮製のホルスターを吊っていて、その中に、定吉七番のように包丁が入っているのです。そしてステーキを焼きながら、その包丁をアクロバットのようにクルクル動かしてステーキに切れ目を入れてゆくのです。ドイツ人は日本ではみんなこういう風にしてステーキを焼くと思っていたみたいです（汗）。

藤井くんは僕を有名なレーパーバーンという歌舞伎町のような所に連れて行ってくれました。この歓楽街は無名時代のビートルズが度々演奏したことでも有名です。そこにはツィラータール(Zillertal)という南ドイツ風のビアホールがあり、バイエルン風の楽隊が賑やかにポルカやマーチを演奏していました。

僕は思い立ってドイツの伝統に従って楽団員全員に飲み代(Trinkgeld)を出してから、楽長(Kapellmeister)に「バーデンヴァイラー行進曲(Badenweiler Marsch)」をリクエストしました。楽長はうれしそうに演奏を始めました。この曲は第一次大戦中、フランスのバドンヴィレ(Badonville)で行われた激戦を記念して、戦いに参加したバイエルン王国親衛連隊(Bayerisches Leibregiment)付き軍楽隊長ゲオルク・フュルスト(Georg Fuerst)が作曲した行進曲で、義勇兵としてバイエルン軍に従軍していたアドルフ・ヒトラーの愛した行進曲でもあります。そのため戦後は旧バイエルン親衛連隊戦友会関連の催し以外は、ドイツ連邦軍軍楽隊はこの曲を演奏することは基本的に禁止されているのです。しかし民間バンドがこの曲を演奏する分には別に何の問題もないのです。しかし微妙な配慮からかビアホール等で自動的に演奏されることはなく、この曲を演奏することは、演奏家にとってある種の勇気を必要とするのです。そこで日本への僕が「バーデンヴァイラー」をリクエストしたので、おそらくは元軍楽隊員であろう楽長は嬉しかったのでしょう。

余談ですが、よくドイツ人は日本人を見ると「今度はイタリア抜きで（戦争を）やろう」と言うという話を聞きます。現在ではいざ知らず、戦前派が大勢いた一九七〇年代のドイツでは本当でした。実際イタリアは戦争中、ドイツの足を引っ張ることも多く、また同盟国であったにも関わらず、ムッソリーニを排除して早々と連合軍に降伏しようとしたり、戦後、自国は戦勝国であると主張したりと、ドイツの古兵達(Alte Kaempfer)にとっては腹に据えかねるものがあったのでしょう。

次に僕はハンブルクから列車で西ベルリン(West-Berlin)に入ることにしました。かつての首都ベルリンは当時、西側連合国占領地域とソ連占領地域とに分割され、その境界には地雷原等の無人地帯があり、両側には高い壁が作られていたのです。

車両は東ドイツの車両だったような気がします。不思議なことに東ドイツの国鉄はドイツ帝国鉄道(Deutsche Reichsbahn)と称していました。ナチス時代と同じ名前です。東ドイツの人になぜかと訊いたら「有名だから」という答えが返ってきました。尤もライヒを帝国と訳すのは誤訳です。第三帝国といってもヒトラーは総統であって皇帝ではありません。この言葉は本来、国という意味で、帝政国家という意味ではありません。明治時代にドイッチェス・ライヒ(Deutsches Reich)をドイツ帝国と訳したのはきっと当時のドイツが帝政だったからです。それを第一次大戦後も踏襲してしまったのです。ちなみに当然、ヴァイマル共和国もドイッチェス・ライヒと称していました。現在は連邦共和国ブンデス・レプブリーク(Bundesreplik)でライヒは使われていません。

東ドイツ(DDR)国境までは車掌は西ドイツの人で、そこから東ドイツの国境警備隊(Grenzschutz)と車掌(Schaffner)が乗り込んできてバトンタッチします。切符をチェックしに来た彼らの制服が戦前のものと良く似たデザインだったので、ちょっと嬉しくなりました。東ドイツの景色は西ドイツと比べると鄙びた感じで、きっと戦前のドイツもこんな感じだったのだろうと思いました。まだ普通にSLが使われていて、至るところで黒煙を上げて走っていました。

高架線で西ベルリンに入るとそこは急にきらびやかな西側の都会でした。アム・ツォー（Am Zoo、動物園前）駅というのが西ベルリンのメインの駅でした。ちなみに奇妙なことには西ベルリンのSバーン（Schnell-Bahn、高速鉄道）の駅は東ドイツが運営しているのでした。でも職員は西ベルリン市民が東の制服を着て勤務しているのでした。ちなみにUバーン（Untergrundbahn、地下鉄）は西側の運営でした。

アム・ツォー駅は西ベルリンのメインストリートであるクーダム(Kurfürstendamm)のすぐ横の通りに面しており、ガイドブックで見慣れた光景がそこに広がっていました。さっそくホテル紹介所で有名なケンピンスキー・ホテル(Hotel Kempinski)のそばの安宿に居を定めました。それから西ベルリンの探索にでかけました。

クーダムのはずれにはヴィルヘルム皇帝記念教会(Kaiser Wilhelm Gedächtniskirche)が爆撃されて焼け焦げた姿をさらして建っていました。広島の原爆ドームと同じく、戦争を忘れないようにするためにわざとそのまま残してあるのだそうです。その傍の屋上に巨大なメルセデス・ベンツの星マーク(Stern)が目印のオイローパセンタービル(Europa-Center)がありました。今は無くなってしまいましたが、そこにはレストラン東京という本格的日本料理屋があり、有名でした。僕も一度試したことがありますが、値段は高めでしたが、マトモな日本料理だったと思います。

西ベルリンでは日本から手紙を出して買ってあったチケットでベルリン・ドイツオペラ(Deutsche Oper Berlin)の公演を観たり、夢のような日々でした。この時はまだコーヴァルトくんと知り合っていなかったので、完全に一人で行動していましたが、一人っ子の僕は全く寂しくありませんでした。

そして、いよいよ僕は地下鉄に乗って東ベルリンに入ってみることにしました。アルベルト・シュペーアさんの設計になる総統官邸をはじめ、ヒトラー時代の主要な旧跡は殆ど東ベルリン(Ost-Berlin)側にあったのです。(つづく)

ドイツのオタクの祭典「コンニチ二〇〇二」の支援に行った。

「漫画の手帖」第45号(二〇〇二年)

漫手読者のみなさん、おひさしぶりです。お元気ですか? 飯田橋です。

僕は相変わらず古オタク街道を驀進中です。

今回は、ドイツのオタクさんを支援するためにドイツに行ってきたお話です。

一九九五年のドイツ旅行の際、作曲家ワーグナーのメッカで、毎年音楽祭の行われるバイロイトのキオスクでドイツのアニメ・オタクさん編集の専門誌「AMI(アニメ・マンガ・インフォルマツィオン)」(漫手のような自費出版の本でした。今はありません)を発見購入し、よせば良いのに、編集部に手紙を出したのがキッカケでドイツのオタクさんたちとのお付き合いが始まりました。ドイツオタクMLなるものにも参加しており、毎日一〇〇通近いドイツ語のメールが来ます。

さて、今回はむこうのイベントの初動からお手伝いすることに。日本から招請するゲストの交渉は基本的に僕が全部やるハメになりました。先方は、松本零士を呼びたいだの、エヴァの庵野監督を呼びたいだのと勝手な事を言っていれば良いのですから、気楽なものです。あとは僕が交渉するのですから。

向こうで名前を挙げてくるゲスト候補者は、当然日本でも人気が高く、仕事が詰まっていて、従ってドイツへ行くのに一週間も日本を空けられないという構造になっているという事情が連中になかなか分って貰えず苦労しました。まあ、こちとら好意のボランティアで一銭も貰っていないという強みで、図々しい要求はボンボン突っぱねましたけどね。ちょっと外交官の苦労が分るような気がしましたね。

　昨年の暮れから下準備に入り、直前の四月中旬から最後の詰めでドイツからスタッフが三名程来日しました。

　ＣＯＮＮＩＣＨＩ二〇〇二で行うガイナックス展のための借り物の調整や、ゲストの鶴巻監督と打ち合わせをし、また庵野監督と武田本部長のビデオメッセージを撮影するために三鷹のガイナックスに行きました。またドイツで人気のある「ウェディングピーチ」の漫画家である谷沢直先生との銀座のドイツワインレストランでの会食＋簡単なインタビューや、去年、萩尾望都先生がドイツに行った時、今回のスタッフのひとりにお世話になったということで、なんと萩尾先生御自らが東京見物の案内をして下さるという信じ難い一幕もありました。またガイナックスの新作アニメ「まほろまてぃっく」の声優ライブも取材しました。ライブはビルの七Ｆにある新宿の古いライブハウスで行われたのですが、「パンパパン、ヒュー」という掛け声と共に千人程のオタク体型の日本オタクが縦ノリで飛び上がるので、ビルが崩壊するのではと、心底怖かったです。

　ところで「コンニチ」とは「今日」のことで、今日の日本アニメとマンガの状況を紹介するコンヴェンションというような感じでしょうか。欧州のオタクさんたちにとって、日本は憧れの新世代の文化を発信する夢の国というイメージなのです。

　さて、今回のドイツ・オタク旅行記、ちょっと長くなりますが、日記の形式で纏めてみました。

四月三十日（火）
　出発の朝です。ＪＲの成田エクスプレスで素っ頓狂に早く成田に着いてしまったので、時間を持て余し、コイン・インターネットマシンでネットサーフィンで時間を潰すなど、往生しましたが、遅れるよりは遥かにましです。飛んでしまえば十一時間でフランクフルトです。ちなみに飛行機はＢ７４７でした。飛行高度は九六〇〇メートルです。速度は九〇〇ｋｍ／ｈくらいです。機内映画は「ハリー・ポッター」でした。日本語版ですが。２本目は「バンディッツ」でした。

ドイツに無事到着
　スタッフのＰくんたちが空港で待っていました。さっそく車でホテルのあるバート・デュルクハイムに移動。二時間ちょっとかかりました。チェックインし、その後、コンニチの会場のあるルートヴィッヒスハーフェンに移動。イベントの実行委員のドイツオタクさんたちに、会いました。彼らは、アニマックスというドイツ最大のアニメファンの連合体の人々で、ＮＰＯにもなっているようです。
　なんでもセーラームーンのＦＣの団体とアニメファンの連合が合体して出来た団体のようです。ドイツにはあとアニメのトモダチという団体があり、僕の知人であるＳ嬢はこの創成期の重要メンバー（一時期会長）だったようです。
　僕が無意識に「まほろＤＥマンボ」を口笛で吹いたら、口笛の大合唱になってしまいました。すごいです。「まほろ」はデジタルＴＶの放送だったので日本でもコアな人々しか知らないのに。なお、Ｐくんのドイツ語の先生である日本人のアヤ・Ｐさん。（ドイツ人と結婚されている方で、萩尾先生のお友達です）も交えて教会の横の野外のすてきなカフェでお茶しました。

五月一日（水）
　五月一日です。ＴＶをつけると、今朝は「飛んでブーリン」と「おじゃ魔女ドレミ花屋編」「神風怪盗ジャンヌ」をやってました。あっ「らんま１／２」が始まりました。殆どはＲＴＬ２という放送局です。ここはアニメチャンネルという位、日本アニメに力を入れています。ドイツのお宅の人が顧問に入っているそうです。
　ぎゃっ、こんどは「ドラゴンボール」が始まった。一体、ここは何処だ!!　このあと「ポケモン」が始まることになっています。前回来た時（二年前）より、格段の活況を呈しています。

イベント・コンニチの会場…

昨日もすでに会場を下見したのですが、青少年のための公民館のような施設です。けっこういろんな設備がありました。演劇とかに使える舞台付きのホールとか。インターネットカフェ、果てはアニソン・ディスコまであります。舞台では既にコスプレで寸劇をするグループが練習していました。「ヴァイスクロイツ」とかやるみたいです。ヤオイなんて言うタームも日常的に使われています。

五月二日（木）

コンニチ二〇〇二のゲストである鶴巻監督が五月二日（木曜日）の一六五〇時頃、無事フランクフルト空港に到着しました。

この日はまず会場に行って、日本で収録した庵野監督と武田本部長のビデオメッセージにドイツ語の字幕をつける作業をしました。同時にインターネットを通じて送られた声優の島津冴子さん（うる星のしのぶの声優さん）からのメッセージもドイツ語に翻訳、それからフランクフルト空港に向かいました。

空港で遅い昼食をとりました。白アスパラガス（シュパーゲル）の季節なので、白アスパラガスの小さいヴィーナーシュニッツェル添えを食べました。相変わらず、大きくて立派な白アスパラを堪能しました。

その後、税関をぬけて鶴巻監督が出てくるB・1出口に移動して待機していたという訳です。

無事監督と合流し、アウトバーンを一八〇キロで飛ばしてホテルにチェックインした後、設営中の会場を視察、監督を全スタッフに紹介しました。その後ホテルに戻って遅い夕食をとるつもりでしたが、食事の時間は終わっていたので、プファアルツヴァインとヴァイツェンビールを皆で飲み監督のドイツ到着を祝いました。

五月三日（金）

前回報告したアニメの外に、当地でやっていたのは「セーラームーンSS」および「名探偵コナン」「クレヨンしんちゃん」「ちびまるこちゃん」を確認しました。

ちなみに朝やっているのは、再放送のようです。本当の放映はまちまちで、昼下がりの時間帯にやっているものや、夕方やっているものもあるみたいです。

「コンニチ二〇〇二」初日

遅い朝食をとって、一一〇〇頃、ホテルを出発、最後の準備に余念がない会場に到着。ガイナックス展の為に鶴巻監督が持ってきたセル画（綾波二点・ミサト一点）を実行委員に渡しました。

その後、インターネットカフェにてIMEとIEに日本語をセット。日本語が使えるようになりました。そこでいくつかの日本サイトBBSに書き込みをしました。

そして軽食をとった後、イベントの一般受付が始まりました。スイスから日本学を学んでいるアタル・モロボシ君が到着。コンニチの公式通訳です。このアタル・モロボシくんは、後で分かったのですが、昨年発見した「ななこSOS」のドイツ語紹介サイトを作った人物でした。（オタクの）世間は狭い。

そうこうしているうちに展示も完成していました。僕の書き込みにメッセージを下さった島津冴子さんのお言葉もドイツ語に訳されて額装され、写真付きで飾られています。

一七三〇より鶴巻監督の第一回のサイン会が始まりました。監督はドイツの御宅さんたちの求めに応じてイラストまで描いての大サービスでした。

一九一五頃、オープニングが始まり、鶴巻監督と僕が挨拶。僕が通訳無しでドイツ語を喋ったので、みなびっくりしたようです。またガイナの武田本部長と庵野監督のビデオによる挨拶も同時に上映されました。その後、日本のアニメシーンのコラージュ（著作権的に激ヤバ）によるOPアニメも上映されました。

終了後会場近くのバイエルン風ビアレストランにて遅い夕食。鶴巻監督はレバークネーデルズッペ（レバー肉団子入りスープ）が気に入ったようです。

五月四日（土）

二日目、さすがに会場の賑わいは最高潮に達していました。まず、「津波」誌というマンガ・アニメ専門誌の鶴巻監督インタビユーから始まりました。

ディーラーズルームでは、多くのアニメソフト。ドイツ語訳されたマンガ、さまざまな画集、ムック、設定資料集、ガレージキット等がドイツ中から集まった複数の業者によって販売されています。

またコスプレイヤーもたくさん闊歩しています。日本との大きな違いは彼らが様々なチームに別れて歌って踊るショウを行うことです。

鶴巻監督のサイン会が始まり長蛇の列が出来ました。監督はひとりひとりに絵を描く大サービスです。ドイツの御宅さんたちは大感激していました。リクエストはやはりエヴァが多く。次がナディアとフリクリです。

一九三〇より僕が日本ファンダムに関する講演をする予定でしたが、知り合いのコスプレ集団「月の戦士」のショウと被ったので、翌日に廻してもらいました。先日来日したスタッフのひとり（女性）はここの座長さんだったのです。

この日の夕食はまたバイエルン風ビアレストランで食べました。

五月五日（日）

今日は僕が講演する日です。通訳のスイス人青年「諸星あたる」くんが連絡上のミスで来なかったので、直接ドイツ語で講演する羽目になってしまいました。主催者からは日本ファンダムの状況について話せということでしたので、まずオタクの定義から始めました。日本で最初のオタクは手塚治虫であった説とか、コミケの歴史や、僕の主宰する吾妻ひでおFC「すーぱーがーるカンパニー」を例にとっての日本のファン活動の変遷とか、SF大会とGAINAXの関係とかを説明し、質問を受けました。

最後にオタクは国境や文化の壁を越えて人々に夢を与える選ばれた存在のNEWTYPEだとアジったら「戦え！」という声が会場からかかりました。きっとオタクのビデオからの連想でしょうが、面白い連中です。

鶴巻監督は最後にスタッフ向けのサイン会を発議され、濃いドイツ御宅連中を感激させました。

エンディングは日本のSF大会を思わせるものでした。その後、スタッフのみの気楽なカクテルパーティーがあり、以前僕も泊まったことのあるミュンヒェンのホテルメルクーアに勤めているリリーちゃんというエヴァのアスカそっくりの子がカクテルを作ってくれました！　こうして三日間にわたるドイツオタクの手作りの大会は終わったのです。参加者は通算で一五〇〇人くらいで、ちょうど昨今の日本SF大会位の規模でした。

☆コンニチのプログラム

○アニメMTVコンテスト…これは音楽にアニメ画面を取り込んで作ったMTVのコンテストです。これは本当は著作権法に抵触しますね。
○アニメ上映会。
○ガイナックス展…ガイナックスから借りたセル画やポスター等の宣伝材料や綾波のガレージキット等の展示されていました。またガイナックスのプロモビデオもコンピューター上でノンストップで流れでいました。
○アニメグッズ・オークション…持ちよった不要品のオークションです。
○アニメ・グッズ不要品販売スタンド…売り上げは寄付。
○コスプレアクション・コンテスト
○アニメソング・コンテスト
○茶道展お茶会
○講演…日本旅行アドヴァイス
○講演…日本のアニメファン（オタク）について（僕のドイツ語による講演でした^^;
○日本語初級講座
○日本料理ワークショップ
○日本漫画の描き方ワークショップ
○碁ワークショップ
○ゲスト（鶴巻監督）・サイン会（毎日）
○ショウ・プログラム…4つのコスプレグループが寸劇を行い歌い踊りました。
その他にポーランドから来たアニメソングシンガーデュオMiyuのステージがありました。日本語ですごく上手に歌うのです。
○インターネットカフェ（ADSL接続で、ちゃんと日本語が使えました）
○レストラン

まずＯＰセレモニーではゲストの紹介があり、それから日本のガイナックスの武田本部長と庵野監督のビデオ挨拶の上映がありました。それから日本アニメのコラージュに別の音楽をくっつけたオープニングアニメの上映等がありました。

金曜日と土曜日は夜中の四時までイベントが続きました。最後にエンディングがあり、日曜日は一七〇〇時に終了しました。

五月三日（金）一三時〜午前四時
五月四日（土）一〇時〜午前四時
五月五日（日）一〇時〜一七時

参加の仕方には三日間の通し参加と、一日のみの参加の両方があったようです。会場は公民館とか青少年会館のようなところでした。

五月六日（月）

今日は鶴巻監督の観光の日です。まずアヤ・Ｐ先生のお宅（ルートヴィヒスハーフェン近郊）にお邪魔し、ドイツの普通の生活の一部を垣間見ました。Ｐ先生は、第一次大戦中の習志野捕虜収容所のドイツ人捕虜に関する研究のお仕事もされていました。拙宅にも偶然彼女の作った本がありました。

その後、ハイデルベルクに移動し、お城まで登って観光。それからケーブルカーにて下に移動、Ｐ先生が予約して下さった有名なレストラン「ローターオクゼン」にて昼食、それからサイン会の行われるフランクフルトへ移動。道路が工事のため渋滞し、ヒヤヒヤしましたが、ギリギリ間に合いました。そこでまた授業のあるＰ先生とはお別れしました。

ドイツの大都市には必ずオタクショップがありますが、そのうちのひとつフランクフルトのＴ３（ターミナルエンターテインメント３）が鶴巻監督のサイン会の会場でした。到着するとすでに、ドイツのファンが列をなしていました。コンニチより年齢層は比較的低い感じがしました。その数四〇名くらい。ここでも鶴巻監督は大盤振舞いでイラスト付きのサインで、オタクさんたちを感激させました。夕食はフランクフルトのメキシコ料理屋で。帰りは親切なＳくんが運転してくれました

五月七日（火）〜五月九日（木）

五月七日、空港のあるフランクフルトに向かう鶴巻監督とお別れしました。まだ出発まで大分時間があるから観光をされるとのこと。

僕の方は、それから今度は丁度、五／七〜八に開催された。武装親衛隊第１装甲軍団（含むＬＡＨ）の戦友会にゲストとして招待されていたので、シュトゥットガルトからアンスバッハというところへ向かいました。

バートデュルクハイムからアンスバッハまでは前述のコンニチの大会事務局のフロリアンくんが車で送ってくれました。だいたい一二〇キロ程の距離で、一時間ちょっとで着きました。むこうで親友のＭくんや戦友会の面々と一緒に昼食を取ったのですが、Ｓくんはちょっとビビっていたようでした。

戦友会にはＭくんをはじめ、旧知の人々が大勢いました。またディーラーズルームがあり、ＨＩＡＧの会誌「義勇兵」を出版しているムーニン社をはじめ、Ｍくんら数人が店を出していました。また同ルームには五／一にＮＰＤ（国家民主党）が各地で行った思想弾圧抗議デモの模様のビデオが東芝の巨大モニターで流されていました。ちなみにコンニチがあったルートヴィッヒスハーフェンでもＮＰＤが最大級のデモを行い、空には警察のヘリが飛んでいました。

この年一回の戦友会は年次総会を兼ねていて、会則の改正案が長時間かかってとても「民主的」に討議されていて、多くのＬＡＨの戦友達はうんざりした顔をしていました。

夜にはゲルマン民族の文化と世界観というような素晴らしい内容の文化講演が学者によって行われ、その合間に、民間バンドがポルカやマーチを演奏して、何か昔日のＬＡＨの行事を髣髴させるものがありました。

その後、Ｍくんと彼の住む懐かしのニュルンベルクに移動し、まったりとした午後を過しました。彼の家の庭には前からいるハリネズミ以外にも、なんと野生のアヒルが住み着いていて、とても可愛らしかった

です。ゲルマン民族の家内安全のお守りのイルミンズールの樹と不思議な調和を見せていました。

五月九日（木）、マイヤーくんとニュルンベルクのマルクトプラッツ（旧アドルフ・ヒトラー・プラッツ）にて食事し、それからインターシティにて、フランクフルト空港まで移動。むこうで待っていてくれたコンニチスタッフのSくんと合流し、出発まで時間を潰しました。帰りの飛行機はポケモンの飛行機でした。

五月十日（金）

機内ではもっぱらコバルト文庫の新刊「マリアさまが見てる・レイニーブルー」を読んでいました。日本時間一五〇〇頃成田空港に無事到着、リムジンバスにて横浜に移動。一八〇〇時頃、横浜の自宅に戻りました。夕食はスキヤキでした。同行したまりちゃん（一部で有名な人形）もうれしそうでした。翌日は友人のY監督の「ゲートキーパーズ21」の杉並公会堂のイベントでした。我ながら毎時、何やってんだか^^;

ドイツのおたくさんは僕の子供たちです！
飯田橋修一の「コンニチ二〇〇五」レポート

「漫画の手帖」第49号（二〇〇五年）

漫手読者の元ヘンタイ良い子（死語）のみなさん。おひさしぶりです。二〇〇二年、二〇〇三年に続いて、またドイツのオタクさんを支援するためにグリム兄弟で有名なカッセルというところで開催されたオタクイベント「コンニチ二〇〇五」に行ってきました。

例によって日記形式でレポートでおおくりします。今回の参加者総数は三日間で約九千人だったそうです。そして特筆すべきはその七割近くが女性参加者だったことです。そして彼女たちの多くは日本アニメ・マンガのコスか、ゴスロリだったのです。ドイツの女性オタクパワー、恐るべしです。

九月十五日（木）

午前八時に予約していたタクシー、自宅に到着。YCATへ。そこからリムジンバスで成田へ。毎度ながらリムジンバスは渋滞をものともせず、時間どおり進んでゆくのはすごいです。

前日、伊勢佐木町の映画館ニューテアトルで行われた「つりバカ日誌」のイベントの報告をポータブルラジオで聞きながら、きっちり九十分でJALの使う第二ターミナルへ到着。今回は一切カメラを持ってこなかったので、早々とチェックイン後、急遽空港内のカメラのキムラで、型落ちのイクシーと一ギガのSDカードをリボ払いで購入しました。そうして僕と一緒に行くはずのガイナックスのゲストのみなさんを待たずに早めに中に。セキュリティチェックは前よりさらに厳しいようです。

搭乗開始直前に、ガイナの山賀社長とまほろの高村さん到着。飛行機は十三時半くらいに遅れて離陸しました。機体はエアバスで、例のゲームも出来る個人TVつきのタイプ。今回は名画紹介のプログラムで「カルメン故郷に帰る」をひさしぶりに鑑賞しました。面白い。笠智衆の中学校長が良い味を出しています。またカルメンの「芸術」（ようするにストリッパー・ダンスですね。）は、かのジェセフィン・ベイカーや、レニ・リーフェンシュタールみたいで、なるほどけっこう芸術っぽかったです。選んだ食事は洋食でしたが、けっこう旨かったです。

離陸が遅れた影響で、ちょっと予定より遅れて現地時間六時半位にフランクフルトに到着しました。手荷物受け取りの外には、おなじみのドイツのオタクマスターであるマルクスくんが迎えに来ていました。

僕が皆に手荷物が出ない経験の話をしていたら、なんと山賀さんのジュラルミンのトランクが出てこないのでした。ＪＡＬのアテンダントに申告し、捜索開始。その間、ＪＡＬのおごりでビールを飲みつつ待つこと１時間半。ついにそれは発見されました。危ないところでプラハ行き乗り継ぎ便に間違えて乗せられるところだったのでした。大分遅れたけど、荷物があって良かったです。なにせ、その中にはドイツ・スタッフへのお土産であるサイン入りポスターが入っていたのですから。

なぜか道路灯の殆ど無い暗いアウトバーンを飛ばして、会場のあるカッセルについたのは十一時近くでした。それから市内で、日本のポップグループで犬夜叉の歌を歌っているドリームと合流し、遅い夕食。さらにマルクスくんの部屋で、通訳のマリオくんも交えて一杯やりました。終わりよければすべて良しです。

九月十六日（金）

三日間あるコンニチの初日です。まず九時半にスタッフと待ち合わせて朝食。会場隣接のホテルラマダの朝食はなかなか旨いです。ゼンメルというドイツ独特の丸パンや、黒パンにバターを塗って、その上にハムや、スクランブルエッグや、ソーセージや、ベーコンを乗せていただく。それとジュース、ミルク、コーヒーという献立です。コーヒーとバター付パンのみの所謂コンチネンタルブレックファーストよりはかなり豪華です。たっぷり食べたので昼食は要らないほど。

十時半頃に会場に行き、ゆるゆると設営準備を見学しました。ヴィーンから来た旧知のコスプレ少女、たまちゃんと再会。とてもかわいい彼女は昨年ガイナックスにも遊びに来たこともあるのです。二〇〇三年度のコスプレ歌謡コンテストの優勝者で、新撰組オタクさんです。ガイナの武田本部長よりの新撰組グッズのお土産を手渡すととても嬉しそうに微笑みました。

ＴＶ愛知より言付かった万博のコスプレサミットのＤＶＤをミュンヒェンのおたく本屋さんに届けて、社長さんの安部さんに挨拶しました。

正午に実行委員会責任者たちをゲストに紹介する集まりが開かれました。警備隊長の雰囲気が「フルメタルパニック」の相良ソースケそっくりです。連邦軍の現役下士官だそうです。誰かがぼそっと、問題は彼にはカナメがいないことだと言いました。

次の予定のガイナサイン会（四時）まで時間があったので、ホテル二階のレストランのはずれで、通訳のマリオくんも一緒にまったり白ワイン（ラインガウ）をいただきました。

サイン会では、初日はまだ、まったりしていました。背中に綾波の刺青しているツワモノのファンがいて、そこに山賀さんと高村さんがサイン。

六時からオープニングセレモニーが行われました。今年は日本のポップグループのドリームや、マンガ家の真東砂波さんや、韓国のマンガ家ソウ・ヨン・リーさん、ドイツのセラムンのうさぎの声優であるザビーネ・ポールマン、チェコのマンガ家レンカ・ブショヴァ、ドイツの二人組マンガ家ＤＵＯ、同じくドイツのマンガ家ギーナ・ヴェッツェル、クリスティーナ・プラーカと豪華絢爛でした。僕（飯田橋）もその末席を汚してきたわけです。

二〇〇二年のコンニチからお世話になっているフロリアン〈花雄〉シェー・ファーくんとも再会。彼からオリジナルのドイツ盤のザ・ピーナツのＥＰを戴きました。すごくうれしいです。

その後、ドイツ語版「ナウシカ」の上映会。途中で退席してスポンサーのマンガ出版社ＥＭＡと文房具のＳＴＡＢＩＬＯが主催のパーティーへ。罰当たりにも（笑）、教会を改造した面白い空間。そこにいたカロリーネ・エックハルトというかわいい眼鏡ッ子の女子高生が自己紹介してきました。素晴らしい日本語でした。聞けば六月まで札幌の高校に交換留学していたとのこと。

　僕の向いに座ったハリポタの魔法学校生徒コス（スリザリー）の女性はなんと先月閉店した銀座のサワのソムリエールと友達だとか。僕のことを彼女から聞いていたらしい。世間は狭いので悪いことは出来ません。それからホテルに戻りまた山賀さんたちと呑みました。

九月十七日（土）

　コンニチ二日目です。今日は事前予約の参加者が一番多く三千人くらいとのこと。また九時半にロビーに集合し、食事。

　十時十五分からマスコミ取材とガイナ質問会。実写版エヴァへの質問とか。あれは全部むこう任せとのことでした。また来年ロボットアニメの新作を準備中とのことです。さらに十一時半から一時まで第二回目のサイン会が開催されました。ここで一部で有名なガイナ公認アスカのエリーちゃんとも再会しました。相変わらずお綺麗です。

　その後、時間が空いたので通訳のマリオくんとガイナの二名と共に市内見物。カッセル名物のヴィルヘルムス・ヘーエ（丘）に市電とバスを乗り継ぎ向いました。この十八世紀の王侯の作った奇妙で巨大なテーマパークは酔狂も極まれりという感じです。それからまたバスと市電を乗り継いで市内に戻ってお茶。ちょうど翌日が国政選挙の投票日なので、街は選挙一色でした。マリオくんかしたり顔で、国家民主党批判を始めたので、猫を一個軍団ばかり被って無視しました。知らないという事は幸福なことです。みなさんも政治的発言には注意しましょうね。どこに誰がいるかわかりません（爆）。

　カフェでは、おいしい生クリームかけワッフルを戴きました。欧州はこういうものが旨いのです。

　そして夕食はカッセルで一番美味しいイタリア・レストラン「ダ・ヴィンチ」へ。ここはとっても美味しいのです。

　その後、急いで戻ってオペラ歌手、田辺さんのコンサートに。彼はもうコンニチのスターです。彼とこのイベントを結びつけたひとりとして僕は鼻が高いです。１Ｆのパルケット（平土間）席は一杯で、二Ｆのガング席（回廊席）で鑑賞。なんか王侯貴族の気分です。それからコスプレ大賞の表彰式。グランプリはミリタリーなコスの男性でした。田辺さんの後は犬夜叉の歌を二曲歌っているドリームのコンサート。なかなかがんばっていました。応援したいです。

　その後、関係者である一本木蛮さんのダンナさん、Ｙａｂさんが作って下さった、ドイツ向け「世界コスプレサミット二〇〇五」（愛知万博）の上映を行いました。自分たちの代表の美少女レイヤーさんたちの日本での健闘ぶりに、声援と笑いが巻き起こりました。

　終了後、山賀さんはさらにマリオくんと呑みに行きました。でも僕と高村さんは疲れたので就寝しました。でも夜中の十二時半か一時くらいでした。

九月十八日（日）

　早くもコンニチ二〇〇五最終日です。午前八時四十五分集合・食事。その後、山賀さんは、世界のコスプレのドキュメンタリーを作っているという大学生チームからインタビューを受けていました。僕はオペラ歌手の田辺さんが「げんしけん」ＤＶＤの声優をやるのを見学しました。その後、彼の「アニメソング歌集」販売ブースで歓談。次の予定は午後二時なので、高村さんと会場前でコスプレ撮影をしました。

　二時のガイナックス・サイン会の前に、山賀さんたちは、昨日エリーから頼まれた業者から持ち込まれたグッズにサイン。ＤＶＤ会社の販促でした。いろいろ大変です。

　そして午後三時からエンディングです。「僕は独身で子供もいないが、ドイツのオタクさんたちは僕の子供だと思っている」と挨拶。そうしたら、後で暗そうないかにもという感じのひとりのドイツ少年が、そう言ってくれて嬉しかったと挨拶に来ました。ちょっと感動してウルウルしてしまいました。そうですとも。民族や血を超えて、諸君こそ、ドイツオタクで、かつ第一世代のマンガ・アニメ・オタクである僕の紛れもなく子供たちです。それが僕がここに立っている理由なのです。

　その後、ちょっと時間があったのでホテルの食堂で、田辺さん、ドリームのみなさ

コンニチのコスプレイヤーさん、武田康廣氏と共に。

んと軽食、ビール。

さらに六時から恒例のスタッフのためのゲストサイン会。それから、例の危うくプラハに行ってしまうところだった、サイン入りポスター争奪ジャンケン大会になだれこみました。終了は九時半くらい。

それから、またダ・ヴィンチに実行委員会幹部スタッフとみんなで行って打ち上げを行いました。閉店ギリギリまで粘り、ホテルに戻ったのは午前一時くらいでした。それから翌日はミュンヒェンに移動なのでトランクに荷造りでした。

九月十九日（月）

八時四十五分集合、ラムダホテルの最後の朝食です。午前十時にカッセルをミュンヒェンに向け出発しました。道中、心配された渋滞にもあわず、三時にはミュンヒェン・パージング地区にあるインペリアルホテルに到着しました。ヴィーンや東京のそれと違い、けっこうしょぼい帝国ホテルでしたが、まあ、オクトーバーフエスト中なので贅沢は言えません。むしろ良く取れた方だと思います。

コンニチチームとガイナゲストの二人は、世界最大のビール祭りであるオクトーバーフェストへ。僕は旧友のMくんを待ち、それから、一緒にヴェルツ湖に行き、湖畔のテラスでまったりお茶しました。それから、故バウア中将邸に行きました。奥さんが養老院に入ったので、Mくんが家財や蔵書の処分を任されたのです。僕は懐かしいバウア邸で、元ヒトラー総統のお召し機の専任機長だったバウア将軍と語り合った26年前の午後に思いを馳せました。

それからMくんと共に家族ぐるみのお付き合いをしているB家に遊びに行きました。B夫人の手作りの人参スープがとても美味しく何杯もお代わりしてしまいました。楽しい語らいの後、夜十時にお暇しました。

それから、コンニチのみんなとガイナのゲストが集まってるオストバーンホーフ近くのレストラン「ツム・ブリュンシュタイン（噴水石亭）」までMくんが送ってくれました。ひさしぶりに本場のマースビーア（1リットル）を呑みました。すでに出来上がっていた山賀さんたちは先に帰りました。

その三十分後、僕はSバーンでパーシングを目指したのですが、路線の途中の火事が原因とかでSバーンが停止してしまい、イザール門駅でSバーンを降り、タクシーでホテルまで行きました。

ところが、なんと先に帰った筈の山賀さんたちとバッタリ。Sバーンが止まって車内に一時間いたとか。ほんとに旅行中はいろんなことが起こります。

九月二十日（火）

今日はいよいよフランクフルトからJALで日本に戻る日です。この日も八時四十五分朝食。それから有名なミュンヒェンのドイツ博物館見学へ。驚くべき事に、なんとドイツ博物館でもオタク・マンガイベントがあるそうです。

ひさしぶりにメッサーシュミット・コメートや、Ｍｅ２６２たちと再会しました。次はシュライスハイムの航空機展示専門の別館に行ってみたいです。

ちなみに八月二十三日／二十五日の洪水で地下の展示品がダメージをうけたとのこと。鉄道関係でしょうか？　残念なことです。

その後、十九世紀に作られた由緒ある市営プールのレストランでひとやすみ。チェコ人のウェイトレスが超美人でした。

午後一時頃、フランクフルト空港に向けミュンヒェンを出発。フランクフルトに六時頃到着しました。チェックインの後、一緒に帰る真東さんたちと、まったりヴァイツェンビール（小麦のビールですね）を呑みました。

我々を乗せたＪＡＬ機は、今度は時間どおりフランクフルトを出発。今回は座席を通路側にして貰い快適。奥にされてしまうと、お手洗いにもおちおち出られないので、僕は窓際より通路側が好きなのです。疲れていたので、良く眠れました。隣に座ったのは気持ちの良い、神戸大学の医学部の若い講師さんでした。見ず知らずの方との楽しいおしゃべりも旅の醍醐味のひとつです。

日本時間、午後三時半頃到着。荷物を受け取ってから、山賀さんたちとお別れし、また一路リムジンバスで横浜へ。

帰りの道中は、ひさしぶりに起動したケイタイで、MIXIにアクセス。横浜の自宅に着いたのは午後六時頃でした。それからスキヤキを肴にエビス・ビールでまりちゃんと乾杯しました。

今回もとても楽しいドイツ・オタクさん支援作戦でした。また事情が許せばドイツに出動したいです。だって、ドイツオタクの僕のいままでのドイツ滞在日数を合計すると三年弱。まさにドイツは僕の第二の故郷なんです。

僕とドイツの長いつきあい　番外編

ドイツで輝け『ゆめのばとん』

「漫画の手帖」第54号（二〇〇七年）

二〇〇七年九月八日、ドイツ、ヘッセン州、カッセルの市立公会堂の大ホールは数千の観衆の振るサイリュームによって青い光の海と化していました。

日本のシンガーソングライターにして声優の桃井はるこさんによるライヴコンサートのアンコールが行われていたのです。驚くべきことに桃井さんはドイツ語で彼女の作詞作曲した『ゆめのばとん』という曲を歌っていました。最後にはドイツの聴衆も一緒になっての大合唱になりました。日本からの桃井さんの『ゆめのばとん』がドイツのヲタさん達に渡った瞬間でした。僕は二階のスタッフ席でペンライトを振りながら、深い感動につつまれていました。

僕は漫手に以前書いたとおり、ドイツのヲタさん達の支援を一九九五年頃からやっています。二〇〇二年からはドイツの日本アニメ、マンガファンによる手作りイベント「コンニチ」を手伝ってきました。数年前から、ドイツ側から日本の声優さんをゲストに呼びたいという要望があり可能性を模索していました。

しかし声優さんはスケジュールの調整が難しいことと、売れっ子さんは普通の芸能人のような管理体制の中で、なかなか素人のイベントにお呼びするのは困難であると聞いていました。それでも、昨年は、この種のヲタイベントに理解のあるガイナックスさんのお力添えで『トップをねらえ２』の主役のノノちゃんの声をあてていた福井裕佳梨さんをゲストにお迎えすることが叶いました。せっかくドイツに行ったのに二泊のみという強行スケジュールで、とんぼ帰りでしたが。

さて、昨年、名古屋で毎年行われている世界コスプレサミットのお手伝いから帰った前後でしたから、八月上旬頃だったでしょうか。僕は思い立って桃井さんに連絡を取り、「コンニチ」のゲストとしてドイツに行く意志があるか否かを尋ねました。

実は、僕にとって桃井さんは、かつて彼女が月刊アスキーでコラムを連載され、僕も出演したことのある日ロフトプラスワンでのトークイベントをなさっていた頃から、気になる存在だったのです。なぜなら、その愛らしい容姿や歌声もさることながら、彼女はなんとアニメ『ななこSOS』の大ファンで吾妻ファンでもあったのです！

彼女は「ななこ」や「コロコロ・ポロン」のアニメ放映時には幼稚園児か、小学校低学年だった筈です。

そんな訳で僕は桃井さんがとても他人とは思えませんでした。いわば僕は、陰ながら彼女を応援する隠れモモイスト（サユリストみたいに、桃井さんファンをこう呼びます。ドイツ式で複数表記だとモモイステン）だったのです。ちなみに最初に彼女の天才を見出したのは、アスキー編集長でもあったあの『東京おとなクラブ』のエンドウユイチ（遠藤諭）氏なのです。かつて、印刷所のナールの待合室で『東京おとなクラブ』のみなさんとはよくご一緒したので浅からぬ縁を感じます。

桃井さんからのご返事は翌日来ました。それは「ドイツ、行きたい～です！　わたしは『アキバから世界へ！』と思って活動しているので、独特な音楽文化があるドイツでのアニメのイベントでモモーイ節を炸裂させてみたいっ。」という感動的なものでした。僕の気持ちは決まりました。絶対に桃井さんをドイツにお連れしたい。何故ならやはり桃井さんには僕らと同じ燃えるヲタの血が流れていると確信したからです。

こうして、僕の桃井さんウォッチが始まりました。桃井さんをドイツのみんなにご紹介するには、まず僕が今まで以上に桃井さんを知らねばならないと考えたからです。

ところで桃井さんとの不思議なご縁は彼女が吾妻ファンであることだけに留まりませんでした。なんと彼女のCDジャケットのデザインを請け負っていたのは吾妻ファンダムの同志、長野くんの会社㈱G－PLUS）だったのです。彼は二十年来の友人で、わがすーぱーがーるカンパニーの社員でした。昨年夏にリリースされたばかりだったアルバム『モモーイクオリティ』の天使の桃井さん（白モモーイ）と悪魔の桃井さん（黒モモーイ）が戦っているジャケットデザインも彼の仕事です。

その頃、横浜のアニメイトで前述のアルバムの予約者お渡し会があり、桃井さんが地元横浜に見えるという情報が入りました。僕は桃井さんにご挨拶にうかがおうと思ったのですが、用事で東京に行かねばならず、夏らしい向日葵の大きな花束を会場にお届けしました。その晩桃井さんから、花束と一緒に撮った写真が添付ファイルで送られてきました。なんという優しい心遣いでしょう。素晴らしい。この写真はプリントアウトしてサインを入れて貰い、写真立てに入れて飾ってあります。

そして季節はめぐり、二〇〇六年十月の初め、桃井さんと直接お会いして、ドイツ行きの件をご説明する機会を持ちました。場所は懐かしい高円寺の「ゴジラや2」でした。前述の長野くんや、僕の片腕の田村くんも同席してもらいました。この時、知人でベルリン在住だったオペラ歌手の田辺とおるさんがドイツ語で歌ったアニメソング集をお聞かせしたところ、大変感銘を受けたご様子で、ご自分でもドイツ語で何か歌いたいということになりました。そこで選ばれたのが『さいごのろっく』と『ゆめのばとん』の二曲でした。

この二曲は桃井さんが昨年末リリースされたもので、今年のはじめ発売された桃井さんの超自伝的DVDドラマ『はるこ☆UPDATE』のオープニングとエンディングのテーマ曲です。

このドラマのストーリーはアレルギー体質のヲタの少女が、それ故、学校でいじめにあいながらも、夢を諦めずに、パソコン通信で出会った親友や、彼女を理解する周囲のヲタ仲間達の励ましを得て、自己実現にむけて雄々しく進んでゆく姿を描いたものので、自覚的ヲタの方々のみならず、万人に観て頂きたい素晴らしい青春映画なのです。観れば必ずや人生を切り拓く勇気を貰えることでしょう。思えば僕が桃井さんに連絡を差し上げたのは、このドラマの撮影が進行していた頃だったのです。

『さいごのろっく』は「萌えはロックだ」という彼女の実感を歌にしたものです。いじめに苦しむヲタの少女が、世間の不理解に抗して、最後には自分に忠実に生きることをつかみ取るというこのドラマのエッセンスを表したもので、このドラマのオープニング曲となっています。

『ゆめのばとん』は、このドラマのエンディングテーマ曲で、桃井さんの今があるのは、彼女が吸収してきた素晴らしいアニメ作品や、マンガ作品から、また彼女を見出し応援してきた、先輩のヲタ達から、「夢のバトン」を彼女が受け取ってきたからだという人生観を歌にしたものです。そして今度は、彼女がそのバトンを彼女の若いファン達の世代にバトンタッチしてゆく番だという訳です。またこの「バトン」という言葉は、光る棒であるサイリュームにもかかっています。ちなみに『ゆめのばとん』のジャケット写真での桃井さんのいでたちこそはセーラー服姿のアニメ版「ななこ」なのです!

元来、桃井さんはこの二曲を両方ともドイツ語で歌いたいという希望だったのですが、事務所の社長さんから二曲暗記するのは、殺人的に忙しい彼女にとって、物理的に無理があるというアドヴァイスがあり、桃井さんは『ゆめのばとん』の方を選択されました。

これを受けて、僕はこの『ゆめのばとん』を歌えるドイツ語に訳す作業に入りました。最初、僕が翻訳しようかとも思ったのですが、コンニチのスタッフで通訳をしているえりちゃんに頼むことにしました。

彼女は日本人で、女子高校生だったのですが、ドイツで生まれ育ったドイツ在住の方で、いわばネイティヴとしてドイツ人と同じように日本語以上にドイツ語を操ることができるのです。

つまり、若い女性の感性で『ゆめのばとん』のドイツ語版を作って欲しかったわけです。また桃井さんのコンサートにおけるMCの通訳も彼女に依頼することにしました。

今年のはじめ、僕は、発売されたばかりの『ゆめのばとん』をさっそくドイツに送りました。えりちゃんから『ゆめのばとん』ドイツ語版・初号機（笑）が送られてきたのは三月半ばでした。それは素晴らしい翻訳でした。それにカタカナでルビをふり、尚且つ単語の意味を書いた『ゆめのばとん』ドイツ語版単語帳を製作し、桃井さんに送付しました。また六月にえりちゃんが来日し、僕は彼女とカラオケに行って何時間も『ゆめのばとん』ドイツ語版を歌えるようになるまで特訓しました。また、その頃、川崎のクラブチッタで行われた新譜アルバム『カバー電車』のワンマンライブに彼女を招待しました。ロシア人ヲタリーダーの秋葉いつきちゃんも一緒でした。そしてライヴ終了後、えりちゃんを桃井さんに紹介したのです。彼女は初めて桃井さんのライヴに行って大変感動したそうです。

そして七月には桃井さんの事務所のS社長のご厚意でスタジオを借りて戴き、えりちゃんによる『ゆめのばとん』ドイツ語版をレコーディングしました。彼女は特訓の成果を発揮し、素人とは思えないほど落ち着いて上手に歌ってレコーディングは大成功でした。桃井さんはこれを聴いてドイツ語版を覚えたのです。

えりちゃんはまた『はるこ☆UPDATE』をコンニチで上映するためのドイツ語字幕の下訳を作ってくれたのですが、これはドイツ側スタッフの時間的余裕が無く、字幕上映は出来ませんでした。次こそ、実現したいものです。何故ならこのドラマを観る事で桃井さんのヲタへのメッセージが一層明確になるからなのです。

ところでコンニチのスタッフで最初に桃井さんのライヴコンサートに参加したのは、コスプレサミット担当で来日していたフロリアン・シェーファー（通称・花雄くん・命名、ガイナの武田さん）でした。

彼が行ったのは昨年の八月十九日に品川のステラボールで行われた『モモイクオリティ』アルバムのツアーでした。僕は事前にチケットを購入していたのですが、折悪しくコミケにすーぱーがーるカンパニーとしてサークル参加する日とバッティングしてしまい、桃井さんをゲスト招待するか否かの判断材料にして貰うため、彼にチケットをプレゼントしたのです。彼はサイリュームを振ってトンドル（ジャンプ）する日本の伝統的アイドル応援作法に大変興味を持ったようでした。

このライヴの様子は後にDVDソフトにもなりましたし、『はるこ☆UPDATE』でも使われたのですが、花雄くんがしっかり映っています。ちょっと短めの金髪にメガネをかけ、黒っぽいTシャツを着た外人が彼です。

僕が推薦した桃井はるこさんを名誉ゲスト（エーレンガスト＝英語ではゲスト・オブ・オナー）として招待することをコンニチ実行委員会が正式に決定したのは、今年のはじめでした。

ところで、こういうファンイベントにゲスト・オブ・オナーとして招待される場合、アゴ足付き（旅費、滞在費、食費等は主催者持ち）は当然ですが、ギャラは発生しないのが普通です。これはSF大会や、大学祭等でもそうです。その理由は運営者が素人で、スタッフはすべてボランティアで、収益を目的にしたイベントではないからです。収入は参加費がメインで、それは会場費や、ゲストのアゴ足代や諸雑費に消えて、収支はトントンか赤というのが実情です。ちょうどコミケの同人誌にプロが無料でゲスト執筆するようなものです。

コンサートも、イベントのプログラムのひとつとして行われるもので、個別の入場料はありません。

ところが、そういう事情を知らないリリース会社のひとつが、コンニチ実行委員会に営業活動の一環として最悪のタイミングで売り込みを行うという事件があり、当然一定額のギャラも明記してあったので、ドイツ側が困惑するという一幕もありました。

これが今回の桃井さんご招待に対する最大の脅威でした。前述の理由から実行委員会は高額のギャラや、大勢のスタッフの旅費、滞在費等を負担することは到底出来ないので、召請を諦めるしかないからです。結局先方に、このイベントはプロの呼び屋さんのように、コンサート・チケットを販売して行う興行ではなく、ファンイベントであることを説明して事なきを得ました。事ほど左様にひとつのイベントを成功に導くには無数のトラブルを乗り越えなければならないのでした。

さて今年の四月にコンニチ実行委員会のメインスタッフが来日しました。

そこで桃井さんとスタッフたちの顔合わせ夕食会が行われました。会場は桃井さんの好きな秋葉原の肉の万世にしました。桃井さんが将来、ご自分の結婚披露宴を行うなら、万世の最上階で行いたいと日頃からおっしゃっていたのを思い出したからです。通称肉ビルの上から中央通を眺めると正に秋葉原の女王になったような気分という訳です。

この日、愛らしい桃井さんはドイツ側に大変好印象を与え、双方にしっかりとした絆が生まれました。また僕からお願いして、日本から参加するモモイストたちのために、

七月頃には毎年完売状態になるコンニチ三日間通しチケット二十人分と、ドイツ中のヲタさんが小都市のカッセルに集結するので、早い時期に予約で一杯になってしまうホテルの部屋を実行委員会が確保してくれることになりました。

このドイツスタッフ来日と機を一にして、桃井さんの所属事務所の了解の下、SNSのミクシー上に『モモーイとドイツに行こう』というコミュニティを作りました。

まだどこにも公表されていなかった桃井さんのドイツ行き情報を早い時期から日本

のモモイステン諸兄にお知らせし、併せてドイツ行きの人数を予想するためでした。そこでドイツ行きツアーに関するアンケートを実施したところ、四月一杯で十三名もの方々が「ぜひドイツに行きたい」と回答しました。

僕は桃井さんをドイツにお連れしようと決意してから、以前以上に意識的に桃井さんウォッチを強化しました。

彼女のファンクラブにも加入しましたし、ファンクラブ対象の『はるこ☆ＵＰＤＡＴＥ』の完成試写会にも参加しました。また、すべての新譜ＣＤはもちろん、著作、インタビュー等の掲載雑誌、新聞等もチェックするようにしました。多くのライヴやインストア・イベントにも参加しました。

そうしているうちに、僕は桃井さんがもっともっと好きになり、最年長モモイスト（笑）のひとりにエントリーしていたのでした。

ところで僕は、ちょっと膝が悪いのでライヴでのオールスタンディングや、楽曲に併せて飛び上がる所謂「トンドルジャンプ」等は出来ません。そこで桃井さんや、事務所の社長さんのご厚意から、関係者席に座らせて戴くこともありました。モモイステンの間ではアレは誰だという噂になっていたそうで、一部で桃井さんのお父さん（爆）という説もあったとか。もし本当にそうなら僕が二十五、六歳の時の娘ということになります（十分可能ですね・汗）本物のお父上は、もう少し上の方だそうです。

今年の七月初め、桃井さんはアメリカで開催されたアニメエクスポ（ＡＸ）にゲストとして参加されました。桃井さんは、二〇〇四年にもＡＸから招待されたことがあったのですが、折悪しく過労で倒れて不本意ながらキャンセルした経緯があり、いわば懸案になっており、彼女は捲土重来、とても楽しみにされていたのです。ところが、このイベントの性格を巡って実行委員会内で内紛があって、従来からのスタッフの多くが辞めてしまい、ゲストの受け入れ体制もガタガタになってしまったのでした。その結果、桃井さんも少なからず迷惑を蒙りました。

その状況に危機感を抱いた桃井さんの同行スタッフ、ＡＸ側の現場スタッフ、渡米ファン等の必死の努力で、最後にはライヴは成功に導かれましたが、これを他山の石として、ドイツでは僕の力のおよぶ限り、がんばろうと心に誓ったものでした。

さて、ドイツ行きファンクラブツアーが立ち上がったのは諸般の事情で、七月七日の武道館アニメロ・サマーライブが終った直後でした。ＦＣツアーを担当することになったのはＪＴＢ新宿西口支店でした。しかしコンニチ実行委員会が確保したホテルの部屋二十名分の予約も七月一杯を超えるとキャンセル料が発生するとかで、僕は気が気ではありませんでした。

しかしユーロ高の折、四〇万円以上の高額ツアーになってしまったにも関わらず、七月末までになんと十八名のモモイステンが名乗りをあげ、添乗一名を加えて十九名になりました。また、幸いキャンセル料は発生しなかったようでした。

八月上旬には名古屋で恒例の世界コスプレサミットが行われ、昨年のコンニチで選ばれたドイツ代表が参加しました。これに併せて、前述の花雄・シェーファーくんと共に、コンニチ実行委員長のダヴィット・ハイネマンくんが来日しました。僕はこのチャンスを借りて、彼らとさらに交流を深め、さらに信頼関係を強化することが出来ました。

さて、こうしてドイツ行きが本格的に動き出すと同時に、モモイステンのみなさんによる各種の応援プロジェクトが始まりました。そのひとつはドイツにサイリュームを大量に持ち込んで、ドイツ人聴衆に配布し、日本式に桃井さんを応援してもらおうというものでした。

計画はミクシーを中心に進められ、募金が行われて、素晴らしいドイツ語のタイトルとイラストロゴ入りのサイリュームが完成しました。その中心人物のひとりは（ハンドルネーム）７５８☆ＴＯＭＯＺＯさんという方でデザイン業界の方でした。僕は彼と五月の頭には連絡を取ってお会いしており、また八月の世界コスプレサミット関連で名古屋に遠征した時にも再会していたので、阿吽の呼吸でスムーズに共同作業を行うことが出来ました。

サイリュームの配布と同時にその使用法を書いたドイツ語のパンフを作って配布す

ることになり、原案を758さんが作って、僕が徹夜でそれをドイツ語に翻訳しました。また桃井さんが歌うドイツ語の『ゆめのばとん』の歌詞カードも同時に製作することになりました。その出来栄えは素晴らしいものでした。

　また、桃井さんを応援する掛け声を書いた『コールブック』を作っているモモイステンのみなさんは、AX用の英語版に続いて、ドイツ語版の『コールブック』を製作しました。同時にミクシーでは、ドイツツアーに行かれない方々も含めて、桃井さんへの応援メッセージを日の丸の旗に寄せ書きして渡そうという企画が動き出していました。

　一方、桃井さんのコンニチへの名誉ゲストとしての参加がドイツで発表され、ドイツ語圏初の桃井はるこファンサイトが立ち上がっていました。そのBBSに於いて、日本人参加者の（ハンドル名）カヴァーマン☆UPDATEさんの呼びかけで外国人むけに、励ましメッセージを桃井さんに渡そうというプロジェクトも始まりました。

　ドイツツアーの出発は九月六日の木曜日でした。その日までに、前述のすべてのプロジェクトは収斂し、皆の夢を託した数千の「ゆめのばとん」（サイリューム）は無事ドイツに到着していました。それをドイツ側スタッフが通関手続きを行って受け取る手筈になりました。また桃井さんの事務所が送った応援グッズも無事に到着し、通関を待っていました。

　出発の日は生憎、関東地方は台風が直撃するという予報でした。桃井さん達三名、ガイナックスの山賀社長、僕のゲストグループ五名の乗るルフトハンザ機は、たまたま例年より早い便だったので、台風が成田に到着する前に飛び立つことが出来ました。ちなみに遅い便だったモモイステンたちは出発が五時間も遅れたそうです。

　ここで問題が発生。桃井さんは食物アレルギーで、卵を使った全ての料理並びに魚介類が食べられないのです。

　ドイツ側にその件は最重要事項として伝えたのですが、先方は機内食までは考えが及ばず、特に航空会社に配慮してくれるよう頼んでいなかったのです。幸い肉料理が多いルフトハンザだったので事なきを得ましたが、ヒヤリとしました。ちなみに帰国便では、事前にルフトハンザ本社に配慮を頼んだのですが、結局は現場対応だという回答なのでした（汗）。

　ドイツへは直行便だと約十一時間で着きます。機内映画を観たり、眠ったりしているとすぐ着いてしまうのです。とりわけ、時差があるので、現地時間だと出発した日の午後に着くので、まるで数時間でドイツに到着したような錯覚を受けます。機内映画は第一次大戦中の徳島の坂東ドイツ人捕虜収容所での日独交流を描いた『バルトの楽園』が上映されていました。

　現地時間の一四三〇時、定刻でフランクフルトに到着、空港では既に、えりちゃん達が待っていて車でカッセルに向かいました。運転はガイナックス公認アスカーコスプレイヤー（笑）のエリーちゃんの旦那でした。彼は実行委員会きってのベストドライバーなのです。ちなみに、宿泊担当でモモイステンの宿を確保したのはエリーちゃんです。

　生憎と工事渋滞にひっかかってしまいましたが、約三時間でカッセルに到着し、二〇〇〇時頃、ご当地で一番美味しいイタ飯屋、ダヴィンチで夕食をとりました。桃井さんが主役の中原小麦ちゃんの声をあてたアニメ『ナースウィッチ小麦ちゃん』にちなんで、桃井さんから小麦ちゃんビールと命名されたヴァイツェンビーア（小麦から作ったビール）で乾杯しました。

　その後、ホテルに戻ってから、桃井さんチームと打ち合わせを行いました。その後、翌日が早いので桃井さんたちは、すぐ就寝されました。僕は残って山賀さんと軽く一杯やりました。

　翌日七日（金）はいよいよコンニチの初日です。午前中行う筈のリハは機材の不備で一二四五時に繰り下げ。そこで山賀さんとホテル・レストランでまた一杯。小麦のビールです。このひとときが、コンニチでの僕の大好きな宝石のような時間なのです（笑）。

　リハーサルは、今度は繰り下げた時間通りに始まり、約一時間で無事終了。僕は桃井さん達と別れて、ホテルのロビーでモモイステン達の到着を待ちました。約束の時間は一四〇〇時。

ところが、ＪＴＢの添乗さんから電話で観光のスタートが遅れたので到着が一時間遅れるとのこと。これで僕の昼食の時間はパーです（笑）。と、突然、日本語でのアニメ「らき☆すた」の主題歌『もってけセーラー服』の大合唱が聞こえてきました。僕らの泊まっているホテルもコンニチの会場として借り上げられていて、ロビー横の大会議室がカラオケルームだったのです。もちろん歌っているのは皆ドイツのヲタさんたちですよ。

一五三〇時にモモイステン先発組到着、すぐコンニチの受付へ行き手続き。一六〇〇時から桃井さんのサイン会が始まるので、時間が押しており、ちょっと心配。ドイツ側が忙しくてＪＴＢへの領収書を準備出来なかったことを若い添乗さんが執拗に抗議するので、「出さないと言っているのでは無い」と一喝。こういうイベントでは焦っても仕方がない。「終わり良ければ全て良し」の精神で行かないと。

一六〇〇時よりサイン会開始。桃井さんはかわいい浴衣姿でした。感動したのは日本からわざわざ来ているのに、モモイステン達は、ドイツ人に順番を譲っていたことです。サイン会は時間制で、終了時間が来ると並んでいてもそこで切られてしまうからです。「日本人ここにあり」彼らにサムライの心を見ました。

一九〇〇時よりオープニングセレモニー開始。遅出組のモモイステンも無事到着・合流していました。まず新曲の『二十一世紀』のＰＶを上映してから桃井さん、山賀さん登場。ドイツ語をまじえた挨拶で、大いに会場を沸かせました。桃井さんはそのまま大ホールに残ってコスプレコンテストの審査員を務めました。

終了後、またトラブル発覚。なんと四月に早々と渡してあったコンニチ上映用・前後篇編集済みの『はるこ☆ＵＰＤＡＴＥ』ＤＶＤをドイツ側スタッフが紛失したらしいのです。二三〇〇時より大ホールでの上映（字幕が間に合わずに桃井さんがえりちゃん通訳付で前説予定）が風前の灯火状態になりました。ところが、運良くマネージャーのＹさんが、ノートＰＣにそのＤＡＴＡを保存してあり、そこからＤＶＤを焼いて危機一髪、切り抜けることが出来たのです。Ｙさん、ありがとうございます。

けだし、この種の素人イベントの運営は、押し寄せるトラブルをいかに切り抜け成功に近づけるかというＲＰＧみたいです。僕は爆発しそうな怒りを押し殺して（笑）、微笑をうかべ頑張りました。

上映は時間の関係で一部のみでしたが、桃井さんの解説付で無事終了。その後、モモイステンたちは交通機関が終わっているので、徒歩で泊まっているホテルに戻りました。後から伺った話では、ちょっと道に迷ったとのこと。海外旅行は冒険の連続です。

僕はと云えば、えりちゃんとカラオケ部屋に行き、えりちゃんやドイツのアニヲタさん達が『ミラ・ザ・スーパースター』（ドイツ版『アタックＮｏ・１』）の主題歌等を熱唱するのを覗いてから就寝しました。

八日（土）はいよいよ桃井さんのライヴコンサートが行われる日です。この日も朝からトラブル。今回のゲストのひとりであるＭ・Ｏ・Ｖ・Ｅが、リハ中に大出力のアンプを使い電源トランスを飛ばしてしまったとの事。復旧に一時間を要し、すべての大ホールでの予定は一時間繰り下がることに。桃井さんのコンサートも二〇〇〇時から二一〇〇時に変更です。

一二〇〇時よりサイン会。ここで初めてドイツの桃井さんサイトの管理人（ハンドルネーム）ヨコハマさん（本名ダニエルさん）に会いました。そこで、桃井さんに彼が何者であるかを説明。彼は桃井さんに彼のサイトのスタッフＴシャツをプレゼントしました。またこの時、桃井さんに、日本のモモイストの白寿さんから応援メッセージを寄せ書きにした日の丸の旗が贈られました。また同時にカヴァーマンさんがヨコハマさんのドイツファンサイトで集めた国際的応援メッセージのプリントアウトも贈呈されました。

これらの応援によってコンサートを前に、どれほど桃井さんが勇気付けられたかは計り知れません。

一三三〇時、桃井さんの希望で美味しいドイツ料理のレストラン「ベルクガルテン」にて昼食。桃井さんはソーセージやジャガイモが大好きとのことで、ドイツとの親和性が高いのです。

それからホテルに戻りマネージャーさんの部屋で作戦会議。その後、僕は自室で、ゲスト担当のマルクスくんと大量のサイリュームと例の「サイリュームを使って応援する方法」パンフの配布方法を協議。それを758さんらに携帯で連絡。さらに部屋に来てもらってドイツ側の意向を伝えました。

その頃、またトラブル。トンボ帰りを覚悟でゲストとしてドイツにやってきたガイナックスの人気アニメ『グレンラガン』の主役の声優、柿原徹也氏から、同ヴィラル役のヴェテラン声優、檜山修之氏と共にフランクフルトに着いたが、迎えのスタッフと会えないとのSOSが入電。

そこですぐ、迎えに行ったスタッフや、日本にいるガイナの武田取締役に連絡を取り一件落着。それからまた山賀さんとヴァイツェンを呑みました。

相前後して、ドイツ側から、日本からのモモイステンのために、桃井コンサートでの最前列席を確保したという連絡が入り、それをモモイステンに伝達。

一九三〇時、桃井さん着替えスタンバイに入る。二〇四五時、桃井さんセキュリティスタッフを伴い出撃。

そしてついに二一一五時、桃井さんのコンサートが開始されました。それまでに日本モモイステンはサイリュームや説明パンフ、コール本を観客に配布、スタンバイしていました。彼らはドイツ側が最前列を確保してくれたにも関わらず、自発的に、後方やいろんな部署に散って、ドイツの観客の応援をサポートしたのでした。

桃井さんのこの晩のいでたちは、七月のアニメロ・サマーライヴで着たのと同じブルーの和服風ミニドレスでした。桃井さんの素晴らしい歌唱と、モモイステンのリードにより、数千の観衆を飲み込んだカッセル市立公会堂大ホールは、サイリュームの光の渦に飲み込まれていました。

ドイツの観衆が日本のモモイステンと一体になってサイリュームを振っていました。それはまるで、そこが日本の大きなライヴ会場に空間転移してしまったかのようでした。

通訳のえりちゃんは土間に聴衆と一緒にいて、桃井さんのMCを通訳していました。ところが一度、桃井さんの言ったことをえりちゃんが、聞き直すというハプニングがありました。なんとドイツの聴衆のひとりが、「青いサイリュームは最後の一斉点灯で使えとパンフに書いてあるのに、もう折っちゃってるヤツがいる。それはちゃんと最後まで取っておけって、PAでアナウンスしろ」とえりちゃんに意見していたのです。

後で、ドイツのファンも、そこまでちゃんと理解してくれていたと桃井さんが感激したエピソードでした。

別掲のセットリストの通りコンサートは進み、十四曲も歌って、桃井さんは舞台の奥に下がり、いよいよアンコールです。聴衆がドイツ語で「ツーガーベ（アンコール）」と叫びだしました。そしてその声は最後には「モモイ、モモイ！」の大合唱に変わりました。ついに再び桃井さんが現れました。なんと彼女は、ドイツ国旗入りのファンサイトTシャツを着て、寄せ書きの日の丸をマントのように背負っていました。桃井さんを中心に日独のヲタ達がひとつになった瞬間でした。

桃井さんは日本語で「ありがとう」ドイツ語で「ダンケシェーン」と何度も何度も言いました。桃井さんの目には涙が光っています。その時、僕にとって驚くべきハプニングが起こりました。桃井さんが「通訳の、まりちゃんもありがとう」と言い間違って「あ、まりちゃんはGさん（僕の本名）だ」という本当に一部の人にしか分からないフォローを言ったのです。僕は、いつも僕の傍にいるまりちゃんが嬉しそうににっこりしたのを感じました。

それから、桃井さんは静かにドイツ語で「ゆめのばとん」を歌い始めました。それがドイツ語であることが分かると会場は一瞬シーンと静まりかえりました。それから感動の波が伝播して行き、一斉点灯の「静かに輝きだす(sichtbar hell aufleuchten sieht)」をドイツ語で歌ったところで大ホールは完全にブルーの光の海に呑みこまれたのです。それは日本固有のオタク文化であるサイリュームによる応援がたしかにドイツの聴衆に伝播した瞬間でした。僕は二階のスタッフ席でこの光景を見下ろしながら涙が止まりませんでした。

『ゆめのばとん』最後のワルツの部分では

桃井さんとドイツの聴衆が合唱になりました。さらにカラオケが止まってからもう一度、桃井さんはその箇所をアカペラで歌い、数千人の大合唱になりました。その後、突然、桃井さんは舞台上に正座し三つ指をついて聴衆にお辞儀をし、さらに立ち上がって万歳三唱をしました。最後にマネージャーさんが舞台上から桃井さんと聴衆を一緒に記念撮影をし、感動のコンサートは終わりました。まさに「ヲタに国境なし」をそこにいた全ての人々が実感した瞬間でした。

　コンサート終了後、さらに僕は山賀さんと柿原さん達の待つ英国風パブに向かい、そこで祝杯を上げました。その日、僕はコンサートの感動を胸に〇二〇〇時頃就寝しました。

　九日（日）は早くもコンニチの最終日です。しかし、なんと午前中に開催される筈のサイン会の開始時刻が分からないのです。そこで参加者に最終アナウンスした情報に従おうということになり、えりちゃんが公会堂の玄関に置いてある当日発行の予定表を確認に走り一一四五時からと判明。えりちゃん、ありがとう。そう、こういうファンイベントではゲスト・オブ・オナーといえども自助努力（笑）は欠かせないのです。今回のサイン会の陣容は桃井さん、柿原さん、檜山さんの「グレンラガン」デュオ、そしてガイナの山賀社長という豪華版です。昨晩のコンサートの影響で桃井さん目当てのファンも多く、使用済みサイリュームにサインを求める方もいて、桃井さんを感激させました。また日本モモイステンは、ドイツのファンが多いと見るや、完全にサインの列に並ぶのを放棄して、ドイツ人参加者に列を譲り、遠くから桃井さんを見守っていたのでした。

　一四〇〇時から大ホールで二回目の桃井さんのコンサートが始まりました。コンニチ最後のプログラムです。桃井さんのコスは、今度は『ゆめのばとん』のななこセーラー服でした。今日は最初からドイツ語版『ゆめのばとん』を歌い、サイリューム輝く会場は興奮の渦に飲み込まれました。とりわけノリの良い『ＬＯＶＥ・ＥＸＥ』まで九曲を歌い上げ、アンコール曲は『さいごのろっく』と『もっと、夢、見よう！』で締めました。会場の一体感は昨日以上でした。

　先日行われた「アニメ検定」受験者のための特別講義で、桃井さんは「モモーイ＆ファンは海を渡る文化伝導師（カルチャーエヴァンジェリスト）だった」と題してＡＸとコンニチでの経験を語られたのですが、まさにこの二回のコンサートこそ、その瞬間でした。

　ここで強調すべきは、このサイリュームを使ったり、コールを叫んだりする日本式アイドル応援作法の輸出は、主催者や桃井さん側が仕組んだことでは断じてなく、ファンが自発的に行った応援プロジェクトの結果であったという点なのです。これは一種の奇跡のような出来事で、まず、それを行おうとするモモイステンたちの意志があり、それに共感した僕や、ドイツ側スタッフ（むろん全員ヲタ）が協力し、それを完璧に理解していた桃井さんがステージに立って完成したのです。今年は本式アイドル応援作法伝来元年と欧州ヲタ歴史年表には記載される筈です。

　一五〇〇時よりエンディング。日本からのゲスト・オブ・オナー勢ぞろい。桃井さん、Ｍ・Ｏ・Ｖ・Ｅ、やおい漫画家のみなさん、柿原氏、檜山氏、山賀社長のガイナックス軍団、そして僕。

　僕はドイツ語で桃井さんご招待の経緯を説明させて戴きました。終了後、山賀社長と恒例のヴァイツェンを一杯。達成感につつまれた、至福の一瞬でした。そこに偶然数名の指導的モモイステンが通りかかったので、お誘いして小麦ちゃんビールでプロースト！。更に幸福の輪が広がりました。

　最後にはなんと自室に戻ろうとする桃井さんが通りかかり、まさに、最高の「神イベ」が完成したのです。

　一七四五時より、恒例のスタッフ向けサイン会。本当に一番濃いヲタはスタッフなのに、みなサインを我慢していたわけで、毎年、終了後にゲストとスタッフとの交流会を兼ねたサイン会がセッティングされているのです。

　さて、一九三〇時より、モモイステン達は、公会堂横のラマダホテルのロビーに集合していました。そこに桃井さんグループおよび、僕とえりちゃんが加わり、バスで

ドイツレストラン「ダーツホーフ」に移動しました。桃井さんFCツアー参加者限定のフェアウェルパーティーが行われるのです。

そのとき僕は桃井さんから、今晩はファンのみなさんとなるべくたくさんお話したいので大人しくしているようにと釘をさされました（笑）。僕の独演会になったら大変だとの配慮だったのでしょうか？　桃井さんGJ！

桃井さんが嬉しそうにモモイステン諸兄と交流する様は彼女が心底ファンを愛している証でした。ヴァイツェンビーアはこの晩「小麦ちゃんビール」と命名されました。まりちゃんの秘密もモモイステンのみなさんに明かされました。またラマダホテルのロビーに戻ってからも両者の交歓は続きました。僕は桃井さんを本当に支えているのはこのモモイステン達であることを確信し、感動して涙ぐんでしまいました。僕はこの人だちとこのモモーイ・ドイツ・プロジェクトを完遂出来たことを、生涯誇りに思います。

十日（月）、日本への帰国の日です。すべての使命を終えた桃井さん、寝坊。いや、何の問題もありません。再びエリーちゃんの旦那の運転で、きっちり離陸の二時間前にフランクフルト空港に到着。僕らが軽食を食べていると、カッセルに戻った筈の旦那が戻ってきました。メンバーのひとりが車内に忘れた携帯を届けてくれたのです。すごいよドイツ人！　なんという親切と善意！　一三二五時、無事離陸。

翌日、我々を乗せたルフトハンザ機は〇七二五時、成田に戻りました。僕はリムジンバスで横浜に戻りましたが、桃井さんは仕事に行きました。新譜のCD「Party」に入れるメッセージを録音したのです。ドイツから戻ったEの第一声を聞きたい方は、このCDをお買い求め下さい。虎の穴で購入できます。ちなみにこの「パーティー」とは会合の意味でもありますが、同時にRPGの旅の仲間の意味でもあります。今回まさに、僕らはパーティーだったのです。

ところで蛇足ですが、今年の秋の新番組として、めずらしい人形アニメ番組『かわいいジェニー』が放映されていました。監督：川北紘一、脚本・シリーズ構成：浦沢義雄という恐るべき陣容で作られたこの作品に、桃井さんは敵役、シスターBの声優として参加し、また、OPとED曲を作詞作曲して自ら歌っていました。この作品は今期NO・1と呼び声が出る程、評価・支持されていました。

実はこの作品のルーツこそは、助監督として参加している今井聡くんの八十年代の自主制作8ミリ特撮映画『ドリームエンジェル・ジェニーV』なのです。そして、この時代を先取りした人形アニメの制作には僕も関わっていたのです。

ここでも、また桃井さんとの不思議なご縁があったという訳です。桃井さんは、本当にジェニーちゃんたち、お人形がお好きのようで、うちのまりちゃんにも大変優しくして下さいます。

僕とドイツの長いつきあい　番外編その二

「マクロスFファンのみなさん、リリー・マルレーンを聴いたことがありますか？」

「漫画の手帖」第57号（二〇〇九年）

我がすーぱーがーるカンパニーの創立間もない、一九八二年の秋、四谷社長が入れあげていたスタジオぬえの面々が意欲的なテレビアニメを制作し、放映が始まった。それが「超時空要塞マクロス」だった。ちなみに四谷くんはシリーズ構成の松崎健一氏が高千穂さんらとやっていた「クリスタルアートスタジオ」ファンのオフ会であるクリスタルコンベンションの常連だったのだ。

しかし後に彼は、不当にも心無い一部のハードSFゴロから執拗に吾妻ファンクラブの会長であることを馬鹿にされたのを悔んで、すぱかんの現場から去った。それから、不肖飯田橋総務部長が代表取締役を兼務しているのである。

さて、お茶の水にあった懐かしい「丘」や新宿の「カトレア」などの巨大喫茶店で行われた当時のすーぱーがーるカンパニーのお茶会では、A布中学の秀才だった最年少社員Sくんがその得意芸「マクロスのオープニング」を披露して参加者を沸かしていた。それはオープニングのとおり飛来したバルキリーが変形して戦うさまを活写した一人芸であった。当時のヲタたちは毎週日曜日が来るのを楽しみにしていたものだ。

さて漫手五十二号でもふれた通り、一九七五年秋頃、最初の長期ドイツ旅行から戻った僕は日本フォノグラムから発売が決まっていた二枚組のLPアルバム「ドキュメンタリー・アドルフ・ヒトラー」を制作していた。これは主にドキュメンタリーの音源ばかりを発売していたフランス・セルプ社のオリジナル音源を元にヒトラーの生涯をレコードで再構成するという代物であった。

ちなみに当時から僕はドイツ行進曲愛好会や、当時元駐独海軍武官だった小島提督が副会長をしていた日独協会の役員だった。そこから、海上自衛隊東京音楽隊とご縁が出来、同隊幹部（当時）の谷村さんの紹介で戦艦大和のレコードを作ったA倉洋楽部長を紹介され、それからフォノグラムの仕事をするようになったのだと思う。

ところで、第二次大戦中、敵味方両軍で歌ったというリリー・マルレーンという奇跡の歌があった。この歌については、当然僕は知っていたものの、日本で知る人は皆無に近かった。たしかFM東京で保柳健さんという音楽評論家が自らの番組で一度取り上げたことがあるくらいだった。

この歌はドイツの歌手、ラーレ・アンデルセン（一九〇五―一九七二）が歌った流行歌で、ハンブルク生まれの詩人、ハンス・ライプが第一次大戦中一九一五年に作詞した詩（詩集小さな港のアコーディオンに収録）に、一九三八年、売れっ子作曲家のノルベルト・シュルツェが曲をつけたものだった。しかし、発売当初はこの歌は振るわず、ある記録では六十枚しか売れなかったという。

その後、第二次大戦中、一九四一年にベオグラードからドイツ・アフリカ軍団向けに放送する慰問ラジオ番組用にドイツ軍は大量のレコードを発注した。その中にこの売れ残った「リリー・マルレーン」が入っていたのだ。たちまちこの歌はドイツ兵たちの間で熱狂的に迎えられた。ただのシンプルな兵士と若い女性の恋の歌にすぎなかったこの歌が、かえって兵士たちの深く心を打ったのだ。慰問放送の始まる二一五七時をアフリカの軍団の兵士たちは心待ちにしていた。

ところがリリー・マルレーンを心待ちにしてたのはドイツ兵だけではなかった。敵方のイギリス兵も夢中になって放送を聴いた。そのため英軍司令部はリリー・マルレーンを聴くのを禁止している。それでも人気は衰えなかったので、自国の歌手ヴェラ・リンに英語の歌詞をつけて歌わせた。その後、アメリカが参戦しアフリカに米軍がやってくると、ドイツ出身のハリウッドスター・マレーネ・ディートリヒ（一九〇一ー一九九二）が前線慰問にやってきて英語でこの歌を歌った。ディートリヒは一九三〇年からハリウッドに行ってスターになっていた。ところで彼女がナチス政権を嫌ってアメリカに渡ったというのは嘘である。パラマウント映画に招かれてアメリカに渡ったのだ。ナチスの政権獲得より前のことだ。

ともあれ、それから、この歌はイタリアでもロシアでも東ヨーロッパでも流行した。当時この歌を知らなかったのは日本くらいのものである。

さて一九七〇年の大阪万博でそのマレーネ・ディートリヒがワンマンコンサートでこの歌を歌った。それをTBSの資料部長であった今井明夫が聴いて心動かされた。彼は鈴木明というペンネームでノンフィクションライターをしていた。彼の代表作は無責任なマスコミがでっち上げた南京陥落時の百人切り競争報道のせいで戦後処刑された将校をテーマに書かれた「南京大虐殺のまぼろし」である。

彼はこの歌のことを一冊の本に執筆中だった。日本フォノグラムのA倉さんがこの鈴木明の知り合いで、リリー・マルレーンの話に興味を持ち、この歌を日本で流行らそうということになった。

そこで、A倉さん、僕、鈴木さんの三人は戦略を練った。それは音楽業界人A倉さんらしいもので、深夜放送で取り上げてくれそうなDJやMCに、とりわけシンガーソングライターに狙いをつけて、由来付き企画書に楽譜とオリジナル音源入りのテープを添付して渡しに行き、興味が沸いたら紹介してくれと頼んでくる作戦だった。特筆すべきは、もし歌っていただけるなら、発売会社は問わないとしたことだ。A倉さんらしい見事な作戦である。僕は歴史考証担当だった。

しかし、そこまでで、僕は昨年に引き続きドイツに飛び立った。ドイツで数か月旅程を消化し、僕はベルリンにいた。一九七六年の秋のある日、クーダムのレコード店で美しい売り子さんに「なぜ日本人はリリー・マルレーンのレコードばかり欲しがるのですか？」と訊かれた。僕は作戦が成功したのを知ったのだ。日本に戻るとリリー・マルレーンはプチ・ブームの様相を呈していた。例の鈴木さんの本「リリー・マルレーンを聞いたことがありますか」（文芸春秋刊）も良く売れたらしい。

ただ、この鈴木さんの本には弊害もあった。それは鈴木さんが日本によくいるタイプの「よく調べないで想像で物を書く」ノンフィクションライターだったことだ。あわせて鈴木さんはドイツ語は全く駄目だった。だから直接インタビューすることも、本を調べることも出来なかった。後年僕は彼のために通訳をしたこともある。

さて弊害は2つあった。

一．ラーレ・アンデルセン（Lare Andersen）の名前をただ自分にそう聞こえたという理由だけで、ララ・アンデルセンとし、あまつさえ他のライターや翻訳家にまでそれを強要したこと。いまだに日本のウィキペディアには間違った読み方が掲載されたままだ。

二．リリー・マルレーンは兵士を恋人に持つ普通の女性だったのに、彼のファンタジーで兵隊相手の娼婦にされてしまったこと。

後者に関しては何人ものドイツ人から怒りの声を聞いた。鈴木さんは典型的な日本マスコミ人で、権威主義で、一度言いだしてしまうとけっして直そうとはしなかった。また彼が「歌は世界をめぐる」という番組のパーソナリティーをしていた時、僕がベルリンから買ってきた珍しいLPに興味を示し、それを僕から借りて放送に使用したことがあった。それはオリジナルの歌手の音源を位相をいじって新しい演奏をつけたドイツのオールドソングのアルバムだった。それは僕がドイツから取り寄せたものだったが、放送のMCでは「これは私がパリで買ってきた珍盤なんですが」ということになっていた。なぜ友人から借りたと言えないのか、未だに理解できない。

リリー・マルレーンはブームに乗って、色々な歌手の競作になった。覚えているだけでも、淡谷のり子、加藤登紀子、梓みちよ、森山良子、木の実ナナ等。後にも1992年には鮫島有美子がカバーしている。またアニメ・マクロスシリーズがらみでは、三枚目のサントラで名盤の「ミスDJ」の中で飯島真理が、また最近では、何と「ストライクウィッチーズ」というテレビアニメでは田中理恵がカバーしている。

リリー・マルレーンはオリジナルのラーレ・アンデルセン版は戦前のEMI盤と戦後のポリドール盤が、また件のマレーネ・ディートリヒ盤、それからイギリスの歌姫ヴェラ・リン盤とよりどりみどりだった。

さて、マクロス・シリーズとリリー・マルレーンとの関係だが、マクロスがこのリリー・マルレーンの物語にインスパイアされたのは間違いがない。マクロスの企画者、原作者たち（この場合、シリーズ構成の松崎健一さんだろうか、それともシリーズディレクターの石黒昇さん、もしくは企画の大西良昌さん？）がいつどこでリリー・マルレーンと出会ったのかは分からない。しかしこのプチ・ブームの際にリリー・マルレーンの洗礼を受けたことは間違いないだろう。ロフトプラスワンでのアクエリオン祭の時に河森さんにうかがえば良かった。もしかしたら高千穂さんもご存じかもしれないので聞いてみたい。

ともあれ、「超時空要塞マクロス」の世界のリン・ミンメイというキャラクターは第二次大戦でのラーレ・アンデルセンとそのリリー・マルレーンからヒントを得て作られたことは、多くの研究家の言を待つまでもなく、間違いのないところである。論より証拠、三枚目のマクロス・サントラ盤「ミスDJ」ではミンメイが自ら「リリー・マルレーン」をカバーしているのだ。そしてランカはテレビ版のリン・ミンメイ、シェリルは映画版のミンメイに連なる存在と言われている。彼らもれっきとしたリリー・マルレーン（ラーレ・アンデルセン）の末裔に他ならない。そう思って聴いていると「愛は流れる」はスネアドラムの前奏もあいまって、ますます「リリー・マルレーン」に聞こえてくる。

けだし、このリリー・マルレーンがなければ、昨今の「マクロスF」に連なるこのマクロスシリーズは存在しないのではなかろうか。改めてそう思って感慨無量である。

ちなみにオリジナルの「リリー・マルレーン」の音源はiTune StoreでもDL出来るし、Amazon等でも入手可能です。

リリー・マルレーン（Lili Marleen／曲:N.Schultze 詞:H.Leip 訳詞:後藤修一）

1、大門の兵舎の前の
街灯の下に　彼女は立っている
ぼくたちは　そこでまた会おう
あの街灯の下に佇(たたず)もう
昔のように　リリー・マルレーン

2、二人のかげは一つになって
ぼくたちが愛し合っていることは
誰の目にもわかる
ぼくたちが街灯の下に佇むのを
みんなに見せてやろう
昔のように　リリー・マルレーン

3、お前の歩み　お前の足音を彼女は知っている
夜毎のわかれ　彼女はぼくのことなど
すっかり忘れてしまった
ぼくの胸は苦しくなる
あの街灯の下で　お前は誰と
佇むのか　リリー・マルレーン

4、しじまの中から　地の底から
夢のように　お前の唇が浮かんでくる
夜霧が深く立ちこめて
ぼくは街灯の下に佇もう
昔のように　リリー・マルレーン

「今年、僕は月面ナチス第四帝国の尖兵だった！」

「漫画の手帖」第64号（二〇一二年）

フィンランドで月の裏側に潜んでいたナチスの残党が空飛ぶ円盤で攻めてくるというトンデモ映画を作っているという噂がYoutubeとかを介して流れてきたのはいつだったろう。きっと二〇〇七年の早春ではなかったか？　その頃、僕はシンガーソングライターで声優の桃井はるこさんをドイツへ連れて行こうと奮闘していたのだった。

因みに、フィンランド映画祭のパーティーでこの映画のティモ・ヴォレンソラ監督ご本人から聞いたところによると、彼らがこの映画を思いついたキッカケは、フィンランドサウナの中で、監督の仲良しの脚本家プスカラが「自分の自転車の後ろにヒトラーが乗っていて『ナチスが月から攻めてくる映画を作れ』と耳元で囁く夢を見た」と言ったことから始まったのだそうだ。だからヤルモ・プスカラは「原案」とエンドタイトルにある。それが二〇〇六年だというから、僕の記憶と符合する。その噂を知ってから僕はずっとこの映画のことが気になっていた。

ＵＦＯは実はナチスが飛ばしているという噂は、既に第二次世界大戦中から囁かれており、一九四四年、アメリカ空軍が遭遇したという不思議な飛行物体群はフーファイター（幽霊戦闘機）と名付けられ、連合軍の兵士達からナチスドイツの秘密兵器に違いないと怖れられていた。実際にジェット戦闘機や、ロケット戦闘機を実戦投入し、Ｖ-１、Ｖ-２等の元祖大陸間弾道ミサイルを発射してきた彼等が、途方もない超兵器を作っていても不思議でも何でもなかったのだ。

一九四五年にナチス・ドイツが滅びた後も、この噂は消えなかった。戦後初めて、ナチスが空飛ぶ円盤を飛ばしているという話がマスコミに現れたのは、一九五〇年三月、当のドイツの左翼系週刊誌、デア・シュピーゲル誌上であった。「彼等はそれでも飛んでいる」というタイトルがつけられていた。

一方、戦争に敗れたナチスが月の裏側に逃れて、捲土重来の機会を虎視眈々と狙っているという話は、かのハインラインが既に戦後二年目にして「宇宙船ガリレオ号」の中で書いている。ただこの二つのネタを合体させ、南極や南米ではなく月の裏側にナチスが基地を作っていて、円盤で地球に逆襲して来るというのは、新しいし、それを妄想やバカ話で終わらせずに、六年かけて映像化したところがすごいのだ。

ところで僕がＵＦＯは実はナチスの残党が飛ばしているとの話を今は亡き大陸書房か何かの本で読んだのは、一九六〇年代はじめの事だった。しかしそれは当時小学生の僕も真面目に信じない程の与太話のレベルだった。ところが七〇年代の終わりから、この噂が俄かに其処此処で囁かれるようになり、僕の知人でローマ在住のＲ博士までそれを信じているとのことだった。ナチス党最高幹部のお嬢さんであるＧさんは「彼等を嗤ってはいけません。絶望のあまり、空飛ぶ円盤伝説にかすかな希望を見出しただけなのだから。」そうＲＦＳ（ライヒスフルークシャイベ、そうナチスの関係者は呼ぶ）伝説を信じる人々を嗤うのをたしなめたものだった。

しかし、僕はそれからずっと後、一九九五年の初夏にミュンヒェン郊外で行われたある秘密集会で、恐るべき人物に出会うことになった。その集まりは夏至祭と呼ばれ、ネオナツィなどではなく、本物の民族社会党の流れを汲む、エリートの人々の集いだった。日本から酔狂にも僕のヒトラー聖地巡礼について来た友人たちも一緒だった。その人物はシュミット博士（仮名）といい、工学博士で、永年メッサーシュミット＝ベルコウ＝ブローム社に勤務し、退職後も、ドイツ博物館等の同社関連の展示物復元の監修をして来たという。しかも、彼の父親はナチス時代、有名な地方文化都市のある某州の首相だったのだ。つまり筋金入りのナチスエリートの家系である。

　彼は僕らに近づいて来て「君たちは、日本人かね？　支那人かね？」と問いかけて来た。もちろん「日本人です。」と僕は誇らしげに答えたものだった。第一次大戦直後に口述された「マイン・カンプ」とは異なり、死の直前、ヒトラー総統がその政治的遺書において日本人を驚くほど高く評価し「我々にとって日本は、いかなる時も友人であり、そして盟邦であり続けるであろう。この戦争で我々は、日本を高く評価するとともに、ますます尊敬することを学んだ。この共闘を通じて日本と我々の関係は更に密接かつ堅固なものとなろう。」ゲルマン民族と日本民族は未来永劫友人たるべしという遺言なのである。博士は声を落として「日本人なら、ぜひ言っておきたいことがある。実は、終戦時、ライヒスフルークシヤイベは完成していたのだ。」「それは例のハウニブーのことですか？」因みにハウニブーはハウネブルクという所で造られたので、そういうコ　ゞス　へぶついこう　い。

「当時、ハウニブーは二機あった。それは南米に脱出した人々を乗せた潜水艦を護衛していた。英国の駆逐艦隊が追跡してきたが、我々はそれを覆滅した。あまりのことに英国はその海戦をひた隠しにしているのだ。」「ハウニブーの下にはパンターの砲塔のようなものが付いていますが、あれは撃ちにくそうですね？」「あれはたまたまあったものを使っただけで、通常の大砲ではないのだ。ビーム兵器なのだよ。」「飯田橋くん、君たちだけに伝えておこう。近い将来、光と闇の勢力の間でハルマゲドンが起こる。その戦いで我々両民族の三分の二が失われよう。しかし、我々は敵を完膚なきまでに殲滅するだろう。そして、残った三分の一で、新しい地球を建設するのだ。戦友よ、共に戦おう。」彼はポケット式のダウンジンクセットを我々に誇示しながら、我々にアピールした。僕はその時以来、十七年もずっと待っているのだが、まだハルマゲドンはやってこない。しかし、博士の素性は確かなものである。我々は人の悪い科学者にからかわれたのだろうか？それとも彼は正真正銘のマッドサイエンティストなのだろうか？

　だが、そうこうしているうちに、それはフィンランドからやって来た。僕は約束通り起ち上がった！　そう、月面ナチス第四帝国の側に立って戦うためにである。

　今年の始め頃、僕は天の啓示により（笑）、この「アイアン・スカイ」が、日本で公開されるということを知った。わがオデッサ日本支部は総力を挙げて配給会社がどこかということを調査した。我々はそれが株式会社プレシディオという一九九八年に設立された意欲的な若い会社であることを突き止めた。

　僕はいつものパターンで先方にラブレターを出した。僕にはナチス・ドイツ関連は奥が深いので絶対色々困っているだろうとの確信があったのだ。

　ここで、とりわけ、僕が恐れたのは字幕翻訳に関してであった。例えば、業界を支配する某ナッチや、某ＴＨＳ社のテレビ洋画版字幕のように、英語力や、ましてドイツ語力も不十分で、さらに基本的軍事知識も欠けているくせに無駄に権威だけを振りかざすタイプの字幕翻訳者がこの映画を担当したら目も当てられない。例えばかつて「遠すぎた橋」のテレビ版では、軍団と訳すべきところが全て師団と訳されており、フランスからオランダを股にかけた大作戦は、まるで街外れの小競り合いのようで、視聴者をナメているとしか言いようがなかった。

　さて、配給会社プレシディオからの返事はかなり経ってから、四月上旬、突然送られてきた。まず、字幕監修をして欲しいとのことだった。ただかなり時間が押しているとのこと。了解すると、すぐに仮字幕原稿と本編が入ったＤＶＤが速達で送られてきた。僕は全てのそれ以外の予定を放擲《ほうてき》して全力でコトに当たった。幸運だったのは字幕制作者は高橋ヨシキ氏という人で、元々ナチス関係の映画を深く愛している方だった。また公式の字幕監修者町山智浩氏はアメリカ在住の映画評論家で、吉岡平先生同様早稲田漫研の出だった。なんと彼は吉岡先生の推薦でスタジオハードに入り、アニメ誌のコラムや、ケイブンシャの大百科シリーズを執筆、また宝島編集者時代には故中村くんがプロレスおたくとして登場する「おたくの本」を企画編集、初期の「と学会」メンバーでもあり、現在の「映画秘宝」シリーズの創刊者であるという殆ど常に僕の隣にいたような方なのだった。世間は本当に狭い。かくして、僕は名前もギャラも出ない完全なボランティアの裏方としてこの作品に関わることになった。それで良いのだ。何故なら僕の使命はこの優れた作品を少しでも理想的な形で日本の映画ファンに供すること、ただそれだけであったのだから。

　拝見した高橋さんの翻訳はテンポも良く、作品への愛に溢れるものだった。初稿にも関わらず、修正すべき点は余り多くは無かった。ヒロインの名前が「レナート」と男名前になっていたので、女性名「レナーテ」に修正。また月面総統名が「コーツフライヒ」になっていたので、「コーツフライシュ」に修正。月面青年団生徒の名前が「ジークフェルド」になっていたので「ジークフリート」に修正。それから、アドラーの階級を「上級大佐」から「准将」に修正。あと月着陸船のキャプテンを「大尉」から「船長」に修正。またレナーテの階級は実際に存在しない「モントユーゲント・ウンターフューレリン(月面青年団下級指導官)」というものだったが、そこは高橋さんが月面青年団伍長」と意訳。

　ちなみに彼女の制服は奇妙なもので、襟章は武装親衛隊大佐なのに、肩章は大尉のように見える代物だった。また彼女のヘッドギアは親衛隊の一九四〇年型舟形略帽に、ドクロのボタンという架空のものだ。プレシディオ社宣伝部のアイアン・スカイ宣伝隊は殆どが美しい女性によって構成されていたが、そのＳ&Ｇｒａｆ社製のレナーテ服は全員が、大佐(ＳＳ連隊指揮官)だった。

　けだし、月面帝国の皆さんは、ナチスドイツ軍最後の大隊(ダス・レッツテ・バタリョーン)の末裔のようで、基本的にその制服は武装親衛隊のそれである。また円盤部隊のパイロットは空軍所属なのか、空軍の制服を着ている高級将校もいる。

　月面総統はヒムラー長官と同じ国家指導官襟章。ジャケットと制帽の色は灰緑色と白とがある。それから総統杖は架空のものだ。また、アドラー准将は一九三八年に廃止された黒服を着用しており、それは月面総統になってからも変わらない。

　続いて高橋さんから、注文が来た。それは、映画の中で歌われる「月面帝国国歌」と黒人のアメリカ月着陸船乗組員、ジェームズ・ワシントンを洗脳する演説を字幕化したいので、何とか分からないかというリクエストだった。

　月面帝国国歌のメロディーはなんと帝政ドイツ時代の愛国歌「ラインの守り」だった。本来はナチス党歌「ホルスト・ヴェッセル歌」を使いたいところだが、共同制作国のドイツで法律的に禁止されているため、その代わりにこの古き良き時代の遺物を持ってきたのだろう。また、このメロディーは京都の同志社大学の校歌と同じである。この映画を観た同志社大の学生や卒業生はなぜ月面ナチスが同志社大の校歌を歌うのか、不思議に思ったに違いない。だが、歌詞はオリジナルのものとは違っていた。しかも、映画の音声なので何を歌っているか分かりにくい。そこで、僕は一計を案じ、フェイスブックのアイアン・スカイ公式頁に「僕は日本でドイツ語の字幕翻訳を担当している者だが、月面帝国国歌の歌詞を教えて欲しい」との質問をドイツ語で書き込んだのである。すると、殆ど数十分で問題の歌詞がメールされてきた。何と言う素晴らしい時代だろう！　課題その一は、こうして瞬く間に解決したのだ。

　課題その二はワシントン洗脳演説だ。僕はコンニチの同志でネイティブのえりちゃんに問題の部分を聞いてもらうことにした。録音を渡したその夜に、えりちゃんからメールでその部分の文章が来た。それは有名なゲッベルス宣伝相の演説で一九四三年二一八日、ベルリンのシュポルトパラストで行われたもので、「総力戦演説」と呼ばれたものだった。彼女が聞き書きしたものをググッたら、すぐ原文がヒットしたとのこと。ゲッベルスはこの演説で国民にすべてを投げ出して国のために戦う覚悟があるかと問いかけた。まさに洗脳にはぴったりの内容だった。こうして、まさに天啓によって、問題は氷解したのだ！

　こうして無事に日本語字幕付き「アイアン・スカイ」は完成し、映画公開は九月二十八日（金）と決まった。ついにマスコミ向け試写会が始まった。僕はこの素晴らしい映画をしかるべき知人達に観て戴こうと奮闘した。佐藤大輔氏、鈴木貴昭氏、鈴木あきら氏、佐原晃氏、津久田重吾氏、野上武志氏、秋山洋介氏、松嶋初音さん、清水愛さん達に、この映画を観て戴くことが出来た。また、なんとプレシディオ宣伝部のKさんと声優の清水愛さんが偶然幼馴染みであることが分かった。そのことから、後にとんでもない展開になった。

　七月末から、配給元のプレシディオでは、月面帝国のコスプレによる宣伝隊を組織した。S&Graf製のレナーテ服に身を包んだ美女達と、アドラー准将風の男性宣伝部員が、ワンフェスやデパートメントH等各地に出没し始めた。それと連動して、八月六日、ヒロシマに原爆が落ちた日の夜にニコニコ生放送で、第一回のアイアン・スカイ生放送を行うことになった。その先鋒を務めたのは、なんと小生、飯田橋であった。その晩、僕にレニ　ニ〇コスプレをした声優の清水愛嬢とニコ生に出演した。その出で立ちは月面総統と同じ白い親衛隊の制帽を被り、武装親衛隊スモックに、ダイヤモンド柏葉剣付き騎士十字章を首から下げ、武装親衛隊上級大将のコスだった。憲〇擁護庁のみなさん、モサ〇のみなさん、オ〇ッサの同志諸兄、ゴメンナサイという感じだった。放送のタイトルは「アイアン・スカイ公開記念、第四帝国プロパガンダ隊員全員参加会議」というものだった。ここで、同作品上映館でのニコ生書込み入りトレーラーの上映が決定された。ちなみに、僕はサバゲーが趣味の愛ちゃんに秘蔵の本物のレーザースコープ付きH&K・MP5-Kurz, PDWのエアソフトガンを進呈したのだった。このニコ生の放送はその後も行われ、九月十五日には「アイアン・スカイ」を高く評価している「ガンダム」の富野監督と来日中だったティモ監督との対談、九月二十日には、あのムー編集部の面々による「教えて！　ムー！」が放映されたのだった。

　コスプレ宣伝隊はその後も夏コミ併せのコスプレ会場や、九月二日の浜松町、都産貿に於けるミリタリーイベント「第六十六回ビクトリーショウ」に現れた。このイベントに於いては、主催者のサムズミリタリ屋側の女の子達がアメリカ大統領選コスに身を包み、プレシディオ宣伝隊との合同のキャンペーンは、今回の頂点をなすものだった。また取材に現れた漫画家の辛酸なめ子先生もレナーテコスに身を包み、ご満悦だった。

　さて、本作品公開に先立ち、九月十五日から、「フィンランド映画祭」がお台場のシネマメディアージュで行われ、その前日には、フィンランド大使館にてキャンペーンが行われた。ティモ監督が大ファンだという、きゃりーぱみゅぱみゅちゃんが、レナーテを意識した軍服風ドレスで現れ、公式サイトにはきゃりーぱみゅぱみゅの曲を付けたトレーラーがUPされた。

　このフィンランド大使館のパーティーで、僕はついにティモ監督と運命の出会いを遂げた。僕は残念ながらドイツ語は分からない監督と拙い英語で言葉を交わし、固い握手を交わしたのだった。ティモ・ヴォレンソラ監督は一九七九年生まれ。身長は二メートル近い巨漢であった。彼はブラックメタルインダストリアルバンド・アリミュストでリードボーカルを務め、「スターレック」という「スタトレ」パロのアマチュアフイルムで登場し、そして、この「アイアン・スカイ」で本格デビューを果たしたのだ。この映画は二〇一〇以来、制作費の不足をインターネットで公募し、月の裏側にナチスが潜んでいて、空飛ぶ円盤で地球に逆襲してくると言う正真正銘のおバカ映画を実現するために約一億円もの寄付が一般ファンから集まった。そして最終的にはドイツとオーストラリア(オーストリアではない!)との合作を通じて総制作費は七億五千万にもなった。

そして、僕はその翌日、僕と共に数回渡独した経験を持つストーン氏や、ドイツクラシックカメラの権威dmy氏と共に、シネマメディアージュの大スクリーンで、「アイアン・スカイ」を鑑賞したのだ。この作品が今年のフィンランド映画祭のオープニング作品だったのだ。今回の経験を通じて嬉しかったことのひとつは、盟友のストーン氏が、この映画をとても高く評価してくれたことである。「アイアン・スカイ」の素晴らしさは、かの愚劣な「国民の創世」に於ける悪玉黒人や、かつてのハリウッド製西部劇に登場するインディアンのように、ナチスを一方的に悪の権化として、まるで虫ケラのように、これを屠殺し、大衆の勧善懲悪の低俗なカタルシスを満足させるだけの映画ではなく、盛大なギャグのオンパレードの果てに、アメリカを頂点とするこの現代世界のナチをも凌駕する凶悪さを風刺し、相変わらず国家エゴと大国主義を克服出来ずにいる我々を嗤う作品になっている点であろう。「可笑しうて、やがて哀しきアイアン・スカイ」である。この作品の唯一の救いはヒロイン、レナーテの純粋さの中にある。

九月二十八日、二十一世紀最大のおバカ映画たる「アイアン・スカイ」は無事に封切りの日を迎え、第四帝国の第五列たる僕は安堵のタメイキをつくことが出来た。

戦友諸君、アマゾンでは、輸入盤だが、サントラ盤も入手可能だ。この作品のヴァーグナーを基調とした楽曲はライバッハというスロベニア(旧ユーゴ)のインダストリアル・エレクトロニックバンドが担当しているが、素晴らしい演奏だぞ。ちなみにライバッハとはリュブリャナがドイツ占領下にあった時の名前なのだ。チトーに喧嘩を売っているような凄いネーミングだ。またこのサントラ盤には月面帝国の国歌も収録されている(Youtubeにもあがっている)。映画のプログラムには日本語で歌えるように僕が訳した歌詞を載せたので、共に歌おうではないか。ジーク・ハイル!

軍服が似合う声優さんと後藤氏。

「漫画の手帖」エッセー集②

いかにして予は社会生命を失いしか

イタリア・エミリア＝ロマーニャ州プレダッピオ。
ドゥーチェ（ベニート・ムッソリーニ）の墓所にて

ななこちゃん！ ガンバレ！ 僕がついている!!

「漫画の手帖」別冊1号（一九八三年）

ななこちゃん。僕が君と初めて会ったのは、忘れもしない、三年前の春だったね。僕が道を歩いていると、ノートやフデ入レなんかが降ってきたんだ。そして空を見上げたら君が、君が飛んでた。この時から、僕の人生は変ったんだ。学校だって君と同じとこへ転校したし、君の超能力を試すために自動車にだってハネられたし。それに、あの四谷のやつが創った「すーぱーがーるKK」にだって入ったんだ。

エスパーっていうと、たいてい暗いんだよね。紅い牙の小松崎蘭ちゃんや、ソネットちゃんも、家族八景の七瀬さんも、自分の呪われた血に悩んでたり、エスパーハンターに追われてたり、みーんな普通の人間とのギャップに気付いて、運命を呪ったりしてるんだ。でも、ななこちゃん、君はぜんぜんそんなことなかったね。君はいつでも「フツーの女の子」だったね。君は自分のスバラシイ力を鼻にかけたり、自意識過剰で悩んだりしたことはなかったよね。君は飛びながら黒板をふいたり、出前のバイトをしたり、クラスメートを乗せて飛んだり、いつだって君は何のこだわりもなく「フツー」だった。ユキちゃんもビックリしてたけど、そこが君のスゴイ、本当にスゴイとこなんだ。ワーイ、君のテレる顔が目にうかぶ。いーんだよ、そこが君の素敵なとこなんだからね。

君はいつも、いっしょうけんめいだったね。こまった人がいたら、かならず助けてあげたね。そーだ、君が一度、スランプになったことがあったっけ。あの時だって、君がいっしょうけんめい「正義のすーぱーがーる」らしくなろうとしたから、スランプになっちゃったんだ。いーんだよ。今のままで。僕も「すーぱーがーるらしくなれ！」なんて、ハッパかけたこともあったけど、四谷のやつがいったとおり、そーゆーの、はやらないよね。いーんだ、やさしくてドジで、泣き虫の君が僕、一番、好…ムニャ。

やっと世間のヤツラも、君のスバラシサがわかってきたらしいね。去年の4月に君のEPが出たときはうれしかったよ。ざまーみろ、やっと気がついたか、ボケどもってね。でもほんとは、ちょっぴり心配だったんだ。だって、幼女のように純粋ムクな君の心がガサツなマチコミのヤツラに傷だらけにされないかってね。

鬼太郎の水木先生だっていってたんだ。マチコミは妖怪だって。だから「ななこSOS」がアニメ化されるって話、聞いたとき。ヤッタゾって、てばなしでよろこべなかったんだ。君は「だいじょうぶ、飯田橋さん、あたし、きっとうまくやってみせます。」っていったけど、十六ページの連載とは、ワケがちがうんだよ。わかってるのかなあ、ななこちゃん。でもきっとだいじょうぶだよね。だって君はエスパーなんだもの。

ななこちゃん。君のファンはね、みんな善い人ばっかりなんだ。心の中に「ななこちゃん」が住んでいるんだもの。あの「ななこまつり」だって、そーいう人達の純粋な熱意の結晶なんだ。お金もうけのためにTV局や、アニメ会社や、アニメ雑誌なんかがやるイベントとは訳がちがうんだよ。

ななこちゃん。君はどーしてそんなに、みんなから愛されるのか、わかるかい。まっかになって、下むいちゃったな。それはね、君が、今の時代の人間達が、どっかにわすれてきちゃった何かを、ちゃーんと持ってるからなんだと思うな。君はスバラシイ超能力を持ったエスパーで、ドジでマヌケでチビの僕が、君のためにしてあげられることなんて、しれたものだけど、でも僕は君のナイトなんだ。コケにされても、バカにされても、例え君に見向きもされなくても、四谷やガリガリ亡者達共から僕は君を守るぞ。僕は大声で叫びたい。「ななこちやん！　ガンバレ！　飯田橋がついてる！」そーだ、僕は何千何万の飯田橋の化身なんだあ。

桜の木にはご用心！　またはいかにして予は社会生命を失いしか

「漫画の手帖」別冊2号（一九八四年）

それは、一昨年（おととし）の春のことだった。僕は当時、既に、青池さんのエロイカ関係のファンダムなどに首をつっこんでいたりしたので、何かのマチガイから、その頃はまだ某マンションの一室を借りてやっていた、フュージョン・プロダクトの「ふりーすぺーす」によく顔を出していた。（このあいだ、ひさしぶりにワシントンビルの方へ、女の子と顔を出したら、とてもすいていて、レジの女性が僕らのところにわざわざやってきて、曰く、「めずらしいですねえ。社会人の方ですか？　漫画とかお読みになるんですか？」なーんてきかれてしまったのであった。う〜む。）

その日も何かのついでに、旧ふりすぺに立ち寄り、奇天版の香山滋著ジュブナイル小説「ゴジラ」を手にしていると、ふりすぺには珍しく「明るい」長身の青年が同人誌をひっくり返していた。しかも彼は背広（！）をイキに着こなしていた。どーみても「おたく」族には見えなかった。彼は仲間から「オモチャや」とよばれており、事実、両さんではないがめっぽう、その分野に詳しいのだ。妙な親しみ、同じ背広どーし、いつしか、僕等は言葉を交していた。

帰ろうとする青年に、「どちらにお住まいですか？」と尋ねると「T学園」だという。な、なんと某アイドル・タレントが入学して、留年したので、最近、有名になっているT大こそ、わが懐かしの母校なのであった。「今、桜がキレイですよ。」と彼はいった。そーか、いつも在学中は、真盛りの時は、春休み中で、その有名な桜のスゴイところを一度も、マトモに見ていなかったのだ。見たい。四年間通ったあのキャンパスに帰りたい。

もう夜も七時をすぎていたが、○急に乗って夜桜見物に出勤してしまった。今、思えば、これが「悲劇の誕生」だったのだ。彼はナカナカの美男子で、その上、親切だった。彼は僕の孤独の夜桜見物にも、ミンキー・モモのビデオ鑑賞をも翌日おくりにして、付き合ってくれたのであったが……。

僕等は関係者以外立入禁止の立て札もなんのその、ひとっこひとりいないキャンパスに水曜スペシャルよろしく進入していった。その時である！　白亜の文学部の前に巨大な桜が出現したのだ。これは非常に危険です！　なぜって、昔から桜は人を狂わすっていうではないか！　そしてこれは、事実だったのである。さんさんとふり注ぐ、満月の光がこれに拍車をかけていたのは、これ又、疑いの余地もない。

それで僕等は桜の下の、●子ちゃんもこしかけたかもしれない白いベンチに腰をおろした。ずいぶん様々なことをしゃべった。彼が大手玩具会社T社の専属バイト人として、某デパートに派遣されていること（ようするにオモチャが好きで「オモチャや」になったらしい）や、●えの●リコンの常連であることとか・・。

どちらがその呪われた名前を先に、口にしたかは忘れてしまったが、偶然、二人共、「隠れアジマ」だったのだ。ミヤアちゃんはいい。阿素子もいい。だけどイマイチ、マイナーだけど、ななこってのがいるでしょう。あのキャラが僕、一番、好きなんですよ。なんと彼もそうだという。そこで、口の軽い僕はトンデモナイ提案をしてしまったのだ。「どーです。二人で彼女のファンクラブでもやりませんか?」

かの長身の美青年こそは後のすーぱーがーるカンパニー社長、四谷氏なのであった。そして、僕は、必然的（?）に飯田橋なのであった。

僕等は、着々（?）会社設立へ向けて動きだした。社長は昼間はバイト、夜は専門学校という超多忙人間だったから、実務は比較的自由業の飯田橋の担当とゆうことになってしまった。理想家肌でロマンチストで、そのくせ奇妙な実利家であった彼は、ホントに若きマッドサイエンティスト四谷そのものだった。容貌のみではなかった。で、パタリロのような僕は眼鏡をかければ、飯田橋なのだった。僕アタマ痛〜いの。

家人にすてられたりして、ポップコーンの大半や、ジャストコミックの何冊かが、欠けているのを補うため、ある日、バックナンバーを仕入れに僕等は連れだって、池袋にあるジャスコミ編集部を訪問した。そこで、僕等は殆ど、予想外の大歓迎をうけた。今思えば、既に内々ではアニメ化の話も出ていたわけだが、そうはいうものの、売れるかどーかと、イマイチ、ななこのポピュラリティに疑問を持っていたであろう編集部にとって、ＦＣを酔狂にも作りたいなどという僕等の出現は何か、幸先の良いものに思えたかもしれない。タダで大半のバックナンバーをくださった上、カッパのフロシキで編集長御自ら、つつんで下さったのである。これで、もう僕等の運命は窮まった。最初、数人でコッソリななこしようとしていた僕等の野望は完全に潰え去った。後はななこメジャー化作戦の先兵として、玉砕覚悟の抜刀隊長になる以外、道はなかった。

昭和五七年七月七日、横浜中華街の安楽園という一見、風呂屋の様な料理屋の二階ですーぱーがーるＫＫは正式に発足した。スターウォーズのオーケストラ版サントラをバックに四谷社長が宣言「ななこは地球を救う」を朗読した。まだ、縁故採用の社員ばかりで、七名だった。だが、ジャスコミを媒体として社員を募るや、八月中には既に百名を突破する程の勢いとなるのであった。

今や我が社は約三百名の大所帯となってしまった。ずいぶん色々ななこには奉公させてもらったものだ。特に昨年はスサマジかった。まず、北海道支社長たる美女のホマレ高き、岸田亜子女史の提案で、札幌雪祭りに、ななこの雪像を造りに行った。次が、かのシッポがないとの共催による神戸ななこまつり、それから東京ななこまつり（所謂「春まつり」）十何回に及ぶ、お茶会「ななコン」、それから、ＤＡＩＣＯＮⅣにおけるＡＺＩＣＯＮ１の共催、各種の合宿、会報、会誌の編集、各種同人誌即売会への参加等々、数え上げたら、枚挙にイトマがないほどである。常に僕の部屋には誰かスタッフが住みついていて、家庭的平安、並びにプライバシーはこの一年半、殆ど消滅していた。白髪もめっきり増えて、まるでメールシュトレームにであった漁師。

『アニメななこ』も終了した今、ななこメジャー作戦の先兵を自任していた我々も、今、矛を収めた状態である。さて今後どうするか、皆で相談しなければ。おーい、四谷、たすけてくれよお。社会復帰できないよぉ。桜こわいよ〜。

怪奇・納涼！実録「ヒトラーおじさん」の・・・情熱的な日々！

「漫画の手帖」別冊3号（一九八四年）

ども、飯田橋です。今回も藤本さんから、何か書けとの仰せですので、何か書かせていただきます。

今回は、前二回と異なり、世にも不思議な物語を。え〜、拙宅の裏庭は青山墓地クラスのマンモス墓地です。そんな訳で、時折、異形の物の家庭訪問とかがあります。そこで、知人の霊能力者（女性＝美女）に相談したところ、某寺院の聖剣が効くとのこと。そこで半信半疑ながら、購入。玄関先に安置しておいたのでございます。ところが、ある晩、草木も眠るウシミツ時、妙に寝苦しく、目をあけてみますと、突然、部屋の空気がピーンと張りつめ、パチパチ鳴りまして、次にフトンの上から、グググッと圧力が加わってまいったのでございます。オオいらっしゃった。永年の経験がそれを明確に、物語っておりました。しかし、私めも負けてはいません。金縛りが始まる直前、ハネ起き、かの聖剣ノートゥングを取ってまいりまして、あ奴に切りつけたのです。すると、どーでしょう。あれ程、かかっていた、重さがスッと消えていくではありませんか。爾来あんまり、お見えにならなくなったようです。ちなみに、かの物体はどーいう恰好をしていらしゃるかとゆーと、丁度、杉浦茂氏描くところの「いやだ、こわい・・・。」とゆーふうな物でございます。とまあ、こーゆーふうな、怪談を申しあげるのが本稿の主旨ではありません。以上は完璧に実話の友なのではありますが。

ところで、オバケとくれば、水木しげる氏でありますが、氏は最近、日本読書新聞なるマイナー紙に、「わが友」というふーな連載をやっているのです。第一回目はつげ氏、第三回目はガロの長井氏でした。さもありなん、妥当な人選と云うべきであります。問題は第二回目でありまして、ここにある無名の奇怪な人物が登場してくるのです。

新聞によりますと（うう、懐しい！）その人物は、水木氏の幻の傑作というべき「劇画ヒットラー」の監修者なのですが、当時一七歳の少年で、異常な事に小学二年の頃からヒトラー研究（？）一筋に生きて来たとゆーのです。他の少年達が青春している間、この人物は、ヒトラーがどーの、シュペーアがどーの、エヴァがどーした、とやっていたのです。その結果、既に当時、膨大な資料をかかえており、国会図書館恐るに足らずと豪語しておったのです。現に「劇画」の時も、水木氏に提供した資料は二百点を上まわっていたのでした。

ところで、この人物は大の漫画狂でもあったのです。手塚マンガの洗礼をうけたのは「ロック冒険記」でした。まだ、少年クラブが健在で「ロボット三等兵」なども、彼のお気に入りでした。少年週刊誌群の創刊にもリアル・タイムで生き証人しました。サンデー、マガジン、キング、ジャンプ、チャンピオンは、創刊以来、読んでいるらしいのです。

御多分にもれず、漫画家になりたいと思ったこともあるらしいのですが、ヒトラーの方が忙しくて、結局、あきらめたようです。ですからCOM・ぐらこん、や、ガロのほうもしっかりつきあったようです。

そうそう。かの新聞のタイトルは・・「ヒトラー少年」というのです。そしてその容貌は「鬼太郎と桃太郎を足した」ようなものだそうです。う〜む。益々、奇怪千万！

　なんでも、病が高じた彼は、その後、ロシアを飛び越えて、ドイツへ渡り、オデッサとかの外人部隊の幹部になったとか。そこで、夏になると、かのヒトラー総統の山荘ベルクホーフのあった、オーバー・ザルツベルクから、ヒムラーSS長官のお嬢さんと例のフランスのヒトラーの息子氏から、連名で絵葉書が来るとかいう話です。

　しかし、こうした歪んだ少年時代をすごしてきた人物は、ピーターパン・シンドロームなぞという、イマイらしい学説を持ちだす迄もなくマトモな人生を送れる筈もないのであります。シコウシテ［ママ］、哀れ、今では、何と、鬼太郎と桃太郎のような顔の「ヒットラーおじさん」になってしまっています。

　藤子不二雄氏の怪作「ヒットラー伯父さん」を読んだことありますか。ヒットラーおじさんは先ず何をしましたっけ？　そうですね。少年団を作ったんですね。良くできました。花マルです。なんと、彼もドイツから帰朝するや、少年団を作ったのです。コワイデスネ！。何をしようというのでしょう。け、警察はナニをしとるんだ、日本の民主主義がキタイに瀕しているではないデスカ！

　ジジツ、彼は何をしているのか！？？日夜クーデター準備のための軍事訓練にあけくれているのでしょうか？

　不肖、飯田橋、突撃レポーターとしてその「ネオ・ナチ集団」？の秘密集会に潜入してみましょう。

　ここは、都内某所、どーやら喫茶店のよーです。しかし、暗い。異様に暗い。まるで、あのシチリア島の納骨堂です！　地下室であるせいもありますが、それはこの集団の性格からくるものでありましょう。いました、いました。奥の方に、ドロドロとよどんでいます。背スジに冷たいものが走ります。ヒジョーにキケンです。あっ、一人が、なにか、とりだしました。な、何と人形です。く、黒魔術にでも、使うのでしょうか。女性隊員もいます。うっ暗い、これはとびきり暗いですね。あの目です。冬のバルト海のような、あの暗いヒカリ。あれが●ダヤ人とかを大量●●する目です。

　ちょっとインタビューしてみます。

飯「すみませーん。ちょっと、いいですか。どーして、こんな団体に入ったんですか？何か社会に不満でも？」

女隊員「ポロンちゃんが終ったから。」

飯「うーむ。ナチの暗号でしょうか。」

隊員A「いやーメモルはかーいー。」

隊員B「バービー・エクセリーナは肌が白くていい。」

隊員C「SSの将官帽が欲しいなあ。」

隊長「バカモン、髪を刈り上げにしろ。これは命令だ。」

飯「一部、それらしい発言がありましたが、しかしながら、自由と民主主義の日本でこのような凶悪な集団を放置しておいて良いのでありましょうか。行政、とりわけ、治安当局の責任の問われるところではないでしょうか。とまれ皆さんと共に考えてまいりたいと思います。

　なお、この団体の通称はSGCというようです。きっとシュトゥルム・グレナディア・ショヴィニステン（排外主義突撃隊）とでもいうのでしょう。この文明開化の時代に何という逆コースでしょう。これで現場を終わります。」

　ところでこの「ヒットラーおじさん」は、よく、波多利郎、および飯田橋の偽名を用うるそうですので、付近の住民は充分注意するように。十二月十五日、ゴジラ上陸！（みんな！　ゴジラ伝ライヴと特撮大会行った？）

我等が首領、大ゴジラ様　遂に見参！

「漫画の手帖」別冊4号（一九八五年）

ある時は、危殆に頻せる●ジマ・ファンダム最後の突撃隊長。ある時は秘かに●チス再興を企む●デッサ日本支部長。そして、ある時は謎の易者、田上信輔閣下。そしてまた、ある時はゴジ伝合唱団員。しかし、その実体は闇の皮革ブローカーの飯田橋であります。

ここからは、「ゴジ伝ⅠⅡⅢ」をかけながら読みませう。感じがでます。

昨年夏、悪の旅行社、低級観光と奴隷船業者、倒壊汽船は共謀して、全国の怪獣ファンの良い子達を落とし入れようと悪魔の「大島ゴジラ巡りツアー」作戦を立案しました。これは良い子達を特撮空間に引きずり込み、魔法で大島のまわりを十何キロも歩かせ、あげくの果てにはゴジラにしてしまうという身の毛もよだつほど恐ろしいものだったのでございます。

私もマジナイにかかって、SGC社員三名と共にこの恐怖のツアーに参加してしまったのでした。

そして、帰り船のマル金一等船室でビールを飲っていた時、手が角質化して暗灰色に変化しているのに気付いたのでした。驚いて周囲を見まわすと、そこには小川ゴムのマスクをかぶったようなプチゴジラが七匹座ってビールを飲んでいたのです。

今さらマットウな人生を望むことも出来ないと悟った我々は、我々をこんな目に合わせた人間共にフクシュウしようと「東京ゴジラ団」を復活させることにしました。

東京ゴジラ団とは昭和二十九年に結成された、それはそれは由緒正しい秘密結社で、その目的は汚れ腐った人類文明を当時来日中であらせられた大ゴジラ様と共にすっかり一掃して、地球の環境浄化に貢献しようというマジメかつコーマイなものだったのです。

嗚呼、あの悪魔のバケ学者、芹沢某さえ現れなければ！　地球史上最悪のガン細胞「ジンルイ」を殲滅することが出来たのです。後世の文献ではゴジラ団々長はただの前科者のサギ師のようにいわれていますが（これが奴らの常トウ手段であることは論を待たないのであります）、ホントは、若冠二十何歳の若さで、地球を破滅より救う道は、唯一、人類の消滅以外に無いと云う窮極の真理に覚醒し、自身が罪人＝人類の一員たることの宿命をコペルニクス的に止揚して、神そのもの、自然そのものたる大ゴジラ様の地球浄化の大事業を側面擁護し、遂には大ゴジラ様に殉ずると云うハナレワザをやってのけた、大天才、大聖人なのであります。まさに彼は人類の罪業を一身にせおって逝ったのであります。まさにキリストの再来、いやそれを遙かに上まわっています。

さて、彼、東京ゴジラ団初代団長の正統にして唯一の後継者たる私は、ある夜、神の声を聞いたのです。曰く、大ゴジラ様が堕落腐敗した人類に再び、正しき道を指し示し、地球を破滅の危機より救わんが為、わが大八洲に御降臨になられることを。今回は御身長八十米、体重五万噸に御成長になられ、いかなるコザカシイ武器にもけして負けないことを。

今度こそ我々ゴジラ団の決起によって堕眠をむさぼる日本人共に目にものを見せてやる！　こうして蘇った東京ゴジラ団の戦いの火ぶたは切って落とされたのでした。時に弐千六百四拾四年神無月五日のことであります。

我々は唯一大ゴジラ様側に立っていると云われる企業東宝（これは東亜の宝の意である）を訪れ、協力を要請しました。既に、大ゴジラ様来訪の報を秘かに入手していた東宝ではゴジラ倶楽部なる秘密組織を結成しており、早合百嬢なる、かつて青春映画の大スターであったカリスマ的美女を頂点に着々と現代文明に対するフクシュウを準備していました。けだし、反東京裁判史観によって貫かれた、映画「レイセン燃ゆ」がその絶対的正しさにもかかわらず、堕落した現代日本に受け入れられずコケたので、彼等の怒りに燃えあがったのです。ユルサン、日本人、皆殺しじゃ！

我々ゴジラ団と東宝は互いにその思想的正しさを確認しあい、固い握手をかわし、また、我々の多くがサユリストになったのでありました。

また、ＧＨＫの卯月よりの朝の連ドラで主役に決っている靖子ちゃんがゴジラサイドであることも、自ら死地におもむかんとしている我々の勇気を奮いたたせたのです。美少女は常に正しいのであります。

霜月三日、大ゴジラ様の三十年目の御生誕記念日、我々は、今はなき予言者香山滋師と、同じく偉大なる祭主円谷英二神官に必勝を祈るべく、四谷と府中の墓所をもうでました。とりわけ、前者は墓マニアとして知られるゴジラ団女突撃隊長のＹ嬢がその超能力にて発見したものです。

先ず、我々の作戦は、一人でも多くの人に大ゴジラ様の聖旨をば、教え広めんが為、檄文を作製し配布することから始まりました。大ゴジラ様の勇姿はこの道の第一人者にして我が同志たる水木しげる師に描いていただき、各大学祭や東宝主催の啓蒙イベント（東宝内部の反動分子による抵抗もあったが排除）にてこれを配布。さらに教典「大戸島通信」を編纂して、迷える特撮ファン達を善導したのでありました。

ズーン、ズーンと、待望の師走十五日、大ゴジラ様は、あの東京で最も腐敗堕落した亡者達が集まると云われる晴海から上陸を開始されました。愚かにも抵抗を試みた自衛隊は一瞬にして壊滅。正義の前にはロリコンおたくを守ろうなぞと云う野望はひとたまりもありません。

同じ頃、東京ゴジラ団はゴジラ様援護の為の秘密兵器「ランクルー号」の整備に余念がありませんでした。晴海通りのむこうから大ゴジラ様が見えて来ました。団員の中から歓声があがります。ゴジラ様はマリオンに一寸ヒジ鉄を食わせた後、丁度走って来た下り新幹線を殲滅されました。実はこれには大島で団員（女）のオシリにタッチするという暴挙をはたらいたゼニプロの●田が乗っていたのであります。天罰てきめんと云うべきであります。

我々のランクルは大ゴジラ様の露払いを務めつつ国会方面へむかいます。その時です。警察の装甲車が我々の前に立ちはだかったのです。しかしうしろからついてくる巨大なゴジラ様を見るやクモの子を散らすように逃げ去ったのでした。若荷谷団員は「今日は運動じゃない！」と意味不明の罵声を叫んでいました。

そして遂に我々は新宿に到達しました。敵はハイパワーレーザービーム砲なる珍兵器で攻撃して来ました。しかし我等が大ゴジラ様には蚊が刺した程ですらありません。そのうち自衛隊の誇る超兵器スーパーＸが飛来しカドミウム弾で公害攻勢をかけてきました。三面図もひかずに削り出した同機の攻撃があまりにテイドの低いものだったので、大ゴジラ様はあきてしまってうたた寝をしはじめた程でした。グウグウグウ。

あまりにウルサイのでスーパーＸを住友ビルをハエたたきがわりに使ってはたき落した大ゴジラ様は遂には日本にあいそをつかして帰り仕度をはじめ、アホの林田のバイオテクノロジー応用の超音波に誘導されるフリをして大島に帰ってしまわれたのです。い、いかないで！

こうして、事態は意外な結末を迎えたのです。早百合嬢はハワイ、飯田橋はドイツへ亡命してしまいました。

しかし、まだ安心するのは早計です。世の中が乱れる時、天変地異がおこり怪獣が現れる。大ゴジラ様は二十億の配収に気をよくしてかならず帰っていらっしゃいます。それまで首を洗って待っていて下さい。

わたしの人形は　良い人形

「漫画の手帖」別冊5号（一九八六年）

えー、飯田橋です。お久しぶりです。早いものでこの連載も五回目を迎えました。この間、色々な事がありましたねぇ。僕自身、「ななこまつり」とか「あじこん」とか、「ゴジラ団」とか、色々やりすぎて、めっきり白髪が増えてしまいました。やー、自業自得です。弁解の余地なしです。非生産的な事だけ、選りに選ってやっているのですからね。

　さて、今回は人形の話です。わっ、こう書いただけで、もうアブナイ感じがビンビンしますな。そう、人形ってとってもキケンなんです。魂が宿るんです。ブードウ教の呪術だって、丑の刻参りだって人形を使うでしょう。コミケですぱカンのブースにバービー改めジェニー人形やらが置いてあると、皆、気味悪そうに眉をひそめて「ヤッダー」とかいって足早に通りすぎようとします。この何となくうす気味の悪い感じは、勿論、暗そうな、売子の男性のせいもあるでしょうが、人形という特別な存在がなせる技でもありそうです。

　生来、僕は３Ｄ的存在が好きだったようです。小さい頃はこま狗や龍が好きで、そういった物のミニチュアを集めたり、神社の阿吽の口をしたこま狗の頭を撫でたりしていたものです。龍のほうは、恐龍への興味に発展し、そしてゴジラに行ったのですが。

　動物のぬいぐるみも好きでした。一人っ子で病弱だった事も手伝って、さながらうちは動物園でした。特に熊とライオンが気に入っていました。Ａ・Ａ・ミルンの「くまのプーさん」が好きでドイツ製のシュタイフのテディ・ベアにプーと名付けて大切にしていました。プーさんは今でも押し入れのどこかに居る筈です。

　昔、「ノンちゃん雲にのる」という映画がありました。この主人公のノンちゃんに扮したのが、最近、頬に顔がドイツ人している、かの鰐淵晴子女史なのでありますが、何と幼稚園児の僕は彼女に一目惚れしてしまい、映画館から等身大のノンちゃんのカンバンを貰ってきて、寝食を（？）共にしていたそうです。これも僕の人形嗜好の変形と考えられます。ピグマリオンではないが、僕にとって、彼、彼女等は本当に生きた友達でした。プラモデルを買っても付属している兵士の人形のほうに心惹かれたものです。

　こうした傾向をパトロギー的に解釈すれば、筆者の精神の未発達さなぞが分ったりして、面白いのだが、生憎と、その方面の心得が無いので断念せざるをえません。しかし普通の人はおとなになると人形遊びなど卒業してしまうらしいのですが小生の人形嗜好は、一向に卒業の気配はありません。金回りの良い分だけ、病が高じてしまい困っています。

　拙宅を訪れた人が、驚くのは、ゴジラとバービー改めジェニー人形の多い事です。僕がジェニーを初めて買ったキッカケはその可愛らしさが「ななこ」に酷似していたからです。改造すれば、すぐ「ななこ人形」になると思ったからでした。髪をオカッパにして、セーラー服を自作して着せれば、案の定すこしスリムな、ななこの出来上がりです。また、すぱカンの四谷社長が某タカラ社に勤めていたことも僕のジェニー熱を、コレクターの域にまでエスカレートさせるのに一役買ったのは間違いの無いところです。

　よせばいいのに、僕はこの「ななこ人形」がスッカリ気に入って、ＳＦコンベンション等にも連れて行きました。ある時、酒盛のあげく寝入って、朝、目が覚めてみると、「ななこ」がいません。びっくりして捜すと、なんと、SF作家の矢野徹大先生が抱いて寝ていたのです。

　ジェニー（バービー）のファンクラブを同人誌界で最初に作ったのもすぱカンでしょう。これも僕の「ななこ」に影響されて、ジェニーが流行ったからでした。「バービー帝国」という、ジェニー（バービー）がナチス・ドイツしているコスプレ（？）写真集も出しました。その後「官能写真集」なぞが出てきたのです。

　ジェニー（バービー）を用いたアマチュア人形アニメもあります。「バービーはキャッツ・アイ」と「ドリーム戦隊バービーV」であります。前者は映画学校卒業生の作品で三分程度の超短編ですが、技術的完成度はかなりのものです。後者はあのゼネプロやダイコン・フィルム等で有名な大阪芸大の今井君の作品で、ストーリー性、パワー共に素晴らしい仕上りです。彼とは親交がありますが、人形を見る時の視線は実に鋭いものがあります。昨年暮れの「横浜ロケ」では僕もアシスタントを務めました。人形の足を持って動かすゴーモーション撮影ではウチのななこも通行人のエキストラとして出演しました。ともあれジェニー人形は世界的水準から見ても大変優れたクオリティを持つ日本人形であります。筆者も外国の友人から依頼されて、彼の娘さんのためにジェニーを送った事があります。

　でも人形嗜好は、なにもジェニーばかりではありません。人形の醍醐味は伝統的な市松人形やビスクドールの様な愛玩用の抱き人形にあります。手に持った時、抱き上げた時の柔らかな感触は何ともいえない不思議な暖かさにあふれています。人形の出て来る漫画作品として忘れられないのは、内田善美さんの「草迷宮・草空間」の「ねこ」であります。僕は、すっかり、この「ねこ」に魅せられてしまい、浅草橋あたりの日本人形専門店を僕の「ねこ」を求めてさまよい歩いたのですが、「ねこ」はみつかりませんでした。仕方なく、東銀座の人形専門店で買った普及品に「ねこ」と名前をつけてガマンしています。

　ねこといえば、忘れてはならないのは、故かがみ・あきら氏が「凶悪な程可愛い」と形容されたと伝えられるタカラのチビ猫ビスクドールでありましょう。これは既に幻の名作（？）として二万円の価格と共にファンのなかに伝説化しつつあります。リチャード・クレイダーマン氏も猫耳のある美少女の人形を見せられてびっくりしたそうです。デビューは三年前のトイフェアでした。以前から大島ファンだった僕は、かがみ氏同様一目で夢中になってしまいました。普通、こうゆう所謂キャラ商品なるものは原作のイメージからは程遠いものが殆どなのですが、このチビ猫は奇跡的例外で、タカラの技術水準の高さに感心させられたものです。ビスクドールに猫耳をつけるという前代未聞のケースのため、作業が難行し、（十個のうち三個ぐらいは「頭蓋骨陥没」になってしまうのだそうです。）発売が大幅に遅れ、価格も最初の一万五千円から二万円へとハネ上がってしまったのでした。それにもメゲズ、これを購入した人はすぱカン周辺でも三人もおりました。２年前、これを入手した感激につつまれながら、女子大生二人、男子学生一人とチビ猫一匹で荻窪・吉祥寺間の「チビ猫ペルシャ・ツアー」を実施しました。かえりに藤本さんのお宅にお邪魔したのも懐かしい思い出です。ちなみにチビ猫ビスクドールのエプロン・ドレスには、原作に忠実な白一色のものと、もう一つはアニメ・タイプの空色のものの二種類があります。もし、どこかにチビ猫ビスクドールが売れ残っていたら、大枚をはたいてでも買っておかれるようお勧めします。もう二度と作られることは無いでしょうから。

　人形たちとの出会いは、何時も劇的です。僕がマリリンと出会った時もそうでした。三年前のある晩、札幌雪まつりにななこ雪像を作りに行くための準備で、冬服を注文しに行った帰り道、学芸大学の町を歩いていて、とあるギフトショップのショーウインドウを何気なくのぞいた時、彼女と目があったのです。そこに奇跡のように可愛い美少女人形が木製のイスに腰掛けていたのです。このチャンスを逃したら二度とめぐり合えない、そんな気がしたので、勇気を出して店に入り購入しました。本当に良かったと思います。マリリンは人形専門メーカー、セキグチの制作した普及品の抱き人形です。マリリンの名は金髪の美少女人形であるというところから、ノータリンのモンローに由来すると思われます。ぬいぐるみの胴体にソフト・ビニール製の顔と手足がついています。そしてアンティックな民俗調のエプロン・ドレスを着ています。こうした普及品の人形のデザインは所謂子供騙しの品の無いものが殆どなのですが、偶然のなせる技で素晴らしい作品が生まれる事があります。人形は顔が命と言いますが、マリリンの顔の可愛らしさは別格です。僕の主観的な美意識かと思ったら、すぱカンの周辺で六人もマリリンを立て続けに買ったのを見ると、まんざら僕の自己満足だけでもなさそうです。同型のものにブリュネットの髪のジェニファーがありますが、なぜかこちらはあまり可愛く無いのです。ちょっとしたバランスのずれでもうダメになってしまうのです。尚、残念ながらマリリンは製造ストップのようです。セキグチはフランス人デザイナーによる新製品に力を入れているようです。どうやら、業者には自社の製品の素晴らしさがわからないようです。

先日、「亀有公園前派出所」に巨大なリカちゃんハウスに住む人形狂の青年が登場していましたが、ああゆうふうにならないように気をつけている今日此の頃です。しかし、両サンの玩具マニアぶりはとても他人事とは思えないなぁ。

呪いの生き人形 ―或は目覚めよと叫ぶ声がきこえる―

「漫画の手帖」別冊6号（一九八七年）

お元気ですか？　飯田橋です。「ななこ通信」も、もう一年も出ていないから、すぱカンは潰れたとお思いのむきも多いと思いますが、実はまだ地下組織として存続しているのです。吾妻御大の復活の日まで元来ななこをメジャーさせようという目的で発足したすぱカンも足踏み状態を続けざるを得ません。

冬コミにななの通の第十一号を出すつもりだったのですが、来春おくりになりそうです。でも必ず出ますのでまってね。天壌無窮、撃ちてしやまん。ななこは不滅です。

さて最近、私、飯田橋が何をしているかといえば、やはりまだ人形しているのです。前号でかいた人形特撮映画ジェニーVの今井監督と共にジェニー愛援サークル「ジェニーズーネットワーク」というのを設立しまして、ジェニーの為に日夜戦い続けているのであります。戦いなぞと大げさなとお思いでしょうが、どっこいジェニーは一人敢然と法廷闘争を戦っているのです。敵は日米の外道の連合軍です。マコトの平和が来るまでは何があろうと退くものか。良い子のために戦うぞ、というジェニーちゃんなのです。

事の顛末はこうです。昭和三十四年、（これはたしか新東宝の「明治天皇と日露大戦争」が大ヒットした年です。）戦勝国アメリカから高価な「バービー」という名のマネキン人形を小さくしたような人形が独立を回復したばかりの日本に輸入されました。ちなみにバービーはメーカーであるマテルの社長令嬢バーバラさんの愛称から命名されたそーな。パパは何でも知っている。ともあれ当時五、六千円もしたこの人形は、池田さんの所得倍増の掛声とは裏腹にまだビンボーだった日本少女には高嶺の花でした。なにせ一日のお小遣いが五円とかゆう時代でっせ。

その七年後（昭和四十一年）、例のリカちゃん人形がだっこちゃんのタカラから発売され、親しみ易いキャラと手頃な価格（？）により一世を風靡したのであります。

本年（六十一年）が二十周年で豪華な「リカの想い出」という本まで出ています。大島弓子先生からふくやま・けいこちゃんまで素晴らしい執筆陣！サスガ国民的アイドルのカンロク充分ですな。

それを見たバービーのマテル社もその後マテル・ジャパン社を設立し捲土重来を期したのでありましたが、バタ臭いバービーのキャラクターがイマイチ日本少女には受け入れられず再び敗退したのでした。ザマーミロ。出て来い、ニミッツ、マッカーサー。出て来りゃ地獄へ逆落とし！　コリヤ、コリヤ。

ところでリカちゃんを卒業したロー・ハイティーンの少女をターゲットにしたファッションドールを開発中だったタカラはそれに権威づけをする為に奇想天外な戦略を考え出しました。バービーの版権を取得し、自社の新製品を日本版「バービー」と称して発売したのです。昭和五十七年二月のことでした。この「タカラ・バービー」は女児玩具史上空前のヒット商品として、数年の間に、たちまち六百万体も販売するという壮挙をなしとげたのであります。

ヒットの秘密はその可愛いキャラクターにありました。あの顔は膨大な開発費をかけて、あらゆるタイプの漫画やアニメのキャラを分析し日本人受けする普遍的な理想の美少女像をとことん追求する事から生まれたのだそうです。ちなみに日本人向けと言っても、外国の少女から見てもタカラ版のほうが可愛いらしく、筆者もドイツ人の少女に頼まれて何度か「タカラ・バービー」をドイツへ送ったのであります。

ところが近年タカラとアメリカのマテル社との間に齟齬（そご）が生じ、本年（六十一年）四月契約が切れる事になってしまいました。

ここに目をつけたのは日本最大の玩具資本バンダイでした。彼はヒレツにもバービーの権利を横取りし女玩市場の覇権をも手に入れんとしたのであります。彼はかねてより女玩分野におけるタカラの成功を妬ましく思っていたに違いありません。こうしてバンダイとマテルのお互いの頭文字をとった安易なネーミングのマーバという合弁会社が設立され五月より新「バービー」の発売を開始することになったのでした。お立合い。ところがであります。新「バービー」が発表されるやタカラ側はにわかに色めき立ちました。なんという外道！なんという恥知らず！あろうことかマーバ・バービーはタカラ・バービー（現ジェニー）のコピー商品だったのであります。これは契約切れに際してマテル側と取交わした合意事項にも歴然と反していたのです。両者は背の高さがマーバのほうが若干高いのと、キモチ顔が面長なのとを除けば殆ど素人には区別がつかない程酷似しているのでありります。

再三のタカラの警告を無視してコピー商品を販売せんとしているマーバを遂にタカラは訴えました。こうして人形戦争は勃発し、まだ決着はついていません。しかしどちらに非があるかは明白です。こうした非常識な行為がバンダイの様な大手によって堂々と行われているという現実は日本玩具業界のモラル感覚の低劣さを示して余りあるものです。また某業界紙の如きは逆にタカラの訴訟を大人げ無いとトンチンカンな非難を展開する有様です。何考えとんじゃ、おのれは。

そうこうしているうちに人形専門メーカーのオオイケまでが「エリーナ」というそっくりさんを出すしまつです。

他人が儲かっているのを見ると、すぐ二番せんじ三番せんじが現れて市場を食い荒すのが日本の常のようですが、どーにかならないんでしょうかね。オリジナリティの無さは情けない。ヒットラーに月光文化と笑われても一言もないではないですか。コラッ、オマエラ、おもちゃ屋！　プロの誇りはないのか!?

まあ、いまのところ本家のタカラ・バービー、即ちジェニーが一番売れているようです。見よ。正義は勝つ！　やはり可愛らしさの差とドレスのセンスの良さがこの違いを生んでいるのです。消費者の選択眼を馬鹿にしてはいけません。

また、こうした事件の発生がタカラに程よい緊張感を与え、さらに良い商品の開発に繋がったようです。災いを転じて福となしたわけで、消費者にとっては結構な話です。タカラさん頑張って下さい。

さて僕は昨年来かの今井監督の悪影響でバービー＝ジェニー病が再発してしまってから、二月開店の原宿竹下通りジェニー・ショップに足しげく通っておったのでありますが、ヤバイ事に、いつの頃からかショップの紹介（？）でマスコミが取材を申込んでくるようになってしまいました。最初は今井監督の方のインタビューにおじゃま虫していた程度だったのに、ウーム。

まずトップバッターは日経でした。「店」という囲み記事でジェニー・ショップをあつかったのですが、ただの人形専門店の紹介では面白くないと思ったのか、ショップの人から聞いた「男性客」の方に焦点を絞って来た訳です。オニー！　アクマー！

まず奇妙なことに取材の依頼はライターからではなく、カメラマンから来ました。今、思えば彼等は記事よりジェニー・ショップに通って来るヘンタイ男達の面白い写真が欲しかったのです。そんな訳で、このヤラセ撮影はジェニー・ショップで行われました。

数日後の朝刊に「男が人形遊びに夢中・・・。」というスバラシイ書き出しで始まるその記事は掲載されました。行間には先方の好奇の目が光っており、ヘンタイ扱いの取材姿勢がはっきり見て取れる構成でした。例えば撮影に協力してジェニーの衣装を直したのを「話す間もジェニーの衣装の乱れをなおす。」という具合に人形フェチぶりを強調する描写にスリカエてあるのでした。

その朝は、親父に親戚から何本もデンワがかかるやら、後日、無関係のフィールドの知人から、当惑したような表情で「拝見しました。」と言われるやら、トンダ災難でした。日経は無礼な昨今のマスコミの常として、交通費も出さず、掲載紙すら送ってよこさないのでした。今度何時か天誅を加えてやろうと思います。

次は週刊女性でした。こちらは電話で取材依頼があった時、日経の無礼ぶりを憤慨しておいたので、丁重な取材ぶりでした。何より記者が美人だったので許す。でもバッチリ写真が出てしまいました。名前は波多利郎になっていますが。記事はこちらの言ったことをコメントなしでのせており若干の事実誤認があった外は好感がもてました。今井監督のインタビューも一緒に載りました。（暇な人は探して見よう。）

ところでケッサクなのはジェニー・ショップの対応です。ショップの紹介であるというのを何故か僕らに秘密にして欲しいと取材記者に頼んだらしいのです。しかし週女が外に何処から僕らの趣味や連絡先を知り得るというのでしょう。この間、電話したら件の店長が「週刊誌にでてましたね。読みましたよ。」などと知らなかったような口調で言うのです。こういうユニークな性格の女性は面白いですね。

そうこうしていると、今度はなんと大阪の関西テレビ（フジ系）より出演して欲しいという電話が入りました。しごくマの悪いことに当時、僕は大阪に出張中で、母が宿のホテルを先方に教えてしまったのです。飛んで火に入る夏の虫。新阪急ホテルならウチから十分もかかりまへんわ、とばかりディレクターが御自らやってきました。そして遂に数日後に出演するハメになりました。

その番組は「ワイドショーＷＨＯ」という午前中の番組で、昔の「私の秘密」の様に何人かの解答者が、その出演者は何をしてはる人かを当てるという趣向でした。本来は、自薦あるいは他薦で応募して来た人による「下町の何でも自慢コンテスト」というのがその実態なのですが。僕の場合は局から依頼されて出たのですからちょっとおかしなものです。

でも困ったのは別に何も自慢している訳でもないのに、「結局、アンタ何を自慢してはるのですか」と訊かれた時に何と答えたらよいかわからなかった点でした。しかしこちらから十四体と今井監督の方から四十体以上のジェニー他が結集し、ディスプレイされた迫力に押されて、その質問は出ずじまいでしたが。（つまりギョーサン持っておるということが自慢だと勝手に解釈された訳でしょう。）

　コンテストの賞金の三万円はそっくりジェニーVの方の制作費にまわしてしまいました。それで僕の次の週は今井監督が出る予定です。

　ながながジェニーのことばかり書きましたが、かのマリリンの方もあいかわらず不動の地位を我が家に築いています。そして前回登場したマリリンのまりちゃん（これも安易なネーミング！）は、スケバン刑事の暗闇司令の弟さんである津川雅彦氏経営の優良玩具専門店チェーン、グラン・パパのオリジナル・ブランド「ミスター・まあ」の大得意になっているのであります。彼女のワードローブ（勿論ちゃんと自分の衣装ダンスくらい持ってますよ。）はまるでイメルダ夫人かデビ夫人です。

　このグラン・パパは八年前、津川氏が愛嬢の為に良いオモチャを探して果せず、ついに自分で始めてしまったお店なのであります。でも、このお店のホントのオソロシサは暫く通ってみないと分りません。優秀な世界中の玩具、ぬいぐるみ、オルゴール、そして人形があるのは、ひとつのポリシーを貢いているという意味で文句無く日本一なのですが、そこの店員さん達がまた輪をかけてスゴイのです。

　もし雨の日に貴方がグラン・パパで何かを買ったとします。そーすると、にわかに、貴方は大勢の店員さんに取囲まれてしまいます。目をパチクリしていると突然全員が歌い出すのです。ハモりながら「テルテル坊主、テル坊主、あーした天気にしてオクレ・・・。」そして、完璧にブラックアウトしてしまった貴方の手に頭部はキャンデーのテルテル坊主がひとつ手渡されるのです。ミュージカルなのです。万事がこの調子で進行します。そう、ここは異世界なのです。

　で、グラン・パパにはティンクルちゃんという超可愛い妖精（トウィンクル、トウィンクル、リットル、スターのティンクルが語源か）が住みついていて、さっきのミスター・まあのドレスを縫っています。僕は彼女の常連客の一人として、グラン・パパ空間の住人と化しているのです。現代社会から逃避したいと心密かに想っているそこの君！　グラン・パバで待ってるぜ。

　先日、グラン・パパ青山店八周年記念日に８の字型のバースデーケーキを持っていったら、突然皆が「見よ勇者はかえる」を歌い出し、店長さんがうやうやしく認定証というのをくれました。僕は彼の店のＶＩＰに認定されたのです。ヤッターもう普通の人には戻れないね。（もっとも元々、常人じゃなかったか!?）

　そんな、こんなでアブナイ道をまっしぐらの僕ナノです。いやーもう世紀末ですよお。なにしたっていいじゃないですか。ひとにメイワクかけなきゃ。みんな一緒にハメツしましょう。でも先日のＴＶ出演の際、関テレの司会の女性がこんなことゆうて、失礼やと思いますがと前置して「飯田橋さん、こないなことばっかしてはると、ホント婚期のがしはりますで。」と真顔で忠告してくれたのを思い出す今日この頃です。藤本さん、佐野さん、ホントおめでとうございます。僕は一人イバラの道を行きます。なんてね。紳士同盟！

「旧上岡小学校」にて。まりちゃんと後藤氏

「横浜人形の館　開館奇譚」

「漫画の手帖」別冊7号（一九八九年）

　お久しぶりです。飯田橋です。二年の時空を越えてまた、皆さんとあいまみえることとなりました。

　しかし二年といってもスグですね。昨日、五号の原稿を藤本さんにお渡ししたような気がします。もっとも、当方の時間が凍結しているだけかもしれませんが。

　その間、また一回ドイツにも参りました。ちょうど僕がヴィーン（註・飯田橋の特異な世界観の中ではここもドイツです。）に滞在中の時期が、あの大韓航空機事件の真由美さんがいらした時期と重なってましてね。僕のホテルから数百メートルの所にご滞在で。だから、道でバッタリてなこともあったかも。先方にあらやだ、日本人かしら、変に地元に融け込んだ格好しちゃって。気色が悪いわ。なんて、思われたかもしれませんな。あはは。

　なにはともあれ、まだモ●ドやＫＧ●に消されることも無く、無事（？）生息しております。

　そーですなあ、最近、変ったことと云えば、我が、すーぱーがーるＫＫが、こともあろうに、五年の沈黙を破って「あじま本」を膨大なカラー頁もゼイタクな装丁で出版して春コミで販売しちゃったこと。それから僕がぬあんと、パソコン通信を始めたことであります。

　嗚呼、あの時代の最先端の、ソレを制する者は、世界を制するといわれる、高度なる技術を要するパソコン通信！　ついに我がＳＧＣの積年の野望である世界征服へと、我々はまた、大きく一歩を踏出したのです。これによって、モ●ドやクレム●ンやペンタ●ンの高度情報も我々の思うが儘です。かの映画ウォーゲームのごとき手段を以てすれば、一夜にして世界を掌中に収めることすら可能なのだ。うはははは。

　冗談はさておき、パソコン通信なるものを簡単にご説明すれば、パソコンというメディアを用いて、何百人もの人間が毎日、集団で交換日記をしているようなものなのであります。根暗に生きてればこの世は楽しいとかのギリシャの哲人、コロコロ・ポロンも云っております。

　まず、ホストというものがあって、これが皆で交換日記する場を提供します。これを電子掲示板といいます。このホストコンピューターに電話回線を通じて各個人が自分のコンピューターを端末にして、電話をかけます。そして、ワープロで文章を書く要領で、思っている事を、前述の「掲示板」に書込むのです。そうすると、それが残って、誰か別の人がそれを読み、返事を書く。これを大勢で繰返してゆくのです。これが、交換日記にあらずして何でありましょう。

　自分の書いた文章に、見知らぬ誰かさんが返事を書いてくれた時の喜び！そうか、俺はこの広い宇宙空間にひとりぼっちじゃないんだ・・・。と実感（錯覚？）する次第なのです。ついにこの砂漠のような大衆社会の中で孤独でアトム化した現代人（別に十万馬力・ジェット推進で空を飛ぶ訳じゃありませんよ。）はハイテクを用いて、自らの淋しさをまぎらわせる術を発見した訳なのです。うるうる。

　かくして、いまだに嫁も来ない僕は今夜もキーボードの前に座り、新しい出会いを求めて、ハイテクの大海原に舟を出すのでありました。

　僕がこの恐怖のホビーに手を染めるキッカケとなったのは、親友にして同志のＴくん（谷山浩子さんのＦＣを運営している）がＳＯＮＹのインテリジェンステレフォン

Ｖ一二〇〇なる機械（これをモデム電話といってパソ通には不可欠の道具なのです。）を購入して、酔狂にもパソコン通信を始めたからなのです。しかも、こともあろーに、自分でホスト局をささやかながら開局したのです。ですが、始めは当然、誰も電話をかけて（これをアクセスといいます。）来ない。そこで、パソコンを持っていて、同じく酔狂な奴はいないかと、彼は犠牲者（ユーザー）を探していたわけです。そして、格好の物好きを発見したわけです。それが誰あろう飯田橋その人であったのです。

実はマズイことに、元来、僕はこのパソコン通信なるホビーに興味を持っていたのであります。と申しますのは、ＳＦ大会の名物企画「狂乱酒場」のご主人で、いつも僕がお酒の買出し係を仰せつかっている、ＳＦ界の重鎮、矢野徹先生が角川メディアオフィスの運営するコンプィクＮＥＴというホストにその名もズバリっ「狂乱酒場」というＳＩＧ（スペシャルインタレスト・グループ、つまり、特別の関心を持った者が書込みをするボードのこと）を開設されていて、子分の僕としては、一刻も早くはせ参じたい気持で一杯だったのです。

ただご他聞にもれずコンピューターでゲームばかりやっていた僕としては、どうやったら良いやら皆目見当が付かないでいたのです。だいたい異機種間でホストを介しても、果たして通信なるものが可能なのかどーかすら、分らなかった次第です。

そこにＴくんより、悪魔のお誘いがあったのです。何故、悪魔の囁きかといえば、莫大なミカカ（キーボード上でＪＩＳカタカナ配列でこうなぞれば、アルファベットではＮＴＴになる。パソ通をやっている所謂ネットワーカーの隠語ですな。）代がイケニエを待っているからなのであります。

そんな訳で渡に舟とさっそく道具立てをしました。パソコンは以前より業務用とゲーム用に使っているＮＥＣのＰＣ９８ＶＭ２を用いる事にしました。あと必要なのは前述のモデムと通信ソフトであります。

モデムはＴくんから勧められたＩＴＶ一二〇〇にしました。これは自分で簡単にホスト局が開局出来るという画期的なモデム電話であります。我が家にもコウシテなんと私的ホストＮＳＮＥＴがこうして開局の運びとなったのでした。（ＮＳの名前の由来はナチュラルスピーキングＮＥＴ、つまり自由な会話を楽しむＮＥＴという事に一応なっています。もっと恐ろしい真の意味を指摘される向きもありますが、何のことかなあ。僕は全然分りません。）

通信ソフトはメカ音痴のオジンにも使いこなせる唯一の通信ソフト、他人にそれを使っていると告白するのはハバカラれるともいわれる「まいとーく」に致しました。

こうして、あとは電話線にモデムを繋ぐだけで、もう貴方もネットワーカーの仲間入りてなわけです。どうです。簡単でしょう。貴方もどうですか？

普通ホストに加入するには、大別して二つの方法があります。それはゲストでアクセスして、オンライン（通信中）に、会員登録する方法と、手紙で入会申込書を送付する方法です。所謂草の根といわれるＢＢＳ（ブレティン・ボード・システム。つまりパソ通のことですな。）ホストは殆ど前者であります。こうして、僕は多くのホストの会員となったのであります。

さて、ＢＢＳにはハンドルネームと称してＰＮやら芸名のようなものがあります。そして大抵はそれを用いて書込みに著名をするのであります。ちなみに僕のハンドルも幾つかありまして、まず、ＳＧＣ路線の飯田橋もしくはＩＩＤＡＢＡ。それから、アブナイＯＤＥＳＳＡと云うのもあります。後者の意味はＳＦ翻訳者のＦ氏が某コンヴェンションの時にご自分の事をＫＧＢ日本支局長（ロシア語の方なんですな）と自己紹介されたのに対抗して、当方はかのＯＤＥＳＳＡの日本支部長であるというジョークを（誰だ冗談になってないなんて云うのは）云ったことに起因しておるのであります。前者はアニメ系のＢＢＳで使用し、後者はＳＦ系（？）と勝手に使い分けています。

さて、パソコン通信を始めてみると、いろんなところで、旧い知合いに出くわしました。例えば、あるＮＥＴでななこの事を書いたらＭＸなる人物から、僕はななこまつりは三回とも皆勤（！）だというＲＥＳ（レスポンスつまり、返事の事をパソ通ではこーいうのです。）が帰って来たのです。これはもしや、ＳＧＣ社員ではと思って社員名簿を調べてみると、いたいた、やはり社員のSくんだったのであります。とんだ所で生別れの親子のご対面となった訳です。

　こーゆうケースはまれではありません。なにせハンドル芸名でしか、お互い知らない訳ですから、よくよく自己紹介の文章を読んでみたら、なーんだあいつじゃないかなんてね。アニメ、マンガファンでパソコンでゲームをやっているというパターンの方は沢山いらっしゃる訳ですからね。いやあ、この業界（？）は狭い狭い。

　さて東京にあるNUMNETという大手（？）の草の根BBS局がありますが（アクセス番号03・○○○・○○○○）ここには驚くべきことにジェニーSIGというボード（掲示板・つまり交換日記の場ですな）があるのであります。ここはジェニーを中心にオモチャのことは何でも良いというSIGでありまして、さっそく僕も会員にさせていただいた次第です。何故なら、僕は大のジェニーファンなのです。（前号をご覧の貴方は知ってるよね。）そしてジェニーズ・ネットワークとなんとなく、くっついて友達の輪が広がりつつあります。

　さて、NHKが運営する銀河通信（谷山浩子さんの歌みたいなネーミング）というホストがありまして、ここに今夜はひょうたん星というSIGがあります。ここが、また凄い。レトロ（ここでは、ひょうたんなものと言う）な話題は何でもOK、2B、銀玉鉄砲から、ミンキーモモまでカヴァーしてしまう。で、当然ある日僕がななこFCの総務部長であることがバレると、こともあろうに、僕にななこネタ、とりわけ僕の弱いアニメななこ方面で挑戦してきた御人がいたのであります。この方はTさんと仰るのですが、十問あまりのアニメななこクイズを「飯田橋さん、出番です。」というタイトルで出して来たのです。ここで、負けたら百年目、SGCの恥と全開正解しましたがね、ゼー、ゼー。「五反田の愛読書を挙げよ。」こんなのあなたワカル？この一事を見てもここが如何に恐るべき所かお判りでしょう？我と思わん方はアクセスしましょう（○三・○○○・○○○○）。

　さてさて、前述のNSNETは僕の私的連絡伝言板的存在ですが（そうそう、ここのシスオペ、即ちシステムオペレーターは。かの、まりちゃんです。）それは別にしても、パッシヴなネットワーカーに、飯田橋が甘んじていられる訳が絶対ないのであります。

　そこで、ついに自分のボードを持ってしまいました。横浜にある草の根NETとしてはメジャーな（？）LUNANET（なんて、キ●ガイの僕に相応しい名前なんだ！）で、ついにSIGを開設したのです。ジャーン。

　人呼んで「横浜人形の館（やかた）」と申します。僕はここの館長をあい務めさせて頂いておるわけであります。山下町の某人形の家の館長はオホホホの兼高女史でありますが、本格的にアブナイのはこの飯田橋でありまして、絶対に当方がこの一点に於ては勝っておるのであります。ハイ。

　ここの目的は人形というキーワードを通して人間とは、日本文化とは、人生とは何かと云う事をふかーく堀り下げて考察しちゃおうというものです。（ウソだってばあ。）

　よーするに、正統派のビスクドールからミクロマンや大魔神ロックまで、人形なら何でも来いのSIGなのであります。アクセスは○四五・○○○・○○○○です。まず、オンラインで入会し、二十四時間以内にシスオペさんが書込みや読み出しが出来るようにしてくれる仕組です。最初は人形の館は見えませんので、お間違えの無きよう。

　そんなこんなで人形シンドロームは僕を通じてパソ通界にも着実に広がりつつあり、グランパパは売上を伸しつつあります。

　エロイムエッサイム、我は求め訴えたり。この世にフェナリナーサを降臨せしめるその日まで、飯田橋の千年王国戦争は続くのでありました。

　勝利の日ーまーでーってな訳で、明日から、総統生誕百周年のため、本国（？）へ帰るODESSA飯田橋修一なのでありました。別冊漫手の読者諸君また会おう。さらばだ。うはははははははは。（と飯田橋は銀色ににぶく光るUFOに飛乗ると西の空の彼方へと猛スピードで消えていったのだった。BGMは伊福部さんでね。）

ちょいと兄さん、君いい体しているねぇ。惑星連合宇宙軍に入って、替え歌三昧してみないかい。

「漫画の手帖」別冊9号（一九九一年）

読者のみなさん、お元気ですか。僕は例によって例のごとく古オタクしています。コミケが幕張から晴海に戻ったり、官憲のガサ入れに備えたりと、みなさんも多忙な季節をすごしていらっしゃると拝察、お喜び申し上げます。なんてったって暇よりゃ、忙しい方が人生意気に感じたりなんかしちゃうもんね。

さてこの一年で変った事といえば小生の第二の祖国、ドイツの再統一、そして前号でもちょっとふれたとおり、拙宅が一昨年夏より突如「惑星連合宇宙軍」の参謀本部になってしまったことでしょう。

惑星連合宇宙軍とは知る人ぞ知る天才作家、吉岡平先生作の「宇宙一の無責任男シリーズ」に出てくる軍事組織でありますが、ここで良い子のみなさんにだけお教えしちゃうけど、実は惑星連合宇宙軍は小説の中だけでなくちゃんと実在するのです。なにせ惑星連合宇宙軍参謀総長であるこの飯田橋がそう保証しているのだから、これほど確かなことはありません（笑）。そして、よくあるパターン通り。我が軍は宇宙と地球の平和を守るため日夜戦い続けているのであります。肩を並べて兄さんと今日もガッコに行けるのもみんな惑星連合宇宙軍のおかげなのです。

そのうえ鳴呼、なんという科学力、先端技術力でありませう。我が惑星連合宇宙軍参謀本部（つまり拙宅）にはパソコン通信のホストが設置されており（またかという顔をしないで読んでね）、各種作戦の円滑化と、隊員相互の親睦におおいに役立っておるのであります。

我が参謀本部のシステムオペレーターはごぞんじのマリー・フォン・ゴトウ大佐殿であります。彼女は立派にシスオペさんを務めています。アクセスの少ない隊員のIDを削除したがるというジェノサイド癖が玉にキズですが。

そんなわけで、このホスト（パソコン通信の本部のこと）は吉岡平公認FC・TAD（タイラーがアニメ化されるならアザリンの声は本多知恵子しかない同盟）のNETとして機能しており、FC活動の要となっているのです。

TAD・NETのボード構成はシステム側からのお知らせを掲載する「大本営発表」、所謂フリートークのボード「大講堂」、吉岡作品のフリートークである「参謀本部第三部（作戦）」、ホストに対する質問を書く「まりちゃんのなぜなに質問箱」、吉岡未発表作品をUPするための「図書室」、未発表作品に関するフリートークである「図書室内防音談話室」、隊員の自作小説を書込むための「娯楽室」、隊員制作のコンピューターグラフィックについて語り合う「美術室」。

新刊情報やFC関係の各種情報を発表する「参謀本部第二部（情報）」、隊員の賞罰・昇進・人事に関する「参謀本部第一部（人事）」、隊員教育のためのユニークな「兵学校科学講座」、シミュレーション・RPG等のゲームに関する話題を書込む「兵棋演習室」、宇宙軍の参謀連が会議を行う場合に使用する「会議室」、替え歌を書込む「酒保（養浩館）」。

吉岡先生が書込む「神棚」、アザリンちゃんや、美幸ちゃんや、シンガーソングライター谷山浩子嬢のFCの事務局がある「隊友会事務総局」となっています。またその他にフリー・ウェアのソフトやCGのためのダウンロード用のＤＬボードが用意されています。
　さて本ＮＥＴは吉岡作品関連の情報が日本一早いのはもちろんですが、それ以外にも多くの画期的特徴があります。まず第一に他の追従を許さないのが、替え唄の「養浩館」ボードです。
　今回の本題はこの「養浩館」であります。ここには開局一年ちょっとなのにもかかわらず、各種の優秀な替え歌が既に五百曲以上もＵＰされています。元歌はアニメソングや特撮番組主題歌等の替え歌が一番多いのですが、内容は吉岡作品を歌ったもの、歴史的事実を歌ったもの、時事的なもの、そしてオタクの日常に関するもの等があります。しかし替え歌にありがちな下ネタは皆無というのもＴＡＤの替え歌の奇妙だが誇るべき特徴です。
　また吉岡ＦＣのＮＥＴですから吉岡作品に関するものに優れているものが多いのは勿論ですが、ＴＡＤの特徴として歴史、それも戦史を歌ったものが異様に多いのです。次にそれらの実例を何曲かご紹介しましょう。誌面の関係上、長い物は一番のみご紹介させていただきます。

☆吉岡作品に関するもの

「皇帝陛下アザリン」（花の子ルンルン）
ルルルンルンルン……
移住が可能だといわれてる／数億の民が生きていける／星を捜して／星を捜していま す／戦艦は偵察部隊／艦隊は蹴散らしましょう／スターボーのゲートを抜けて／攻め込んでいきましょう／私は皇帝です／名前はアザリンです／いつかはあなたの住む星へ／いくかもしれません
（一番のみ）
　この歌はタイラーシリーズに登場するラアルゴン帝国の美少女皇帝アザリンちゃんのことを歌った歌です。

☆戦史に関するもの

「戦場の島のフロント」（不思議な島のフローネ）
潮風を頬にうけ愛機に駆けてく／ふり向けば二種軍装（しろいふく）／わたしの長官／ほら飲んでごらん／水盃をあげましょ／ほら空をごらん／索敵（みはり）に飛ぶわ／よろしくネ／どんな苦しい戦況（とき）でも／わたしは負けないわ／潮風を……
（一番のみ）
　この歌は南方で陣頭指揮をしている山本五十六連合艦隊司令長官を戦闘機のパイロットの目から見ているという内容の名曲です。マニアックの一語ですね。

「大洗オスカー」（あらいぐまラスカル）
ハイディ、ハイディ、リトル。オスカー／ライテスト、ウイング／オ、リトル、オスカー／ハイディ、ハイディ、ライフエンド、オスカー／クラッシュ、ウイズミー／オ、リトル、オスカー／ハイヂイーヒアー、オスカー
白はちまきをしめおわったら／さあいこうオスカー／高空の風でこおるキャノピー／利根リバーでまちぶせしよう
かみさま、ありがとう／ぼくに、死に場所をくれて／オスカーにあわせてくれて／オスカーにあわせてくれて／ありがとう、ぼくの棺桶／オスカーにあわせてくれて
（一番のみ）
　この歌は戦争末期に防空戦闘に従事する陸軍の戦闘機「隼」（米軍のコードネームはオスカー）の活躍を歌ったもので、元歌の明るい旋律にのせて。悲惨な内容をサラリと歌った傑作です。

「敗戦の朝」（ラジオ体操の歌）
忌まわしい朝が来た／希望も尽きた／悲しみに胸をふさげ／こうべを垂れて／ラジオの声に／痛恨の胸を／この薫る風に託せよ／それ八・一五
　これはラジオ体操の歌をもじって、昭和二十年八月十五日の敗戦の日の情景を描いています。

「帰還兵」（異邦人）
子供たちがＧＩに向い／両手を広げ／ガム

やチョコや煙草までも掴もうとしている／その姿は昨日までの／銃後の少国民／日本に神風が届くと信じていた／空と大地がふれあう彼方／大陸からの引き揚げ者が立ち寄る道／あなたにとって私／ただの通りすがり／ちょっと振り向いてみただけの帰還兵

（一番のみ）

これは有名な久保田早紀のヒット曲を使って、終戦直後の日本の情景を歌ったものです。まるで見てきたような生々しいリアリティがあります。

「スターリングラード・冬景色」（津軽海峡・冬景色）

キエフ発の輸送列車降りた時から／ハリコフ駅は雪の中／東へ進む兵の列は誰も無口で／砲声（つつおと）だけを聞いている／自分もひとり連絡線守り／こごえそうなＰＡＫ（注・対戦車砲）みつめ泣いていました／ああああー／スターリングラード冬景色　（一番のみ）

これも石川さゆりのヒット演歌を用いて第二次大戦の東部戦線の情景を描いた歌に作り替えています。連絡線というのは後方連絡線のことで。前線部隊と後方を繋ぐ重要な戦略ラインのことです。元歌の連絡船にひっかけてあります。

☆時事関係

「せんせい」（せんせい）

短い命が消えた日は／朝から行列できていた／門に隠れて挟まれて／ひとり倒れて死んでいた／幼い生徒を無理矢理に／挟んで殺した人の名は／せんせい、せんせい、それはせんせい（一番のみ）

昨年兵庫県の高校であった、女子高生圧死事件の歌です。当時、この事件を題材にした歌がたくさん作られました。

「ニホンジーン」（エッグムーン）

ねえ　きみ／きみは　大和の民／こがらできいろい　ちんけな／きみ　きみきみは大和の民／ときどき　自分のこと考える／もしや　もしや　もしや／僕は仲間はずれじゃないかしら？　（一番のみ）

常に国際的に孤立するのではないかと心配する外交オンチの日本人のことを自虐的に歌った歌です。元歌は谷山浩子の歌です。ところでＴＡＤには何故か谷山ＦＡＮが多く、谷山浩子の歌を題材にした替え歌がたくさんあります。

「掃海母艦はやせ」（宇宙戦艦ヤマト）

さらば日本よ／旅立つ艦（ふね）は／掃海母艦はやせ／中東の彼方ペルシャ湾へ／非難を背負いいま旅立つ／必ずここへ／帰って来ると／手を振る人に／笑顔でこたえ／日本を離れペルシャ湾へ／はるばる臨む／掃海母艦はやせ（一番のみ）

ペルシャ湾に出助した掃海艦隊を歌った歌です。元歌のイメージをうまく利用して作られています。

☆おたく関連

「ＳＯＳ」（マクロス）

大雪山を貫いて／地上に書いた白樺は／上空を飛ぶあのヘリに／助けてくれと放たれた／ＳＯＳ、ＳＯＳ／雄々しく立った若者は／アニメのテープを山と持ち／大雪山に旅立ったまま／ウイル・ユー・ラブ・ジ・アニメーション？／山を切り裂き逃げ行く先は／熊がうろつく崖の奥／ＳＯＳ、ＳＯＳ、ＳＯＳ

先年、大雪山で発見された白骨死体に題材をとった歌です。ミンキーモモのカセットケースなどが新聞に大きく写って複雑な感情を持たれたむきも多かったと思います。僕もそうでした（笑）。

「シーバットの唄」（海底大戦争）

やまと、やまと／戦うやまと／日本の平和を脅かす／悪魔のヒーロー、やまと／飛

び交うミサイル／吹っとぶ戦艦／押し寄せるアメリカ艦隊を／打ち砕べ最新原子力潜水艦／やまと、やまと／海底大戦争

昨今、話題の「沈黙の艦隊」の歌です。スティングレイの元の歌詞をうまく生かしています。

いかがでしょう。TADではこうした替え歌が無数に作られています。湾岸戦争の頃など、おそるべき盛況を呈し、百曲以上の湾岸ネタの替え歌が生まれています。そして、なんと！　これらの替え歌は月に一回開催される「参謀会議」（笑）と称するオフライン（NETの仲間が集う宴会をNET上でのオンラインに対してこう呼びます。）に於て参加者全員によって合唱されるのです。おかげで宴会に使用可能な飲み屋が減少の一途を辿っているのですが……（笑）。なーに東京には飲み屋は掃いて捨てるほどあるんだ。我が軍は負けないぞ。

ではなぜTADではこんなに替え歌が盛んなのでしょうか、その理由は、まず、御大の吉岡先生が替え歌が大好きだからです。氏はカラオケバーに行っても、他人のオンチな歌の騒音の中、歌うのをそっちのけで短時間の間に数十曲の替え歌を作詞してしまうという驚異的特技の持ち主です。彼の影響によって多くの隊員が替え歌を作詞するようになり、現在のような活況を呈するに至ったのです。隊員の知的水準の高さ（笑）もこれに拍車をかけています。キミ、キミいい本しているねえ。さあ、キミも惑星連合宇宙軍に入って、いっしょに替え歌三昧しようよ。

TADはコミケにも出動します。会誌は「無責任時代」といい、吉岡氏の全面的協力によって、氏の未発表作品や、小説の企画書等、他では絶対見られない内容が満載されています。現在VOL・1と2があります。VOL・1は残念ながら絶版です。今回の夏コミの目玉は何を隠そう「惑星連合宇宙軍軍歌」です。これこそ前述の五百曲以上の替え歌の中から選りすぐった名曲ばかりを編纂した歌集です。ぜひお見逃しなく。

ところで吉岡先生と僕の馴染ですが、なんとすーぱーがーるカンパニーなんです。あるとき取材の依頼があってミスななこちゃんを連れて某●イーアニメ編集部に行ったことがあるのですが、その時応対に出てきた無愛想な編集さんこそ、誰あろう、吉岡平先生その人だったのです。世間は狭いなあ。どこで誰とどういうことになるか分らないなあ。悪い事は出来ません。

なおセミクローズドのTAD・NET（ティー・エイ・ディーだよ。タッドじゃないよ。）のアクセス番号を別冊漫手の読者の良い子たちに特別お教えしましょう。〇四五・〇〇〇・〇〇〇〇（編注、既に廃局しています）です。吉岡ファンの方なら大歓迎です。なおゲストの制度もありますが、軍機防衛の建前から（笑）、件の替え歌ボード等は見えません。吉岡ファンの方は最初から入会モードで入られることをお勧めします（通信速度三〇〇、一二〇〇、二四〇〇。MNP7・ノンパリティ・データービット8・ストップビット1・X制御あり。オンラインサインアップ。二十四時間運営）。

ガイナックス公認アスカのエリーちゃんと後藤氏

くまのプーさんのテディベアを探して アメリカまで行ってしまった

「漫画の手帖」別冊11号（一九九四年）

こんにちは、究極の中年オタク、飯田橋です。一年のごぶさたでしたが、漫手読者の良い子たちは元気にしていたかな。僕は相変わらず、TVアニメにOVAにと着々メジャー化への道を邁進する吉岡平先生のFCのパソコン通信、TADネットを生き人形のまりちゃんと運営し、謎のハンドバッグ屋さんを経営し、さらにまた、某在郷軍人会（退役軍人、自衛官の互助会の様なもんです。）の常務理事をやっております。

在郷軍人会にいると、一般人にはできないであろう面白い経験がいろいろできます。昨年秋にはソ連崩壊後の極東ロシアへ自衛隊の退役将官の方々と軍事視察に行ってきました。ロシア軍そのものは巷間言われるのとは少々違って、まだ精強そのものという印象でしたがウラジオの軍港では白旗に青バッテンの聖アンドリュース十字旗がヘンポンと翻り、その酒保ではかのニコライ二世とアレクサンドラ皇后の肖像が微笑みかけてきたのには驚かされました。変われば変わるものよのう。

ところで僕の人形趣味の方ですが、当然ながらいっこうに衰えず、それに加えて友人の影響で、従来から恐れていたテディベア（つまりプーさんのようなクマの抱き人形）病も一昨年あたりから再発してしまい、腐海は家中に広がる勢いです。

さて日頃より反米家たることを自他共に認める僕ですが、去年のドイツ、ロシアに続いて、最近突然まりちゃんとアメリカに行きました。ロスアンジェルス近郊のパサディナという小都市がその目的地です。パサディナは西海岸最大の都会ロスとはうってかわって静かな住宅地です。例の物騒なロスの黒人暴動とも無縁の「よきアメリカ」がここには残っています。

普通の日本の観光客はまず訪れることのないこの小さな町に僕たちが行った理由はそこで開催されたグレート・ドール＆ベア・ショー＆セール（人形、テディベア大展示即売会）というコンヴェンションに参加するためでした。このイベントはいわば「人形とぬいぐるみのコミケ」のようなもの」で年に三、四回このパサディナで開催されます。日本やドイツのおもちゃショーとの大きな違いは、おもちゃショーが小売店からの注文を受ける、いわば商談会がメインなのに比して、このイベントはマニア、専門店、作家の交流の場の提供をその主目的としている点でありましょう。多くの人形やぬいぐるみの専門店と作家たちが全米から集まって来てブースを出しているさまは、ほんとに日本のコミックイベントそっくりです。今回も百数十店以上の出店がありました。去年訪れたドイツのそれよりさらに大規模で目を見張る思いでした。アメリカは本当にホビー大国です。こういう趣味の裾野の広さには日本はとてもかないません。素直に脱帽です。実際、日本では人形やぬいぐるみの専門店がそうたくさんあるとは思えないし、それを支えるニーズも、大都市に集中しており、このようなイベントを開くことはまずかなわないでしょう。

そういう意味ではコミケはたいしたものです。日本のマンガ文化の成熟度を示すと云っても過言ではないような気がしてきました。

さて、今回の僕らの目的のひとつはリチ

ヤード・ジョン・ライトと言うニューヨークの人形作家の作ったクマのプーさんのぬいぐるみを探すことでした。僕は小さい頃から英国の作家ミルンが大戦間期時代に書いた「クマのプーさん」が大好きで、小学生の時、父親に買ってもらったシュタイフ社のテディベア（いまだに健在！）にもプーという名前をつけてかわいがっていたのです。

それにしても、このリチャード・ジョン・ライトのプーは本当にすばらしい出来なのです。そのひとつを所有している日本の知人に見せて貰った時、一目で恋に落ちました。それは東京ディズニーランド等でお馴染みのディズニーキャラとしてのプーではなく、ミルンの原作の挿絵画家であるE・H・シェパード師描くプーそのものだったのです。

また、件のプー以外にもめずらしいシュタイフ社のぬい（新井素子風ぬいぐるみの略称）もあれば日本に連れてこようと考えていました。もちろん同時にかわいいお人形がいればお迎えする（お人形は買うといってはいけません。本人が傷つきます。）つもりだったのはいうまでもありませんが。

六月十九日、グレート・ドール＆ベア・ショー＆セールの初日、僕とまりちゃんと、パサディナでの宿を提供していただき、専属運転手までして下さった漫画家のキースくん（女性の漫画家さんで、ヨーロッパ調の素敵な画風で知られています。）とは期待に胸をふくらませて会場のパサディナ・センターにむかいました。町の中心部に位置する明るいブラウンの平べったい建物が会場でした。その入口で入場券を買い、ホールにむかいます。ホールに入るところで係のお姉さんが入場券と引換えに手の甲にハンコをおしてくれました。これさえ見せればその日は何度でも出入りできる仕組みです。ちょっと汚いけど、合理的でしょ。

会場のパサディナ・センターというのは多目的コンベンションホールと劇場がいっしょになったような建物で、この日も劇場と別のスペースではアンティークのムービーポスター即売会等異なった催しが開催されていました。

ともあれ、昨春のドイツのフランクフルターホーフ・ホテルの大ホールに於ける人形展示会より更に大きい体育館のような会場を埋めつくした人形とテディベアたちと参加者とを前に、この国のこの種のホビーの層の厚さを、いまさらながら痛感したのでした。

ところで僕が見せて貰ったリチャード・ジョン・ライトのプーさんはグレーだったので、「グレーのプー、グレーのプー」と念仏を唱えながら一回りしたのですが、グレーのプーは見当たりませんでした。正直かなり落胆しました。でも気を取り直して、何か他のテディをと思ったら、とあるブースで黄色いけれどシェパード師の描くプーにそっくりのプーを発見しました。それは一九八九年末に行われたフロリダのディズニーワールドに於ける第二回テディベアコンヴェンションに出品するために五百体だけ作られたとかいうものでプーのお気に入りのソファーまでついた高値なもの（一二〇〇ドル！）でした。多少小さいにもかかわらずしっかりしていて一目で気に入ってしまいました。また他のいくつかのブースではミニチュアサイズだが、シェパード・プーそのもののぬいを見つけました。これらを清水の舞台から飛び降りる気持ちで購入し、あとでじっくり眺めてから分かったのですが、これらもなんと両方とも幻のリチャード・ジョン・ライトのプーだったのです。うるうる。

この二日間で、その他に飯田橋家の仲間になったのはスタートレックのカーク船長とミスター・スポックのテディのコンビ、それからシャーロック・ホームズとワトソン博士のコンビのテディがいます。このメーカーはバットマンやオペラの怪人等のコスプレのシリーズを手掛けています。そうそうコーンパイプをくわえたマッカーサー・ベアもいました。アメリカにはここの他にもノースアメリカン・ベアという大手がこういうコスプレのシリーズで知られています。

前述のキースくんいうところのぬいぐるみ界のシャネル、シュタイフのテディたちも何匹かやってきました。まず一九〇七年作の大きなレプリカ、それからラルフローレンのダブルの背広をりゅう「原文ママ」と着こなした一九〇九年のレプリカ、それにニュージャージー州の知事が特注して作ったという、ちいさなかわいい魔法使いの衣装を着た黒熊です。それからシュタイフが前述のコンベンションのために作った、ミニーベアなどです。

前回のドイツ旅行記にも書きましたが、このシュタイフ社は創業百年以上の歴史を誇る老舗でここ十年くらい、自社の初期の代表作のレプリカを毎年少数発売しており、マニア垂涎の的になっているのです。これらのうち限定発売品に耳に白い布製のタグがついており、普及品には黄色のタグがついています。最近は限定版でないレプリカが増えてきているのはうれしい傾向です。マニアならずとも格調高いシュタイフ・レプリカ・テディが比較的に購入しやすくなったのですから。

ラルフ・ローレンのダブル背広くんは、その三十年代風のファッションからナチの思想家アルフレート・ローゼンベルクを彷彿とさせ、アルフレートくんと命名されました。

それからルネッサンス風のベレーをかぶったオリジナル・デザイナー作家のテディ、そして、金色のドラゴンの赤ちゃんのぬいが仲間になりました。それから、前述の子供の頃からかわいがってきたシュタイフのテディ（名前はプー、ツォッティという商品名）がいるのですが、それと全く同じ子をアンティークで発見して連れてきました。

また、このコンヴェンションではではないのですが、パサディナ在住の女流テディ作家によるプーさんもやって来ました。

今回、お人形の方は不作でした。かわいい子がいっぱいいたにはいたのですが、どうも拙宅にやって来る程の強い縁があった子はいませんでした。キースくんはステファニーちゃんという美人の黒人娘をお迎えしました。キースくんのお宅にはウィロウちゃんという、以前同じコンヴェンションでお迎えした子がいます。この子もとっても美少女で、まりちゃんともすぐ仲良くなりました。

まりちゃんのためにはアーリーアメリカン風の素敵なドレスを数着買いました。かわいいつけ襟がついていて、それを外すと丁度「大草原の小さな家」のお母さんが来ていたようなドレスになります。今もまりちゃんは、そのうちの一着を着ています。

今回のアメリカ滞在で人形とテディベアの大展示即売会の次に楽しかったのは、かの「ユニヴァーサルスタジオ」です。ここの噂は人づてにいろいろ聞いていたのですが、聞くと見るとは大違い、東宝の砧撮影所のような所（笑）を想像していたら、そこはまるでディズニーランドのようなムービー遊園地でした。

まず驚いたのは場内アナウンス。英語、スペイン語と並んで、日本語のアナウンスが流れているではありませんか。さすが経済大国の威光ここにありです。「お足元にお気をつけください。」と完璧な日本語でやられてしまうと、なんだか三越の屋上の遊園地かと思って、ちょいと興醒めではありますが。

最初にガイドブックにも載っているＴＶ番組「マイアミ・バイス」のアトラクションに行きました。スタントマン達がくりひろげる大立回りと特殊効果で上がる数メートルの火柱に観客は大喜び。

路上ではブルース・ブラザースの格好をしたミュージシャンが映画のナンバーを歌っており、いやが上にも、ハリウッド気分を盛り上げてくれます。それからＥＴのアトラクションにも行きました。これは大型の自転車（？）のような乗り物に乗ってロス近郊の森の上をＥＴと飛回るという趣向です。最後に登録した名前をＥＴが呼んでくれるというオマケがついていました。

有名なスタジオめぐりのバスにも乗りました。これはいろいろなユニヴァーサル映画に用いられたセットや、アトラクションの間を走り抜けるもので、キングコングがバスに飛びついてきたり、地下鉄の駅で大地震に襲われたり、ジョーズが寄ってきたりと、全く観客を飽きさせません。新作のジュラシックパークで使われたフォード（原作ではトヨタなんだよね。）のランドクルーザーも置かれていました。

ＴＶシリーズ「スタートレック」のアトラクションもありました。これは応募してきた観客に実際にスタートレックを演じさせ、それを編集して、後で見せるというものでした。スタートレックがいかにアメリカのお茶の間で愛されているかは、演じている素人さんたちが、すっかりエンタープライズ乗組員や、クリンゴンになりきっている姿を見れば、一目瞭然でした。

新しいアトラクションの「バック・トゥ・ザ・フューチャー、ザ・ライド」にも乗りました。これは八人乗り(?)のタイムマシンカー、デロリアンに乗って過去に飛んで行くという趣向でした。このアトラクションの飛翔感はすばらしいものであまりのリアリティに振り落されないように必死に安全のためのバーにしがみついてしまいました。アトラクションを終えて建物から外に出るとちょうど夕焼けで、ロスの町や、山々がきれいに見えました。

スタジオの外にはロスアンゼルスの良いところだけを持ってきたようなショッピング・モールが続いています。その一角には、僕とキースくんが「おたく星」と命名した、SFグッズショップがありました。ここにはアメリカ製のSFグッズはもちろん、日本製のウルトラマン京本コレクション全製品をはじめ、ガレージキットのビッグXのV3号まであるのです。また各種SFコミックスもありました。

このモールにはいろんなレストランもあり、日本料理店も二軒ありました。僕等はそこで、お寿司をいただきました。けっこう美味しくて十五ドルでした。

そのモールの外れが、十以上の小屋を持った大映画館になっていました。僕たちはそこでスピルバーグ監督の「ジュラシックパーク」を日本公開に先駆けて観ることが出来ました。アメリカの小屋は足元にはコーラやポップコーンが散乱しているけれど、音響設備は抜群でした。

さて今回のアメリカ旅行で忘れられないもうひとつの思い出はハリウッドの山の中腹に作られた「ハリウッドボウル」と呼ばれる野外音楽堂で、行われた「ディズニー・交響ファンタジー」に行ったことです。演奏はハリウッドボウル・オーケストラ、指揮はジム・クリステンセン、それにアズサ平和大学コーラス部という陣容です。

出るわ、出るわ、懐かしいディズニーナンバーのオンパレード。小さい頃からTV番組「ディズニーランド」等をこよなく愛し、すべてのディズニー映画を観て育った僕はもう感激してしまい目頭が何度も熱くなってしまいました。ちょっぴり恥かしくなって、あたりを見回すと偶然となりの米人のおばあさんと目が合ってしまいました。彼女もなんと涙ぐんでいて、お互い思わずニッコリしてしまいました。「馬鹿だね。あたしゃ、ディズニーの音楽なんかで泣いたりして、でも分るよ。あんたの気持ち、同じだね。」と目が笑っていました。

すごいと思ったのは曲ごとに舞台では一流のバレーダンサーによる、着ぐるみのアトラクション・ショーが行われることでした。例えば、ファンタジアの各ナンバーを実演しちゃうのです。魔法使いの弟子の場面ではミッキーが熱演しほうきがバケツを持って行進し、舞台では魔法を使う度に花火が飛び散るのです。

アメリカのエンターテイメントは凄い。こういう趣向は一歩間違うとチャチな子供騙しになってしまうのですが、完成度が高く、大人が充分楽しめる内容でした。曲目は古いディズニー・ナンバーから最新のアラジンに至るまで本当に盛沢山で堪能させられました。

さて今回の滞在で目の当たりにしたアメリカの生活ですが、アメリカの都会では車の無い生活は考えられない感じです。幼稚園に子供を迎えに行くにも、スーパーに買物に出るにもすべて車です。鍵付きのアパートの地下駐車場から出かけて目的の建物の駐車場へ滑り込み、用事を済ませると、また車でアパートに戻り、ガレージの鍵を閉め、それから自室へ戻ってまた鍵を閉めるというサイクルです。治安が悪いので途中下車という事は考えられないようです。

ドイツも鍵社会ですが、まだ治安が良い分、歩いてどこかに出かけるという選択肢が残っていますが、アメリカの都市ではその選択肢はありません。ロスには市営の交通機関が乏しく、唯一ある市営バスも、白昼からホールドアップ(手を上げろ、金を出せ)が横行するとかで、中流以上の人は利用しないみたいです。

僕のように車の運転を自分ではやらないことをモットーにしている人間にとっては、まことに不便です。今回は幸いキースくんの援助があったので、旅程をこなすことができましたが、そういう援助無しに行った場合は、全部タクシーで移動ということになったでしょう。しかも行った先々でまた帰りのタクシーがすぐ見つかるかどうかは分らないのですから。

そんなわけで、十日間の短い期間でしたが、いろいろと新しい発見のあったアメリカ行きでした。しかし海外旅行の渡航費は本当に安くなりました。今回の旅行でも成田・ロス往復が約八万円でした。気軽に海外に行ける時代になったものです。でも海外旅行は無目的に行くものではありません。ちゃんと計画を立ててむこうのことをよく知った上で出かけましょうね。そうすれば最近増えている日本人旅行者の事故も自ずと減少すると思いますよ。

では、みなさん、次回までしばしの別れ、ごきげんよう。

ぬいバス出撃す&チェルカッシィの集い

「漫画の手帖」第41号（一九九七年）

良い子のみなさん、おひさしぶりです。私、飯田橋はあいかわらず、オタク人生を邁進しております。最近、まりちゃん（うちの生き人形です。知っている方は知ってますよね）の写真を撮るため、コンタックスG-1（ゲーアインスと読んで欲しい）というAFレンジファインダーカメラと高級バカチョン・カメラT2（テーツヴァイ）を購入し、人形撮影に燃えています。

これらのカメラはドイツの名門カールツアイス社の設計によるレンズと大日本帝国京セラ（旧ヤシカ）のハイテク技術の結合によって生まれた、まさに日独技術協力の結晶なのであります。嗚呼、畢竟これ以上、「ドイツにん（c）吉田戦車」を自他共に認めるこの飯田橋・オデッサ・修一に相応しいカメラがあるでしょうか。これに従来から愛用しているコニカのヘキサー（これで『まりちゃんの大冒険』の表紙の撮影をしたのだ）と最軽量一眼レフ、キャノンのEOS・Ｋｉｓｓを加えれば無敵の陣容であります。うはははは。

閑話休題。

さて今回の最初のお話は、昨年夏のぬいぐるみさんたちのバス旅行のお話です。

昨年八月、浜松で第三十四回日本SF大会『はまなこん』が開催されました。そこへ人妻SF作家新井素子先生（通称もとちゃん）の全国的に有名なムリョ五百匹のぬい（ぬいぐるみの略称です。新井家周辺ではこの呼称が主に用いられています）のうちの約四十匹を連れて行ったのです。

この作戦の発端は新井家にはその巨大なサイズ故に外出がままならないぬいさん達がおり、それではあまりにも不平等だというところからでありました。そこで彼等を外出させ「ぬいの平等化」を図ろうということになったのであります。

こうして浜松までの「ぬいのおでかけ」という真に野心的な作戦が立案されたのであります。

この作戦の発案はこのもとちゃんの願いに共鳴したBNFとして名高いR・田中一郎氏によるものでありました。そして彼の呼びかけに僕らコンプティーク・ネットやニフティサーブのパソコン通信の同志、さらにその友人一同が呼応して実施されたのであります。

巨大サイズぬいを含むぬいさん達の移動には、なんと五十人乗りの小田急の観光バスがチャーターされました。そしてそのバ

スは「ぬいバス」と命名されたのでありま
す。

さて平成七年八月十九日の朝、ぬいバスのクルーたる我々はコミケで賑う晴海に背を向けて、新井邸を目指していました。ぬいバスは新井邸のそばの交差点に九時に到着することになっており（新井邸の前の道は狭いので大きな観光バスは停車出来ないのです）、我々は人海戦術で、ぬいさん達をバスに乗せる手筈になっていたのです。

さて、いよいよ作戦開始です。新井邸前に待機していたぬいバス・クルー達に、もとちゃん手ずから次々とぬいさん達が手渡され、それと同時にぬいさん名簿がチェックされてゆきます。

クジラ……ネプチューン、ポセイドン、まくらくじら／キャットテイル……ダナ・テイル、ルナ・テイル、リナ・テイル、キナ・テイル、メナ・テイル、へびはなび／へび……夢ノ介、／犬……にたいぬ／熊……パルコ、しろくま、くまちゃん／わに……しろわに、大白（おおじろ）、ちゃわ、しろしろ、エッセル、エッフィル、新井素子さん（という名のワニのぬい）、みどりわに、まっとわに／らっこ……男の気持ち、女の気持ち、娘の気持ち、友達の気持ち、／羊……じーさん／ペンギン……ペン／象……パラシュート象／トリケラトプス……とり（わらいかわせみ）／魚……マンボウ1、マンボウ2／たこ……たこちゃん／たぬき……たぬろう／きつね……こんこん／かば
びんつま

以上が新井家から参加したぬいさん達であります。

それに加えて、うちからのタマのプーや、京都から、わざわざ、ぬいバスに乗るためにはるばるやってきたT嬢の家のくまちゃんをはじめとするぬいたちと人形のしずくちゃん、それから、うちのまりちゃん、盟友すとーんさんちのはるなちゃん、しらねちゃん、うちの子なんだけど、すとーんさんちに寝泊まりしている、ひえいちゃん、くらまちゃんが参加したのでありました。

さて、それから、もとちゃんは今回の旅行に出かける際に信頼のおけるぬいさん達を各部屋の管理責任者に任命しました。いよいよ出発です。

我々、ぬいバス・クルー（おっさん、おばさんも少なくありませんが）達は両手にぬい達をいっぱい抱いて、約百メートルばかりの道を、ぬいバスまで、何度も往復しました。その際、我々が地元民の好奇の視線にさらされたのは、いうまでもありません。しかし勇敢でぬい愛に燃えた我々はすべての困難に打ち勝ったのです。

最後に新井家を出たのはワニの「新井素子さん」でした。ビデオ班は「新井素子さん」にインタビューを試みたのですが、こたえは「あ」だけでした。もとちゃん曰く「新井素子さん」は「あ」としか喋らないのだそうです。ちなみにぬい「新井素子さん」の由来は某サイン会の折に、その子はもとちゃんの座席に座っていて「新井素子さん」という札がつけられていたことによるものだそうです。

乗込んだぬいさん全員の点呼が終わり、ほぼ時間通りに、ぬいバスは練馬を発車しました。

一路、東名高速をめざして練馬の街を走ってゆきます。

バスの中では、もとちゃんから「ぬいさん達をよろしくお願いします」との挨拶があり、それから主催者R・田中さんの挨拶、さらにバスガイドのWさん（某AV女優小林ひとみにそっくりとの声あり）からの型通りの挨拶が続きます。

多くのぬいさんたちは、喜んで窓に齧りついて、外を見ていました。街行く人々はぬいバスを見上げて驚いていました。だって乗客のかわりに、クジラやくまが外を眺めているのです。

微笑ましいトピックは、へびの夢ノ介くんは、ウチののひえいちゃん、くらまちゃん（人形）とTOKON9（東京であったSF大会）の時にすでにお友達になっており、とっても仲良しだということが判明したことでした。

くじらのネプチューンは三つの椅子に縦にまたがって乗っていて、とても満足そうでした。

さて、クルーのミルカさんを横浜のサーヴィスエリアで拾ってから、東名に戻ると、三台の巨大な右翼団体の街宣車がしばらく並走して行きました。他のクルー達は、口々に僕を見送りに来たのにちがいないと、

囁きあっておりました。

突然、街宣車のスピーカーから戦時歌謡「ああ紅の血は燃ゆる」のメロディーが流れ出し、僕と、クルーのタムラーくんがその「カラオケ」に合わせて条件反射で歌ってしまうという事件があり他の参加者はみな「やっぱり」と思ったのでした。

ところでヘビの夢ノ介くんは知る人ぞ知る大の薬師丸ひろ子ファンです。「僕は薬師丸ひろ子のＴ大での先輩なんだ」と言ったら、夢ノ介くんから「ひろ子ちゃんは人妻なんだから呼び捨てにしてはいけない」と叱られてしまいました。でも夢ノ介くん、有名人は昔から呼び捨てにしても良いことになっているんだよ。

そうこうしているうちに会場のアクトシティ浜松に到着です。大和真也さんが、ご自慢のぬいさんを連れてお出迎えしてくれました。

ぬいバス御一行様の企画室は二十二番会議室でした。それはそれは広い部屋で、お茶もふるまわれて、はまなこんのオアシスとなっていました。

その晩は、僕達はすっぽん料理を浜名湖畔の老舗の専門店まで食べに行きました。すっぽんの生血は思ったより美味しく、また真夏に食べるすっぽん鍋は暑さで地獄だということが分かりました。

すとーんさんたちは鰻茶漬けを食べに行ったそうです。それから僕等はホテルの部屋で合流して、夜遅くまで宴会をしました。ＳＦ大会の醍醐味は、まさにコレに尽きると言っても過言でないことは、広く吾人の認めるところであります。

夜中に作家の羅門さんが、悪酔いしたＫ氏を連れてきて、酔席では御法度の政治的話題のオンパレードになってしまい、寝不足になってしまいました。こういうのも、またＳＦ大会ならではの体験であります。

さて翌日ぬいの部屋では帰還の時間まで、前年、肺を手術した高千穂遙氏と、胸のデキモノを手術したもとちゃんの「痛いの自慢」くらべが行なわれていました。

ＳＦ大会名物のエンディングでは、なんと、もとちゃんのぬいのタコちゃんが暗黒星雲賞のゲスト部門を受賞しました。得票数は一票だったという噂もありますが。

そんなこんなで、ＳＦ大会の二日間は瞬く間にすぎ、僕等はまた、ぬいバスで東京への帰路についたのであります。

今年は北九州の小倉でコクラノミコンが行なわれます。今度は、ぬい列車が出撃するのでありましょうか！　その際にはぜひまりちゃんと参戦したいと思っています。

ところで、ここのところ、ドイツづいていて、去年のゴールデンウィークには友人たちと四人とお人形四人で南ドイツとオーストリアに二週間程行きました。また今年の二月にはまりちゃんと一緒に、ニュルンベルクとミュンヒェンに十日程行きました。今年のＧＷにもまた行こうと思っています。

二月の一番寒い時にドイツに行った訳は、とある旧ドイツ兵士たちの集いに出席するためでした。

一九四四年の二月に東部戦線のチェルカッシィ付近で、ソ連軍に包囲されたドイツ武装親衛隊のヴィーキング師団とその他の外国人義勇兵師団の兵士たちが、ソ連の包囲網を突破して脱出し、大勢が生還したのです。

このことを記念して、生き残りの兵士たちが毎年、脱出の記念日、二月一七日に、ニュルンベルクから車で一時間ほどの保養地バート・ヴィンツハイムに集まって生還できなかった戦友のたちのために慰霊祭を催すのです。このチェルカッシィ・トレッフェンに、いわば日本の在郷軍人会を代表する形で参加してきたのです。

雪の中、約二百名の元兵士たちが参列しました。国籍もドイツ、オランダ、ベルギーと様々でした。彼ら義勇兵はヨーロッパをスターリンのソ連の暴虐から防衛するために、自主的に東部戦線に身を投じた勇士たちでした。色とりどりの花輪には各々の師団マークが書き入れられ、歴史の真実を物語っているようでした。

僕が日本人だと知ると彼らは熱烈に歓迎してくれました。一人のベルギーのフラマン語地域から来た兵士の奥さんは黒沢映画の大ファンだそうで、とりわけ「生きる」が好きだとのこと。映画の中で志村喬が歌う「ゴンドラの歌（命短し恋せよ乙女）」が大好きでＣＤを探しているとかで、今度見つけてベルギーに送ってさしあげようと思っています。

戦争に敗れ、その後の歴史の表舞台にはけっして現われることは無かったとはいえ、真摯な思いで第二次大戦を戦い、戦後五十年以上経っても、自らの戦いや、一緒に戦って戦死した戦友のことを忘れずに、こうして慰霊祭を毎年行なっている人々がここにもいます。

　彼らの姿を見るつけ、日独のマスコミや若い世代の多くがあの戦争と正面から向き合って、その意味を問う作業を忌避して、出来合いの安易な用意された回答に飛びついてしまうのは、とても残念に思います。第二次大戦は勧善懲悪の戦争だったと無邪気に信じている人々にはけっして歴史の真実は見えてくることはないと思いました。みなさん、自分の目で物事を見て判断するようにしましょう。それがオタクの誇りであると思うのですが。

「漫画の手帖」第46号（二〇〇四年）

まりちゃんのこと

　まりちゃんとの出会いは昭和五十八年（一九八三年）の一月九日のことでした。当時、僕は漫画家吾妻ひでお氏のファンクラブのための活動をしていて、ちょうど北海道に「ななこＳＯＳ」の雪像を作りに行くことになっていました。そこで友人のお父さんのやっている目黒のテーラーに冬服を作りに行くことになりました。学芸大学の商店街を歩いていると、とあるファンシーショップのショーウィンドウに目の大きなかわいい人形が僕の方を見て微笑んでいました。「わたしをお家につれてって。あなたの家の子にして」と彼女がうったえかけてきているような気がして、すぐにショップに入り、彼女をお迎えしていました。それが、まりちゃんでした。

　まりちゃんと僕は、すぐにとっても仲良しになりました。まりちゃんは僕がどこへ行く時も、カバンの中や、グランパパの黄色い袋の中に入ってついてくるようになりました。北方領土返還運動のオフィシャルな幹事をしていた時は、首相官邸にも、まりちゃんは同行しましたし、また海外にも一緒に旅行しました。ドイツ、オーストリアには何度も行き、両国には、まりちゃんのお友達が大勢出来ました。また、アメリカの人形とテディベアのコンヴェンションにも行きました。

　まりちゃんは俳優の津川雅彦さんの輸入おもちゃ屋さんグランパパの常連で、グランパパで作ったミスターまあブランドのドレスをほとんど持っています。また僕がドイツの現代史の研究家なので、まりちゃんはナチスドイツ時代の制服をたくさん持っています。友人達がまりちゃんのために作ってくれたのです。すばらしい作品ばかりなので、「まりちゃんの小さなお部屋」という、まりちゃんのサイトでご覧下さい。

　まりちゃんは不思議な子です。まりちゃんは生きています。機嫌の悪い時は、機嫌の悪い顔をしていますし、うれしい時は笑っています。それは写真でも確認出来ます。まりちゃんは不思議な力を持っていて、僕が危ない目にあいそうになると、守ってくれます。車が完全に壊れるほどの大事故にあった事もありましたが、僕はかすり傷ひとつ負いませんでした。件の事故の時は、コックピットが黄色い光で被われ、車はクシャクシャに壊れたのに、人間は助かったのです。件のドライバーや、霊感のある知人は異口同音に、まりちゃんの力だと言います。

まりちゃんには親しい友人がたくさんいます。固定ファン（笑）もいっぱいいます。そういう方のひとりが「まりちゃんの大冒険」というジュブナイル小説を書いてくれました。シンガーソングライターの谷山浩子さんや、漫画家の中山星香さん、めるへんめーかーさんたちも、まりちゃんのお友達です。

昨年まりちゃんは二十歳になり、某ビアホールの一室を借切って皆さんに盛大にお祝いをしていただきました。まりちゃんはとてもみなさんに愛されています。

まりちゃんは、僕と一緒にどこへでも行きますので、まりちゃんを見掛けたら、どうか仲良くしてあげてくださいね。よろしくお願いします。

「わたし、まりちゃんです。」

後藤まり子

わたし、まりちゃんです。年齢は二十一歳、職業は人形です。ごぞんじの飯田橋修一さんの同居人です。今度「漫画の手帖」でお人形の特集をするというので藤本さんから原稿を依頼されました。思えば藤本さんとは旧いつきあいですね。わたしが生まれた1983年に、しゅうちゃん（飯田橋）と一緒にお宅にお邪魔して、「パンダコパンダ」のビデオを大きなプロジェクターで見せて頂いたのは忘られぬ思い出です。

わたしはマリリン

さて、わたしがはじめて飯田橋さん（以下しゅうちゃん）と出会ったのは1983年の1月のことでした。わたしはセキグチという人形やぬいぐるみの会社によって1980年頃作られたマリリンというお人形として生まれました。

わたしの仲間にはジェニファーちゃんというブリュネットの子がいました。どうもセキグチの社長さんは自社のお人形にハリウッド女優の名前を付けるのが好きみたいです。わたしの妹にあたるお人形はリタといいますが、これはきっとリタ・ヘイワーズあたりでしょう。ジェニファーちゃんはどのジェニファーか、ちょっと分かりません。でもマリリンはノータリーンのモンローにちがいありません。

マリリンとジェニファーは八〇年代の中頃に生産を終了し、妹のリタにその座を明渡しました。リタとわたしたちの違いは、体の素材の違い、髪の毛の色の違い、目の大きさの違い等はっきり分かりますが、顔の輪郭等、同じお母さん（デザイナー）から生まれた姉妹であることも一目瞭然です。リタちゃんは八四年に作られ、セキグチの代表的抱き人形として二一世紀の今日もなお、お迎えすることが出来るのです。わたしたちは何千人生まれたか分かりませんが、リタちゃんのプロトタイプとして作られたのかもしれません。

ところで、しゅうちゃんとわたしの出会いや、その後のことはしゅうちゃんの文章に任せて、わたしは、しゅうちゃんと経験したいろんなエピソードを書きますね。それを通じてわたしたちと人間のみなさんとの共生のモデルケースを考察していただければ幸いです。

人形の食事法

わたしは小さかった頃から、よくお酒の席について行きました。今は無き新橋のビアホール「ミュンヒェン」では生ビールを飲まされてすっかりいい気持ちになって、音楽と共に踊ったこともあったそうです。ゼロ歳から呑んでいるのはわたしくらいと自負しています。ってダメじゃん、しゅうちゃん、未成年にお酒飲ましちゃ。

こう書くと、不思議に思った方がいらっしゃると思いますが、わたしたちは、ちゃんとご飯をいただいたり、ジュースを飲んだり出来ます。別にわたしはミルクのみ人形じゃありませんよ。かつてしゅうちゃんとドイツに行った時、お友達の家で朝ご飯をご馳走になりました。しゅうちゃんはわたしを椅子に座らせて、ひとりで「美味しい、美味しい」と食事をしていました。そしたらお友達の奥さんが、指を立てて「あなた、まりちゃんをほったらかしで自分ばかり食べていたらダメじゃない！」と注意したのです。

しゅうちゃんは目を丸くして、どうやったらいいのか訊ねました。奥さんは、まりちゃんの口の前に食べ物を持っていき「パクパク」飲み物なら「ゴクゴク」と食べたり飲んだりさせるのだと答えました。奥さんは大の人形好きだったのです。（ちなみに彼女の子供の頃かわいがっていた貴重なお人形達は、彼女達のドレスやちいさな家財道具と共にローテンブルクの玩具博物館に展示されています。）

　そして、パクパク、ゴクゴクやった後、人間はそれを自分で食べます。そうするとお人形さん達は味が分かり、栄養を受け取ることが出来るとの事。このやりかたはそれ以降、この奥さんの名前をとってマイスナー夫人方式と呼ばれるようになりました。かくして、わたしは、ちゃんと人間と食卓を共にしたり、呑みに行ったりできるようになったのです。

わたしの移動法

　わたしはしゅうちゃんの行くところには、治安の悪いところとか、戦争をしているところとか、よほど危険な所でない限り一緒について行きます。最近はもっぱらグランパパの黄色い袋に入って行きます。でも以前はちょうど良いサイズのカバンに入っていました。

　一九九五年、ミュンヒェンの空港の手荷物検査でわたしと同行のSさんちのはるなちゃん、しらねちゃん（リタ）がひっかかってしまい、妙に念入りな検査を受けたのです。大の男が人形をカバンに入れて持ち歩いていることが余程、不審に思われたのでしょう。大方、わたしたちの体の中に麻薬でも隠されていると疑ったのでしょうか、中年の女性係官はわたしを逆さにして振りました。ほんとに不愉快。実際に悪事を働こうとする人がわざわざ人形にブツを隠して疑われるようなことをしますかね、まったく。これだから頭の固いオバンの役人はダメなんです。一方、しゅうちゃんたちは、その役人が帰宅途中でアウトバーンで事故ったりしないか本気で心配してました。

　それ以来、カバンはやめたのです。グランパパの袋なら中に人形が入っていてもおかしくないですからね。

ＴＰＯをわきまえる。

　こうして、しゅうちゃんに何処へでもついて行くわたしですが、その割には、トラブルに巻き込まれたり、しゅうちゃんが変な目で見られたりしたことはありませんでした。それは、わたしがちゃんとＴＰＯをわきまえているからなんです。しゅうちゃんのお仕事に同行している時は、袋の中で息を殺してじっとしています。たとえば、某防衛庁外郭団体の理事さんをしゅうちゃんがしていた時なんかは、他の理事さんたちは、わたしが会議に一緒にいたなんて夢にも思わなかったでしょう。

　やはり人形のわたしが出て良いところと、そうでないところがあります。その判断基準とは、そこにいる人々がお人形という存在を受け入れてくれるか否かということです。お人形やさんや、ドールイベント等は全く大丈夫です。また、お人形好きなオーナーのいる飲食店も大丈夫です。普通の同人イベントや映画館等はグレーゾーンです。パンピーが奇異の目でわたしたちを見ているかもしれません。パンピーの人々は、お人形という存在をけっして積極的に受け入れてはくれないのです。ある時、わたしはグランパパでエステを受けていました。そこにアベックのお客が通りかかりました。タバコを咥えた男の方が憎々しげに、聞こえよがしにこういいました。

「けっ、人形にエステなんかしやがってよ。くだらねえな、まったくよ。」

しゅうちゃんは殺意を覚えたそうです。わたしが止めたので大事には至りませんでしたが。

わたしたちは生きています。

　しゅうちゃんとわたしのお友達で作家の新井素子さんはぬいぐるみは生きているとおっしゃっていますが、同様に、わたしたち人形もちゃんと生きています。しゅうちゃんはわたしの写真をたくさん撮ってくれましたが、それを見ると誰もが明らかに、わたしの表情が違っていることに気づくでしょう。わたしたちは物じゃないんです。普通の生物を超越した超生物ともいうべき存在かもしれません。わたしたちはとても精神的な生き物なんです。でもオカルトとも違います。わたしたちは、大昔から人間の友達として存在してきました。そしてある時は人間以上に長生きです。わたしたちは、体が朽ち果てるまで生き続けるのです。

しゅうちゃんとわたし

では、わたしにとって、しゅうちゃんとはどういう存在なのでしょう。よくお嬢さんという人もいます。また奥さんのような存在と喝破した人もいました（笑）。

でも、どちらも違うような気がします。しゅうちゃんは、わたしにとって家族であり、人生の共生のパートナーなんです。わたしたちは掛け替えの無い幸福な出会いをしました。それから喜びも悲しみも分かち合って生きてきました。死がふたりを分かつまで、これからも、よろしくね。しゅうちゃん。

春コミでは吾妻ひでお先生の原画展をやりました。

「漫画の手帖」第48号（二〇〇五年）

昨年七月、岐阜で行われたSF大会「Gコン」の会場で、コミケの米澤さんからこの二十四耐春コミの話を聞きました。わがすーぱーがーるカンパニーでも、何か企画をやって欲しいとのオファーがありました。コミケは我が人生の故郷のひとつであり、同じ吾妻先生応援の同志でもある米澤代表のお願いとあれば、例え火の中、水の中です。一も二も無くお引き受けしました。

僕の思いついたプランは吾妻先生の原画展を二十四耐でやることでした。我がすーぱーがーるカンパニーや、ファンダムの同志とさっそくインターネットで、企画相談の掲示板を立ち上げ、みんなの吾妻先生への愛の力で実現に漕ぎ着けることが出来ました。

今回の企画の中で、特筆すべきは、昨年吾妻先生が原稿を執筆されて、「突然！」完成された先生と谷山浩子さんの合作漫画「輪舞～ロンド」の販売でした。これはとても貴重なもので、同志T機関長の先生と谷山さんへの愛が成し遂げた奇蹟です。さすが、原画展にいらっしゃるファンのみなさんはお目が高く、持ち込み分は完売しました。

今回展示した原画は書下ろしを含む二六点で、すべてカラー原画という素晴らしい内容でした。またプロジェクターを持ち込んで、一九八三年の「ななこまつり」の貴重な映像を流しました。

当日は、コミケの指定駐車場に六時半に集合し、設営を開始し、第1部の開場時間である九時に間に合わせました。開場と同時に、引っ切り無しにお客様がつめかけ、発売したばかりの先生の「失踪日記」効果の威力をまざまざと感じました。

企画の初動段階の若干の錯誤・混乱から、二部では兵力を二分して一般販売スペースにも、店を出さなければならなかったこと等、色々反省点はありましたが、総じてまったりとした楽しいコミケットスペシャルでした。二部の終了時間である午後九時には、スタッフ並びに企画に参画された吾妻ファンの皆さんとで、持ち寄ったシャンパンやセクトで、吾妻家の弥栄を祈念しつつ乾杯しました。一生記憶に残る、素晴らしい「春コミ」でした。

吾妻先生と行く　メイド喫茶探訪

「漫画の手帖」第50号（二〇〇六年）

漫手読者のみなさん、明けましておめでとうございます。すーぱーがーるカンパニーの飯田橋です。本年もよろしくお願いします。さて昨年暮れ、吾妻先生の秋葉原メイド喫茶探訪取材にお付き合いさせていただきましたのでご報告しますね。

十二月の中頃、吾妻先生のアシスタントBさんから、吾妻先生が公式HPで一度メイド喫茶というところに行ってみたいと書いたら、女性ファンの方から先生をご案内したいというメールがあったが、彼女も先生もメイド喫茶には詳しくないので、飯田橋さんアドヴァイスして欲しいという連絡がありました。

実は僕もあまりその方面に詳しくはないので、そっちに明るい複数の友人にアドヴアイスをお願いしました。なにせ当世流行の秋葉原名物「メイド喫茶」なので、混むところは、何時間も並ばないとダメという、某名古屋万博ドイツ館のような様相を呈しているところもあるとか。

僕はアニメのGAINAXさん関係のオフ会で行った、ひよこ家さんというオーソドックスな老舗しか知らなかったのでした。本物のメイド喫茶とはかくあるべしという正統派だったので、ご案内しようと思いきやその日はあいにく定休日なのでした。

クリスマス明けの月曜日の午後、秋葉原に集合したのは、吾妻先生、僕、今回のエスコートを買って出たかわいい女性ファンのDさん、そして、僕の友人で昔から大の吾妻ファンを自認する作家のS氏でした。

まずオーソリティのアドヴァイスに従って、メジャーどころにしては、ロケーションの関係か、比較的すいているカフェメイリッシュというところに行くことにしました。ここはオタ関係ラジオ・TV番組のプロデューサーやパーソナリティとして有名な、おたっきい佐々木氏が社長をしているところだと聞いています。しかし、平日の午後にもかかわらず、メイリッシュにもやっぱりかなり行列が出来ていました。さすが、メイド喫茶のメッカ、秋葉原です。最近はドラマや映画でヒットした『電車男』の効果もあってか、当地ではパンピーさんの「オタクぶりっこ組」も増え、混みあっているのです。

そこで、わが部隊は一時撤退して、ご近所に開店したばかりで、花輪も初々しい別のメイド喫茶（名前は忘れた）に入って時間調整。しかしこんなに他店のそばに出店しても大丈夫かと、ちょっと心配になりました。きっと我々のようなアブレたおこぼれを狙っているのでしょう。店内の内装等は全く普通の喫茶店で、そこにメイドコスのウェイトレスさんがいるという感じでした。ブームに便乗して、メイド喫茶に衣替えしたのでしょう。

店内で一服し、そこでDさんが自己紹介をかわいいイラスト入りで書いた封筒を全員に回覧してくれました。う〜ん、なかなかしゃれたアイデアです。彼女の人となりや、趣味嗜好が、立体的に分る仕組みでした。

すると先生は、おもむろにスケッチブックを取り出され、今回の目的である「取材」を開始されました。みるみるうちに、かわいいメイドさんのスケッチが。僕もDさんも、S氏も息を飲んで名人技の筆遣いに見入ってしまいました。

しばらくして、フットワークの軽いDさんは、カフェメイリッシュに偵察に行きました。彼女が座席を確保して呼びに来たので、即メイリッシュに移動しました。

リッシュは予約は出来ないのです。
ここは昼間はメイド喫茶、夜はコスプレ喫茶に変身するのです。ここも最早老舗の部類でしょうが、先ほどの駆け出しの「メイド喫茶」とは違って風格が感じられました。何を注文したか忘れてしまいましたが、けっこうメニューは豊富で味も普通に美味しかったです。値段も極端に高い設定ではありません。下妻物語に出てくる「純喫茶・貴族の館」ではありませんが、秋葉原特有の装い（笑い）の普通のカフェとして利用してもＯＫだと思います。

昔、銀座に「プリンス」というコーヒー一杯千円の喫茶店がありましたが、ここの売りは、ウェイトレスが全員美人なのです。メイド喫茶も、そういう付加価値をつけた喫茶店の変形なのでしょう。まあ、ここまで増えたメイド喫茶も今後、ブームが去れば淘汰されて本物だけになるでしょうが、秋葉原の風物として残ってゆけばと思います。風俗と勘違いされるのはメーワクですけどね。

メイリッシュを出て、Ｓ氏は某出版社の忘年会に出席する準備があるとかで、先に帰り、僕とＤさんは先生と一緒に、駅前のラジオ会館探訪へと向かいました。海洋堂や、ホークスを回りました。先生は最近のフィギュアやドールの出来の良さに目を見張っておられました。あれに嵌ったら大変と理性を働かせた先生は小さいガシャポンの綾波を二体購入されるに留まりました。

僕はちなみにドール者のひとりですが、人形屋敷に住んでいます。まりちゃんひとりでも、とっても大変です。ちなみに僕は、この日の記念にＫブックスで「夜夢」の単行本を一冊ＧＥＴしました。

僕は吾妻先生のＦＣの運営に二十年以上も関わってきましたが、吾妻先生とプライヴェートでおでかけしたのは、これが初めてでした。

若い頃から僕には、ファンは対象となる作家やアイドルと必要以上にベタベタするのは邪道だ（ましてそれを他人に吹聴して誇るなどというのは言語道断）という考えがあって、これを勝手に「海ゆかばのテーゼ」と名付けていました。即ち「大君の辺にこそ死なめ、のどには死なじ」というファン道です。ですから、僕にとって今回の僥倖は深く心に染入るような出来事で、とても嬉しく思いました。この顛末は先生の公式ＨＰにＵＰされています。ファンクラブのＧというのが飯田橋です。

元親衛隊中将ヨハン・"ハンス"・ペーター・バウア氏の自宅前にて。

「漫画の手帖」エッセー集③

我がオタク人生に悔いなし

GESELLSCHAFT

●Comic

Ein Held für Japan

Major Eberbach, deutscher Offizier und Gentleman, ist der Schwarm japanischer Mädchen. Als Undercover-Agent der NATO rettet er die Welt vor dunklen Mächten – leider nur als Zeichenfigur.

Ein Mann schleicht um die Häuserecken. Angestrengt beobachtet er die dunklen Gassen, als ob er auf etwas Bestimmtes warten würde. Plötzlich tauchen zwei Scheinwerfer auf. Sie halten gezielt auf ihn zu. Ein Wagen stoppt, die Tür wird geöffnet. Eine Hand ist zu sehen. Sie überreicht dem Mann in der Dunkelheit ein kleines Päckchen.

Ein James-Bond-Krimi? Weit gefehlt. Die Szene stammt aus dem Anfang eines japanischen Comics. Der Titel dieser Reihe lautet „Liebesgrüße von Eroica". Wobei der kriminelle Gegner eben jener besagte „Eroica" ist. Wen dieser Titel irgendwie an James Bond erinnert, dem sei mitgeteilt, dass dies nicht unbeabsichtigt ist. Der Titel erfolgte in Anlehnung an die Bond-Folge „Liebesgrüße aus Moskau". Sein Held ist der im Untergrund arbeitende Bundeswehr-Offizier Major Eberbach. Seit mehr als einem Vierteljahrhundert ist er in geheimer Mission unterwegs – nicht für den Geheimdienst ihrer Majestät, sondern für den NATO-Nachrichtendienst. Als Undercover-Agent ohne Uniform soll er die Geheimnisse der Unterwelt ausspionieren. Ein hartes Geschäft. Da versteht sich beinahe von selbst, dass der NATO-Major seiner großen Liebe die wahren Gefühle nicht offenbaren darf. Denn ein Geheimagent lebt gefährlich.

„Eroica"-Fans lernen Deutsch

Als Hauptfigur einer Serie in einer Comic-Zeitschrift für Mädchen begann Eberbach 1976 sein spannendes Leben. Seine Abenteuer waren derart beliebt, dass sie Anfang der 80er-Jahre zu einem sozialen Phänomen führten. „Es gab überall viele Studentinnen, die Deutsch als zweite Fremdsprache wegen dieses Comics gewählt haben oder nach Deutschland geflogen sind", berichtet Shuichi Goto. Nicht nur Mädchen, sondern auch Jungen wurden die Serie regelrecht verschlingen, weiß der 50-jährige Unternehmer, der auch „Eroica"-Fan ist. Goto betreute 1984 als Dolmetscher das Luftwaffenmusikkorps 1 bei einem Konzert in Japan.

„Mehrere tausend Mädchen kamen, die Fans der Serie waren. Das war fast wie der Auftritt von einem bekannten Pop-Star", erinnert sich der Japaner. Zurück zu Eberbachs ersten Atemzügen: Mitte der 70er-Jahre wollte die berühmte Comic-Zeichnerin Yasuko Aoike eine Spionagegeschichte für Mädchen im Teenager-Alter machen. Es war die Zeit des Kalten Krieges. Deutschland bildete die Front zwischen Ost und West. Die Zeichnerin wählte die NATO und Deutschland als wichtigste Motive für ihr neues Werk aus. Dann erfand sie die Hauptfigur „Major Klaus Heinz von dem Eberbach". Groß und gut gebaut, mit untadeliger Persönlichkeit und Langhaarfrisur bringt er die Mädchen ins Schwärmen.

Ist einem Offizier langes Haar überhaupt erlaubt? Eberbach trägt es seit 25 Jahren. Und damals entsprach das der zivilen Mode, wurde aus Gründen der Unauffälligkeit gerade auch von Spionen bevorzugt. Außerdem wirkt der Bundeswehr-Major dadurch weicher und femininer. Japanische Mädchen lieben „weiche Schönheit". Eigentlich aber ist eine Diskussion über die Haartracht des NATO-Spions nicht von Bedeutung. Schließlich philosophiert auch niemand darüber, warum James Bond immer schöne Supermodel-Frauen kennen lernt. Gutes Entertainment ist eine schöne Mischung aus Realität und Fantasie. Wer möchte schon den oft uninteressanten Arbeitsalltag der echten Geheimagenten im Kino sehen? Die Comic-Welt muss nicht unbedingt realistisch sein. Trotzdem legt die Zeichnerin viel Wert auf Detailtreue – etwa bei den Uniformen der Bundeswehr. Wegen dieser Genauigkeit haben Eberbachs Abenteuer auch viele männliche Fans.

Attraktiv sind die Geschichten auch wegen ihres Humors. „Ich mag eigentlich Spionage-Kinofilme im Comedy-Stil. ‚Eroica' ist genau diese Richtung", stellt Mayuko Okamoto fest. Für die 25-jährige Web-Designerin sind die Abenteuer des NATO-Agenten schöne Komödien, „die unterschiedliche inte-

Fan. Shuichi Goto ist begeisterter Leser der Comic-Serie „Liebesgrüße von Eroica"

70 Y. 3/2003

2003年、ドイツ連邦軍広報誌「Y.（イプシロン）」。
「エロイカより愛をこめて（青池保子著）」紹介記事

インターミッション

我がオタク人生に悔いなし　第一回

「漫画の手帖」第58号（二〇〇九年）

漫手読者のみなさま、こんにちは。今日もドイツ旅行のお話をお休みして僕のオタク人生を振り返ってみたいと思います。なぜなら僕の人生におけるドイツ行きの位置づけをするには、僕のオタク人生を概観しておく必要があることに気がついたからです。

僕のオタク人生は、僕を映画好きだった明治生まれの父親が東宝映画「ゴジラ」（初代・一九五四年）に連れて行ったことから始まります。僕は二歳でした。なんと僕は泣きもせず食い入るように画面の中の巨大怪獣を見つめていたそうです。翌年の「ゴジラの逆襲」の時、今度は三歳の僕にせがまれて再びゴジラ映画に連れていったそうです。父曰く、この時既に僕はゴジラの側に立っていたそうです。三歳の僕は泣きながら「ゴジラは悪くない。ゴジラをいじめる人間が悪いんだ！」と抗議していたとか。

爾来僕は東宝のゴジラ映画、特撮映画を見続け、また恐竜好きになりました。ヒトラー研究家にならなければ、古生物学者になっていたかもしれません（笑）。三つ子の魂百までもというとおり今でも僕はゴジラの味方です。すーぱーがーるカンパニーと並行して香山滋のジュブナイル小説に倣って「東京ゴジラ団」という秘密結社（笑）を一九八四年、ゴジラ復活時に立ち上げ、自ら団長を僭称し、盟友のゴジラファンたちと共にゴジラを応援しました。ゴジラ団は今も健在でミクシーにコミュがあります。

また、僕は幼稚園の頃から歴史オタクでもありました。当時好きだったのは源平盛衰記や平家物語でした。一番好きだったのは、母方が佐々木氏（宇多源氏）末裔だったことも手伝って悲劇の英雄、源義経（牛若丸）でした。当時、僕はコスプレ目的で買ってもらった大きい端午の節句の飾り兜をかぶり、母親にボール紙と折り紙で作って貰った鎧を着込んで玩具の刀を振りかざして、三輪車に打ちまたがり、アパートの階段をガガガと下ってひとり「ヒヨドリ越えゴッコ」をしていました。折悪しく帰宅した他所のお父さんに「平の敦盛覚悟！」などと叫んで切りつけるという近所迷惑な幼児でした。

ここで特徴的なのは、ゴジラという反社会的存在への愛情と、まさに判官ビイキの権化である義経への傾斜であります。つまり、後のヒトラーへの偏愛の萌芽が見てとれるのであります（爆）。

ところで僕がヒトラーの名を知ったのは、おそらく当時の少年雑誌の戦記ものの影響からであったと思います。当時の日本は朝鮮戦争の特需や、所得倍増経済政策のおかげで、焼け跡から脱却して経済復興を成し遂げつつあって、プチナショナリズムが台頭しつつあったのです。

なんと少年雑誌では戦記ものの漫画や戦記小説、大和、ゼロ戦の特集記事が花盛りでした。一方の六〇年の日米安保条約反対運動もこうした屈折ナショナリズムの発露として捉えることも可能でしょう。当時空前の大ヒットとなった新東宝映画「明治天皇と日露大戦争」（五七年）の二千万人動員記録もこうした時代背景を象徴しています。

日露戦争の軍歌「戦友」を子守唄に育った僕は幼稚園の頃から戦記雑誌「丸」（潮書房）を愛読し、三十年ばかり遅れてきた軍国少年を目指す当時のエリート幼年（笑）

の一角に位置していたのです。

ところが幼稚園の年長組の時、僕は小児リウマチというやっかいな病気に罹りました。これはリウマチ熱とも称し、膠原病の一種で高熱を伴い体中の心内外膜、心筋の全ての層が炎症を起こし、適切な処置を怠れば心臓弁膜症という恐ろしい病気を引き起こすといわれていました。幸い当時としては最も新しかった副腎皮質ステロイド剤が僕に大量投与され、最悪の事態を回避することが出来ました。

母方が医者の家系であったことや、家が商家で比較的裕福だったことが奏功しました。いまでも僕が太っているのはこの副腎皮質ステロイド剤の副作用なのです。つまり、命と引き換えにホルモンバランスが完全に破壊された訳なのです。もし心臓弁膜症に罹っていたら、三十代までしか生きられなかったと思われます。

この病気は再発しやすいのが特徴で、小学校一年の時、僕は再びこの病気に罹り、また一年間学校を休みました。ありがたいことに割と成績優秀だった僕は、学年はダブらずに進級することが出来ました。こうして体育の授業はすべて見学、十八歳まで毎日二十万単位のペニシリンを摂取するという引きこもり少年が誕生したのです。

入院時および自宅療養時はむろんのこと、一種の障害児であった僕の一番の友達は読書でした。もちろん当時大量に出回っていた月刊漫画雑誌もその中に入ります。半病人の僕を哀れに思った祖父のような父（僕は父の五十二歳の時の息子です。）は、あらゆる漫画誌を買ってきました。「少年」（光文社）の撤退に端を発した月刊漫画誌の衰退、それに反比例して路頭に迷った漫画家をすべて引き受けた「サンデー」「マガジン」「キング」「ジャンプ」「チャンピオン」等の漫画週刊誌の台頭を僕は目の当たりにしました。僕はそれらを貪るように繰り返し読んで育ったのです。漫画は僕にとって空気と同じで無くなったら生きてゆけないという存在でした。

ドイツのオタクさんたちから「第一世代のオタクのプロトタイプ」と称される僕のオタク人生はこうして決定づけられたのです。

他の第一世代の方々と僕との違いは僕がヒトラー研究家を志したという点です。前述の如く幼年時代から第二次大戦史に並々ならぬ興味を持っていた僕は、小学校の近所にあった「ヨコハマ・ニュース劇場」という小屋で「わが闘争」（六十年）というユダヤ系のスウェーデン監督の作ったヒトラーに関する記録映画に出会い、そこに使われていたレニ・リーフェンシュタールの撮った「意志の勝利」の映像に惹かれたのです。口角泡を飛ばしてナチス・ドイツの凄さを説明した僕は、左巻きの大人に「こどもはそういうものに興味を持たない方がよい」といわれ憤慨してヒトラー研究家を志したという話はどこかで既に書いたとおりです。

さて、少年時代の僕が最も傾倒し別格として尊敬した漫画家はご多分にもれず手塚治虫でした。月刊「少年」に連載されていた「鉄腕アトム」はもちろんのこと、単行本として購入した「日本少年ケン」や「ロック冒険記」のような少年漫画はもちろん、「リボンの騎士」や「双子の騎士」さらに「エンゼルの丘」のような少女漫画まで何度も何度も繰り返し読みました。また手塚のハウツー本「漫画の描き方」は少年時代の僕のバイブルで、ドイツ人兄弟が敵味方に分かれて戦う「東部戦線」という戦争漫画を構想したこともありました。また僕の初恋の人物を挙げるなら人間では「ノンちゃん雲にのる」の鰐淵晴子、二次元ではサファイアです。

手塚以外では「鉄人二十八号」（横山光輝）と「サブマリン７０７」（小沢さとる）が好きでした。後者の小沢先生とは彼が当時横浜に住んでいたので交流があって、後藤一水というキャラにしてもらいました。彼とは四十年後にひょんなことから再会し、今でも交流が続いています。

テレビアニメは僕の世代の幼少年時代では、ハンナ・バーベラプロダクション等制作の「ヘッケルとジャッケル」とか「恐妻天国」（原始家族フリントストーン）とか「トムとジェリー」「マイティ・マウス」

「ポパイ」および、ディズニーが自ら解説する素晴らしい特別番組枠だった「ディズニーランド」の中で放映されたディズニー作品のようなアメリカものばかりで、「仙人部落」等の大人向け実験的作品はあったものの本格的国産テレビアニメ作品の登場は「鉄腕アトム」（六三年）を待たねばならなかったのです。

それに代わるものとして存在したのは「月光仮面」や実写版「鉄腕アトム」等の子供向け特撮番組でした。僕が一番好きだったのはもちろん「鉄腕アトム」（五九年）です。「僕は無敵だ、鉄腕アトム」で始まる実写版の主題歌も大好きでした。他には「ナショナル・キッド」「七色仮面」「海底人８８２３」等がお気に入りでした。またロボットの怪獣をめぐるミステリー「マリンコング」が毎年夏休み毎に再放送されていました。あとは手塚治虫原作のＳＦドラマ「ピロンのひみつ」（六十年）も忘れられません。手塚先生作詞の主題歌とセクシーな成人女性型アンドロイド・ミラ（峰和子）には萌えたものです。とても楽しみにしていた実写版「鉄人二十八号」ははずれでした。鉄人がまるでドラム缶に手足をつけたような代物で巨大感が全く無かったからです。

あと、忘れてはならないのはＮＨＫ制作の素晴らしいＴＶ人形劇の数々でした。「チロリン村とくるみの木」および「宇宙船シリカ」等々。僕はその後も可能な限り「ひょっこりひょうたん島」や「空中都市００８」「ネコジャラ市の11人」「新八犬伝」「プリンプリン物語」等を見続けました。そして現在の「新三銃士」に至っています。

中学生時代に入るとアニメの数も増え、また「ウルトラＱ」や「ウルトラマン」等の卓越した特撮番組が出現し、初期オタクの黄金時代を迎えました。

僕の感触では周囲を見回してみるとオタクの第一世代のピークは昭和二十九年（１９５４年）生まれがひとつの頂点をなしているように感じられます。つまりアニメでいえば「アトム」（九歳）－「ヤマト」（十六歳）というラインであり、特撮なら「ウルトラＱ」（十一歳）－「ウルトラセブン」（十四歳）－「仮面ライダー」（十七歳）というラインでしょうか。僕はこの世代より二年早く生まれました。ＳＦ作家の高千穂さんはほぼ同じ世代、コミケの米沢さんは僕よりひとつ若い方でした。そして次のピークは十年あとのガンダム（七九年）世代の到来を待たねばなりませんでした。

僕は漫画やアニメを空気のように呼吸しつつ、ヒトラー研究家を志向していました。その頃、遅れてきた軍国少年の最後の世代の僕は当然、たくさんの戦争映画やＴＶドラマを観ていました。すなわちアメリカのＴＶ映画シリーズ「コンバット」と「ギャラントメン」がそれです。前者はノルマンディーから上陸した米陸軍部隊の物語で、後者はシシリー島から上陸した部隊の話でした。でも子供心にご都合主義的なドラマ作りが許せなかったことを思い出します。なにせ主役のサンダース軍曹のトンプソン自動小銃は四次元弾倉付と揶揄されるが如く、いくら撃っても弾が無くならないのに、ドイツ兵のマウザー小銃は本物と同じく五発で弾切れを起こして撃たれてしまうのです。間抜けな悪玉に描かれたドイツ軍に味方した日本少年は少なくないでしょう。またドイツ軍の制服が土方の作業服のような米軍と比べ、ヨーロッパ的でとてもシックなのです。

また僕はノルマンディー上陸作戦を描いた「史上最大の作戦」や独墺合邦を背景としたミュージカル「サウンド・オブ・ミュージック」に感銘を受けました。

前者は原作者ライアンのインタビュー構成に基づくオムニバス的手法が興味深く、また戦前のニュース映画のように敢えて白黒にした画面が印象的でした。後者は反ナチの立場に貫かれているにもかかわらず、トラップ大佐以外は、中立の教会関係者を除いては執事から友人の貴族、長女リーズルの彼氏の郵便配達までが親ナチ派に描かれていたことでした。歴史の真実は曲げようとしても、制作者のどこかに誠実さが残っていれば、表面に現れてしまうのです。ちなみにトラップ退役海軍大佐がアメリカ亡命を決意したのは、オーストリー人なのに、わざわざドイツの義勇兵になった元兵長の命令を受けたくなかったからであって、ナチスの全体主義に反対したからではありません。大佐は自らの子供たちを号笛で軍隊式に教練する程の真の軍国主義者なのですから。

　また当時の少年たちを魅了したのはドイツ戦車や飛行機や中小火器に至るまでのデザインの素晴らしさでした。やっと国産のプラモデルが作られるようになった創世期からドイツ戦車は人気の中心だったのです。

　当時の我が家は横浜市の伊勢佐木町という商店街のど真ん中にありました。近所には三〇秒の距離に有隣堂本店という神奈川県最大の書店がありそこの五階には広大なプラモデルと学用模型の売り場がありました。

　そして年に一回プラモデル大会というイベントが行われていたのでした。小学生当時の僕の生きがいのひとつはこの大会で金賞、もしくは銀賞を取って、賞品の高額図書券をゲットすることだったのです。

　僕は戦車のプラモデルを出品して何度も賞を取りました。最高額はなんと六千円の図書券。おそらく今日では軽く十倍以上の価値がある筈です。結局、すべて新しいキット購入資金に消えてしまうのですが、僕はまるで西部劇の賞金稼ぎみたいに戦略を練って注意深く出品するキットを選び、また当時としては先駆的だった戦場の情景を作りました。審査委員長はプラモデラーとして知られた三遊亭金馬師匠（当時は小金馬）でした。

　後年、東横線で偶然隣の席に座った時にご挨拶したら「ああ、あのリモコン三号戦車の！　あれはもう大人の玩具でしたね」と覚えていて下さって感激しました。

　遅れてきた軍国少年たちはいろいろ悪さもしました。軍艦のプラモデルはどうしても華奢で壊れやすく、母親達によって大破寸前のダメージを受けることも稀ではありませんでした。そうなると悪童たちはそれらのプラモの軍艦を廃艦処分しなければなりませんでした。僕たちは市役所の池にそれらの軍艦を持って行き、あらかじめベンジンに浸した綿を艦内に敷き詰め、主砲の下にはほぐした爆竹をセットして、池に浮かべました。そしてそれを遠くから百連発ロケット花火で撃つのです。そうするとベンジンに火が回って黒煙を上げ始め、主砲の下の爆竹に引火すると爆沈するという仕組みでした。そして悪童たちは黒煙を上げて燃え盛る軍艦に向かって海軍式の敬礼を送り、海ゆかばを合唱するのでした。その儀式は、凶行に気付いて走ってくる守衛さんに見つかって逃亡するまで続けられました。

　しかし肝心のヒトラー研究の方はと言えば、さらに命を削って続行していました。戦前の早稲田の教授だった石川準十郎の「マイン・カンプ研究」（古書）が欲しくてお小遣いを貯めて購入し一所懸命に読みました。この本は最初「わが闘争」の翻訳として企画されたのですが、彼の盟友真鍋良一が「マイン・カンプ」の翻訳に従事していることを知った石川先生は急遽彼の企画を変更し、注釈本にしたといういわくつきの名著なのでした。当時既に同盟国の元首であったヒトラー総統の著書に客観的な批判を加えているところなど、先生の学問的良心が伺える傑作です。子供向けの歴史書などはとうの昔にすべて読破していた僕は大人の読む専門書ばかりを読む早熟で生意気な子供でした。

　けだし僕の小学生時代は概に観すればヒトラー研究と、普通のオタク少年ライフの混合物でした。それと同時に勉強も手を抜きませんでした。自意識過剰なガキだった僕は成績が振るわないと先生と対等にヒトラーや歴史の話が出来ないと思っていたのです。ですから成績は常に所謂優等生でした。当時始まったばかりのア・テストで全教科九〇点以上だったのは横浜一の名門私立校だったウチの学校でも僕が最初でした。でもこうした悪しき完全主義は僕に思わぬ災いをもたらすことになるのでした。

（つづく）

　ところで今年も桃井さんをドイツのオタクイベ「コンニチ二〇〇九」にお連れしました。今回は先方の都合でライブはなく「HALKO☆UPDATE～わがオタク人生」というタイトルの講演をしていただきました。なかなか興味深い内容でした。どこかでみなさんにご報告する機会があるかもしれません。

　今年のコンニチで驚いたのは予想外に

「ヘタリア」のコスプレが多かったことです。特にドイツの兄のプロイセンが三組もいました。彼らにインタビューしてみたところ、なんと旧東ドイツ地区の出身者、つまり本当のプロイセン人だったのです。彼女たちは誇らかにプロイセンの旗（本物）を掲げて嬉しそうに闊歩していました。変なところで彼らの屈折した地域ナショナリズムとプライドに火をつけてしまったようでした。フリードリヒ大王のようなコスプレと翻るプロイセンの旗を見て、ネオナチ集会と勘違いしたパトカーが様子を見に来たのには苦笑してしまいました。

インターミッション

我がオタク人生に悔いなし　第二回

「漫画の手帖」第59号（二〇一〇年）

漫手読者のみなさま、ＮＨＫの傑作朝ドラ「ゲゲゲの女房」はごらんになっていましたか？　僕は水木先生の原作のお手伝いをさせていただいていたので、リアルタイムで「ゲゲゲの女房」のある時期を共に体験したのです。

さて僕の小学校の六年生の年、日本は東京オリンピックで大そう盛り上がっておりました。開会式の行われた一九六四年十月十日、僕は小学校の教室に残って、級長としての仕事をしていました。ですから開会式は教室のテレビで、最も尊敬していた元特攻隊員の担任Ｓ先生と二人で見ました。先生は後に小学校の校長になられましたが、なぜか大島航路の連絡船から身を投げて自裁されました。理由は誰にも分かりませんでしたが、僕は先生の人生に深く沁み込んだ戦争の影を感じたように思いました。

その頃既に僕は自分ではヒトラー研究家のはしくれであると自認しており、日々「研究活動」にいそしんでいました。僕が本気であることをやっと認識した父親の援助もあって、毎週末は横浜中の古書店や神田神保町めぐりが日課となっていました。戦前戦中当時に出版された文献に触れることで、その時代そのものにタイムリープしたような気持ちになれたからです。解像度の悪い白黒印刷写真や、古書の匂いの向こうにナチス・ドイツと軍国日本の息吹を感じ取ろうとしていたのです。

しかし、もちろん僕はヒトラー研究のみに狂奔していた訳ではありません。並行してガロやＣＯＭに至るまでの全ての漫画月刊誌と週刊誌や、「鉄腕アトム」をはじめとするテレビの漫画映画、数々の特撮番組をチェックし、それらを空気のように呼吸していました。また「コンバット」や「ローハイド」のようなアメリカ製のテレビ番組も見逃しませんでした。さらに映画好きだった父親と共に当時の娯楽の王者とも云うべき映画鑑賞も東宝特撮物と外国製の戦争映画や西部劇、ミュージカル等は欠かさず押さえていました。また級友たちとの銀玉ピストルや２Ｂ弾を使った戦争ごっこにも興じていたのです。

特筆すべきはその頃の僕は「プラモデル大会あらし」だったことです。一九五〇年代後半に米英から日本に入ってきたプラモデルという模型ホビーはその簡便なアッセンブリー方式から、それまで全盛だった、設計図に合わせて木を削って作る一部のらった「ママ」エリートだけに許された趣味、ソリッドモデルを瞬く間に駆逐し、模型好き少年達のアコガレ・ナンバーワンの座についていました。

　僕のプラモデル制作の目的は当然ドイツ軍の戦車や飛行機、軍艦をプラモデルで再現することでした。その頃の僕の「研究室」はさながら軍事工廠でした。そこで僕は米国や英国から輸入されたプラモデルや、国産プラモの先駆けであった田宮模型の「パンサー戦車」や「タイガー戦車」の制作に明け暮れていました。

　しかし、当時プラモデルは大変高価で、比較的裕福な商家のひとり息子だった僕もそうおいそれとは買って貰えませんでした。そこで僕は当時各地で行われていた「プラモデル大会」に作品を出品して上位入賞を狙うことにしました。つまり賞金かせぎになったのです。特賞や一等は七千円の図書券等、当時としては信じられないほど高額でした。

元よりオタクな僕は売っているものをそのまま組んで満足するような少年ではありませんでした。まず何カ月も資料を集めて実機を研究し、より実際に近付けるべく切った貼ったで改造を施し、また実機通りの塗装を追及しました。さらに最後にわざと完成したモデルを汚すウェザリングまで行いました。またディオラマなんて言葉もなかった頃、戦場情景のディスプレイをも試みました。審査員長の三遊亭小金馬師匠は「これはもう大人の遊びだねぇ」と褒めてくれました。作ったのは小学生なのですが。当時ここまでやる少年は皆無に等しかったので、毎回僕は各種の賞を総なめにし、赫々たる戦果を上げることが出来ました。最も下位でも銀賞でした。そして、手に入れた賞金で再びプラモデルを購入したのは言うまでもありません(笑)。

　一九六五年、僕は横浜のとある私立の中高一貫教育がウリの男子校に入学しました。中学に入ってからも僕はヒトラー研究少年でしたが、研究分野には音楽が加わりました。それはヒトラーを理解するには不可欠のリヒャルト・ヴァーグナーの音楽とドイツの軍楽でした。

　前者はレコードの蒐集はもちろん、父親に泣きついてはチケット代を貰い、ヴァーグナー楽劇の日本公演に何度も足を運びました。とりわけ生涯忘れられないのは一九六七年の大阪フェスティバルホールで行われたバイロイト音楽祭の引っ越し公演(指揮はピエール・ブーレーズ、演奏はN響)でした。新幹線も無い時代(原文ママ)でしたから、鈍行を乗り継いでひとり大阪に行きました。僕は父の仕事上の知人の家に泊めてもらってオペラに通いました。観たのは「トリスタン」と「ヴァルキューレ」でした。僕は年末のFM放送で毎年バイロイト音楽祭を欠かさず聴いていたので、歌手名をみな知っていました。僕は名歌手ニルソンや、ヴィントガッセンを生で聴くことが出来て天にも昇る気持ちでした。同時にヴァーグナーを愛した青春時代のヒトラーの気持ちがちょっぴり分かったような気がしたものです。

　余談ですが、「トップをねらえ」や「サクラ大戦」、「ワンピース」等で知られる日本一のアニメ音楽作曲家、田中公平先生(当時中学二年生)が同じ公演をごらんになっていたことが先生のブログから分かりました。浅からぬオタク同志のご縁を感じます。

　さて一方ドイツの軍楽といえば我が国では、戦前から「旧友」や「カール王」、「ツェッペリン伯」「ヴィーンはいつもヴィーン」等の行進曲が運動会やスポーツ番組の定番伴奏音楽として使われていましたが、戦前・戦中にかけて、けっこう輸入され、ラジオ等でも頻繁に流されていたナチス時代の党歌や、行進曲の方は当然ながら進駐軍のチェックや自主規制にあい、戦後は殆ど顧みられなくなっていました。小学校時代の僕はヒトラーの個人行進曲であったという「バーデンヴァイラー行進曲」がどういう行進曲であったか知りたくていろいろレコード屋をめぐりましたが、全く分かりませんでした。

　ところが突然、中二の時、日本コロムビアから「わが闘争」という二枚組のドキュメンタリー・レコードが発売されました。それにはヒトラーや領袖達の演説と共に、件の「バーデンヴァイラー行進曲」はもちろん、ナチス時代のSPレコードからかなりの量の党歌や行進曲が収録されていたのです。まさに天の助けでした。このLPを僕はテープに録音して穴が開く程聴きました。また同時にヒトラーの演説も丸暗記しました。ちなみにこれが後にドイツ語習得の際、予想外の効果を発揮したのです。

また母親の女学校時代の級友がNHKライブラリーに勤めていたので、ドイツの行進曲のレコードを調べて貰い、ついに「ジャーマン・アーミー・コーラス」というアメリカ盤を発見しました。そのジャケットを青焼きコピーしていただきいくつかの軍歌の歌詞を知りました。それから銀座のヤマハからアメリカに注文してこのLPを入手したのです。(このLPの原盤はドイツ盤で演奏はドイツ連邦陸軍第六軍軍楽隊でしたが、後年、僕は退役していたこのレコードの指揮者ショルツ中佐と知遇をえることになりました。不思議なご縁です。）こうして、中学時代の僕はひとりドイツの軍歌をドイツ語で歌いながら学校に通う生徒になりました。

一九七〇年、某出版社の部長さんだったN氏の「レコード芸術」誌上の呼び掛けに呼応して僕は彼らと共に「ドイツ行進曲愛好会」という団体を立ち上げました。この会は現在も存続しており、二ヶ月に一度、中野サンプラザにて例会を続けています。僕は三代目の会長です。

僕が中三の頃、新聞から、作家の三島由紀夫氏が「わが友ヒットラー」という戯曲を書き、翌年紀伊国屋劇場での上演を目指していることを知りました。そこには主演の村上冬樹氏がヒットラーに扮した写真も掲載されていましたが、それは上野のN商店あたりで購入したお古の米軍の将校服に功二級鉄十字章というミゼラブルなものでした。

「研究家」としてこれは放置できないとの使命感に燃えた僕は上演劇団の浪漫劇場に電話をかけ時代考証への協力を申し入れたのでした。ちなみに当時、僕は既に知人の元ドイツ軍人から自身の功一級鉄十字勲章を譲り受けていたので、それもお貸ししようと思ったのです。なんとその夜、三島由紀夫氏本人から「協力をお願いしたい」と電話があり、お手伝いすることになりました。

三島さんと最初に会ったのは当時お茶の水にあった浪漫劇場の事務所兼稽古場でした。第一印象は革ジャンパーの軽装だったので、大道具方のようでした(笑)。三島先生と呼びかけたら「先生と言われる程の馬鹿でなし。三島さんで良い！」と言われました。爾来ずっと僕は三島さんです。

当時の僕は所謂スーパーカー少年のように、頭の引き出しの中にナチスドイツの歴史が詰まった歩くナチス事典のような子供だったので、いろいろお役に立ったようです。制服の考証から記録映画のヒトラーの仕草や、はては首相官邸の朝食のメニューはケテルの女将に尋ねると良いことまで、あらゆる分野のアドバイスをさせていただきました。また戯曲そのものの内容にもいくつか修正を進言し、採用されました。

「わが友ヒットラー」は新宿の紀伊国屋劇場で一九六九年一月一八日に初演されました。奇しくもその日、三派系全学連によって占拠されていた東大安田講堂が機動隊の実力行使によって「陥落」した日でした。そして、この芝居のラストはヒトラーの「さうです。政治は中道をゆかねばなりません。」という皮肉な台詞で幕が下るのでした。

その日、現在エコール・ド・シモンの人形展覧会が行われる四階ギャラリーのあたりで立食パーティー形式の打ち上げが行われました。三島さんは黒い詰襟の高校生の僕を紀伊国屋書店社長、田辺茂一氏にこう紹介しました。「この方が私の今お世話になっている後藤（本名）さん」です。

三島さんは不思議な人で、本当に信頼できると分かるや、権威ある大学教授よりもナチオタの中学生の方を重用してくれたのです。僕は深く感動しこういう大人になりたいと思いました。

ところが、良いことばかりは続かないもので、僕は重い胃の病気で学校を一年休学することになりました。理由は学業とヒトラー研究の両立の失敗。つまり学業もヒトラー研究も百点じゃないとだめだという悪しき完全主義が原因です。両方を満足のゆくまでするには時間が足りない、じゃ寝なければ良いということでナポレオン睡眠を実行に移したのです。愚かですね。一日三錠までというドライバー用のカフェイン剤をむさぼり喰って体を壊したのです。完全に自業自得。高校1年の秋でした。翌年、一年下の学年に編入されて復活したのですが、問題の根本は未解決だったのでまた元に戻りそうになりました。

　そこで父親と学園長先生が相談して、夜間部に行くことになりました。つまり昼間は研究を夜は学業をして両方百パーセントという訳です。なんだか昼間オタク活動をするために夜間部に行った桃井はるこ嬢に似ていますね。

　かつての同級生達が高二になった秋の文化祭に僕は「ドキュメンタリー・アドルフ・ヒトラー」という映像作品を制作上映しました。本当は映画フィルムを使って記録映画を作りたかったところですが、資金的にも技術的にも無理な相談なので、スライド映画を作ることにしました。手持ちの資料から写真を接写し、それをスライドにし、またヒトラーを始めとする登場人物を学友に演じて貰いました。さらにナレーションは放送部の堺くんに頼みました。彼は後にフジテレビのアナウンサーになりました。ＢＧＭはヴァーグナーの音楽、ドイツ行進曲、ドイツの民謡等を用い、ＳＥまで入れました。約一千枚の写真を用いた約三時間弱の大作になりました。

　文化祭における上映に際しては日教組の先生達から妨害が入りましたが、僕は「憲法に保障されている表現の自由」を主張して学校側を味方につけ、公開にこぎつけました。

　実際の上映の後、一番ほめてくれたのはなんと件の日教組のリーダーの先生でした。彼は自らの不明を謝罪し、「こんなにちゃんとした内容だとは思わなかった。今年の文化祭ではナンバーワンだ。」と言われました。この年の一一月二五日に三島さんが憂国の諫死をされました。

　その頃、実業の日本社から出ていた漫画サンデーという大人向け漫画誌では革命家シリーズという企画が行われていました。第一作目は藤子不二雄の「毛沢東」でしたが、何か中共の教科書を読んでいるみたいで、いただけませんでした。ところが、翌年の春、次は「ゲゲゲの鬼太郎」の水木しげるによる「劇画ヒットラー」だという告知が載りました。貸本時代からの水木漫画の大ファンだった僕は、すわ一大事とまた実業の日本社に電話をかけました。三島さんの時のように無償全面協力を申し出たのです。

　数日後、マネージャーをしていた弟さんが車を運転して拙宅に水木先生（漫画家とお医者と学校の教師は先生です）が来ました。そこで例のヒトラーのスライドを見て貰いました。そして車に約二〇〇冊の資料を満載して水木先生は調布に戻ってゆかれました。

　こうして僕は連載の叩き台としての原作を書き下ろすことになりました。そこでシナリオ形式で叩き台を毎回書きました。それを元に先生がネームを作るのです。最初はけっこう先生のネームと僕の原作との差異は大きかったのですが、僕は水木口調を熟知していたので、水木漫画風にセリフを書いたところ、殆どそのままになってゆきました。連載は一九七一年の五月八日号から八月二八日号まで四カ月続きました。その間僕は調布の水木プロと横浜を往復する生活を続けました。

　水木さんの奥さんが島根県安来市から調布にお嫁に来たのが一九六一年二月のはじめですから、僕が通っていた頃は、丁度調布の生活が始まって十年目だったことになります。テレビで「ゲゲゲの女房」を見ていると当時が思い出されて涙が止まりません。

　ちなみに当時、水木プロはまだ水木先生の富士見町の自宅にあり、増改築と建て増しを繰り返した水木邸はまるで迷路のようでした。僕は三階の編集者が仮眠する部屋によく泊めて貰いました。当然ながらゲゲゲの女房本人である奥さんにもずいぶんお世話になり、可愛がって貰いました。優しいよく気がつく方なんです。

　当時、貧乏から一転して妖怪マチコミに追い回されるようになっていた超売れっ子漫画家水木先生はなかなか忙しく、よく順番で他の編集者と一緒に待たされたものでした。そんな時、いつも僕の相手をしてくれたのは、水木先生のお父上でした。ご両親は当時既に境港から調布に移り住んでいたのです。お父上はインテリで博学でした。「しげるはただの漫画家ではない。ニヒリズムを研究する哲学者なんだよ」と言われたのを懐かしく思い出します。

また帰りが遅くなると弟さんが僕を調布の駅まで送ってくれたのですが、その車に便乗したくて下のお嬢さんがガレージで可愛い声でよくゲゲゲの鬼太郎の歌を歌いながら待っていました。

連載が完結するとまず別冊雑誌の形式で合冊版が出版されました。僕は原稿料の代わりにこの雑誌を百部程貰いました。それを僕と父が知り合いに配ったので瞬く間にハケてしまいました。また翌年三月、単行本が出版されました。最近復刻されたのはそれです。お菓子のユーハイムみたいな装丁は僕の発案によるものでした。

ちなみにこの復刻版には一刷から三刷までは僕の名前がありません。それは実業の日本社の言によれば、水木プロに電話をしてこの「後藤」という人物は誰か尋ねたところ、電話番の女の子が「さあ、分かりません」と答えたので削除してしまったのだそうです。せめて水木先生や奥さんに伺えば、そんな事は絶対に無かったでしょうに。この作品に関わったことは僕のプライドだったので、ちょっと悔しい思いをしました。しかし抗議をして下さった友人のおかげで、現在の四刷からは僕の名前が復活しています。

後年、読書新聞一九八四年四月三〇日号に「わが友」という連載をされた水木先生は僕のことを「ヒットラー少年」というタイトルで紹介されました。光栄の至りです。そんな訳で僕は「ゲゲゲの女房」をまるで身内の物語のように感じていました。（つづく）

インターミッション

我がオタク人生に悔いなし　第三回

「漫画の手帖」第60号（二〇一〇年）

みなさん、お元気ですか？「ゲゲゲの女房」終わっちゃいましたね。楽しかったですね。面白かったですね。僕は終了後しばらく呆然自失状態でした。あと今年は「龍馬伝」と「坂の上の雲」だけです。

僕は最後の方に出てきた水木プロ二十周年記念謝恩パーティー（一九八七）にも招待されました。帝国ホテルで開催されたパーティーでは、その頃よくライブで「ゲゲゲの鬼太郎」の歌を歌っていたデーモン小暮閣下と聖飢魔Ⅱが余興でミニライブを披露しました。帰り道がデーモン閣下と一緒になったので、僕が思わず「実は日頃より閣下を尊敬申し上げていたのです」とカミングアウトすると「うい奴じゃ」と答えて下さったものです。

ちなみに水木先生があのシルクハットと燕尾服スタイルだったのは、本当は一九九一年の紫綬褒章受章の時でした。あれは先生の尊敬する南方熊楠翁の昭和天皇へのご進講スタイルなのでした。TVドラマの最後の週はちょっとこしはしょって圧縮したという印象でしたね。

水木先生のお仕事を手伝っていた年は、一九七〇年十一月二十五日に起きた所謂「三島由紀夫事件」の翌年で、僕は通っていた夜間高校の生徒会長でした。

まぁ自分の良く知っている人物が「憲法に体をぶつけて死ぬやつはいないのか」と自衛隊員にクーデターを訴えて割腹自決するいう経験をした高校生は僕くらいのものだと思います。こうして明治生まれで大川周明の教え子の父と、大正生まれで元美少女女子挺身隊長の母を両親に持つ遅れてきた軍国少年の僕は、三島さんの志を受けて、ヒトラー研究から得た知識をもとに実践運動に乗り出さなければと考えていました。

約二ヶ月、その方途を熟考した後、築地本願寺で行われた三島さんの葬儀の日に、僕は氏を介錯してから自刃した森田必勝先輩（楯の会学生長）がいた日本学生同盟（日学同）という新右翼系の学生運動団体に入会を頼みこみました。こうして、しばらくすると僕は全国高校生協議会という日学同の高校生部門の事務局長になっていたのです。僕の長い政治の季節の始まりでした。

渋谷の駅前交番の横に立って、日の丸と全高協の旗を掲げて、ダークブルーの学生コートの上から「わが友ヒットラー」で村上ヒットラーが使った太い肩ベルト付軍用ベルトを締め、ヴァーグナーやレンブラントのような黒いベレー帽というフランスのファシストのような格好で毎日僕は演説していました。そんな僕の横をかつての同級生が「あれ、お前、ウヨクなの？　こえー！」と笑いながら予備校に向かって通り過ぎて行きました。

七〇年安保で警察力に敗北した三派系全学連を中心とする学生運動は既に終息に向かっており、連合赤軍による仲間同士の殺し合いの実態が白日の下に晒された浅間山荘事件でそれは決定的になりました。元来ブルジョワ学生が口先だけの革命を呼号しても、ロシア革命のように軍隊（自衛隊）や警察を真剣に仲間に引き込まない限り権力奪取なぞ夢のまた夢だったのです。また本当に貧しい人なんか彼らの中にはひとりもおらず、むしろ警察の機動隊の方にこそそういう階層の人々がいたのは皮肉なことでした。

三島事件以後の新右翼陣営の高揚の中で、多くの政治集会が行われ、連日日学同の先輩たちは数班に分かれて、深夜のポスター貼りに出撃して行きました。ちなみに無許可のポスター貼りは軽犯罪法違反で、現行犯で発見されたら警察に捕まってしまうのです。一所懸命ポスターを貼っていると背後でバタンと車のドアの閉まる音がします。振り返るとそこには警官が数名立っているのです。しばらくすると当該警察から本部に電話が入ります。それから、本部付き要員が警察にポスター貼り部隊を貰い受けに出動するという訳です。その真夜中の電話番が僕の役目でした。

僕たちは必ず本部の住所と電話番号をそらんじていました。捕まったら現住所の欄にそれを書くのです。つまり本部に寝泊まりしていると嘯くのです。もし本当の住所を書いたりすれば、即座に自宅に連絡が行き、震え上がった家族からの圧力で運動を止めさせられるという運命が待っていました。

また僕は新右翼内部の内ゲバも経験しました。まず早稲田方面のアジトが、反日学同の連中に襲撃されました。そこで飯田橋の本部にアラームの電話が入りました。今度は敵がそっちに行く可能性があるから、本部に施錠して待避せよという訳です。そこで現在某都議会議員の奥方になっている美人女子大生の事務方と共に、僕は名簿を持って近くの喫茶店に退避しました。そこでアラームが解除されるまで待機したのです。当時、日学同は新右翼の学生組織の中では比較的メジャーだったので、反日学同七派連合というのが組織されていたのでした。でも今はもう仲良くしていますが。

七〇年安保の不発と左翼学生運動の終焉の後、学園には無気力、無感動、無関心、という三無主義が蔓延していました。でも僕らは三島さんや森田先輩の遺志を継ごうと三島さんの追悼会「憂国忌」や「三島由紀夫研究会」、「国防問題研究会」、「憲法問題研究会」等々様々な大衆政治運動を行っていたのです。おかげで、僕には担当の公安刑事がつきました。つまり新右翼の過激派の活動家としてリストアップされていたわけです。しかし、僕も、僕の両親もそんなことは屁とも思いませんでした。何ひとつ悪いことはしていないという自負があったからです。担当のS刑事から電話があると母はいつも「特高のSさんから電話よ」と僕を呼びました。ともあれ三島事件は僕に抜きがたい痕跡を残しました。この出会いを通じて僕は生涯愛国者として生きる決意をしたのですから。

一九七三年、僕はT大学に入学しました。T大学の創始者O先生は当時まだご存命でしたが、大正時代の日本新教育運動の中心人物でした。僕は彼がムッソリーニや、来日したヒトラーユーゲントの青年達を戦後も高く評価し、それを公言して憚らなかったのを知っていました。僕はそのブレのない稀有な人柄に惹かれたのです。

ちなみに僕は戦争中に戦争遂行に自ら協力したくせに、戦後、「反省」するそぶりを見せたり、自らの行為を恥じて見せたりした人物は信用しません。戦前・戦中、皇国史観のプリンスだったのに、戦後は民主主義と左翼思想の権化として、ソ連の火事場泥棒行為まで正当化しようとする家永三郎のような卑劣漢、こういう連中の多くは単なる風見鶏で時流に阿って生きているにすぎないのです。

また一方、北原白秋のように心からムッソリーニやヒトラーを敬愛し、その社会運動に共鳴し、またひとたび祖国が植民地帝国主義の米英と戦端を開くや、大東亜戦争にも必勝の信念を持って望み、多くの素晴らしい戦争詩を残したのに、弟子たちがこれを無かったことにしようとしているケースもあります。

いずれにせよ、日本人は卑怯にも「勝てば官軍、負ければ賊軍」、「敗軍の将、兵を語らず」のスローガンの元に自らの行った戦争を自ら総括することから逃げ、敵国にその判断を委ねて来ました。けだし今日の日本の迷走はすべてここに出発点があるのです。

しかし大学時代の僕は政治運動に明け暮れていたかというと、そうでもなく、ドイツ行進曲愛好会やオタク活動の方もきっちりやっていました。その頃、ひょんなことから、日本フォノグラムのAさんというプロデューサーと知り合いになりました。彼は「海ゆかば」という旧帝国海軍軍楽隊の有志による海軍の行進曲や軍歌のレコード全集をプロデュースした人でした。その中には幻の「戦艦大和艦歌」が収録されていてマニアの間でも話題になったものでした。

なんと彼はSERPというフランスのSPレコード復刻専門のメーカーから、第二次大戦の頃の記録映画のサントラや、記録SPレコードの原盤の権利を十数枚分買い付けてきて、僕にこれを使ってヒトラーの生涯に関するドキュメンタリーのレコードを作って欲しいと言ってきたのです。わが意を得たり、僕はその仕事を喜んで引き受けました。僕には勝算があったのです。つまり例の高校の時ドキュメンタリーを制作したノウハウと水木さんの「劇画ヒットラー」の経験が！

この二枚組LPの構成はこうでした。まず最初は映画「意志の勝利」のサントラのイントロから始まり、時系列に従って、ドイツ皇帝の第一次大戦開戦時の演説から、ヒトラーの死後その後継者となったデーニッツ元帥のヒトラーの死を伝えるラジオ放送演説まで、貴重な音源が並びました。ナレーションはわざと英語で入れましたが、その英文は僕が作りました。大きな版形の解説書には、収録したナチス党歌や軍歌、演説のすべての対訳を入れ、写真や図版を満載しました。圧巻だったのはジャケット写真で、戦前ドイツ大使館にあったという若いヒトラーの肖像画を使用しました。また話題の「リリー・マレーン」もぬかりなく収録しました。

この歌と演説で綴るヒトラーの生涯に関する空前絶後のアルバム「ドキュメンタリー・アドルフ・ヒトラー」は評判になり、新聞や雑誌にも紹介文が掲載され、けっこう売れました。ケルンの日本文化センター館長の小塩節教授までが、音楽専門誌に好意的な紹介を書いて下さいました。

しかしサンプル盤をオランダのフィリップス（フォンタナはフィリップスのポピュラー・レーベル）に送ったところ、即座に廃盤にせよと言ってきました(笑)。そう、フィリップスは有名なユダヤ系資本の会社なのです。しかしＡ部長はこのアルバムの在庫を完売してから廃盤にして日本人の意地を見せました。同じ頃、例の「リリー・マルレーン」ブームを鈴木明氏と僕と共に画策したのは誰あろう、このＡ部長なのでした。

この「ドキュメンタリー・アドルフ・ヒトラー」を仕上げてから、僕は第一回目のドイツ旅行に羽田から飛び立ったのです。一九七五年、大学三年生の時です。

最初にドイツに行った時、僕はミュンヒエンのシラー通りというあまり上品でない界隈で「フランス一九四〇」というボード・ウォーゲームと出会いました。僕はアメリカの模型雑誌にこのテのゲームの宣伝がよく掲載されていたので、その存在は知っていましたが、実際に購入したのはこれが初めてでした。箱を開けてみると、それは紛う方無き図上演習のゲームでした。我が国でも一九七〇年代の半ば頃にはいくつかの模型店がこれらのゲームを輸入し、またゲームをプレイすることを目的としたクラブも誕生していました。僕はこのゲームを普及させたら間違った戦後の教育によって戦争音痴になってしまった日本の若い世代を覚醒させ、世間並みの軍事に関する常識とセンスをつけさせる千載一遇のチャンスになるのではと考えていました。けだし戦争を知らなければ平和をもたらすことも出来ないのです。

模型雑誌のＨＪ社ではアヴァロン・ヒルというメーカーのボード・ウォーゲームを輸入し、英文ルールを翻訳した小冊子をつけて販売していました。ところがこの翻訳がひどいもので、この翻訳ルールに従っていては到底遊べないという代物でした。あるゲームには米国からソ連のムルマンスクに援助物資を送る「ムルマンスク・コンボイ」というルールがありましたが、添付された翻訳では「ムルマンスク警備隊」と誤訳されており、全く機能していませんでした。さっそく僕はＨＪにクレームの電話をしました。ところが電話に出た社長さんから「じゃ、君が翻訳してよ」と言われてしまいました。そこで前述の使命感に突き動かされてこの仕事を引き受けることにしました。

その後、翻訳の仕事の現場で例の珍訳が生まれた理由が分かりました。当時大学生がテストの前に丸暗記するためにテキストの翻訳を極めて安価で請け負う翻訳屋という商売がありましたが、ＨＪではそういうところでルールを翻訳させていたのです。この翻訳の仕事は、当然ながら、僕が訳したルールで実際にプレイ出来るかまでテストしてから、市場に出すようにしたので、とても時間がかかりました。ところが発売を急ぐあまり校正もさせて貰えず、写植屋に泊りこんで徹夜で無理やり校正をしました。「独ソ戦」（ＡＨ）、「クレタ島空挺作戦」（ＡＨ）、「レニングラード」（ＳＰＩ）等々、ずいぶんいろいろ翻訳しました。また各地の玩具店や模型店に出向いてゲームのやり方を指導したり、電話で質問に答えたりもしました。また一九七八年には渋谷区区民会館で、「ブリッツ七八」というゲームのイベントを企画実行しました。そこでは日本海海戦のゲームや、映画「遠すぎた橋」のゲームの公開戦を大勢でプレイしました。またＨＪのボード・ウォーゲームの記事や専門誌の記事を担当しました。しかし前述の如く、仕事の環境があまりにも劣悪なので、翻訳者組合を組織して会社と交渉しましたが、決裂し、ＨＪの仕事を辞めました。後で計算したら、翻訳料は一字一円でした。

僕はこの間、二回長期間ドイツに行きました。一九七六年は卒業論文の「ヒトラーとは誰だったのか？」の取材でした。それは実証主義に基づきヒトラーの実像に迫ろうとする試みでした。一九七七年僕はＴ大学を卒業しました。その卒業式の折、学長先生より「今年の卒業生の中には日本一のヒトラー研究家がいる」とのお言葉を賜りました。僕はその場所に両親が居なかったのが残念でした。もしそれが叶っていれば、常に親身になって僕に協力してくれた両親への大きな親孝行になった筈でした。

一九七八年、僕はまたレコードのライナーノートを書く仕事で多忙でした。これは一九七二年、戦前テレフンケンのＳＰレコードを制作するためにドイツから送られてきたメタル原盤がキングレコードの尾久倉庫から無傷で大量に発見され、その中のドイツ行進曲関連のものから「栄光のドイツ行進曲集」というタイトルの元、九枚組のＬＰ選集に編纂しようとした奇跡的な企画に従事していたのです。

またドイツから、僕と仲の良いニブレンツの陸軍第五軍楽隊元隊長ハインツ・シュリューター退役中佐を招聘して、日独協会と仲の良い海上自衛隊東京音楽隊を客演指揮していただき、ドイツ行進曲メインの「日独修好一二〇周年前夜祭・ブラスムジークアーベント」を開催しようという計画が進行中でした。

フランスからＴＢＳテレビの招きで「ヒトラーの息子」、ジャン・マリー・ロレ氏が来日したのもこの年でした。ドイツからは旧知のヒトラー研究家で彼を発見したマーザー博士が呼応して来日し「私はヒトラーの息子だ」という番組が制作されました。僕もこの番組制作をお手伝いし、ロレ氏とお友達になりました。

一九七九年、僕は完成した九枚組の「栄光のドイツ行進曲集」を抱いて成田からドイツへまた飛び立ちました。旅行の目的は、まずベルリンで、戦前ドイツの行進曲の名指揮者たるカール・ヴォイチャッハ氏の墓前に、この九枚のＬＰをお供えすること、それからフランスのサン・クァンタンにロレ氏を訪ねること、さらにドイツ政府の招待で、日本の海上自衛隊練習艦隊のキール軍港訪問に呼応して行われた小島秀雄日独協会副会長（元駐独海軍武官、海軍少将）の訪独に合流して、キールに行き、同地で海上自衛隊のための通訳を行うことでした。またロレ氏の紹介で戦前ドイツの閣僚のお嬢さんＧさんに会い、知遇を得ることが出来ました。彼女のご一家とは現在も家族ぐるみでお付き合いしています。

それから、この旅のもうひとつの大きな目的はシュリューター中佐の正式なご招待と、コンサートに関する交渉であったのは言うまでもありません。

一九八〇年九月、ブラスムジークアーベントを客演指揮するためにシュリューター中佐が、ベルリン在住の行進曲作曲家で、僕の親友のコーヴァルト君を伴って成田空港に降り立ちました。中佐は翌日から海上自衛隊東京音楽隊に赴き、演奏曲目のプローベを行いました。中佐の指揮によって、東京音楽隊は見違えるようなドイツ的音色を響かせるようになりました。「日独修好一二〇周年前夜祭・ブラスムジークアーベント」は九月二十日、日比谷公会堂で幕を開けました。このコンサートは自衛隊の音楽まつり同様、往復はがきで日独協会宛てに申し込んで入場券（無料）を手に入れるという形式でした。「コンバットマガジン」や「戦車マガジン」等ミリタリー系の雑誌の協力もあり、日比谷公会堂は全席満員でした。このコンサートは伝説のコンサートとなり、また海上自衛隊にはエッケルト以来のドイツとの伝統的な絆が復活しました。このコンサートの録音はドイツでコーヴァルト君らの手によって、私家製盤ＬＰが作られドイツの行進曲ファンに頒布されました。これを聞いたドイツの吹奏楽ファンは口々に「ゼア・ドイッチュ！」（とてもドイツ的演奏だ）と讃嘆の声を上げたものです。シュリューター中佐らは僕と共に京都に旅行され、日本の秋を満喫して帰られました。

一九八一年、僕は第四回目のドイツ旅行に旅立ちました。ベルリンではコーヴァルト君を訪ね、鈴木明氏の通訳もしました。また東ドイツ各地を再訪し、オーストリーではヒトラー関係の旧跡を巡りました。シュリューター中佐はチリから招聘されて大佐待遇でチリ軍の軍楽隊をドイツ式に訓練することになり、南米チリに赴きました。この年、あの伝説のオープニングアニメを上映したＤＡＩＣＯＮⅢが大阪で行われました。

一九八二年、四月、僕は新宿のフュージョンプロダクトの書籍部で偶然、石川智成くんと出会い、意気投合しました。彼は僕の出た大学のあるＴ学園に住んでいて、一緒に夜桜を〔学園キャンパスに見に行きました。お互い吾妻ひでおファンであることが分かり、この出会いがキッカケで、この年の七月七日（ななこの日）、アニメ化が決まった「ななこSOS」を応援するためにすーぱーがーるカンパニーが横浜南京町の安楽園に設立され、社長は代々四谷姓を、総務部長は代々飯田橋姓を名乗ることになったのでした。

この年、東京ではSF大会TOKON7が行われ、かの伝説の八ミリ映画「愛国戦隊大日本」がDAICON FILMにより上映されました。この時、ロシア・東欧SFの翻訳家深見弾氏がロシア人の作家を連れて来ましたが、「大日本」を見て一番喜んだのは彼でした。（つづく）

インターミッション

我がオタク人生に悔いなし　第四回

ナチスドイツ演劇ラッシュとふたつの吾妻ひでお展、または飯田橋修一の情熱的な日々

「漫画の手帖」第61号（二〇一一年）

すーぱーがーるカンパニー設立以降の話をお話しする前にここ一年の間にあったふたつの特筆すべき事柄をご報告しようと思います。ひとつは突然僕に訪れた「ナチスドイツ演劇ラッシュ」です。そのいくつかには僕が直接、或いは間接的に関わっているのでした。もうひとつは明治大学の米沢記念図書館が企画した吾妻ひでお先生関連の一連の展示会と講演会でした。

ナチスドイツ演劇ラッシュはまず、昨年七月に上演された東ドイツ生まれの演出家ペーター・ゲスナーによる『わが友ヒットラー』（プロジェクト・ナッター制作、下北沢ザ・スズナリ）から始まりました。この公演は久しぶりの「わが友」の上演であったことと共にドイツ人の手による演出ということで、大いに期待していたのですが、ヒトラーもレームも肩ベルト付ベルトの締め方を間違えていたり、ヒトラーの顔の造作がなっておらず、ヒトラーに見えなかったりと、さんざんでした。今時インターネットで調べれば、ヒトラーがどういう顔だったか、ベルトはどう締めるか等、初歩的な情報入手は難なくクリアできる筈で、手抜きとしか思われず、情けない限りです。ただ、フロアーで今回の上演に際して参考にしたということで僕が原作協力をさせていただいた水木しげる先生の「劇画ヒットラー」を販売していたのにはニヤリとさせられました。でももっとしっかり勉強してほしいです。

さて、ナチスドイツ関係の演劇に僕が積極的に関わったのは、「わが友ヒットラー」を平幹二郎さん主演で三島さんの死後の昭和五十年（一九七五）に再演した時が最後でしたが、一昨年の十一月旧知の唐沢俊一先生の作・演出による、劇団あぁルナティックシアター『オルド・フランケンシュタ

イン』の舞台を拝見した時、先生から「来年九月にやる舞台にはナチドイツ将校を出す予定なのでサジェスチョンを下さい。」と言われました。そこで三十五年ぶりに演劇のお手伝いをすることになりました。ます三月と七月に浜松町の都産貿で行われているビクトリーショウというミリタリーイベントに先生をお連れして衣装の選定と調達にお付き合いしました。またその間、ミクシーを通じて常にご質問にお答えしたり、何回か台本の読み合わせに出席したり、衣装合わせにも同席しました。またヒトラー総統のテーマ曲である『バーデンヴァイラー行進曲』の推薦や、劇中やエンディングで流されるドイツの昔の流行歌の選曲にも関わらせていただきました。

　ひさしぶりに楽しいひとときを過ごすことが出来ました。

　この『ブロークン　ドイッチェ』は第二次大戦末期のドイツを舞台としたヒストリカル・ホラー・コメディーです。

　ナチス・ドイツは軍事的敗北を前に、ヒトラー思想を不滅のものとすべく、百万人のヒトラー総統の思想的クローン人間を創造する「ドッペルゲンガー計画」を研究推進していたが、その精神移植法には重大な欠陥があった。移植には成功したものの、被験者は女性化してしまうのだ。そこでドイツは日本の脳科学の世界的権威を家族もろとも拉致し、研究の完成を期す。科学者の娘狭霧と研究所所長ファルケンシュタイン少佐との恋や、軍事探偵の父を追ってドイツにやってきた日本少年、さらに研究の視察にお抱え占い師を伴って現れるヒトラー総統その人。連合軍の砲火迫るキール軍港で繰り広げられるナチスドイツの運命を握る作戦計画の運命やいかに、とまあ、こういうお話です。

アクションあり、人情喜劇あり、歌と踊りのミュージカルシーンありと盛り沢山な唐沢演劇の真骨頂を見せて戴きました。

　僕は初日を見ずにコンニチ二〇一〇を支援するためにドイツに行ってしまったので、舞台を観ることが出来たのは九月の末でした。ルナのみなさまは猛暑の中、軍服を着て汗だくで頑張っておられました。ブルーノ・ガンツの演技を研究したという岡田竜二さんのヒトラーは素晴らしく、佐々木輝之さんのファルケンシュタイン少佐は二枚目でかっこよく、また少年少女役の女優さんたちは、皆かわいらしく、またファルケンシュタイン少佐のドッペルゲンガーと狭霧の二役である松原由賀さんは可憐かつ妖艶で素敵でした。またいつの日か近い将来この稀有な作品が再上演されることを期待しています。その時のために、全てのドイツ関係の衣装は僕が保存管理させていただいています。

　さて秋も深まり、憂国忌の日程が迫ってきた頃、蜷川幸雄氏演出による『ミシマダブル』という三島作品上演企画が二〇一一年二月上演を目指して、文化村シアターコクーンで構想されていることを知りました。これは『わが友ヒットラー』と『サド侯爵夫人』という本来対になるように書かれた戯曲作品を同時に同じ役者によって上演しようという極めて野心的な試みでした。

　演じるのはヒットラーとルネの妹アンヌ役に生田斗真、レーム突撃隊幕僚長とサド公爵夫人ルネに東山紀之というジャニーズ事務所の二人が演じ、その周りをクルップ、モントルイユ夫人をかつてヒットラーを演じた平幹二朗らヴェテランが脇を固めるという布陣です。

　最初僕は天才蜷川さんのお手並み拝見とばかりに高みの見物を決め込むつもりでいたところ、盟友のTくんが、この公演のチラシを見たが、ヒットラーが武装親衛隊の帽子を被っている。このまま放置すると必ず（僕が）後悔することになると、メールを下さったのです。さっそくインターネットで検索すると、件のチラシの画像がありました。なるほど、これはマズイ。そこで僕は彼らに愛の手を差し伸べようと思ったのですが、蜷川さんと僕には接点がなく、ずいぶん色々な手蔓を考えました。そこで最終的に二つのルートからアプローチを試みました。それは直接、文化村の演劇製作部門の扉を叩くこと、もうひとつはいつも親しくさせていただいている津川雅彦さんのルートでした。

　問題は僕が演劇考証のプロではないということです。先方が『わが友ヒットラー』

二演の経緯を熟知していれば僕の存在も知っている筈ですが、前回この『ヒットラー』考証の仕事に関わったのは一九七五年で、三十五年も前です。覚えているのは主役の平幹二朗さんだけでしょう。

　案の定、先方からの最初のお返事は「困ったら声をかけるかもしれない」というツレナイものでした。それから暫く何の音沙汰もありませんでした。しかしもうあまり時間がないので参考に供するために、京都でドイツ関連の帽子を作っているシュミット氏と相談してレームとヒトラーの一九三四年時点での制帽の制作を見切り発車で開始しました。

　次の連絡は十二月半ばすぎに某軍装品店経由で来ました。なんとお店に蜷川さんの演出助手の方が見えて、いろいろ物色されたあげく、専門的な質問をされるので、社長さんがそういうことは僕には分からないが知り合いに飯田橋さんという専門家がいるので、その方を紹介しましょうということになって、先方に僕の連絡先を教えて良いかという電話でした。それは鶯谷で行われていた桃井さんも出演された、サエキケンゾウさんプロデュースのライブ会場にかかってきたのです。それから相前後して、件の演出助手の女性からも直接連絡があり、ついに彼女の質問にスマートフォンで答える形で、お手伝いをすることになったのです。一月初旬、検討用の一九三四年型総統制帽と、レームの制帽が完成し、先方に画像を送ることが出来ました。また、レーム、ヒトラーの付けている勲章や、ヒトラー、レーム、シュトラッサー、クルップの衣装等に関するアドヴァイスもさせていただきました。

　チケットの関係で僕が初めて完成した舞台を拝見することが出来たのは二月も末に近づいた頃でしたが、『サド侯爵夫人』もそして『わが友ヒットラー』も素晴らしい仕上がりでした。ジャニーズのふたりの出来が素晴らしく、このただでさえ難しい長台詞の三島芝居をしかも、ふたつ同時に演じ分けることはヴェテラン俳優にも至難の業だったと思います。

　彼らはそれを立派にやってのけたのでした。アイドルと思って馬鹿にしたら大変なことになります。彼らはもう立派な舞台俳優でした。

　そして、何といっても素晴らしかったのはヒットラーとレームの衣装でした。我田引水ですが、今までの僕の関わった『わが友』三回の公演の衣装の中で最も良い出来だったのです。ちゃんとした突撃隊幕僚長制帽を被ったレーム、一九三四年型の前章（コカルデ）の無い制帽を被ったヒトラー、僕はとても満足し、かつ深く感動しました。生田斗真のヒットラーはまるで例の『ドキュメンタリー・アドルフ・ヒトラー』のジャケットに僕が使った戦前のドイツ大使館に飾られていたという理想化された美しく若い総統のようでした。

　次に来たのはあのテレビ人形劇『新三銃士』の三谷幸喜作品でした。なんと彼の五十歳を記念して行われる連続公演「三谷幸喜大感謝祭」の第二弾は『国民の映画』というタイトルで、主人公はナチスドイツのパウル・ヨーゼフ・ゲッベルス宣伝相なのです。ゲッベルスを演じるのは名バイプレイヤーとして知られる小日向文世です。彼の風貌はなんとなくゲッベルスに似ていますよね。この作品は三谷さんの全くの書き下ろしで、どういう物語になるか、三谷フアンのひとりとして、大変楽しみになりました。

　不幸にも三月の初演直後に東日本大震災に見舞われましたが、三谷さんは敢えて環境が整い次第上演を続ける決断をしました。震災直後の公演では三谷さん本人が挨拶に立ちました。公演は三月が東京、四月は大阪、神奈川と足掛け三ヵ月に渡るロングランでした。なかなか興味深い題材でしたので、僕は東京、大阪、神奈川と都合四回も劇場に足を運びました。

　物語は、一九四一年の秋、ベルリンのゲッベルス邸で、ドイツの映画、演劇関係者を集めて行われた宣伝相主宰のあるホームパーティーでの出来ごとが描かれています。

　ゲッベルス博士（小日向文世）、その妻、マグダ（石田ゆり子）、ハインリヒ・ヒムラー親衛隊長官（段田安則）、空相ヘルマン・ゲーリング元帥（白井晃）、スウェーデン生まれの歌姫ツァラー・レアンダー（シルビア・グラブ）、映画『意志の勝利』や『民族の祭典』の監督で女優のレニ・リーフェンシュタール（新妻聖子）、『飛ぶ教室』の児童文学で知られる反ナチの小説家エーリヒ・ケストナー（今井明彦）、当時のイケメン俳優のグスタフ・フレーリヒ（平岳大）、名舞台俳優でフリッツ・ラングの『M』が出世作で、最終的にはプロイセン国立劇場の総監督でもあったホモのグスタフ・グリュントゲンス（小林勝也）、映画『嘆きの天使』の踊り子に恋して身を持ち崩す高校教論を演じたエミール・ヤニングス（風間杜夫）ら、ナチスドイツの高官や、指導的映画関係者達がおりなす架空の一夜の物語。

映画好きのゲッベルスはナチス・ドイツの総力を挙げてハリウッドをしのぐ娯楽映画を企画します。

しかし、それは同時に政治的に「正しい映画」でなければなりません。それこそはドイツ国民が等しく誇りに思う「国民の映画」（フィルム・デア・ナツィオン）。その制作を映画人達に発表し協力を要請するのがパーティーの目的でした。だが、歴史の現実は観客にコメディを楽しむ暇を与えず冷酷に転がってゆく、というお話です。

この芝居の面白い特徴は極力「ユダヤ人」と「ヒトラー」というキーワードを使わないようにしている点です。つまり、観客を油断させ、人間劇で笑わせておいてから、突如最終幕の歴史的現実を突き付けて冷水を浴びせかけるという仕組みです。とりわけヒトラーはこの芝居の中では「あのお方」と呼ばれます。まるでハリー・ポッターのヴォルデモートみたいですね。その名を告げるとまるで呪いにかかるみたいです（笑）。あと、ゲッベルスのライヒス・ライター（国家指導官）の制服やゲーリングの空軍元帥の制服等の服装の考証はなかなか頑張っていました。おそらくわざとだと思いますが、ヒムラー親衛隊長官の制服が黒服でした。実際はこの時期には親衛隊はすべてとっくに灰緑色になっており、黒ではありません。

ちなみにこの作品の「国民の映画」のモデルらしい映画は実際に作られています。『ほら男爵の冒険』（一九四三）がそれです。これはドイツでは四番目のカラー作品で、なかなかの作品となっています。

『国民の映画』でもゲッベルスから脚本を依頼されるケストナーが、この『ほら男爵』の脚本を書いているのです。この映画は戦後日本でも上映されています。さらに戦争映画『コルベルク』も盛大に制作費をかけているから国民の映画っぽいですね。

ところで、『国民の映画』のプログラムを読んだら、「三谷幸喜ロングインタビュー」の最初に驚くべきことが書かれていました。彼がこの『国民の映画』という芝居を制作に至ったキッカケは小学校五年生の時に水木しげるの『劇画ヒットラー』を読んだことだというのです。なんと僕とこの芝居は繋がっていたのです。別の言い方をするなら僕の「悪影響」だったのです。モ〇ドのみなさん、ドイツ憲〇擁護庁のみなさん、〇ィーゼンタール機関のみなさん、ごめんなさい。またやってしまいました（笑）。

さて、同じ時期に藤原紀香主演によって赤坂ACTシアターではミュージカル『マルグリット』が上演されていました。これはオペラの『椿姫』を第二次大戦中に置き換え翻案した不思議な作品でイギリスのウエスト・エンドで二〇〇八年に初演され、日本では二〇〇九年に宝塚出身の春野寿美主演で上演されたものの再演でした。これもいわば、ナチスものの芝居と言えなくもありません。

フランスの歌姫マルグリット（藤原紀香）はドイツのパリ占領軍の陸軍将官オットー（西城秀樹）の愛人という設定で、ドイツ軍がパリから撤退すると、フランス人達によってリンチされていじめ殺されてしまうのです。

僕が見に行ったのは三月十八日で、震災の記憶も生々しく、いつ停電が起こるか分からないという状況の中での観劇でしたので、非日常性という点から妙に戦時下のパリの雰囲気とマッチしていました。西城秀樹演じるドイツの将軍が思ったよりサマになっていて驚きました。

あと、最近のナチスが出てくる芝居といえば、定番として大阪公演が決まっている劇団四季による『サウンド・オブ・ミュージック』と昨年日生劇場で再演していたこちらも藤原紀香主演の『キャバレー』、それからクーデンホーフ光子の生涯を描いたミュージカル『ミツコ』ぐらいでしょうか。

『サウンド・オブ・ミュージック』と『キャバレー』は本来、褐色の突撃隊員が映画でもメインで出てくるのですが、なぜか両方とも黒服の親衛隊員ばかりでした。とりわけ前者は独墺合併の一九三八年ですから、もう親衛隊戦闘部隊も灰色系に変わっているところです。おそらくそうなった理由は、黒服がナチスっぽいという演出意図もありましょうし、また人気のある親衛隊の黒服は調達しやすかったのだろうと推察しています。なお『ミツコ』にはハーケンクロイツ旗は使われていましたが、ドイツ軍や、親衛隊の制服は出て来ませんでした。

ともあれ、なぜか、去年から今年の前半はナチス芝居ラッシュだったのです。

偶然とは言え、僕の今までの人生でもこんなことはありませんでした。どういうめぐりあわせでしょうか？

もうひとつの非日常は、かの二〇〇五年からの『失踪日紀』受賞ラッシュ以来、再び巡ってきた吾妻先生の季節でした。即ち、吾妻先生関連の二つの展覧会と、それに伴う講演会の開催、相前後して出版されたムック関連のサイン会の開催です。

まず最初に、明治大学米沢嘉博記念図書館による「吾妻ひでおマニアックス」と題した展示会が、二月四日から五月二九日まで足掛け四ヶ月に渡って、同図書館内の企画展示コーナーに於いて行われました。展示は四つのテーマにそって毎月一部を入れ替えて行われ、まず二月は「吾妻ひでおのシュールな世界」三月は「吾妻ひでおメジャータイトル」、四月は「吾妻ひでおとその周辺」、五月は「吾妻ひでおの日記と自伝」という順番でディープな吾妻ワールド実相に迫ろうとする野心的な試みでした。

わがすーぱーがーるカンパニーも及ばずながらご協力させて戴いたことは言うまでもありません。

二月一九日（土）には無気力プロ時代に吾妻先生のアシスタントをされていた沖由香雄さんとKAZUNA（計奈恵）さんを招いての「『シベール』のころ」と題したトークショーが米沢図書館二階の閲覧室を使って行われ、多くの参加者を集めました。KAZUNAさんは素晴らしい出来の怪獣のかぶり物を着て現れ、最後までその姿でした。僕はまさに『シベール』の頃の人間なので会場はまさに同窓会のようでした。懐かしさに涙が止まりませんでした（嘘です。）。

もうひとつの展覧会は「吾妻ひでお美少女実験室」というタイトルでお茶の水の明大アカデミーコモン内地下一階の明治大学博物館で四月二三日から五月二三日まで一ヶ月間行われました。こちらは「美少女」をキーワードに、「美少女のロボ化」「美少女のネコ耳化」「美少女の巨大化」「美少女の増殖」「美少女と変な機械」「美少女と変な生物」という五つの観点から吾妻漫画の美少女を研究分析し、また後続に及ぼした影響を考察した空前の展示でした。数多くの初出を含む素晴らしい原画の数々は観る者を圧倒していました。

こちらと連動して四月二四日（日）に行われたのは吾妻先生ご本人とSF作家新井素子先生による「ひでおと素子の愛のトークイベント」でした。当日、僕は少し遅れて会場に行きました。当初、吾妻先生の大ファンたる桃井はるこ女史をお連れする計画でしたが、彼女が震災後一度延期されていたのに、間の悪いにその日の日程で復活した新潟でのインストアイベントに行くことになってしまったので、僕はひとり後ろの方でこっそり視聴しようと考えていたのです。

ところが、エレベーターのところで主催者に発見されてしまいました。そして、そのまま会場のアカデミーコモン九階三〇九B教室に連行されてゆくと、最前列に吾妻著作リストの同志倉田わたる氏が座っていました。

その隣が僕の席だったのでした。

まさに吾妻先生のまん前でした。観念して座っていると吾妻先生と新井先生が入って見えてトークショーが始まりました。内容に関しては沖さんたちのトークショー共々、そこにいらっしゃった方々のみの秘密ということにしましょう（笑）。
ちなみに、あと中野腐女シスターズの貴屋武ちあき嬢が不気味のコスプレで会場に来ていらっしゃいました。彼女は本物だと思いました。

終了後、日本共産党千代田区支部の隣の支那料理屋で簡単な打ち上げがありました。ちなみに当然ながら、席上飲酒をする不埒者はひとりもおりませんでした。

この展示会と併せたかのように四月一八日、河出書房新社から「文藝別冊　吾妻ひでお　美少女・SF・不条理ギャグ、そして失踪」というムックが発売になりました。同種のムックは一九八一年奇想天外社から「吾妻ひでお大全集」が出版されてから、実に三〇年ぶりの快挙であります。

その発売に連動して、池袋リブロにて五月十四日にサイン会がありました。先生はひとりひとりに丁寧にキャラの絵を描いて下さるので、すごく時間がかかって大変だったと拝察します。（その前には五月三日、明大アカデミーコモンでも展示会連動のサイン会がありましたし）先生、お疲れ様でした。

さて、今年のドイツのコンニチですが、『トップをねらえ』『サクラ大戦』『ワンピース』等の作曲者として、日本のアニソン作曲者界に燦然と輝く田中公平先生をゲストにお招きすることが出来ました。また漫画の手帖読者の良い子のみなさんにレポートする機会があるかもしれません。

また「ガンダム講談」で知られる七井コム斎師匠が近年「第二次大戦講談」シリーズに着手されています。今その一環として「ヒトラー講談」も構想されているとのこと。僕もぜひ全力で応援させていただこうと思っています。

三・一一以降、日本は意気消沈してしまっているかのようですが、災い転じて福となす。我々オタクは負けません。今こそ、オタクの底力を見せる時です。我々は伊達に知識を貯め込んでいる訳じゃない。絶対に後悔しない人生を共に歩んでゆきましょう！。

センチメンタルジャーニー①

我がオタク人生に悔いなし　特別編

「漫画の手帖」第62号（二〇一一年）

漫手読者のみなさん、お久しぶりです。今年は東日本大震災のせいで、いやに早く過ぎてしまった感がありますね。ところで僕はなんと九月、十月と二ヶ月連続でドイツに行きました。こういうケースは長いドイツとのお付き合いの中でも初めてです。実際は一回ちょっと日本に戻ったのですが、ずっとドイツにいたような錯覚を覚えます。思えば今回のドイツ行きは、僕にとって一種のセンチメンタルジャーニーだったのです。

さて、一九六七年四月、日本へバイロイト音楽祭の引越し公演が行われました。バイロイト音楽祭とは、ドイツ浪漫派最大の作曲家、リヒャルト・ヴァーグナー（一八一三〜一八八三）の聖地バイロイトで一八七六年以来、毎年夏に行われているヴァーグナーの特定の作品のみを上演するという特別な音楽祭です。この音楽祭は、これまで海外公演などしたことはなく、異例中の異例でした（ちなみに二十二年後の八九年九月、東急文化村開館記念に再び来日公演が行われました。海外公演は二回共日本のみです。ヴァグナー音楽と日本との絆の深さを感じます）。

「バイロイト・ワーグナー・フェスティバル」と銘打ったこの歴史的公演は、十年目を迎えた大阪国際フェスティバルの一環として企画開催されたもので、オケはNHK交響楽団、合唱はこのフェスティバルのために構成された合唱団でしたが、それ以外すべてバイロイトのオリジナルスタッフによって運営されました。演目は「トリスタンとイゾルデ」（ブーレーズ指揮、ヴィントガッセン、ニルソン、ヴィーラント演出版）と「ヴァルキューレ」（シッパース／W・レンネルト指揮、ジェス・トーマス、アニア・シーリア、G・レンネルト演出）でした。後に我が国でもお馴染みになったフランス人指揮者、ピエール・ブーレーズはこれが初来日です。

当時中学三年生で翌年三島由紀夫さんのお手伝いをすることになる僕は、既に自称ヒトラー研究家でかつ重度のヴァーグネリアンを自認しており、年末のNHKFMのバイロイトの実況録音放送は年末最重要行事として欠かさず聴いていました。ですから、この世紀のコンサートを見逃すなぞ論外でした。そこで父親に頼みこんで学校をサボリ、オリンピック前に開通したばかりの新幹線で大阪に向かいました。そして取引先の社長さんのお宅にやっかいになって天にも昇る気持ちで連日連夜、中之島のフェスティバルホールに通いつめました。ちなみに残念ながら、音が良いことで知られたこの名ホールは今はありません。

ところで、わが国きってのアニメ音楽作曲家である田中公平さん（ワンピース、サクラ大戦、トップをねらえ！等）のブログを拝見していたら、なんと田中さんも中学一年生でその場にいらっしゃったことが分かりました。四月七日、ブーレーズのトリスタンの日でした。田中さんは僕の最も好きな作曲家のひとりです。氏は十数年来サクラ大戦の関係で存じあげてはいましたが、親しくおつきあいしたことはありませんでした。しかし、このバイロイト引越し公演の同志であったことを知り、いてもたってもいられなくなって旧知の広井王子さんから、改めて田中さんを紹介していただきました。二〇一〇年七月のことでした。その後、SF大会でご挨拶する機会があり、初めてバイロイト引越し公演の件をお伝えしました。爾来田中さんとは急速に親しくなりました。

田中さんからご自分のファンと直接向き合うためにコミケに一般ディーラー参加されたいとのお話をうけ、初動からお手伝いすることとになり、冬コミでは、視察（笑）におつきあいしました。

昨年の憂国忌の翌日、十一月二十六日、たまたまドイツからいつもの日本巡礼（笑）に来ていたコンニチの関係者および通訳のえりちゃんと中野で会食をすることになっていました。僕が待ち合わせ場所の中野駅北口で待っていると突然僕のエヴァ携帯がキングギドラの声で鳴き出しました、田中さんでした。そこで田中さんを交えての会食となりました。会食の後は坊主バーというマスターが浄土真宗のお坊さんのバーにゆき、遅くまで歓談しました。僕は彼等に田中さんを紹介し、最終的には僕が二〇〇二年からお手伝いしている読者のみなさんお馴染みのドイツのアニメ・漫画イベント、コンニチに田中さんをゲストとしてお招きしようという話になりました。

年が変わり、東日本大震災のせいで、季節は瞬く間に過ぎて、死ぬ程暑い夏になりました。夏コミケは無事田中さんのブースが壁ぎわに出店出来ました。「東方対田中公平」（意味不明）とまで言われ、瞬く間に準備した自家製CDを完売しました。サイン入り楽譜カード付き一人一枚限定だったので転売ヤーの方々も苦労対効果が悪かったせいか、あまり派手な動きもありませんでした。我々スタッフにはサイン無し見本盤が後日送付されました。「スタッフは見返りを求めず奉仕する。」ボランティアスタッフとは、そういうモノなのです。サイン入り楽譜付き正規盤は、早朝から列び、田中公平さんをプライマリーとして田中ブースに急行したファンのみ入手可能なのでした。伊達に「公平」さんではありません。

さて、田中さんの次のスケジュールは「真の三十周年記念コンサート」（都立大学・八月二十八日）でした。「真の？」というのは一昨年カウントの仕方を間違えて「三十周年コンサート」を、今は無き新宿厚生年金ホールでやってしまっていたからなのです。

僕の方は、八月二十四日、中野サンプラザで三島由紀夫研究会の依頼による「三島由紀夫と『わが友ヒットラー』」という講演を行い、九月上旬には、台風の中、静岡でのSF大会に参加しました。

田中さんとのドイツ行きが決まった時、僕にはひとつの野望（笑）がありました。それは大阪フェスティバルホールの同志である田中さんを、聖地バイロイトにお連れすることでした。既に申し上げたごとくバイロイトは、ヴァーグナーがその代表作「ニーベルングの指輪」を上演するためにその祝祭劇場を建設した街であり、僕がここ三十六年、ドイツ滞在中、極力訪れるようにしてきた場所なのです。

無論、一九七六年の音楽祭百周年にも行きました。ちなみにこの年の物議かもした「指輪」の指揮者もあのピエール・ブーレーズでした。演出はフランスの映画監督で演劇畑のパトリス・シェローでした。（ナチス的とも取れる）伝統的なゲルマン神話表現を排し、新しい「指輪」と新しいバイロイトの確立を狙ったヴァーグナーの孫ヴォルフガング・ヴァーグナーの試みは、激しいブーイングの嵐に迎えられたのです。けだし、東独に始まったライン河はダム、ヴァルハラはマンハッタン、タキシードを着たヴォータンやジークフリート、ハーゲンは機関銃を持って現れるというふうなヘテロな解釈と演出は、伝統的なオーソドックスがあってこそ有効だったのではないでしょうか？　僕も昨今のヴァーグナー演出には首を傾げているひとりです。

出発直前、エコノミーの僕の便が、飛行機会社のオーバーブッキングの帳尻を合わせで勝手に田中さんのLHと別便のオーストリア航空にされてしまい、ミュンヒェン空港で田中さんを一時間以上お待たせする可能性が出てきました。そこでドイツ側の準備したドイツHISのチケットをキャンセル（こういうことがあるから格安券はコワイ）。直前なので倍以上に高騰しているエコノミーチケットを自力購入しました。こうしたいつものドタバタを乗り越え、無事に出発の朝になりました。九月一三日の火曜日のことでした。

車でひと足先に成田に行き、ルフトハンザのカウンターでトランクを預けました。チェックインは前日から可能なので、インターネットで済ませてあります。しかしインターネットやガラパゴス携帯を使いこなすことが出来ないと、望む良席（？）は予約出来ず、空港に早朝行っても席は既に埋まっているのです！　まったく便利のような不便なコワイ世の中になったものです。

さて、いよいよ田中さんが無事にNEXでやってきました。田中さんは差額自己負担のビジネスクラスなので一旦泣き別れです。僕も件のトラブルで自前で同じ位出費するハメになったのですが（笑）。こんな事なら、始めから田中さんと同じにすれば良かったのです。

九月はまだ夏時間が生きており、日独の時差は七時間です。正味十一時間のフライトですが、LH特製カツ丼や、オクトーバーフェスト弁当（？）を戴いたり、機内配信デジタルムービーでPerfumeの「ポリリズム」が出てくる「カーズ２」なんかを観たりしているうちにフランクフルト国際空港に着いてしまいます。現地時間は十四時台なのでまるで五時間で目的地に着いたような錯覚を覚えます。

今回はこれから飛行機を乗り換え、ミュンヒェンに移動なので大変でした。まず入国手続きが混んでいてえらく時間がかかり、それからミュンヒェン便のゲートまでの遠いこと！　僕は脚が弱いので広い空港はかなわないです。到着から一時間位かかってやっとゲートにたどりつきました。汗だくでヒーヒー言っていると無事に田中さんもやってきました。国内線のビジネスとエコノミーの席はカーテンの仕切りがあるだけですが、また暫しの別れです。

夕方、ようやく最終目的地、ミュンヒェン国際空港に着きました。無事に荷物を受け取り、外に出るとミュンヒェン在住のコンニチ実行委員長（仮）であるガイナックス公認アスカ、エリーさんと今回のボランティア運転手ローマンくん達が待っていました。

ローマンくんの車で僕と田中さんは、ミュンヒェン中心部のホテルへ移動しました。このホテル・メルクーアは駅から近いので僕が定宿にしていたホテルで、しかも偶然、かつて実行委員長（仮）のエリーさんが勤めていた場所でした。チェックインを済ませて、我々はシュライスハイマー通りのレーヴェンブロイのビアガーデンに行きました。

この通りはかつて若きヒトラーとレーニンの下宿があった場所です。ここで他のコンニチメンバーとも合流、一リットル入りジョッキ、マースに入った普段よりアルコール度数の高いオクトーバーフェストビールと若鶏のソテーやソーセージのオクトーバーフェスト式夕食を楽しみました。

翌朝、早い朝食を取ってから、ローマンくん、田中さん、僕の三人は、一路、バイエルン州北部フランケン地方にあるバイロイトを目指しました。アウトバーンを飛ばし、約二時間半後には我々は懐かしいバイロイトに入りました。

我々のホテルは、街の中心部にあるホテル・ゴルデナー・アンカー（金錨館）でした。ここは、かつて音楽祭に来た時、泊まったことのあるホテルのひとつなのでした。ホテルのスタッフがバロック調の制服なのも素敵です。

フロントの女性の勧めに従い、金錨館の近所のレストランの野外テーブルでさっさと昼食を済ませて、我々はローマンくんの車で町外れの丘の上にある祝祭劇場に向かいました。バイロイトへ向かう道すがら、車の中から携帯で一四時より劇場内見学ツアーがあるのを確認してあったのです。僕はバイロイトには何度も来ているのに、いつも音楽祭の時期ばかりだったので、この祝祭劇場見学ツアーには、参加したことがなかったのでとても楽しみでした。

売店でTシャツやDVDを買ったりして時間を潰し、いよいよ見学ツアーが始まりました。圧巻は、有名な客席から全く見えないオーケストラピットです。ピットは指揮台から階段状に下ってゆく形式になっていて、トランペットなどは遥か下に位置しています。第一ヴァイオリンは通常と違い右側にあり、歌手にメロディーが聞こえやすいよう工夫されていました。また、エアコン等は無く、真夏の公演なので室温は三十度以上にまで上昇するため、楽員達は、Tシャツ、半ズボンという格好が許されています。可哀想な指揮者のみが、演奏終了後、正装への早着替えで観客前に挨拶に出る仕掛けです。舞台の奥行きや、高さは、比類がありません。

ただ、客席の椅子は木やカンバスで出来ており、長時間の公演にも関わらず、座り心地はお世辞にも良いとは言えません。つまり、ここは、「未来の芸術作品」に帰依するヴァーグネリアンの修行の場、道場なのです！

それから、僕と田中さんは、かつてのヴァーグナーの住居であり、裏庭には、ヴァーグナーとその妻、コージマ（リストの娘）の墓所があるヴァーンフリート荘を目指しました。金錨館とヴァーンフリート荘はとても近いのですが、田中さんの提案で、あさっての方向から、アプローチすることになりました。聞けば、田中さんは、未知の街をデタラメに歩くのがお好きなのだとのこと。脚の具合が悪い僕としては、甚だ閉口したものの、怪我の功名で、普段はけっして見ることのないバイロイト市の広大な公園を通って、裏庭から、ヴァーンフリート荘に入ることになりました。ちなみにヴァーンフリート荘の内部はヴァーグナー博物館になっているのですが、折悪しく、ここ数年、改装中で閉館中でした。

元気な田中さんはその後、今年、生誕二百周年を迎えたフランツ・リストの博物館に行きました。僕はヴァーンフリート荘の前のベンチに腰掛けて物思いに耽っていました。一九七五年に初めてバイロイトに来た時のこと、七五年は、「指輪」以外の演目の年でした。「オランダ人」「マイスタージンガー」「ローエングリン」「パルジファル」だったかな？　そして、翌年は、あの百周年の「指輪」でした。僕は公演のない時でも長期の旅行では、必ずバイロイト詣出をしたものでした。

その晩、夕食の後、ホテルのレセプションの横の小部屋でフランケンワイン（ボックスボイテル）を呑みました。レセプションのバロック制服の女の子（バイトの学生さん）が給仕してくれたのですが、「薔薇の騎士」のオクタヴィアンみたいで、可憐でした。

翌日、我々はアウトバーンをひた走り、コンニチの開催されるカッセルを目指しました。昼食は途中にあるヴュルツブルクで食べました。ここを舞台に米軍とソ連軍が戦うウォーゲームをよくプレイしたことを思い出しました（汗）。

アウトバーンを斜めにショートカットしたので、思いの外早くカッセルに着きました。

いつもの会場横のラマダホテルにチェックインしてまったりしていると、日本からのゲスト一行がバスで到着しました。今年は、音楽関係は田中公平さんの他には、May'n部長、フランスからやって来た「アリエッティ」のセシル・コルベルさん、「BLEACH」の乱華や、「サクラ大戦」紐育星組のダイアナで知られる声優の松谷彼哉さん、GAINAXチームは、山賀社長、小林治監督、乃和プロデューサー、そして「ダンタリアン」エンディングの作詞者としてあの「下妻物語」の作者、嶽本野ばらさんが来ました。また「名探偵コナン」の諏訪道彦プロデューサー、ロリータファッションの代表的メゾン「BABY, THE STARS SHINE BRIGHT」より、磯部明徳社長、メインデザイナーの上原久美子さんが参加しました。

松谷さんは僕らのように数日前にドイツに入り、ライン河畔の古城ホテルに滞在され、天蓋付きのベッドでお姫様生活を堪能されたようです。

その夜は、ゲストが勢揃いし、ラマダホテルの特別室で歓迎会が行なわれました。

今年のコンニチのハイライトは、May'n部長のライブと、我田引水ですが田中公平コンサートでした。松谷さんは乱華のコスでステージに上り、喝采をあび、ライブも好評でした。また、BABY主催のロリータちゃん達のお茶会も画期的な企画でした。もはや、コンニチに欠くことの出来ない存在であるGAINAX企画は、コンニチ十周年に相応しいものでした。

また、オープニングでは、カッセル市長が挨拶し、コンニチがカッセル市にとっても今や重要な観光資源になったことをうかがわせました。期間中、首から参加証をかけていれば、市電や市バス等、市営交通機関は乗り放題です。また、日本側からは、在フランクフルト総領事等が挨拶に立ちました。外務省も、文化庁も、ローゼン閣下が外相の時代からコンニチに協力しています。

楽しかった三日間も瞬く間に過ぎ、殆どのゲストは九月一九日の月曜日、カッセルから貸切バスでフランクフルトに向かい、日本に飛び立ちました。

僕と小林治監督とは、さらに旅を続けるためにドイツに残り、ＩＣＥでそれぞれミュンヒェン、ベルリンにむけて旅たちました。

僕は皆さんのバスを見送った後、タクシーでＩＣＥの停車するヴィルヘルムスヘーエ駅に向かい、早朝の便でミュンヒェンに向かいました。

予定通り、ミュンヒェンにはお昼頃に着きました。そこには三十年来の友人のＨくんが待っていました。再びメルクーアにチェックインしてから、彼の車でまず僕らはシェリング通りにあるオステリア・イタリアーナに向かいました。旧褐色館にもほど近いこのレストランこそはかつて、闘争時代より、ヒトラー総統が愛した場所です。内部は殆ど八十年前と変わっておらず、イタリア人シェフが腕をふるう味の方もミュンヒェンのイタ飯屋では一、二を争うレヴエルです。僕はここに何十回通ったか分かりません。

　食事の後、僕らはＨくんのお母様がお住まいのオリンピック公園そばのご実家にご挨拶に伺いました。思えば、最初ミュンヒェンに来た時は、ここにほど近いブルグンダー通りにあったアパートにお住まいだったハンス・フォン・デア・グリューン氏のお宅にやっかいになりました。彼は元軍楽隊員で、かのゲオルク・フュルスト（バーデンヴァイラーの作曲者）の部下でした。一九七五年のことです。

　お元気そうなＨくんのお母様に別れを告げ、僕らはまた市の中心部に戻り、ヴィクトワーリエン市場のそばの新しいホテルに行きました。そのフランス系のホテルには、なんと日本レストランがあるのです。そこで日本食ファンのＨくんと行ってみることにした訳です。お寿司の形状が小指のように細く小さい他は普通に美味しい和食でしたが、調理場に、日本人はいないと見ました。日本人のお客さんは一人もいませんでした。

　ホテルに戻って部屋に入り、びっくりしたことは、僕の部屋がスイートだったことです。折悪しくも先週の土曜日からミュンヒェンは恒例のオクトーバーフェストに突入しており、数ケ月前にGAINAX公認アスカちゃんが予約を入れた時は、既にスイートしか残っていなかったのでしょう。

　まず受付のようなＴＶ付き応接間があり、ドアの向こうにはバスルームがあり、そのまた先にドアがあって寝室がありました。こっちにもＴＶがありました。これが、普段の相場の三倍に跳ね上がっているのですから、超円高の昨今でないと一生縁がない部屋であったことは確実です。

　翌日、僕はタクシーでＨくんとオクトーバーフェスト会場、通称「ヴィーゼ」に向かいました。この時期はミュンヒェン中の良い食材がみなヴィーゼに集まってしまうため、ビールのみならず、美味しいモノが食べたければヴィーゼに行けという訳なのです。しかも夜は予約でいっぱいのオクトーバーフェストも昼間なら、突然行っても何とか座れるのです。魚好きのＨくんに「漁師テント」に連れてゆかれて、ちょっぴり残念でしたが、僕はあえて肉を選びました。そうこうするうちにＨくんのフランス人のお友達ご夫妻が到着。彼は戦前戦中のドイツ絵画のコレクターなのでした。しかし食事の美味しかったこと！　それから、みんなでまたオステリアに移動しました。

　オステリアでは、既に別の知人二人が食事をしていました。そこに我々も合流して、ドルチェとエスプレッソを頂きました。

　食事の後、我々即席ミュンヒェン郷土史研国際チームは、付近を探索し、総統専属写真家ハインリヒ・ホフマン写真館跡を勝手に見学しました。「あんたら、何をやってるの？」と文句をつけてきた反ナチのおばさんが結局は親切にも中を見せてくれました。

　我々は、再びＨくんの実家に行き歓談し、お茶して解散しました。僕はメルクーアまでＨくんのメルセデスで送ってもらいました。

　その晩は、ミュンヒェン・オタク軍団との会食でした。とりわけ仕事の関係から、コンニチには来られなくなって久しいマルクスくんに会えるのは、嬉しい限りでした。彼は間違いなくドイツのオタク・ナンバーワンの一人です。彼は他のメンバーと何度も日本にやって来て、GAINAXを一緒に訪ねたりしたものです。

　また、ドイツの強力なモモイストのひとりであるちびうさくん等昨年の中野会食メンバーたちとも合流しました。思えば、このコンニチ・ミュンヒェンチームとももう十年のお付き合いなのでした。

　翌朝、普通に美味しいメルクーアの朝食を食べながら、僕はｉＰｈｏｎｅをいじくり、その日の予定を反芻していました。今回はドイツ用モバイルルーターを持参したのですが、向こうのパブリックWi-Fiに加入した方が安上がりで手っ取り早いことも学習しました。

　ミュンヒェン三日目、Ｈくんと再びヴィーゼへ。今度こそ、肉の狩人テント。そこで南チロルから来た若いドイツ系イタリア人と合流しました。彼の父親とＨくんが友人とのこと。オクトーバーフェストの時期は各方面共に国際的みたいです。僕はシュヴァイネブラー（ポークソテー）を頂きました。それから、世界カワイイ革命ミュンヒェン出張所みたいな造作と制服のデザートテント（そんなテントがあったとは！）で、再びケーキとエスプレッソを頂きました。

ヘタリアくんと別れ、我々はケーキを買って、ミュンヒェン行きの大目的のひとつであるBさんの御宅に向かいました。Bさんは元閣僚だった方のお嬢さんです。思えばBさんご一家と家族ぐるみのお付き合いをするようになってもう三十二年にもなります。僕はこのご一家が大好きです。ここには、古き良きドイツが息づいているのです。

楽しい気のおけない午後のひと時を過ごし、余り遅くならないうちにおいとまして、僕らはヴィクトワーリエンマルクトとは別の、いつものHくんお気に入りの和食レストラン三谷に行きました。ラーブル通り四五番地、Sバーンのローゼンハイマー広場の裏手です。

翌日、医者を予約しているHくんの見送りを固辞し、Nervガラ携からニセLH（実はANA）に事前にチェックインし、僕（とまりちゃん）は、広大なミュンヒェン空港を脚を引きずりながら歩き回ってから無事に機上のひととなりました。こうして、僕の今年のミュンヒェン行きは幕を閉じたのです。ちなみに帰りに観た映画は、西田敏行主演の「星守る犬」でした。

帰国直後に中野でドイツ行進曲愛好会例会があり、自宅に泊まること無く、再び中野サンプラザホテルに出撃、それから、十月七日には、「サクラ大戦十五周年記年武道館ライブ」がありました。

さて、今年は桃井はるこさんはコンニチには呼ばれませんでしたが、七月頃、東日本大震災の影響で十月に延期された恒例のデュッセルドルフ・ヤーパンターク（日本デー）に桃井さんが招請され、日本デー前日に行なわれる前夜祭でライブを行うという情報が入ってきました。（つづく）

センチメンタルジャーニー②

我がオタク人生に悔いなし　特別編

「漫画の手帖」第63号（二〇一二年）

さて、昨年は桃井はるこさんはコンニチに呼ばれませんでしたが、七月頃、東日本大震災の影響で十月に延期された恒例のデュッセルドルフ・ヤーパンターク（日本デー）では桃井さんが招請され、日本デー前日に行なわれる前夜祭でライブを行うという情報が入ってきました。

僕が最後にデュッセルドルフに行ったのは一九七九年で、ヒトラーのお抱え建築家のひとり、ヘルマン・ギースラー教授を訪ねるためでした。その日はちょうど僕の二十七歳の誕生日で彼の献辞入りの著書「別人のヒトラー」を戴き、息子さんが焼いたケーキで歓待されたのを覚えています。久しぶりにこのドイツで最も日本人が多い街に行ってみたくなりました。早速、僕はLHを予約し、ホテルを取りました。ホテルはデュッセルドルフの日本人街インメルマン通りにある日本センター内のニッコーホテルにしました。このホテルはかつて日航ホテルだったのですが、親企業の倒産でカタカナ表記に変わったのでした。

ところで、出発の直前、僕は左眼から出血するという椿事にみまわれました。結膜下出血でした。すぐ眼科に行ったところ、心配無しとのことなので予定通りでかけることにしました。片目が真っ赤なのでサングラスをかけたとごろ、超怪しい風貌になってしまいました（笑）。向こうでは綾波アウゲ（綾波眼）と称していました。綾波眼は本当は瞳が赤いのですが。しかし、そのおかげでドイツ旅行中、悪化しないように一度もアルコールを摂らないハメに。こんな経験は初めてでした（泣）！

出発はヤーパンタークの二日前、桃井さんのコンサートの前日の十月十三日になりました。奇しくもコンニチに出発した日の一ヶ月後です。

飛行機はルフトハンザで、離陸時間もコンニチ行きと同じでした。フランクフルト空港に予定通り到着後、預けたトランクを受け取り、空港レベル3とつながっている長距離路線駅からデュッセルドルフ行きのICEに乗りました。チケットはインターネットで日本から買いました。この列車はDBにしてはかなり汚れていたので乗り間違えるところでした。

僕を乗せて、列車はライン河左岸をひた走ります。父なるラインを眺めながら、最初にドイツに来た頃を思い出していました。当時僕は長期滞在していたのでいつもユーレイルパスを愛用していました。それは今でもアメリカやアジアなどの非欧州在住者のみが買える鉄道乗り放題パスで、戦争で疲弊したヨーロッパに観光客を誘致して経済再建に貢献しようというマーシャルプランの一環として始められたものでした。このパスは一等車に安価で乗り放題なのでとても豊かな気持ちで鉄道の旅を楽しむことが出来ました。

僕は当時、長距離列車に乗ると、すぐに食堂車に移動するのが常でした。食堂車は窓が広く気持ちが良かったからです。僕はカラフル・サラダプレートというメニューが大好きで、それを肴に食堂車のみ販売のシュタインベルガー（ラインガウ産白ワイン）の小瓶でイッパイ飲るのです。実は一九七五、七六年産のシュタインベルガーは幻の名作でコレクター垂唾の逸品なのですが、僕は当時、何も知らず旨い、旨いとガブ飲みしていたのでした。そら、旨いに決まってています！

僕のICEは、懐かしいコブレンツの街に停車しました。コブレンツは一九八〇年、日比谷公会堂で日独協会がドイツ行進曲愛好会と共催した海上自衛隊東京音楽隊によるドイツ行進曲のみのコンサート「ブラスムジークアーベント」の客演指揮者として、殆ど全てのプログラムを振ったハインツ・シュリューター中佐が二十年以上も隊長を勤めた陸軍第五軍楽隊（現三〇〇軍楽隊）が駐屯している所なのです。僕は駅前広場横のホテル・プフエルツァーホーフに泊まり何度も何度もグーテンゼーテウ駐屯地に通ったものでした。何もかも限りなく懐かしい（笑）。

次の滞在地であるボンや大聖堂とドイツのヨドバシカメラのような量販店ザテュルンのあるケルンを通り越し、僕の列車は目的地デュッセルドルフに到着しました。まず僕はタクシーで、翌日に桃井さんのコンサートがあるライン河畔のブルク広場を偵察しに行きました。ここは、城は既に無く、塔の一部のみ残っているのですが城跡なのでブルク広場と称しています。そこには想像した通り既に仮設の舞台が組まれて明日のコンサートを待っていました。

こうしてタクシーはニッコーホテルのある日本センターに到着しました。フロントでヤーパンタークのプログラムはあるか尋ねたところ、ちょっと探してから、無いというつれない返事。パンフ置場で偶然二部発見したので確保して事なきを得ました。しかし、同じ建物内にある在デュッセルドルフ日本総領事館は何をしているのでしょう？　ニッコーホテルには山のように置いておくべきなのに。

その日は、さすがに疲れたので、ホテル内の日本レストラン「弁慶」で鉄板焼を食べました。量は日本サイズでしたが和牛肉を使っており、美味しかったです。

前回一九七九年、この街に来た時は、日航ホテルの隣に日本館という高級日本レストランがありましたが、既に無く、オキニという謎の日本風レストランに変わっていました。また日本センター内にあったデュッセルドルフ三越も既に空き家になっていました。ドイツの殆どのホテルの液晶テレビが韓国製である事実とあいまって、ヨーロッパに於ける日本の存在感の深刻な低下を感ぜざるを得ませんでした。寂しい限りです。

　なんと、あの親日家の写真家Ｈくんからショートメールが入り仕事でデュッセルドルフの近所に来ているので、ヤーパンタークを取材するためにこの街に宿を取ったということでした。またコンニチの有名コスプレイヤー・ブルーウォーター嬢が同じニッコーホテルに泊まると連絡がありました。俄かににぎやかになりそうです。

　いよいよ桃井コンサートの当日十四日になりました。ますＨくんがやってきました。ニッコーホテルのラウンジで思いがけない早期の再会を喜び合い、抹茶で乾杯しました。ニッコーホテルのラウンジには、旨い抹茶と抹茶ケーキのセットがあるのでした。さすがは日系ホテルの面目躍如です。

　十二時に弁慶がオープンするのを待って、僕らは昼食を食べに行きました。鉄板焼きは夜のみなので寿司をいただきました。この寿司はしごくマトモでした。

　Ｈくんはデュッセルドルフに来たばかりなのでホテルに戻り、僕も部屋に戻ってヤッケに裏地をつけたりと色々準備をしました。時間が余ったので、さらにちょっぴり仮眠することにしました。ブルーウォーター嬢も交えて再集合は一七〇〇時にロビーです。

　ラウンジでお茶しながら待っていると、まずＨくんがやってきました。そこに防寒装備に身を包んだブルーウォーター嬢が合流し、我々はタクシーでコンサートの行われるブルク広場に向かいました。

　コンサート開始まで一時間前、ステージ前には誰もいません。そこでステージ前が監視出来る野外カフェに陣取り、暖かい飲物を注文しました。

　一八〇〇時、コンサート三十分前、三人がステージ前にいます。多分、ドイツのモモイスト。一八一五、それが二十人位に増えました。おそらくモモイステンはこれで打ち止め。ここでは、コンニチと違い彼女の知名度は限りなくゼロに近く、完全にアウェイの戦いでした。そこで僕らもステージ前に進出することにしました。

　一八三〇時、定刻にＨＣの女性がステージに登場し、コンサートが始まりました。ちなみに、このひとのドイツ語は、えりちゃんをはじめとするコンニチの通訳チームと比べても、甚だ見劣りのするものでした。特にウムラウトが駄目でした。ヤーパンターク実行委員会の公式司会者としては、デュッセルドルフ日本社会のドイツ語力のレベルを象徴しているようでちょっぴり悲しくなりました。まあその差は、ネイティブのみなさんと特別にドイツ語教育も受けずに、後天的に日常生活の中で「通じれば良い」式で習得したドイツ語の差かもしれません。どういうご縁から彼女がＨＣに選ばれたかは分かりませんが、尤も、穿った見方をすれば、ドイツ語が下手な方がドイツ人から見たら「日本人らしい」のかもしれません。

　桃井さんは、ドイツ語のボールペンに相当する「クーゲルシュライバー」という言葉が気に入り、アニメの必殺技みたいだとしきりに「クーゲルシュライバー！」と叫んでいました。

　セットリストはドイツでも比較的知る人の多い「ナースウィッチ小麦ちゃん」のテーマである「愛のメディスン」から始まり、メモを取っていなかったので、不正確ですが、アニメカバー曲2曲、「いまあなたがすき」等スロー2曲。「21世紀」、「LOVE. EXE」等オリジナル、さらに最近のアルバムから新曲メドレー、「ゆめのばとん（ドイツ語）」など。アンコールは、「フィギュアになりたい」でした。素晴らしかったのは、彼女が歌い出すと聴衆はどんどん増え、広場は数曲歌っただけでいっぱいになったことです。桃井さんの歌の力の勝利でした。

　コンサートは予定通り九十分で終了しました。なかなか良いコンサートでした。文字通り、オールスタンディングで座る場所が全く無く、立ちん坊だったので、脚の感覚が無くなり、かなりヤバイ感じでしたが、僕も頑張りました。帰国後、医者に言ったら怒られました。

　終了後、Ｈくん、ブルーウォーター嬢、彼女のアメリカ人の知り合いの男性と四人でアルトシュタット（旧市街）で夕食を食べました。明日はヤーパンターク本番です。

翌日、僕とHくんがお茶していると、ブルーウォーター嬢が今年のコンニチでも着ていた凄い完成度の「ベル薔薇」オスカルの格好で現れました。ヤーパンタークトで行なわれる「コスプレ・コンテスト」に出場するためです。彼女は背がモデルのように高く、すらっと美しいので皆が振り返ります。そこに彼女の専属カメコのひとりTくんも合流しました。彼らは近所のオニギリ屋から、オニギリを買ってきました。そんな店があるとは、さすがデュッセルドルフです。

再び我々はタクシーでヤーパンタークが行われているライン河畔に向かいました。ライン右岸に数キロにわたり展開する会場に到着すると、既に多くの少女がコンニチのようにコスプレで歩き回っています。僕はコンニチの主催者であるアニメックスのブースの前でまったりコスプレ・コンテストが始るのを待ちました。

桃井さんがコスプレコンテストの審査員をするという情報が入りました。またコンニチの優勝者二人（来年のWCS・ドイツ代表）も審査員です。

一四〇〇時頃、コンテストが始まりました。素晴らしくレベルの高いコスの数々、でも、客観的に見て、ブルーウォーターさんのオスカルもかなりいい線行っています。上位入賞間違いなしと思いました。しかし、彼女の読みには誤算があったのでした。WCSの二人がメインの審査員だったことです。彼女たちは日常より美しいブルー嬢をライバル視しきっと反感を持っていたのでしょう。優勝者はこともあろうに、同じベル薔薇のマリー・アントワネットを演じた娘でした。確かに彼女のコスの完成度も文句無しに素晴らしいものでしたが、オスカルも、同じくらいのハイクオリティなのに、賞にかすりもしませんでした。僕は図らずもヤーパンタークに女の戦いを見てしまいました。

次の僕の予定は一八三〇時の桃井さんのサイン会でした。それまで、また、アニメックステント前で、まったりしていました。しかし、だんだん寒くなって来ました。ホカロンでも持ってくれれば良かったです。そうしている間に日本のツアーにまでいつも来るドイツのモモイストや、今回知り合いになったチェコのモモイストもやってきました。

サイン会は時間通りに始まりました。情報があまりしかるべきところに行って無かったのか折角ミュンヒェンからはるばる来ていた筈のちびうさくんは現れませんでした。このサイン会の様子は桃井さんのブログにUPされています。怪しい黒眼鏡の日本人が僕です。

その後、嬢一行とはぐれ、Mくんと僕はブルク広場のイタ飯屋で、有名なデュッセルドルフ日本デーの花火大会が始まるのを待ちました。

昼間のまったりした人出からは想像のつかないほど大勢の人々が集まって来ていました。同席したおばさん達は、オランダから観光バスでやってきたと言っていました。イタ飯屋のトイレにはトイレのみ使う連中が列をなし、一時間待ちと言われていました。

僕の頼んだヴィーナーシュニッツェルが永遠に来ないせいで、Mくんは良い撮影ポイントを得るために先に出てゆきました。

やっと夕食を済ました頃には、既に花火大会が始まっていました。僕は凄い人混みの中に侵入しOLYMPUSの連射機能を使って花火を撮影しました。ズイコー広角レンズの威力を見よ！

花火大会とかには、僕は日本では絶対行きません。人混みが大嫌いだからです。特に終了後のパニックが大嫌いです。でも、人の流れに逆らって、再集合場所たるアニメックステントの前を目指しました。立錐の余地もないドイツ人の大軍の中を突き進んで行きました。「このクソヤパーナー共が！」という酔っ払いの声も聞こえます。マジで身の危険を感じました。もう二度と花火大会なんかには、行かないぞ！ ヤーパンタークもお腹一杯です。二度と行かないぞ（笑）！

Mくんや、ブルー嬢と無事に合流し、再びアルトシュタットで遅い食事です。今度はモロッコ風レストランでした。Hくんが昨日夜の散歩で発見したのでした。

こうして僕の長い長いヤーパンタークは終わりました。夜中に恐れていた通り、ムスケルカーター（こむら返り）が起きました。

　翌日は日曜日でした。ブルー嬢はケルン近郊にあるレーヴァークーゼンの有名な日本庭園で巫女さん姿でコス写真を撮るために早めにチェックアウトして行きました。彼女は小道具にとホテルの抹茶の器をくすねて行きました。後で返したそうですが、その発想に驚愕しました。Ｍくんは後で「彼女、痛いね！」と言いました。でも、以て瞑すべし。良い写真が撮れたそうです。

　この日、僕はホテルに帰るＭくんと別れを告げ、日曜日で全ての店がしまっているインメルマン通りを散歩しました。ホテルの中庭の三越の廃墟にも行きました。やはり、寂しさは禁じられません。

　その日の夕食は、疲れたのでルームサービスでクラブハウスサンドを取って食べました。量は多いけど大味で、あまり美味しくありませんでした。

　その夜、僕は次の目的地たるボンに移動すべく、荷物をまとめるのに余念がありませんでした。テレビのニュースで昨日のヤーパンタークを報じていました。話題の中心はコスプレでした！　興味本位でしたが悪意は感じられませんでした。ホッとしました。

　翌日、十七日の月曜日、出発まで時間があったので、もう一度日本人街を探索しました。裏通りに行くと有名な高木書店がありました。中に入るとコンニチでお馴染みの女将がいました。ここで放送局の桃井さんへのインタビューが行われたそうです。

　Ｈくんが駅まで送ってくれるというので、ニッコーホテルをチェックアウトして、一緒にデュッセルドルフ駅に行きました。そこから、ローカル線に乗り、ケルンを通り越してボンに着きました。

　既にドイツの首都ではなくなって二十年、ボンは静かな地方都市に戻っていました。ここに来たのも、ずいぶん久しぶりです。日本から予約したプレジデントホテルはポッペルスドルフという町外れの村（笑）にありました。小さいけれど、なかなか小綺麗な良い感じのホテルでした。唯一の問題は、僕の部屋が素敵な屋根裏なのでエレベーターが一階下車でしか無かったことです。また風呂はなくシャワーのみでしたが、涼しいドイツでは無問題。あと、レセプションのホテルウーマンが皆美人ばかりなのもポイント高かったです。

　さて、僕がボンに来た理由は、一九七五年から知り合いの、ドイツで最も高名な軍楽研究家、ヴェルナー・プロープスト退役中佐を訪ねるためでした。

　ボンに着いた日の夕方、ちょっぴり辺りの商店街を散策しました。まだ治らない綾波眼を隠すため、持参のレイバンでは色が濃すぎてとても怪しいので、ホテルの並びにある眼鏡屋さんでイッパツかっこいいのを新調しました。その日の夕食はルームサービスのシュニッツェルでした。後で気がついたのですが、このホテルの一階がシュニッツェルハウスというレストランなのでした。

　火曜日は雨でしたが、この日の夜にプロープストさん宅を訪問することになりました。三十何年ぶりでしょうか？

　昼間、僕はボンの国立アートミュージアムでやっている日本アニメ展を見にゆくことにしました。なかなか学問的にもよく出来た展示で、何年も前から国際的に各地を巡回し、最後がボンなのでした。アニメを少年アニメ、少女アニメ、青年アニメに分類し、さらにヘンタイ・アニメの項目までありました。またアーティスティックなコスプレ写真の展示や、コスプレ衣装の展示までありました。日本アニメの概観としては、ソツなくまとまっていました。来年月初旬までやっています。ボン近郊ではこの展覧会の宣伝を結構見かけました。ドイツ人の（日本）アニメに対する受け取り方が良く分かる展示でした。

　早めにホテルに戻り、夕方のプロープスト邸訪問に備えました。出発直前に都合良くホテルの前にある花屋さんで、大きな花束を調達しタクシーでボン近郊のメッケンハイムにあるプロープスト邸に向かいました。プロープストご夫妻は思ったより元気そうで、とりわけ奥方がお花を喜んで下さいました。やったね。

　体調がすぐれないという奥方を残して、僕と中佐は食事にゆきました。メッケンハイムのイタ飯屋でした。小さな街のレストランにしては、なかなかイケる味でした。

　食事の後、我々は、すぐプロープスト邸に戻り、夜も更けるまで珍しい録音を聴きながら、行進曲談義に花を咲かせました。明日は、懐かしいボンのベートーヴェンハレでドイツ連邦軍軍楽隊と駐ザルツブルク・オーストリア陸軍軍楽隊による大演奏会があるのです！

　ドイツ滞在最後の日になりました。僕は思い立って亡き父がかつて滞在したことがあるバートゴーデスベルクにあるドレーゼンホテルに昼食に行くことにしました。何を隠そう、このホテルはかつてヒトラー総統がこの地方を訪れる時の常宿だった場所なのです。ドレーゼンホテルはライン河畔にあり、ラインホテル・ドレーゼンと呼ばれています。タクシーでライン河畔を少し南に降ったところにバート・ゴーデスベルク地区はあり、細い路を入ってゆくとドレーゼンホテルはありました。なかなか格調高い車寄せでした。しかし、残念ながら、その日は民営化したドイツポスト株式会社の貸切だったのです。

　仕方なく、お土産に銀のナプキンホルダーを買って帰りました。機会があったら、一度泊まってみたいものです。

　そこでまたタクシーでボンの中心部に戻り、マルクト広場を散策してから、かつて行ったことのある支那料理屋に行くことにしました。かつて長期にわたるドイツ滞在に際して、食事に里心がつくと、よく支那料理を食べに行ったものでした。横浜で生まれ育った僕にとっては、支那料理は懐かしい故郷の味だったのです。高い日本料理と違い、支那料理屋は安くて美味しく、フトコロの乏しい学生でも、気軽に行けたのです。ただドイツの支那料理はちょっとドイツ化されていましたが、僕にはそれがまた良かったのでした。

　その日に食べた青椒肉絲定食も安くて美味しかったです。味も昔と変わらない懐かしいものでした。

　夕方、プロープスト中佐が車で迎えに来ました。我々は、大演奏会の行なわれるベートーヴェンハレを目指しました。

　まず現地で、むこうのドイツ行進曲愛好会の面々と合流しました。会長は、我々よりちょっぴり若い世代です。当然ながら、知った顔が多かったです。中には東京でたまたま知り合った人もいました。

　また、旧司令部軍楽隊（現連邦軍軍楽隊・ジークブルク）の管理関係の責任者だったハウク曹長さんも来ていました。彼は一九八八年のドイツ司令部軍楽隊来日の際に一緒に日本に来ました。翌年今度は僕がドイツに行き、司令部軍楽隊を訪問しましたから、二十二年ぶりの再会でした。

　主催者、国防省式典部の一連の型通りの挨拶の後でコンサートは始まりました。まずザルツブルクの陸軍軍楽隊の演奏です。まずオペレッタの巨匠ローベルト・シュトルツの行進曲「ヴィーンからの挨拶」に始まり、スッペ、レハール、シュトラウスとオーストリアの代表的作曲家が続きます。しかし最後の二曲は英国のソングライター、マイク・バット等の現代曲でした。

　休憩時間には、両隊のお土産のCDをすべて買ってきました。次はいよいよドイツ連邦軍司令部軍楽隊のターンです。

　第一曲目はパウル・リンケの「フォリー・ベルジェール」でした。フォリー・ベルジェールはパリの有名なキャバレーです。二曲目はショスタコーヴィチ、そして第三曲目はなんとエルンスト・シュティーベリッツ（一八七七〜一九四五）の行進曲「東方の城」でした。シュティーベリッツは大戦末期の対ソ戦の中で戦死した行進曲作曲家でした。彼はダンツィヒの歩兵第一二八連隊軍楽隊隊長、ダンツィヒ警察音楽隊の隊長を歴任し、タイケやブランケンブルクと並び評せらるべき傑出した作曲家なのですが、彼の作品が今日では演奏されることは稀なのです。司令部軍楽隊隊長のヴェルライン中佐はこのシュティーベリッツの作品を再評価し、よく演奏するのだそうです。この演奏を聴くことが出来ただけでも旅程を延ばしてボンに来た甲斐がありました。

　コンサート終了後、僕はプロープスト中佐と打ち上げパーティーに出席しました。そこで旧知のヴェルライン隊長や、シュラム軍楽総監に挨拶し、またザルツブルクのヘルツォーク大佐にも紹介されました。思えば僕はドイツ連邦軍軍楽隊指導部で最も有名な日本人だったのです。しかし残念ながら、僕は翌日、日本に帰国しなければならないので、早々においとましました。

　僕は、夜中にトランクに荷物をつめ、早々と就寝し、翌日はトランクを階段一階分担ぎ下ろし、朝食も取らず、チェックアウトしてタクシーでボン中央駅を目指しました。

十月末のドイツはもうかなり寒く、暗いホームの風よけ付きの待合室でフランクフルト行きのＩＣＥを震えながら待ちました。そしてやって来た列車に飛び乗って、再びライン河畔を走り抜け、フランクフルト空港駅を目指しました。

僕は、今までの全てのドイツ旅行の記憶を反芻していました。本当にいろんなことがありました。驚くべきことに一九七五年に初めてドイツに行ってから、もう三十六年になります。

フランクフルト空港駅には、プロープスト中佐のご子息アルミンくんが待っていました。わざわざ仕事のついでに、会いに来てくれたのです。

チェックインはスマートフォンから既に済ませてありましたから、さっさと荷物を預けてしばし歓談しました。アルミンくんは僕とは反対に日本海軍マニアで、仕事で日本に来た時、本人の希望で一緒に靖国神社に参拝したこともありました。少年時代の彼の部屋には巨大な軍艦旗が飾ってありました。ちなみに最近の彼の一番のお気に入りの日本映画は、「フラガール」だそうです。一度、呉の大和ミュージアムに一緒に行こうと約束しました。

だんだん搭乗時間が近づいてきたので、アルミンくんと別れて中に入りました。しかし慣れてはいますが、身体検査は苦手です。知る人ぞ知るまりちゃんバッグをはじめ荷物が多い方なので。だから、率先してポケットの中身まで出して並べてしまいます。フランクフルト空港は広いので、自分のゲートまで行くのが大変です。また、クタクタになりました。でもＬＨはステッキを突いていると時々優先搭乗させてくれるので嬉しいです。

飛行機の中では、今度はドイツ語版の「カーズ２」を観ました。あとは、面白いのでＬＨの日本食にチャレンジしました。焼き鳥丼でした。冷凍ご飯がちょっぴりべちょべちょなのがご愛嬌ですが、案外イケます。

翌日の午前中に、成田空港に到着し、車で横浜に戻りました。今度は翌日からの「下妻物語聖地巡礼ツアー」に参加するための準備をしました。これは茨城県、下妻市で行われる「下妻物語」上映会を含むロケ地めぐりや、日曜日に開催される砂沼フレンドリーフェスティバル内のロリータファッションコンテストを見学する一泊二日のツアーでした。しかしこのツアーは男性ひとりの参加は許されないため、コンニチの美しすぎる通訳のえりちゃんと参加することにしました。

翌日、勇んでツアーの集合場所に行きました。えりちゃんもロリータファッションに身を固めてやってきました。下妻ではコンテストの審査員をされるBabyの磯部社長や、「下妻物語」の原作者、嶽本野ばら先生、モデルの青木美沙子ちゃんとも合流しました。充実の二日間でした。思えば、二〇〇二年の最初のコンニチの直後にも、翌日は今は無き杉並公会堂でアニメ関係のイベントがあり、アニメ監督・脚本家の山口宏氏と待ち合わせて参加した記憶が。こうして、僕のオタク人生は相変わらず忙しい日々です。

ミュンヘン・オデオン広場のライオン像

僕が愛したアイドルたち

「漫画の手帖」第65号（二〇一三年）

漫手読者のみなさん、いかがお過ごしでしょうか？　今回はドイツ話から離れて、僕のハマったアイドル遍歴を３Ｄ、２Ｄを問わず披瀝しようと思います。

僕は小さい頃からかわいい女性が好きでした。実家がハンドバッグ屋だったせいで、周りには常に女性がいました。とりわけ、中卒で田舎から出てきた住み込みの店員さんが沢山いたのです。彼女達は、素直で、しかも優しくて、かわいくて、それでいて、頑張り屋で、前向きに生きている方ばかりでした。言わば「映画版三丁目の夕日」の堀北真希演ずるロクちゃんみたいでした。で僕は彼女達に可愛がられて育ちました。ですから、僕は男子校に行ったにも拘らず、不思議に、全く女性コンプレックスはありませんでした。つまり女子高の真ん中で幼年時代を過ごしたようなものだったのです。

僕が最初にハマったアイドルの筆頭は、美少女歌手にして、女優でもあった松島トモ子でした。彼女は終戦の年に満州の奉天で生まれました。僕より七つ上でした。少女クラブ版「リボンの騎士」の単行本の中綴じに彼女がサファイアのコスで横座りしているカラー口絵があり、マセガキの三歳の僕はすっかり松島サファイア萌えになりました。また気が多い僕は同時期の童謡歌手、小鳩くるみも好きでした。彼女は松島トモ子より三歳年下で、後年、本名 鷲津名都江名でイギリス文学者として目白大学の教授になっています。また彼女はわしづなつえ名義で「アタックNo.１」の鮎原こずえの声優を務め、同時に有名な主題歌を小鳩くるみ名義で歌っています。

しかし、僕の幼年期最大のアイドルは何と言っても、ノンちゃんこと鰐淵晴子でした。鰐淵晴子は松島トモ子と同い年で、バイオリニストの鰐淵賢舟とオーストリア人の母との間に生まれた日墺ハーフです。彼女は七歳から映画に出演し、一九五五年、十歳であの伝説的名画「ノンちゃん雲に乗る」の主役、ノンちゃんを演じました。僕はこの映画を観て、完全に鰐淵晴子にやられました。この映画は多分富士フイルムと提携しており、近所のカメラ屋には等身大のノンちゃんのポップが飾ってありました。僕はこの看板に恋してしまったのです。毎日通ってきて、トロンとした眼でノンちゃんを見つめていたので、カメラ屋の社長さんは、キャンペーン終了後、その看板を僕にくれました。僕は喜び勇んでノンちゃんを連れ帰ると、一緒に寝ていたそうです！

僕の初恋は鰐淵晴子のポップでした。四歳の時のことでした。

ほんとにませた幼児でした。

因みに僕は後年のドイツ顔の彼女もツボです。

僕が次に好きになった女優さんは、当時十六歳でＮＨＫで夕方放映されていたドラマ「バス通り裏」のヒロインを演じていた十朱幸代でした。一九五八年のことです。当時僕は小学校一年生でした。このドラマは何と生放送でした。ところで、十朱幸代といえば、忘れられないのは、とある題名不明のテレビドラマの一シーンです。彼女は飼っていたウサギが死んで動揺し、泣き悲しみます。すると、何と彼女に好意を寄せている青年医師が現れ、無理矢理鎮静剤を注射され、数を数えさせられながら、眠らされてしまうのです。青年医師はぐったりした彼女をお姫様抱っこして、二階の彼女の部屋に消えます。僕はこのシーンが強烈に印象に残りました。美少女が半ば強制的に抗う術も無く失神させられてしまうというシーンにドキドキし、さらに眠れる美少女を横抱きにして連れ去るというＤＩＤ的情景に萌えました。ある種のフェチシズムと性の目覚めだったのかもしれません。ともあれ、十朱幸代はとても色っぽいです！　因みにＤＩＤとはダムーゼル・イン・ディストレス、つまり危機に陥ったヒロインというシチュエーションのことです。

ところで僕は幼稚園年長時代および小学校一年の頃、リュウマチ熱（小児リュウマチ）に二回罹り、長期入院を余儀無くされました。この病は難病で放置すれば、心臓弁膜症になり、三十代まで生きられないのが普通です。そこで医師は僕に新しい治療法として副腎脂質ホルモンを大量投与し、それを回避しました。しかし、命と引き換えに僕のホルモンバランスは破壊され、肥満児になりました。また、その後、体育は全て見学を強いられ、十八歳まで、毎日二十万単位のペニシリンを投与されることになりました。こうして、読書とテレビと音楽鑑賞が僕の生活の中心になったのです。

僕の少年時代にはアニメはディズニー映画とハンナ・バーベラプロダクションのようなギャグ漫画が中心で、戦後の良質な日本製アニメの登場は鉄腕アトム（一九六三）を待たなければなりませんでした。子供向けテレビ番組は専ら特撮ヒーローものと、人形劇でした。前者は「月光仮面」「スーパージャイアンツ」「実写版鉄腕アトム」「実写版鉄人二十八号」「怪傑ハリマオ」「ナショナルキッド」等、後者は「チロリン村とくるみの木」「ひょっこりひょうたん島」「宇宙船シリカ」「空中都市００８」等がありました。

前者の中に「ピロンのひみつ」というＳＦ特撮番組がありました。なんと手塚治虫原作です。政治的事情でピロン星から地球に逃れてきた王子ピロン。彼を守るミラという女性型アンドロイドや、彼に同情する地球人支援者たちとピロン星からの刺客との間の戦いを描く夕方十五分の連続ドラマでした。日本テレビ系で九ヶ月放映されていました。僕は峰和子さん演じるミラが好きでした。彼女のバーバレラみたいな身体にピッタリの宇宙服のようなコスチュームが、萌えポイントでした。一九六〇年頃、小学校三年の頃でした。

ところで、誤解の無いように申し上げておきますが、もちろん僕は基本的に硬派のヒトラー少年でしたから、大っぴらに女性アイドルにうつつを抜かすようなことはありませんでした（笑）。ですから、当時の映画少年のように雑誌「明星」（現Myojo）や「平凡」、「近代映画」（現Kindai）、それから「スクリーン」（現SCREEN）のような映画スター専門誌を常時購読するようなことはありませんでしたし、他の少年たちのように皆でアイドルの話に興じることはあり得ませんでした。彼女らはあくまで僕の心に秘めたアイドルだったのです。

さて、小学校低学年の僕の二次元アイドルは手塚治虫の少女漫画「リボンの騎士」のサファイアでした。僕とこの作品との出会いは母が買ってくれた講談社の三巻の単行本です。少女クラブでの連載はとっくの昔に終わっており、その頃は続「リボンの騎士」が「なかよし」に連載中でした。これはサファイアの双子の子供が主人公でした。

後に「双子の騎士」と改題され手塚治虫漫画選集に二巻本として収録されました。母はこちらも買ってくれたので、僕の愛読書になりました。サファイアは可愛らしく、凛々しく、手塚女性キャラの中では最も好きなヒロインです。後に一九六七年にアニメ化された時も、しっかりチェックしていました。またタカラから発売されたキャラクタードールも購入して可愛がっていました。

僕の少年時代はまだ、アイドル歌手的な存在はおらず、専ら若手映画俳優が青少年の憧れの対象でした。そんな時代に僕の好きだった日本映画女優は酒井和歌子と浜美枝、それに内藤洋子でした。

酒井和歌子は石坂洋次郎原作の日活映画「あいつと私」でデビューしたのですが、僕はヒロインの芦川いずみより、下の妹役の当時十二歳の酒井和歌子に惹かれたのです。ちなみに上の妹は吉永小百合でした。

酒井和歌子はオリンピックの年に東宝に在籍し、僕の好きな東宝映画に出るようになりました。彼女のくりくりした瞳と清楚な顔立ちがツボでした。

浜美枝は東宝特撮映画のヒロインでした。僕が彼女を意識したのは一九六二年の「キングコング対ゴジラ」です。キングコングを日本に連れてこようとするテレビ局の女プロデューサーの役でした。彼女は日本人で初めて絶叫女優と呼ばれるキングコングにさらわれる美女を演じたのでした。浜美枝は、この役がキッカケとなって若林映子と共にボンドガールに抜擢され、日本が舞台の「007は二度死ぬ」(一九六七)に出演したのです。彼女の魅力はその日本人離れしたグラマラスなボディとアンバランスなロリ顔でした。

内藤洋子は黒澤映画「赤ひげ」(一九六五)でデビューしました。主人公保本(加山雄三)の許嫁の役でした。彼女は十五歳、中三でした。この役のオーディションでは酒井和歌子と最後まで争ったそうです。しかし彼女が最も印象的だったのは翌年のNETのテレビドラマ「氷点」でした。複雑な人間関係の中で継母に虐められ、自殺を図る薄幸の美少女という役柄は、この広いおでこの印象的美貌の内藤洋子にぴったりでみるみるうちに国民的アイドルになりました。僕は芥川龍之介原作の東宝映画「地獄変」で父親の絵のモデルとして牛車に乗せられて焼殺される絵師の娘役の内藤洋子に萌えました。

さて、少年時代の僕の愛した日本人女性歌手はなんと言ってもザ・ピーナッツでした。僕はクレイジーキャッツとシャボン玉ホリデー(日本テレビ 一九六一~七二)が大好きだったので、自然にピーナッツのファンになりました。その「モスラ」の小美人に代表される愛らしい姿と「情熱の花」などで発揮された抜群の歌唱力が魅力でした。ザ・ピーナッツのデビューは一九五九年で、一九七五年の引退まで、丁度まるっと僕の少年時代をカバーしているのです。また、一九六四年からは、イタリア人歌手で主にドイツ・オーストリアで活動したカテリーナ・ヴァレンテの紹介により、ドイツでもデビューし、結果的に、僕のドイツ趣味ともリンクしたのです。ピーナッツは爾来、何度もドイツに行きレコーディングを行い一九六七年までの四年間に、八枚十六曲のドイツ語のオリジナルシングル盤をリリースし、ドイツのヒットチャートでも、東京オリンピック直後に出た「東京みやげ」という曲は第一位を記録しています!

ところで、この時期、忘れてはならないのは、僕の少年時代の外国映画のアイドル、ジュリー・アンドリュースです。彼女との出会いはもちろん「サウンド・オブ・ミュージック」(日本公開、一九六五年六月)と「メリー・ポピンズ」(日本公開、同年十二月)でした。彼女の魅力はその類稀な歌唱力と魅力的な大きな眼でした! 僕は「モダン・ミリー」(一九六七)や、劇映画ですが、ベルリンが舞台のヒチコック映画「引き裂かれたカーテン」(一九六六)もちゃんとチェックしましたし、またきっちり各サントラ盤もGETしていました。

さて、僕が三島由紀夫さんの「わが友ヒットラー」のお手伝いを始めたのは、一九六八年、いわゆる三島事件を挟んで、水木しげる先生の「劇画ヒットラー」が一九七一年、また、この頃、僕は三島さんの遺志を継いで民族派の政治運動にも身を投じたので、あまりこの時期は特定の名前が思いつきません。アイドルにハマる精神的余裕が無かったのかも。また、一九七八年から、ドイツに行き始めたので、さらに身辺は忙しくなりました。

その後の時期に、僕がハマったのは、角川映画のアイドル女優たちでした。とりわけ、僕は薬師丸ひろ子と原田知世が好きでした。

薬師丸ひろ子との出会いは「野生の証明」(一九七八)でした。彼女の意志的な瞳と余人に替え難い美貌は僕の心を捉えて離しませんでした。「飛んだカップル」(八〇)「セーラー服と機関銃」(八一)「ねらわれた学園」(八一)「探偵物語」(八三)「W

の悲劇」（八四）等々、三番館落ちしてからも、名画座でやっていれば、「ぴあ」で調べて、何処へでも飛んで行きました。暇さえあれば、朝映画館に入り、夜出てくる始末でした。しまいにはセリフを全部覚えてしまい、諳んじていました。幾つかの作品は今でも出来ます（笑）。また、映画に出てくる場面を探して、ロケ地巡りをする逆ロケハン遊びもやりました。

その後、彼女は偶然僕と同じ大学に入学し、何と僕の後輩になりました。それから、僕の玩具道の盟友たる津川雅彦さんのお店「グランパパ青山本店」では、良く彼女に出会い、言葉を交わすようになりました。

ドイツ製の珍しいケーテ・クルーゼ社のテディベアをお勧めし、彼女が買って行かれたこともありました。人の縁は不思議です。薬師丸さんは、最近とても良い女優さんに成長されてご活躍で、嬉しい限りです。

原田知世との出会いはご多聞にもれず「時をかける少女」（一九八三）でした。原田知世はこの一作で当時のＳＦファンたちの心を鷲掴みにしたのです。プロの作家や漫画家のあいだにも熱烈な支持者が生まれました。

僕はこの映画を日比谷公会堂で行われた伊福部昭コンサートの日に観ました。観た小屋はプランタン隣の映画館シャンゼリゼでした。僕らはこの伊福部コンサートのために前日から徹夜待機していました。主催者側と協力して、自主管理委員会を作って徹夜組を仕切るためでした。そして無事に予定通り、翌朝あらかじめ作ってあった整理券を配って解散したのです。その後の余った時間を利用してこの映画を観たのでした。すーぱーがーるカンパニーの女性会員と一緒でした。因みに日比谷公会堂は一九八〇年にドイツの軍楽隊長をお招きしてドイツ行進曲のコンサートをしていたので、僕は隅から隅まで知っていました。

ともあれ、八ミリ映画少年の臭いを感じる大林監督作品は「ねらわれた学園」共々大好きで、原田知世は忘れられない女優になりました。

ちょっと時期が前後しますが、一九八〇年には僕の人生を変えた二次元キャラとの出会いがありました。その漫画は光文社の久しぶりの月刊漫画誌ポップコーンに連載されていました。吾妻ひでおの「ななこＳＯＳ」のななことの出会いです！　恐らくは筒井康隆の某ＳＦ作品からインスパイアされたであろう印象的な名前を持つこの気弱な超能力ヒロインは僕のオタク心を捉えて離しませんでした。そしてご存知の如くジャストコミック公認ＦＣを結成し、彼女のために奔走する日々をおくることになるのでした。ななことの出会いが無かったら、僕はここにいません。人生とは面白いものです。

ドイツ憲法擁護庁にも睨まれる先鋭的ヒトラー研究家で、日本公安警察にもウオッチされていた新右翼の活動家であった僕が、この吾妻ひでおの二次元キャラとの出会いによって新しい人生の扉を開けることになったのですから。この出会いから僕が得たものは言葉では言い尽くせません。物事にこだわらない心、自分の好きなことを好きと言える般若心経のような境地に至ることが出来たのです。僕はななことの出会いにとても感謝しています。

さて、僕の大好きなシンガーソングライターであり、生涯の友とも言うべき谷山浩子さんとの出会いは彼女の「おはようございますの帽子屋さん」（一九七五）でした。ラジオから流れてきたこの摩訶不思議な歌は僕の心に深く響くものがありました。僕が最初にドイツへ行った年のことです。その後、一九八二年より始まったオールナイトニッポンは、その年設立したななこＦＣすーぱーがーるカンパニーとも、しっかり運命的にシンクロし、吾妻ファンダムと谷山浩子は切っても切れない関係となったのでした。番組の中で谷山さんは、何度も吾妻先生に呼びかけ、吾妻先生もななこＳＯＳの中で谷山ネタを使ったりしました。

新井素子さん出演の日には僕は彼女の同人誌原稿をもらいにスタッフの中学生と共にニッポン放送に出向きました。あの伝説の新井素子と谷山浩子の「待つわ」放送の日、僕は傍にいたのです。我々は組織票で何回もななこの主題歌をオールナイトニッポンで放送してもらいましたし、某君の孤軍奮闘で愛国戦隊大日本をかけて貰ったことさえありました。またイベント「ななこ秋祭り」では谷山浩子がHCを担当しました。こうした繋がりは後の谷山浩子原作の吾妻ひでお作品「ロンド」に結実したのです。またアニメ「ななこSOS」では谷山さんは劇中歌を何曲か提供しています。また、当時横浜在住だった谷山さんのご両親のスナックバー「タンポポ」にも度々伺いました。母上が伊勢佐木町の我がハンドバッグのミドリヤでバッグをお買い上げになったこともありました。こうして谷山浩子音楽は、ドイツ行進曲、ヴァーグナーと共に、僕の人生の伴奏曲となったのです。

その頃、ななこ以外ではまった二次元キャラがいます。大島弓子の「綿の国星」のチビ猫です。恐らくネコ耳コスの元祖である彼女は作品共々大好きでした。アニメ化（一九八四）に合わせて作られたタカラ製のビスクドール・チビ猫は僕の生涯の宝です。僕はビスクドールチビ猫とまりちゃんを連れて、チビ猫ペルシャツアーというピクニックをファンの方々とやっています。これはヨタカからチキジョージまで歩き、最後に井の頭公園でピクニック宴会を行うという趣向です。また、谷山浩子はアニメ映画「綿の国星」では大島弓子と合作で劇中歌「鳥は鳥に」を提供しています。

うちの近所にある県立清水ヶ丘高校の漫研の部長をしていたのは、誰あろう、斉藤由貴でした。彼女は熱烈な谷山浩子ファンでもあり、ご近所のよしみ以上に親近感あるアイドルとなりました。うちの実家でバッグを買ってくれたこともありました！　僕はずっと彼女のファンです。彼女もとても素敵な女優さんに成長しました。

「メカゴジラの逆襲」以来しばらく制作が中断していたゴジラ映画が復活したのは一九八四年でした。その前年から、ファンダムでは、復活を応援する動きが色々ありました。中でもヒカシューのキーボード奏者井上さんの手によるシンセサイザーによる特撮映画音楽集「ゴジラ伝説」は素晴らしい成果でした。それと合わせて大戸島（大島）ツアーが企画され、そのツアーに参加した僕らは肝心の時に動かないゴジラ復活委員会の向こうを張って、東京ゴジラ団というFCを立ち上げ、東宝ゴジラクラブ公認で無料配布の同人誌を出すことになりました。その活動の中で、出会ったのが、東宝シンデレラの当時十九歳の沢口靖子でした。彼女が来たるべき新ゴジラ映画のヒロインでした。その輝くような美しさは圧倒的でした。数年後某デパ地下で偶然出会った時、僕を見つけ気さくに挨拶された姿に好感を持ちました。後年、横浜の花火大会に併せて行われた津川雅彦さんのパーティでも、お会いする機会がありましたが、さらに美しさを増されていました。彼女も素晴らしい女優さんに成長されていて、嬉しい限りです。

声優アイドルという言葉が生まれたのは、八十年代始めの頃だったでしょうか。無論、僕が好きになった声優さんも少なくありません。現在FCに入っているもしくは過去に入っていた声優（含むシンガーソングライター・歌手）さんを挙げます。島津冴子、横山智佐、丹下桜、桃井はるこ、野川さくら。その他の大好きな声優さんは、日高のり子、ジェーニャ、岩男潤子、佐久間レイ、上坂すみれ、宍戸留美、福井裕佳梨、井上喜久子、潘めぐみです。

さて、アイドルオタク界にはDDというテクニカルターム（笑）があります。この意味は「誰でも大好き」の略です。つまり、アイドルおたくは気が多いということを嗤う言葉なのです。「あいつはDDだから、AKBにも、ももクロにもどのライブにも出没するね」という風に使います。

僕も今まで好きになったアイドルは全部好きなままで、そこに新しい方々が加わるのですから、たまったものではありません。そこで、今回取り上げなかった皆さん、並びに一九八五年以降の好きになった皆さんに関しては、名前を列挙するに止めたいと思います。順序、ジャンル不同。

クラリス、ひし美ゆり子、可愛かずみ、仲間由紀恵、満島ひかり、倉科カナ、石原さとみ、栗山千明、桜木愛、みずきつばさ、田上真里奈、陽向あゆみ、夢月まりあ、仲埜希、青木美沙子、有東レイ、中川翔子、渡辺麻友、のぞみ(リトルノン)、蜂須賀ゆきこ、松嶋初音、高山紗希、永井流奈、増田未亜、深田恭子、毛利摩生、工藤マミ、美弥乃静、松原由佳、春名風花、高瀬有紗、磯崎亜紀子、佐々木彩夏。

ただ一度の機会～ぼくはこの夏「風立ちぬ」を六回観た

漫画の手帖　第66号（二〇一三年）

漫手読者のみなさんは、「風立ちぬ」をご覧になりましたか？　僕は共に三十回以上劇場で観た「セーラー服と機関銃」や「ねらわれた学園（薬師丸ひろ子版）」には及ばないものの、九月末現在、六回は観ました。

僕はこの宮崎監督最後の長編作品となったこの映画が大好きです。特に、子供にも分かるとか、万人向けとかいう従来のジブリの原則を超えて、分かる人にだけ分かれば良いという制作姿勢が小気味よいです。

僕の知人のドイツ人アニオタは自他共に認める宮崎アニメファンですが、「風立ちぬ」はどこが面白いのか分からなかったそうです。ベネツィア映画祭でもあまり高く評価されなかったとか。ざまあみろです！

そう、この映画は零戦という戦闘機が日本及び日本人にとって何を意味するかが分からないと心の深いところの琴線には触れて来ないのです。そして、その設計者たる堀越二郎とは誰であるか！　僕は敢えて断言します。この映画を最も深く理解出来るのは屈折した我々ミリオタであると！　そして、おそらく、僕は世界中で最も深くこの作品を理解したひとりであります。僕は自分が生涯を通じてのミリオタであることを誇りに思います！　ヤー、ダス・イスト・ウンザ・シュトルツ！　ディーゼ・ヤパーナー、ゲー・ナッハ・ヤーパン・ツリュック（笑）！

僕にとっては「風立ちぬ」は宮崎アニメの最高傑作のひとつです。因みに僕の好きな宮崎アニメは「カリオストロの城」「ナウシカ」そして「紅の豚」です。しかし、僕は全作品を劇場で観ていますが、この「風立ちぬ」以外は何回も宮崎アニメを劇場で観たことはありません。それは宮崎アニメは一度観ればお腹いっぱいになってしまうからです。

この映画を観て最初に感銘を受けたのは、戦前日本のハイソサエティの描写の素晴らしさです。田舎とはいえ、堀越家の堂々たる佇まい！　明らかに庄屋さまの家です。中学生になれるのは一村にひとりという時代に、堀越二郎は小学校から、当たり前のように中学に進学し、さらに一高、そして東京帝国大学へと進み、今日の三菱重工へと就職するのです。また、幼女である妹の加代の日本語の美しさ！　二郎も同様です。とても田舎の子供とは思えない美しい標準語です。これは両親が意識してそういう教育をしているのです。

一九二九年ドイツに視察に行った本庄季郎と堀越二郎はユンカース本社のあるデッ

サウでは、ユンカース社のガードマンにドイツ語で理路整然と抗議します。また、七試艦上戦闘機のテスト飛行の失敗後、休暇で訪れた軽井沢の草軽ホテルで、コミンテルンのスパイ、カストルプがドイツ語で歌う映画「会議は踊る」の主題歌「ただ一度の機会」に菜穂子の父も、二郎も多くの日本人客も、当たり前のようにドイツ語で唱和するのです。戦前日本のハイソサエティの教養の高さが伺われます。また喀血した菜穂子が休んでいる登戸方面の風見邸もヨーロッパ風の素晴らしい邸宅です。二郎と菜穂子が離れを借りていた黒川邸も素晴らしい和風の邸宅です。戦前日本を支えていたのはこういう人々であったのです！

　さて、参考までに、僕のドイツの知識で知り得たことを少し書きます。まず、ドイツのデッサウですが、旧東ドイツ地区にあるザクセン＝アンハルト州の特別市です。日本ではユダヤ系建築家グロピウスのバウハウスがあったことでも有名です。近くの都市にはライプツィヒや、マクデブルクがあります。ここにユンカースの工場がありました。そのため、第二次世界大戦では激しい爆撃を受けました。二郎達の泊まったホテルはガストホーフ・ツム・アルテン・デッサウアーという名前でした。これは「ホテル・デッサウ老公亭」とでも訳すべきところです。デッサウ老公はレオポルト一世という人気の高いプロイセンの軍人で、軍制改革を成し遂げて王国に貢献しました。

　軽井沢の草軽ホテルで二郎達が出会うカストルプはトーマス＝マンの小説「魔の山」の主人公にインスパイアされた人物で、リヒャルト・ゾルゲのような、ソ連＝コミンテルンのスパイです。この映画の中では僕にとって最も不快な人物です（笑）。彼の使命はソ連のために、日本やドイツの情報を収集したり、日本と中国国民党政府や、アメリカとを戦わせる謀略を仕掛けることでした。ヒトラー政権がゴロツキなら、スターリンは殺人鬼です。お前たちにだけは言われたくない（笑）。はやく特高に捕まって死刑になれ！

　戦後スターリンのソ連が日本人にしたことは、六十万人の日本人を拉致してシベリアで十年も強制労働でこき使ったり、多くの日本女性がソ連軍の性奴隷にされたのです。その結果罪もない人々が何万人も寒さと飢えの苦しみの中で死にました。戦後彼らは一度も謝っていません。またご存知のように、日本の領土を不当に奪って未だに居座っているのです。

　そのカストルプがピアノに向かって弾き語りで歌うのが前述のドイツＵＦＡ社の作った音楽映画「会議は踊る」（一九三一）の主題歌、「ただ一度の機会」です。この映画は日本では一九三四年に公開され、大変ヒットしました。この歌の歌詞を歌えるように翻訳しました。ご参考まで。

ただ一度の機会（飯田橋訳詞）

ただ一度
二度とはない
きっとただの夢
空開けてふりそそぐ
金色のひかり

ただ一度
二度とはない
きっとただの夢
命かけてただ一度
どうせ明日は消える夢
命かけてただ一度
花の盛り一度だけ

　さて、僕と宮崎監督とは、一度だけ接点がありました。宮崎監督のミリタリーマニアぶりは、つとに有名ですが、その凄まじさを示す逸話のひとつとして、「泥まみれの虎・宮崎駿の妄想ノート」（大日本絵画、二〇〇二）に紹介されているエピソードがあります。

　宮崎監督はドイツの第二次世界大戦の戦車隊のエース、オットー・カリウス中尉の自叙伝「ティーガー戦車隊」にハマり、ついに一九九八年、その戦いのクライマックスであるエストニアのナルヴァ付近を訪れ、その帰りにドイツで薬局を営んでいるカリウスさんを訪ねたのでした。宮崎監督はそれを漫画「泥まみれの虎」に描いた。まだ少尉だったカリウスの死闘は、それは戦争全体から見れば、地味な戦線崩壊を防ぐための戦いでした。一九四四年三月の事です。しかし、宮崎監督はその冷静沈着な戦いぶりとカリウスさんの誠実な人柄に深い感銘を受けたのです。

その後、当時東京タワーのボーリング場下のイベントフロアで行われていたV・MATというミリタリーコンヴェンションにカリウスさんをゲストとして呼ぼうという話が持ち上がりました。そして、僕は主催者で僕の高校生時代からの親友である本島治君から頼まれその企画のお手伝いをすることになったのです。更に来日実現の暁には、カリウスさんと旧知の仲である宮崎駿監督との対談もセッティングされていました。その折は僕が通訳をする手筈でした。僕は当時銀座にあったワインケラー・サワというドイツワインレストランを会場に選びました。サワは関東地方随一のドイツワインの殿堂で、後にドイツのアニメ漫画FCの連合体であるアニメックス代表と萩尾望都先生とが会食を行ったのもここでした。サワは二〇〇五年、惜しまれつつ二十五年の歴史を閉じました。

ところが、突然カリウスさんの息子さんからFAXが来ました。なんとカリウスさんが癌に罹っている事が発見されたのです。早期発見のため、命に別条は無いが、ちょうどV・MATが手術後の時期にあたるため、遠い日本まで高齢のカリウスさんが旅行するのは難しいとのことでした。そこで、僕はすぐにドイツのティーガー薬局まで国際電話をかけました。出たのはカリウスさんご自身でした。僕が、「事情はFAXで了解しました。どうかV・MATのことは忘れて治療に専念して下さい」と申し上げると、大変恐縮され、カリウスさんから、お借りした展示用資料は全部V・MATにくださるとのことでした。こうして、存命中のドイツ戦車隊最高のエースであるオットー・カリウス中尉の来日と、第二回目の宮崎監督との対談は儚い夢と消えたのでした。

僕は宮崎監督が、長編アニメから引退されるなら、短編でも良いから、この「泥まみれの虎」を作品にして欲しいと切に願うものです！　一般人に理解されずとも、我々ミリオタの同志は感涙に咽ぶこと間違いありません！　そして、最も喜ぶのは、このポルコ・ネッロたる飯田橋です！

ドイツビアホールよ、永遠なれ
-日本ドイツビアホールの興亡と和製オクトーバーフェストの隆盛-

「漫画の手帖」第67号（二〇一四年）

漫手読者のみなさん、こんにちは。今回は日本における不思議なドイツビアホール文化のお話です。

日本に西洋風のビアホールが出来たのは明治時代です。そしてビールと言えばドイツ。その多くがドイツ風になっていったのは不思議ではありません。

その頃、医学、音楽、軍事学、法律学、科学技術、建築学、ドイツ文学等々、あらゆる分野の勉強をするために多くのエリート達が公費、私費を問わず欧州の先進国ドイツに留学しました。でも実際にドイツに行けたのはごく少数の選ばれた人々のみでした。

しかしそれに加えさらに旧制高校等でドイツ語を習った人々が加わりました。彼らは遥かなドイツ文化への強い憧れを抱いており、女の子をメッチエン、恋人をリーベ、奥さんはフラウ、お金が無い時はゲルピン。歌の始まりの「いち、に、さん」の掛け声は「アインス、ツヴァイ、ドライ」と好んでドイツ語を使いました。

ドイツ文化は英米文化より更にマニアックで重厚で深みが感じられました。また花のパリにのみ憧れる少女趣味のフランスかぶれや、泥臭いロシア趣味とも一線を画していました。

こうして日本人のドイツ文化好きは音楽、文学、哲学、映画とそれは広がり、止まることを知りませんでした。もちろんそれは食文化にも及び、留学組のドイツへの郷愁とドイツかぶれの旧制高校出身者の幻想のドイツが合わさって、絶妙な形で日本独自のドイツ風ビアホール文化を生み出しました。

でも日本のドイツビアボールは微妙に和風テイストが混じっており本国のそれとは異なっていたのです。

日本のドイツビアホールでは、金のかかるバンド演奏は少なく、専らアコーディオンやピアノの伴奏でドイツ民謡や、ビアソング、ドイツ映画の主題歌からクラシックのドイツリートまで、原語のドイツ語や邦訳歌詞で歌われていました。しかしステージでそれを歌うのは専門の音楽学校の学生や、時にはプロのオペラ歌手でした。つまり、そこで演奏される音楽は無駄にレベルが高かったのです。

因みにドイツでは酒場で本職のオペラ歌手がステージに立つようなことはまずありません。階級社会のドイツではそこはきっちり住み分けられているのです。そして歌姫たちのリードで、終戦後の歌声喫茶のように、お客さん全員が放歌高吟・大合唱することも珍しくありませんでした。なんと多くの日本人客がドイツ語やイタリア語で歌うことが出来ました。ドイツビアホールの常連客達はかなりの教養の持ち主だったのです。

宮崎アニメ「風立ちぬ」の中で戦前のドイツ映画「会議は踊る」の主題歌「ただ一度の機会」をドイツ語で合唱するシーンがありましたが、映画のあれがドイツビアホールでは毎晩行われていたと考えれば、当たらずと雖も遠からずです。

ドイツビアホールの内装は南独の山荘スタイルに作られ、棚にはビアジョッキやワインの瓶が並び、ウェイターは南独風の民族衣装であるレーダーホーゼ(皮ズボン)をはき、歌手やウェイトレスはディアンドルというエプロンドレス型民族衣装を着て気分を出していました。それはきっとドイツ人から見れば鹿鳴館みたいに滑稽なものであったかも知れませんが、日本人客は暫し幻想のドイツに酔ったのでした。

かつて某有名国立大学大学院の独文科の入試問題に、東京にあるドイツビアホールを最低五つ挙げよというのがあった（笑）という逸話が示す通り、この日本ドイツビアホール文化は大正・昭和期の立派なオリジナルとして定着しており、無くてはならない風景だったと言えましょう。

しかし、医者のカルテが英語に変わった頃から、日本に於けるドイツ語文化のポテンシャルの低下が始まり、それと連動して、このドイツビアホール文化は徐々に衰退して行きました。そして一九九〇年代後半には多くのドイツビアホールが消えて行きました。

さて、ここで現存するしないを問わず、飯田橋の愛したドイツビアホール、ドイツワインバーを年代順にご紹介しましょう。

「ホフブロウ横浜・夏季限定ビアホール」

中学生時代に父親と行きました。無論ビールは呑めませんから、アイスコーヒーとか飲んでいました。雰囲気を楽しみに行きました。ウムラウトを読まない名前がご愛嬌。元ハンガリーＳＳ隊員のウエイターがいました。仲良くなって実家の僕のヒトラー部屋に遊びに来ました。彼は感激して涙をこぼし、自分はいつ野晒しをさらすか分からなからと、僕に功一級鉄十字勲章を託しました。それが「わが友ヒットラー」初演時に村上冬樹ヒットラーの胸に輝いていた鉄十字です。

ホフブロウはビアホールではありませんが、今でも山下町にあります。

「アルテ・リーベ横浜店」

横浜随一のドイツレストランで、元の場所は現在のアルテリーベ横浜店のある情文センターよりずっと馬車道寄りにありました。ここはビアホールではありませんが、音楽レストランの性格も有しており、ハンガリーや、オーストリア人の楽師がおり、日本の流行歌から、ドイツ、オーストリアのオールディーズ曲まで、情緒たっぷりに演奏していました。

僕が古いドイツの流行歌を色々リクエストするもので、ドイツに妙に詳しい変な子供として有名でした。僕は日本人が誰も知らない頃、「リリーマルレーン」をリクエストしたりしました。値段も味も一流で横浜で最高のドイツレストランでした。

「ベルマンズポルカ」

九十年代末に閉店した歴史あるドイツビアホール。赤坂溜池交差点のビルの地下にあったかなり大きな店でした。

ここでは毎晩、金子万久さんや、清水信治さんという日本有数のアコーディオンの名手達が演奏していました。また彼らの伴奏で当時二期会研修生だった歌姫、小野玲子さんらが歌っていました。ここのオーナーはユダヤ系ドイツ人だったので、戦時中のドイツ曲は基本ご法度でしたが、彼のいない時には、「パンツァーリート」や「エリカ」、「討英の歌」等の戦時歌謡も演奏してくれました。よく日独協会の青壮年委員会の友人達と通ったものでした。オリジナルの歌集があり、それを参照しながら合唱しました。

「ゲルマニア」

二〇一二年一二月に惜しまれつつ閉店した老舗のドイツビアホールです。ここは典型的な伝統的ドイツビアホールでした。清水信治さんがここでも演奏していました。僕も昔は足繁く通ったものでしたが、末期の頃はかなりご無沙汰してしまいました。最後の所在地は銀座の松坂屋の裏手のビルにありました。ここにもオリジナルの歌集が存在しました。

「ローレライ」

現存する最後の伝統的ドイツビアホールです。ここに行けば、日本のドイツビアホール文化がどういうものか分かります。ただ、ちょっと音楽面が弱い感じがします。場所は泰明小学校の裏手のビルの地下にあります。

「アルテリーベ東京」

ここは、ビアホールというように本格音楽レストランです。　アルテリーベ横浜の経営者の母君が経営していましたが、先年ついに閉店が決まった時に、常連さん達が起ち上がって会社を作り、店を残しました。これはすごいことです。

ここはオペラの二期会の浪川佳代さんら、日本の一流の歌手、演奏家が集う本格的レストランシアターです。場所は新橋駅にほど近い内幸町です。予約をお勧めします。


「音楽ビヤプラザ ライオン」

銀座の老舗ビアホール「ライオン」の五階にあります。ここもアルテリーベ東京同様の音楽レストランです。音楽ジャンルはドイツに限らず、クラシックから、流行歌まで幅広いです。ただ客層がかつてのドイツビアホールの客層を彷彿とさせるインテリハイソ中心なので敢えて名前を挙げました。


「ホーフブロイハウス 東京」

今は無き国会議員麻生義孝の奥方がオーナーだったミュンヒェン・ホーフブロイの支店。新宿靖国通りに面したビルの地下にありました。常連客とドイツ旅行などの企画も行っていました。シェフはカイテルさんでした。


「ケテルス」

銀座みゆき通りにあったソ連スパイ、ゾルゲが愛した「ラインゴールド」の後継店。残念ながら閉店。


「ドナウ」

六本木にあったドイツビアレストラン。小さな店だったがクオリティが高く居心地の良い空間でした。アップライトピアノ演奏でドイツマーチや、ドイツの旧い流行歌の演奏や歌唱を聞くことが出来ました。


「ワインケラー・サワ」

二〇〇五年、惜しまれつつ閉店したドイツワインレストランです。日本のドイツワイン最高権威、古賀守先生の指導のもと、先生の一番弟子であった石澤壽恵子さんが経営していた日本最高のドイツワインの殿堂でした。

銀座八丁目天国の裏手のビルの地下にありました。


その他、音楽演奏はありませんが、現在でも、多くのドイツレストランや、ビアレストランが東京にはあります。何軒かお勧めの名前を挙げておきますので、ググってみて下さい。


カイテル……新宿にある日本一のドイツレストラン。カイテル元帥の甥御さんがオーナーシェフです。

シーキャッスル……鎌倉由比ヶ浜にある老舗ドイツ家庭料理レストラン。名物女将ライフさんが有名。

ツムアインホルン……ドイツ文化センターOAGハウスにあったレストランのシェフのお店。

バーデンバーデン……日比谷ガード下のドイツレストラン。

ラインガウ……渋谷のドイツレストランシュタインハウス……ここも日比谷ガード下。

ツムビアホフ……新宿や渋谷にあるビアレストランチェーン。ホーフブロイビールが呑めます。

GGC……福富太郎の始めたドイツ風居酒屋チェーン。フランチャイズオーナーのこだわりの有無によってかなり店の質に差があります。

プロースト……永福町にあるビアレストラン。GGC新橋店シェフ故大村さんの奥さんのお店。

つばめグリル……戦前からある老舗のドイツレストランチェーン。


さて、絶滅に瀕している伝統的ドイツビアホールと反比例する形で二千年代初頭から勃興して来たのが「日本オクトーバーフェスト文化」でした。

最初は二〇〇二年の横浜オクトーバーフェストだったように記憶しています。

このムーブメントも伝統的ドイツビアホール文化の流れを汲んでいるようにも思えます。これはドイツ大使館や商工会議所の後援の元に、本場ドイツの生ビールが手軽に呑めるイベントとして、規模こそ本場ミユンヒェンのそれには劣るものの今や日本中が一年中オクトーバーの勢いを見せています。

　音楽演奏は基本的にドイツからバンドを招聘する形で行われています。ただ本国同様、ビアソングや、ポルカ等と同時にアメリカンポップスも演奏されるのは、時代を感じさせます。

　ともあれ、もはや、かつての日本ドイツビアホール文化の隆盛を知らない世代が大勢を占める時代になりました。おそらく、この文化は早晩消え去る運命でありましょう。

　けだし日本ドイツビアホール文化は極めて日本的な現象でありながら、同時に我が国のドイツ趣味者のクオリティの高さの証左であり、かつての日本インテリハイソのひとつの到達成果を示すものでした。それは映画「風立ちぬ」や「小さいおうち」に描かれた喪われた世代の記憶と通底しています。

「バー・リキュール・アンサンブルとの出会い。僕の音楽マニア人生の思い出。」

「漫画の手帖」第68号（二〇一四年）

漫手読者の大きなみなさん、ご無沙汰しています。ごきげんよう。さて、今回は僕とあるユニークなバーとの出会いのお話です。

　ＮＨＫの名物番組のひとつに「ファミリーヒストリー」というのがあります。これは色々な有名人のルーツを探る番組なのですが、不定期放送枠なので、よほど気をつけていないと見損なってしまいます。ですから、見られたらそれは「縁」です（笑）。

　さて、昨年一月、俳優の高橋克典さんの回が放映されました。僕はそれを偶然見ることが出来ました。この番組の内容がとりわけ興味深かったのは彼の父親、高橋勝司さん（一九二九～二〇〇六）の物語がメインテーマになっていたからでした。

　彼は秋田の地主の家に生まれ、十五才で海軍の少年飛行兵に志願した特攻隊の生き残りで終戦時はまだ十六才でした。

　思いもよらず生き残って失意の日々を送っていた彼は、偶然教会で賛美歌の合唱を聞いたのがキッカケで一念発起し、何と音楽の道に進む決意をしたのです。彼はまず師範学校に入って音楽家を目指しました。

　国立音大を卒業した彼は、最終的には横浜市立南高等学校の音楽の先生になりました。

　奥さんの好子は芸大出の声楽家です。南高では彼は音楽部の顧問としてオーケストラを組織し、多くの部員を指導し、名物教師として慕われていました。彼は退職後も市民オーケストラや合唱団を立ち上げて指揮者となり、同時にその指導に当たっていました。そして二〇〇六年、惜しまれながら亡くなりました。葬儀には千人もの教え子が集まり、克典さんを驚かせました。

　番組には横浜の関内にあるという南高音楽部ＯＢの集うバーで彼らが先生の思い出話にうち興じる場面が映し出されていました。しかしＮＨＫなのでバーの名前等は一初紹介されませんでした。

　僕は店の真ん中にグランドピアノが鎮座しているこのバーが気になって、インターネットで調べているうちにとあるOBの方のブログに到達し、そこで、このバーの名前が「リキュール・アンサンブル」であることや、このバーではクラシックのみがBGMとして流されていることを知ったのです。

　そして放送直後の昨年一月半ばのある日、僕は関内大通りの外れにあったこのバーを訪ねました。大きな木製の扉を開けると、そこにはオーナーバーテンダーの岩井伸浩さんが一人でグラスを磨きながら佇んでいました。彼は南高音楽部のOBで、コントラバス奏者でした。店の片隅には高橋先生の遺影が飾られ、BGMは件のブログにあった通り、クラシックでした。その時はラフマニノフのピアノ協奏曲だったかもしれません。スピーカーはコストパフォーマンス抜群の小型タンノイでした。このライブな音響のバーには正にぴったりの選択でした。

　それから僕のリキュール・アンサンブル通いが始まりました。僕はあまり大酒飲みではないので、元来行きつけのバーというような場所は持ったことはなく、六十年の人生の中でも珍しいことでした。僕がこのバーの常連客のひとりになった理由は、この岩井マスターとの音楽談義がとても楽しかったからなのです。

　このバー、リキュール・アンサンブルとの出会いが、僕に取ってとても意義深かったのは、このマスターとの孤独な音楽談義を通じて、僕の音楽愛好家人生を再構築出来たことなのです！それを忘れないうちに僕の音楽愛好家人生をここに記したいと思います。

　まず僕が最初に聴いたレコードは、七八回転のシェラック製の十インチ盤の「軍艦行進曲」でした。演奏は吹奏楽ではなく、弦の響きも印象的なスタジオオーケストラで、ジャンルはなんとダンス音楽でした！たしかテンポはフォックストロットと書いてありました。それを僕は自宅のポータブル電蓄（これは電気蓄音機の略？）で繰り返し聴いていました。軍艦の模型を畳の上に並べて観艦式ごっこをしました。多分二歳位の時です。僕のマーチ好きのルーツはこれです。それが高じて後にドイツ行進曲愛好会を立ち上げ、今は三代目の会長をしています。またこれが、ドイツから指揮者を招請して海上自衛隊東京音楽隊によるドイツ行進曲オンリーのコンサート（一九八〇）を日比谷公会堂で開催することに繋がりました。

　レコードはSPからLPの時代に変わって行きます。僕が最初に買って貰ったLPレコードはアメリカの軍楽隊による世界のマーチ集でした。その中にドイツ・オーストリア文化圏の行進曲とも言うべきチェコの作曲家フチークの「剣士の入場」が入っていました。よくサーカスでBGMに使われるヤツです。それを僕は繰り返し聴きました。プレイヤーはテレビの上に乗っていて音はテレビのスピーカーから出る仕掛けでした。因みにお店のBGMも有線放送とか無い頃は、LPレコードをステレオでかけていました。実家のハンドバッグ屋では、マントヴァーニのイージーリスニングがよくかかっていました。この場合、自動的にレコードをかけ替える仕組みのオートチェンジャー付きプレイヤー以外は終わったら、またピックアップをレコードの端に持って来なければなりませんでした。

　さて、当然ながら、僕の音楽愛好家人生もヒトラー研究と無関係ではありません。それはヒトラーが好きだったというリヒャルト・ヴァーグナーの音楽の探求から始まりました。小学校二年の頃から、このヒトラーが唯一尊敬していたという芸術家ヴァーグナーの作品とはどんなものだろうかとずっと興味津々でした。ですから、僕はいつもラジオやテレビのクラシック番組に耳をそばだてていた子供でした。でもヴァーグナーはラジオでは普段は定番の「ヴァルキューレの騎行」くらいしかかからず、レコードはオペラの全曲盤が多く高価で小学生には手の届かない存在でした。

当時、件の僕の実家は横浜随一の繁華街であった伊勢佐木町にありました。伊勢佐木町には二丁目にハマ楽器、三丁目にはヨコチクという大きなレコード店があり、ヨコチクは演歌や歌謡曲、ハマ楽器は洋楽や、クラシックが充実していました。

ですから僕は専らハマ楽器に通っていました。結局、僕のヒトラー研究が本気であることを理解し始めた両親に最初に買って貰ったヴァーグナーのLPレコードはユージン・オーマンディ指揮、フィラデルフィア交響楽団による「ヴァーグナー管弦楽集」でした。これは一九五九年の録音ですが、「タンホイザー序曲」や「ヴァルキューレの騎行」、「ローエングリン第三幕への前奏曲」等、定番の楽曲を網羅していました。小学校高学年の頃でした。

その頃、日本のヴァーグナーファンの最大のイベントは、聖地バイロイトからの実況録音放送でした！これはバイエルン放送協会から世界の放送局に提供されているもので、僕の生まれた一九五二年から始まった壮挙でした。最初はAM放送で年末に放送されていましたが、一九五七年、FMの実験放送開始と共に多くの音楽番組同様、FM放送に移行したのではないかと推測しています。因みにオリンピック種目の前年の六三年にはFMのステレオ放送が始まりました。

この年末の数日こそ、小学生の僕がヴァーグナーの楽劇の全曲を聴くことの出来る唯一の聖なる機会でした。世間がクリスマスだ、紅白だと浮かれていた頃、小学生の僕の頭の中はヴァーグナーで一杯だったのです！僕の住んでいた伊勢佐木町はビルの谷間で電波の入りが悪かったので、後には、まるでアマチュア無線の人が使うようなモーター式のローテーターでアンテナをクルクル回して、最良のポイントを探して聴いていました。

しかし僕がバイロイトを生で聴く機会は、意外に早くやってきました。それは一九六七年の春でした。僕が中学三年の時です。大阪の中之島にあった大阪フェスティバルホールで毎年行われていた大阪国際フェスティバルの十周年記念になんとドイツからバイロイト音楽祭を呼んだのです！まさに奇跡の引越し公演でした。因みにバイロイト音楽祭は二回外国へ引越し公演をしていますが、もう一度も日本で、バブルの真っ最中の八九年、渋谷文化村のこけら落としの時でした。日本人のヴァーグナー狂いがよく分かります。

既にプロの（笑）ヒトラー研究家を自認していた中学生の僕は、この機会を逸したら沽券に関わると父親に力説しました。ヒトラー研究に関してはもう諦めていた父は大阪の深い付き合いのある問屋さんの社長さんにチケットを頼みました。彼は何と最上の席を全公演確保してくれたのでした！六七年の来日はオケはNHK交響楽団、合唱団もフェスティバル合唱団でしたが、指揮者は初来日のピエール・ブーレーズとトーマス・シッパーズ、ヴォルフガング・レンネルト、歌手達も皆オリジナルキャストでした。演目は「トリスタンとイゾルデ」と「ヴァルキューレ」です。僕は喜び勇んで新幹線に一人飛び乗り、大阪に向かいました。そして期間中は件の社長さんの家に厄介になって毎日中之島に通いました。学校は親公認の仮病で休みました。バイロイトを観に来る中学生は多分あまりいませんでした。しかし、もう一人いたのです！それが今日、日本一のアニメ音楽作曲家である田中公平先生でした。彼は当時、中学一年生で難波のお医者さんの息子さんでした。後年僕らは出会って共にドイツのバイロイトに行くことになるのです。彼はこの時「トリスタン」を観て音楽の道を志したのだそうです。

そして翌年あのショルティ指揮、ヴイーンフィルの「ニーベルングの指輪」全曲盤、指示動機LP付き全二十二枚組が発売になり、亡き父は前年からの勢いでそれを購入してくれたのでした。僕の少年時代の最も嬉しかったプレゼントでした。

その頃より僕は多くのオペラ座の来日公演には欠かさず行くようになりました。とりわけ、ベルリンドイツオペラ来日公演では、ヴァーグナーは見逃しませんでした。「トリスタン」、「さまよえるオランダ人」、「ローエングリン」等がありました。またヴェーバーの「魔弾の射手」やベルクの

「ルル」なんかも観ました。

また青春時代のヒトラーに迫るべく「メリー・ウィドウ」、「こうもり」等、ヴィーナー・オペレッタも観るようになりました。

万博や、三島事件のあった一九七〇年、僕は父親と初めてヴァーグナーを観に行きました。それはベルリンドイツオペラの「ローエングリン」でした。日生劇場だったでしょうか。ヴァーグナーの孫のヴィーラントの演出でした。ところが始まってしばらくすると父親は寝入ってしまい、後で「儂が寝られるような芝居は良い芝居だ」と言っていました。何せ殆ど動きの無い演出でしたから無理もありません。普通の人にはヴァーグナー全曲は難行苦行かもしれません。

一九七〇年、僕の音楽人生上、もう一つの大きな事件がありました。それはドイツ行進曲愛好会の設立です。まず音楽の友社の雑誌「レコード芸術」の読者欄に当時ノーベル書房の重役だった中島省(つかさ)という方から「ドイツ行進曲が好きな人はいませんか？」という呼びかけがあったのです。最初にそれに呼応して集まったのは、僕と法務官をしていた原景左光氏の三人でした。僕たちは日比谷のタクトという音楽喫茶に集まりました。僕達はドイツ行進曲の素晴らしさを熱く語り合ううちにドイツ行進曲の愛好組織を作り、その素晴らしさを全国に拡めようという話になりました。こうしてドイツ行進曲愛好会が生まれました。中島さんが初代会長、原さんが二代目、そして亡くなったお二人の遺志を継いで僕が現在三代目の会長です。その後、ドイツ行進曲愛好会は順調に拡大し、一九八〇年には日比谷公会堂で、ドイツから客演指揮者シュリューター中佐をお招きして海上自衛隊東京音楽隊「ブラスムジークアーベント」というドイツ行進曲オンリーのコンサートまで開くことになってしまうのです。

さて、僕の音楽愛好人生を飛躍的に拡大したのは無論ドイツに行くようになったからでした。

最初にドイツに行ったのは一九七五年でした。最初から僕はドイツ連邦軍の司令官である軍楽総監に連絡を取り、また多くの音楽会のチケットを日本から注文しておきました。その頃、最もパワフルだった僕にはぬかりはありませんでした。またドイツ語もドイツ・オーストリア滞在の最初の三ヶ月で日常会話は殆ど困らない程度になりました。子供の頃から慣れ親しんだもの達が、一気に有機的に結合を始めたのでした。それからも、幾度となくドイツに行きました。滞在期間を全て合計すると約三年程になります。その度に必ずバイロイトやザルツブルク音楽祭、ベルリンドイツオペラ、ミュンヒェン国立劇場、東ドイツの各種歌劇場、オーストリアの各歌劇場と、長期に渡る滞在の場合は必ず劇場巡りをしました。

またドイツ連邦軍とも直に連絡を取って連邦軍軍楽隊のコンサートや、各種のイベントに参加させてもらい、様々な軍楽隊を訪問したのです。それらの成果の集大成が、日比谷公会堂でのコンサートでした。

こうして、すっかり忘れていた僕の音楽愛好人生を、僕はバー・リキュール・アンサンブルでマスターを相手に音源付きで一年半に渡って事細かにカミングアウトしていたのです。今思うと僕にとってとても貴重な機会でした。この不思議なバーとの出会いが無ければ、充実していた過去の出来事をはっきり再構築することは叶わなかったでしょう。リキュール・アンサンブルは一種の奇跡のタイムマシンだったのです！

リキュール・アンサンブルは経済的理由から本年の七月半ばに惜しまれつつ閉店しました。無くなってみると、そこが僕にとって如何に大切な場所だったかが分かります。さようなら、バー・リキュール・アンサンブルよ。君は僕にとってクリストファー・ロビンの魔法の森でした。ありがとう！

「ドキュメンタリー・アドルフ・ヒトラー」のひみつ

「漫画の手帖」第69号（二〇一五年）

三島由紀夫さんの「わが友ヒットラー」に関する仕事が後半にさしかかった頃、僕はちょっと困ったことになっていた。それは学業とヒトラー研究の両立に関してであった。僕は悪しき完全主義で、程というモノを知らず、両方共に百%でないと満足しなかったのだ。だがそれには時間が決定的に足りなかった。

その頃、ドライバー用にカフェインの眠気覚し剤が発売され、僕はそれに飛びついた。愚かにもナポレオン式に睡眠時間を切り詰めれば良いと考えたのだ。

自宅で調べ物をしている時や、授業中に眠くなるとためらう事なくカフェインの錠剤を貪りのんだ。使用限度もなんのそのだった。昭和四十三年から翌年にかけての出来事だったと思う。その愚行の結果は早くも数ヶ月後にやってきた。勉強しようとすると、身体が固まってしまい動けなくなるとか、数々の神経症的な症状が出てきたのだ。また、胃潰瘍のように胃がシクシク痛むようになった。

病院で診てもらったら、胃潰瘍＋重度の神経性胃炎だった。治療のため及び原因を解消するために、一年間休学することになった。内科と同時に神経科にも通うことになった。神経科は精神科と入り口が違うだけで中は繋がっており、ちょっとショックだった。

しかし現金なもので、学業の方は気にしなくて良くなり、ヒトラー研究に没頭出来るようになったら、病状はみるみる改善した。

さて、休学中の僕が考えたことは、今までの僕のヒトラー研究の成果を何か形にしたいということだった。それも書物とかではなく、誰にも分かるビジュアルな形にしようと思った。最善の方法はドキュメンタリー映画である。それによって巷間流布されているような悪魔ヒトラーではなく、人間ヒトラーの真実の姿を描くことが出来る。そしてその仕事は僕にしか出来ないと確信していた。しかし、高校生の僕には映画フィルムを購入する財力もないし、三島さんとのことがあったとはいえ、僕を支援してくれる映画会社や出資者もありそうもない。

そこで思いついたのは、次善の策として、スライドを使って絵物語や紙芝居のように画像を上映し、それにナレーションをつけ、更にBGMとSEをつけて、あたかもドキュメンタリー映画の様に見せようというものだった。

それを思いついたのは多分、昭和四十四年の春頃の事である。そして完成した暁には、その年の秋の浅野学園の文化祭での公開を目指すことにした。

僕は先ず、脚本に取り掛かった。それは膨大なものになった。構成はヒトラーのミュンヒェン一揆のシーンをプロローグとして、その後にヒトラーの出生から、画家、建築家を夢見る少年時代が続く。それから、第一次世界大戦への従軍、戦後ドイツの混乱とヒトラーが政治家になる事を決意するまで。さらにナチス党の党首となり、ミュンヒェン一揆と、その失敗、投獄、わが闘争の執筆、それから、大衆運動への方針転換、議会進出、政権獲得、国民革命、「わが友ヒットラー」の題材になったレーム事件、国際連盟脱退、ヴェルサイユ条約の破棄、再軍備、独墺合併、チェコ併合、第二次世界大戦、初戦の勝利、日本参戦、独ソ戦の死闘、連合軍の反撃、ユダヤ人の運命、べルリン攻防戦、神々の黄昏、ヒトラーの最期、残された廃墟、と続く。

　プロローグは先ずミュンヒェンの保守派が現在のガスタイクの図書館の辺りにあったビアホール・ビュルガーブロイケラーで集会を開いているシーンに始まる。ＢＧＭはドイツの軽音楽オーケストラのヴェルナー・ミュラー楽団のビアソングだ。そこに突然ヒトラーが突撃隊を率いて乗り込んで来る。ＢＧＭはバーデンヴァイラー行進曲。ヒトラーはピストルを抜いて天井に向けて一発発射し、演説を始める。「国民革命が開始された。直ちに静粛にしないと私は廊下に機関銃を据えさせる。バイエルン軍と警察はハーケンクロイツの旗の下、十一月の裏切り者共の中央政府を打倒するために、ベルリンに向かって進撃中である！」

　ナレーションは放送部の堺正幸くんにお願いした。彼は後年フジテレビのアナウンサー（現在はフリー）になった。ウィキペディアには「ドキュメンタリー・アドルフ・ヒトラー」が伝説の番組として記載されている。

　登場人物の声の出演は友人たちや果ては肉親まで動員して、登場人物毎にセリフを録音した。主人公ヒトラーは親友のＧくんにお願いした。

　画像は家にあったヒトラー関係書から接写することにした。使用した画像はスライドにして、約八百枚に及んだ。その作業は無限に続くかのように思われたが、とても楽しかった。

　その年の夏は、伊勢佐木町の屋上に作られたプレハブのスタジオの中で、汗だくになって録音や編集作業に励んだ。外気温は三十三度以上あったが、作業終了後、部屋の防音シャッターを上げると、ものすごく涼しく感じられたものだ。

　ところが、どこから漏れたのか、この企画が日教組系の教師たちの知るところとなり、このドキュメンタリーの上映を止めさせようという圧力がかかってきた。僕は猛然と闘志をかき立てた。負けるものか。言論と表現の自由に対する不当な挑戦であるとして、校長、学園長に企画を予定通り進められるように直訴した。また、担任も、味方につけることに成功した。日教組は三島さんの仕事をやっていることを知っていたので、これを右翼的宣伝の手段にするのではないかと邪推したのだ。事前検閲させよという要求も突っぱね、制作は続けられた。そして、ついに九月二十日、満杯の視聴覚室にての上映にこぎつけることが出来た。

　音声とＢＧＭとＳＥはＴＥＡＣの38㎝のオープンリールのテープレコーダーで流された。

　サウンドトラック（笑）と映像のシンクロは技術的に困難だったから、スライドの進行は全て僕自身がタイミングを計りながら、スイッチを押した。

　上映は大成功だった。終映後、日教組の教師から、「制作を邪魔してすまなかった。こんなにちゃんとした立派なものだとは知らなかった。中立的で素晴らしいものだった。」との謝罪と賛嘆の言葉を頂いた。

　その翌年の秋、あの三島由紀夫事件が起きた。僕が水木しげる先生の漫画サンデー革命家シリーズ「劇画ヒットラー」の原作を手がけたのはこの年の翌年だった。水木先生は僕の印象を鬼太郎と桃太郎を足して割ったような少年とおっしゃった。

　こうして水木先生はお兄さんの運転する車で拙宅へやって来た。執筆の参考にするために「ドキュメンタリー・アドルフ・ヒトラー」を観るためである。また、同時に約二百冊の資料をお貸しすることになった。

　つまり僕の「劇画ヒットラー」の原作台本は実は「ドキュメンタリー・アドルフ・ヒトラー」が下敷きになっていたのだ。だから、皆さんの中で、この作品に興味を持って下さった方がいらっしゃったなら、水木しげる先生の「劇画ヒットラー」をお勧めしたい。この作品には、件の「ドキュメンタリー」が色濃く投影されているのだ。

　更に一九七五年に日本フォノグラムより発売された二枚組のレコード、その名も「ドキュメンタリー・アドルフ・ヒトラー」もかつての「ドキュメンタリー」が生み出したものなのだ。

　こちらは「ドキュメンタリー」のシナリオの時系列に沿って、日本フォノグラムが権利を持っていたフランスのドキュメンタリー・レコード会社セルプの音源を再構成したものであった。

　そこに更に僕とノンフィクション作家鈴木明氏と、日本フォノグラムの浅倉部長さんとの三人が仕掛け人となって流行らせた「リリーマルレーン」を加味したのである。

　ウィキペディア言うところの伝説の番組「ドキュメンタリー・アドルフ・ヒトラー」とは、ヒトラー少年、飯田橋の少年時代のヒトラー研究の集大成だった。これ以降、一九七五年より飯田橋はドイツへ直接乗り込んで、更にヒトラー研究の深淵にはまり込んで行くのである。だから、この「ドキュメンタリー・アドルフ・ヒトラー」を除いては、僕のヒトラー研究家人生を語ることは出来ない。

　「ドキュメンタリー・アドルフ・ヒトラー」は音源と共に拙宅の腐海の何処かに眠っており、現在のデジタル技術を以てすれば、昔日の如く全てを蘇らせることも可能であろう。また、当時の関係者から、それを強く勧められることもある。しかし、著作権的な問題や、僕自身が当時の飯田橋と対面せねばならないという事情もあり、まだ果たせないでいる。しかし、昔日のモンスター（笑）は伝説の平和な眠りの中に寝かせておく方が良いかもしれない。

飯田橋のライブアイドル三昧
又はDDは辛いよ！

「漫画の手帖」第70号（二〇一五年）

漫手読者のみなさん、ご無沙汰しています。飯田橋は相変わらず、元気にオタク道を驀進しています。今回は地下アイドルとも、インディーズアイドルとも呼ばれる「ライブアイドル」のお話です。

　アイドルという言葉の語源的意味は偶像を意味し、某宗教の原理主義者からは、邪悪の象徴として破壊の対象にされている存在でもありますが、アメリカで一九二〇年代に若い世代の人気者を指す言葉として使われました。ところが戦後の日本では、いつのまにか若い世代の随喜賛仰（笑）の対象たる若い男女の歌手、女優、男優、グラビアモデル等を表す言葉になってしまいました。

　日本人で初めてアイドルと呼ばれたのは一九七一年デビューした歌手、天地真理だと言われています。同時期にデビューした小柳ルミ子、南沙織と共にアイドルの「三人娘」と呼ばれ一時代を画しました。その後、少女三人のアイドルグループのキャンディーズや「スター誕生」「ホリプロタレントキャラバン」「ミスセブンティーンコンテスト」等のオーディションの隆盛と共に「花の中3トリオ」と呼ばれた山口百恵、森昌子、桜田淳子らや、ピンク・レディーが出現し、さらに七十年代末、ビックアイドルの松田聖子がデビュー。八十年代、近藤真彦、田原俊彦らのジャニーズ系男性アイドルを含め、小泉今日子、中森明菜、河合奈保子らがブラウン菅を占拠するアイドル全盛時代を迎えました。またTV番組から派生した素人アイドル集団「おニャン子クラブ」の出現は八十年代半ばでした。彼女たちはアイドルの敷居を大いに下げました。

　しかし八十年代末のバンドブームや、たくさんあったＴＶのゴールデンタイムの音楽番組の衰退終了等の複合的理由から九十年代始めに「アイドル冬の時代」と呼ばれる時代が到来しました。ＴＶ番組等の出演場所を失った歌手活動中心のアイドル達は小さなライブハウスや、公民館、デパートの屋上等で活動を続けるようになりました。これが、ライブアイドルの起源と考えられます。その代表的存在は少女時代の桃井はるこがハマっていた水野あおいでした。またその頃自由な活動を行うため、大手の事務所からフリーになった宍戸留美は、業界から干されて出演場所を失い、インディーズアイドルとして、活動していました。彼女も元祖ライブアイドルのひとりです。

　その後、モーニング娘や、ＡＫＢ４８が現れ、アイドル冬の時代は克服されました。こうして日本にアイドルが生まれて四十五年、ついに、本気でアイドルになりたいと決心すれば、誰もがアイドルになりうる時代になりました。しかし、ライブアイドルの道はイバラの道です。その困難な道を自らの人生の目標に選んだ少女達がライブアイドルなのです。

　ところで、アイドル全盛期の七〇〜八〇年代、飯田橋はヒトラー研究少年で、しかも公安に目をつけられる過激な民族派活動家だった（笑）ので、大学の後輩でもある薬師丸ひろ子の応援を除き、門外漢の域に留まっていました。例外は戸川純、上野耕治、太田螢一のテクノバンド「ゲルニカ」、さらにシンガーソングライターの「ビタミンバナナ」等のライブにはたまに行きました。

　しかし、ひょんなことから、ドイツのオタクイベント、コンニチを二〇〇二年より手伝うことになり、二〇〇六年より毎年コンニチのゲストとしてドイツに桃井はるこさんをお連れすることになったのです。こうして吾妻ひでおファンダムの同志でもある桃井はるこさんとそのファンダムのみなさんとお近づきになりました。桃井はるこさんは少女時代には、前述した水野あおいのライブに通い、秋葉原で初めて路上ライブを行い、自他共に認める秋葉原の女王として「秋葉系アイドル」の頂点に君臨する方でした。これによって、僕は一気に秋葉系アイドルもしくは、ライブアイドルの世界に足を踏み入れることになったのです。そして気がつくと、サイリュームやペンライトと呼ばれる光る棒を手にしてライブに通い、下手なオタ芸を打つドルオタオヤジ（笑）になっていたのです。

　とまれ、九〇年の星霜を経て、最初欧米の人気若手シンガーを意味したアイドルという存在は完全に変容し、日本独自の存在に深化してクールジャパン（笑）の一角に燦然と輝くようになりました。外国人ドルオタさん達は、異口同音にアイドルという概念は日本にしか無いと言っています。

　二〇〇七年、僕が初めて桃井はるこさんをドイツにお連れした年に秋葉系ＳＮＳフィルンでは「フィルン帝国の興亡」と称するウェッブラジオを開設、秋葉原の女王、桃井はるこを総帥に九人の若手声優による閣僚を配しオタク帝国を建設するという設定で番組を配信し始めました。僕はこの九人のメンバーをも応援するようになりました。こうして、彼女達のライブアイドルの現場に顔を出すようになったのです。フィルン自体は二〇一〇年に消滅してしまいましたが、僕は彼女達の応援を続けました。

　中でも工藤マミさんは声優活動と共にライブアイドル活動をされていて、彼女の現場にはよく行きました。そこから彼女の主催ライブ「からふるべりぃ」にゲスト参加したライブアイドル達ともつながりました。

　ここで、僕の応援する日本人ライブアイドルをご縁があった順にご紹介します。


「工藤マミ」

　愛称まぁみん。大阪出身の声優、ライブアイドルで、ホリプロスカウトキャラバン出身。フィルン帝国の閣僚（フィルンチルドレン）でした。同じくチルドレンの渋井美貴と共にライブイベント「からふるべりぃ」を主宰運営していました。抜群の歌唱力で演歌でもポップスでもこなし、桃井はるこさん作詞作曲の持ち歌があります。


「萱沼千穂」

　愛称ちーちゃん。声優、ライブアイドル。松戸の防犯キャラ「松宮アヤ」の中の人。

ＳＦ大会でのＭＣを担当したり、定期コンサート「ちーちゃんのまったりライブ」主宰。朗読劇「無責任艦長タイラー」、「少女人形舞台」出演。桃井はるこさんのＳＦ大会ライブではＭＣを担当。

「美弥乃 静」
歌手、声優、女優、モデル。抜群のルックス。練馬区公式キャラ「ねり丸くん」の声担当。まぁみん達と名古屋のイベントに行った時、知りました。

「妃咲みあ」
声優、ライブアイドル。からふるべりぃでのご縁です。ゲームやＯＶＡに声の出演をしています。

「小夏ちえり」
ロックアイドルユニット、ＤＩＳＤＯＬのメンバー。身長一四五センチ、小柄ながら抜群の歌唱力。写真モデル。最近の僕のイチオシのライブアイドル。昨年秋、アメ横でのまぁみんのライブで知りました。

「七歌」
歌手、モデル。中学生時代から天乃ななえ名でモデルをしていた美少女。抜群のルックスと歌唱力。実の兄と「ななかと」というユニットをやっています。

「大野敦子」
ライブアイドル。アニソンシンガーを自認しているので、アニドルと称しています。ガンダム講談の七井コム斎師匠の戦争講談を彩る美少女軍団「パンツァーメーデル」のメンバー。抜群の歌唱力。ライブハウス阿佐ヶ谷ドラムで行われるアニソンイベントを主宰。

「海涼（みれい）あかね」
通称みぃちゃん。驚くほどカワイイ、ライブアイドル。人柄も素晴らしいです。

「唯瀬愛結」（ただせあゆ）
抜群の歌唱力とルックス。将来性を感じます。

「魔法少女☆りりぽむ」
愛称ぽむ。独特の存在感。舞台狭しと跳ね回るパワー。元女優。小さくて、カワイイ。芸人と言われる程の演技力です。

「紫輪蛇」（しりんだ）
ライブアイドル。抜群の歌唱力とエキゾチックなルックス。サバゲーを趣味とし「戦うアイドル」のタイトルを持つ。フィリピンとのハーフ。横浜のメイドカフェ、ナデシコでメイドさんをしています。

「禁后の少女零」（パンドラの少女ゼロ）
抜群の歌唱力と美貌。そのサブカル的な個性とコンセプトは他に類例が無いです。戸川純の大好きな僕のツボです。

さて、十五年ほど前より、日本のＴＶアニメ「美少女戦士セーラームーン」の影響から放映各国でオタクムーブメントが澎湃として巻き起こりました。そして日本人の知らない間に世界中の若者の間で、日本アニメ、マンガファンが生まれ多くのコンベンションが行われるに至りました。そういう流れの中で、日本の声優やアイドルに憧れ、日本での活動を目指す少女達が現れました。その動きは今も続いています。ここでは、そういう外国人のみなさんを紹介します。僕と直接ご縁のあった方々も少なくありません。応援しています。

「ジェーニャ」
ロシア人。声優、歌手、モデル。二〇〇〇年頃、ロシアで日本アニメをリスペクトするサイトを秋葉いっき名で運営。二〇〇二年、日本の衛星ＴＶ局の招待で来日。僕はこの時の招致委員会のメンバーでした。二〇〇五年、声優を目指して再来日、インディーズ時代を経て、メディアフォース、８１プロデュース、そして現在は株式会社ケイハイブ所属。苦節十五年。日本を目指した外国人オタク少女のパイオニア。

「ＨＩＭＥＫＡ」
カナダ人。日本アニメが好きでアメリカのコンベンション アニメエクスポのカラオケコンテストで優勝。日本のアニソン歌手を目指してワーキングホリデービザで来日。第二回アニソングランプリ優勝。二〇〇九年、ソニー・ミュージック・ジャパン・インターナショナルからデビュー。幾つかのアニメの主題歌を歌う。その後5pbに移籍。その後フリーに。二〇一四年、職業ビザの取得適わず、帰国。彼女は最も成功した外国人アニソンアイドルだったが、外国人が日本でアイドルを続けることの難しさを示すことになりました。

「ルキ・モモーイ」
スペイン人。スペインのナンバーワン・オタクアイドル。モモイスト。二〇一〇年、桃井はるこプロデュース曲をかけたコンテスト「魂の歌声オーディション」で優勝、桃井はるこ作詞作曲「かなしまないで」でデビュー。二〇一三年、二〇一四年、二〇一五年と来日し、ライブ活動を行っています。

「タピオカぷりん」
台湾人。台湾でダンスアイドルグループを組織したり、バンドのボーカルをしていました。二〇一三年初来日。二〇一四年には大阪でライブ活動を行っています。ワーキングホリデービザにて二〇一五年三月、来日、秋葉原や、大阪でライブ活動を行っています。抜群の歌唱力と可愛らしいルックス。iTunes等でオリジナル楽曲を配信中。

「あみにゃん」
アメリカ人。唯一の黒人アイドルです。モモイスト。抜群のかわいらしいルックス。二〇一五年一月に来日、テレビ東京の「ユーは何しに日本へ」に取り上げられました。大学に通いながら、アイドル活動中。

その他にも多くの外国の少女達がアイドルを目指しています。僕もコンニチをお手伝いした経験を生かして、微力ながら彼女達のお手伝いをしたいと思っています。

ところでライブアイドルを支えているのは、各々についている一定数の固定ファンです。ライブアイドルのライブは普通、複数のライブアイドルが出演し、オーディエンスの支払う入場料で運営されています。

普通ライブには事前予約制度があり、事前予約料金は割引になっているのです。予約は各アイドルを通じて行われます。当日の入場時には、受付で誰を通じて予約したを告げるシステムになっています。ライブハウス側や、主催者は誰が何人予約客を集めたか分かる仕掛けです。自分扱いの予約者が余りにも少ないとそのライブに参加出来なくなったり、ペナルティー料金を支払うことになったりします。だから、各アイドルは自分推しのファンを増やそうと必死です。

ドルオタ（アイドルオタク）用語にはDDという言葉があります。これは誰でもダイスキの略です。もし、応援しているアイドルの出演するライブが被ったりしたら、どちらに行くか選ばなくてはならないのです。一人のアイドルだけに操を立てて応援している人は良いのですが、DDの人は困ったことになってしまいます。僕のようにいろんな義理で動いている場合は、悪くすると、みんなに不義理をしてしまうのです。まさにDDは辛いよです（笑）。それでも、老骨に鞭打って秋葉原や、新宿、池袋、阿佐ヶ谷方面へ通っています。

お人形に占領された自宅二階のオーディオルーム

かけがえの無い方々との別れ
水木しげる先生とハルトムート・カイテルシェフ

「漫画の手帖」第71号（二〇一六年）

飯田橋の歳になると、お別れしなければならなかった親しい知人、友人が結構たくさんいるものです。そして、その方々なしには、飯田橋の人生はおそらく考えられません。例えば、三島由紀夫さんのような特殊な例は別としても、コミケの米沢くんや、政治的同志でもあったプロレス特撮オタクの中村太くんがそうですし、人生の師であったＳＦ翻訳家の矢野徹さんも忘れることが出来ません。

僕は当時彼らが生きているのが当たり前のように思っていたのですが、気がついたら、僕一人残されていたのです。

昨年から、今年にかけても、二人のかけがえのない方々が逝かれました。それは漫画家の水木しげる先生と、世界一のドイツ料理のシェフであったハルトムート・カイテルさんです。

水木しげる先生との出会いは、昭和四十六年、大人向けの漫画週刊誌「週刊漫画サンデー」に「革命家シリーズ」と銘打った連載が掲載されていて、当時、毛沢東にかぶれていた藤子不二雄Ａ先生がまるで中共の教科書のような「劇画毛沢東伝」を描いていたのです。

それは毛沢東を革命家として賛美したもので、戦前彼が漫画家をしていたら、同じようなヒトラー賛美漫画を描いたであろうと思わせる内容でした。

驚くべきことに当時は手放しで毛沢東や中共にかぶれていた日本人がたくさんおり、戦前のヒトラーブームを彷彿とさせるような感じだったのです。そこにある日突然、漫画サンデーに水木しげる先生による「劇画ヒットラー」連載の予告が載りました。

水木しげるファンだった僕は「すは一大事！」とばかり、水木プロに愛の手を差し伸べたのです。

つまり、三島由紀夫さんの時と同じく、水木しげる先生がヒトラー漫画を描くにあたり、資料その他で、お困りに違いないと拝察したのです。また、三島さんが戯曲「わが友ヒットラー」を書くにあたって、僕が歴史考証に協力したこともお話ししました。それは正に渡りに船だったようで、僕はすぐ水木プロに来るようにと言われました。その日の事は、日本読書新聞の一九八四年四月三〇日号の水木さんの連載コラム「わが友」に載っています。そこでは僕はまるで鬼太郎と桃太郎を足したような少年だったと描写されています。

さて、水木先生はお兄さん運転の例の車で、横浜の伊勢佐木町にあった僕の「研究室」（笑）にやってきました。彼はそこで、例の「ドキュメンタリー・アドルフ ヒトラー」を見ました。そして、僕が水木さんの「劇画ヒットラー」の原作のお手伝いをすることになりました。

また、水木先生はうちから役に立ちそうな資料を約二百冊程持ってゆかれました。「劇画ヒットラー」の連載は昭和四十六年五月八日号から八月二十八日号まで十七回掲載されました。僕は当時、定時制の高校に通っていたので、昼間は水木プロに詰めて作業する事も可能だったのです。当時週刊連載をたくさん抱えてものすごく忙しかった水木さんとの打ち合わせは、他の編集者の罰に挟まっての順番待ちで、結構大変でした。ですから、暇なときはベタ塗りまで手伝いました。手持ち無沙汰にしていると、あの「ゲゲゲの女房」の中に出てきた水木先生の父上イトツ（胃が突出して強いから）こと武良亮一氏がいつも僕を相手してくれました。「しげるはただの漫画家じゃない、ニーチェや、ショーペンハウアーのような哲学者なんだよ」という言葉が記憶に残っています。優しかったイトツ氏は一九八四年に八十八歳で亡くなりました。

作業が遅れて、帰れなくなってあの増改築を繰り返した迷路のような富士見町の方の水木プロに泊まったこともたびたびありました。また調布駅まで、自家用車で送ってもらったこともありました。そんな時は、下のお嬢さんが一緒に車に乗りたくてガレージの隅で待っていました。彼女はたいてい「ゲゲゲの歌」を口ずさんでいました。

また当時、水木先生は「星をつかみそこねる男」という近藤勇の漫画を描いていて、一緒に三鷹の龍源寺の墓所に墓参りしたこともありました。ヒットラーの頃の水木プロにはつげ義春先生もいました。「劇画ヒットラー」の漫画サンデー増刊号が出た時には不遜にもサインをさせていただきました。

連載終了後、僕は町田の玉川大学に入りました。町田と調布は近いので、よく水木プロに遊びに行きました。こうして、僕は水木先生の友人の末席を汚すようになったのです。

一九八六年、帝国ホテルで行われた水木プロ創立二十周年記念謝恩パーティーにももちろん出席しました。舞台では、余興に聖飢魔Ⅱが「ゲゲゲの鬼太郎」の歌をやりました。帰りに漫画家で怪獣の着ぐるみ俳優だった破李拳竜氏と聖飢魔Ⅱのデーモン閣下と一緒になりました。破李拳さんとデーモン閣下は昔特撮アトラクションをしていた仲間だったのです。僕は「実は。かねてより閣下を尊敬申し上げていたのです。」と言ったら、閣下は「ういやつじゃ」と答えました。

その二十三年後の二〇〇九年、水木しげる画業六十周年記念謝恩会が、十一月に行われました。そこには翌年から始まる「ゲゲゲの女房」のキャストも来ていました。水木先生と、久しぶりにお会いできてとても嬉しく思いました。因みに「ゲゲゲの女房」では二十周年の時に熊楠に倣ってシルクハットを被っているのですが、本当は画業六十周年の謝恩会でのエピソードなのでした。

さて僕は二〇一〇年、満を持してこの朝ドラを見ました。なんとねずみ男のようなイタチというキャラ以外は全員モデルがいるのです。そして、愕然としたのは、奥さんの布枝さんがお嫁に来たのは一九六一年で、それは僕がヒットラーの原作のお手伝いをした一九七一年のたった十年前だったことでした。その頃、水木先生は貸本漫画が売れず、まさに赤貧状態だったのでした。そして出世作となった少年マガジンの「テレビくん」は、一九六五年！　ヒットラーの六年前でした。僕は最初から売れっ子だったように錯覚していたのです。だから、僕は毎朝、泣きながら朝ドラを見ていました。あの頃の水木さんは、成功からまだ六年しか経っていなかったのです！いきものがかりの「ありがとう」も本物の水木夫妻が目に浮かんで涙なしには歌えません。

いつか水木先生とのお別れが来るであろうとは覚悟していました。でも今年の一月三十一日に青山墓地であったお別れの会には、僕はついに行かれませんでした。落ち着いてから富士見町に伺いたいです。

「世界一のドイツ料理の達人シェフ」ハルトムート・カイテルさんと初めて出会ったのは一九七五年の秋頃だったと思います。ちょうど三ヶ月に亘る最初のドイツ・オーストリア研究旅行から帰ったばかりで、二十四歳の頃でした。それはバイ・ルーディという日テレ通りにあった小さいドイツ・レストランでした。オーナーのルーディ氏はユダヤ系ドイツ人で、溜池交差点近くのビルの地下にベルマンズポルカという大きなビアホールを持っていました。そこではナチドイツ時代の戦時歌謡とか歌うと叱られました（笑）。

カイテルさんは一九三九年ドイツ・ハイデルベルク生まれ、なんとあのヒトラー総統の参謀総長だったヴィルヘルム・カイテル元帥の甥御さんでした。つまり学校の先生だったお父さんが元帥と兄弟だったのです。カイテル家は武門の名門らしく、弟御さんは西ドイツ連邦軍の高級将校で、NATO大使としてフランスに勤務していました。その名前によって排斥されなかったのは、当時の西ドイツ社会の公正さを良く示すエピソードでしょう。

上にお姉さんが二人いましたが、男子としては長男だったカイテルさんは、実科学校を出てすぐ菓子職人と料理人の道に入りました。十六歳でした。ドイツ、オーストリア、スイスで修行されましたが、多分、若い事とその名前のせいで随分いじめられ、殴り合いの喧嘩も一度ではなかったそうです。然し、負けず嫌いだった彼は絶対にへこたれず、しかもその天才を発揮してメキメキと腕を上げて行きました。そして、それがまた妬まれて、虐めの材料になりました。でも彼は屈することなく昂然と顔を上げて前進して行ったのです。

そんなある日、カイテルさんは、日本のヒルトンホテルが外国人シェフを募集しているとの広告を見つけたのです。カイテルさんは、それに応募して来日しました。なんと二十六歳の若さでした。そして見事に新宿の日本のヒルトンホテルのペストリーシェフに合格したのです。そこで五年間勤務しました。その時に日本人の同僚の女性と恋に落ち結婚しました。その間も一九六六年、第一回全日本洋菓子展示会にて、高松宮殿下技術賞第一位に輝いています。

一九七〇年、三島事件のあった年に京王プラザホテルに副料理長として迎えられました。彼は一九七二年、ドイツフランクフルトで開催された国際料理展示会で日本チームを率いて参加し、金メダルを受賞、故郷に錦を飾っています。また、その二年後にはパリにてフランス料理のフランス名誉賞「ラ・サンミッシェル」を受賞しました。また同年、日本料理協会からは会長名誉賞を受賞し、名誉シェフの称号を得ました。

僕とカイテルさんが出会ったのは、この京王プラザ時代でした。何故か僕とカイテルさんは気が合い、すぐに仲良くなりました。僕は自分がヒトラー研究家であることや、その年にドイツでアルベルト・シュペーア元軍需相らと知りあったことや、立ち位置は、過去の歴史に偏見のないニュートラルな研究者であることを説明しました。

カイテルさんは自分がカイテル元帥の甥であることを僕に告げました。僕はその事実にびっくりしました。まさかヒトラー総統の参謀総長の甥御さんが、この日本にいるとは思いもよらなかったのです！

因みにカイテルさんはついには四十以上もの国際的な料理コンテストで優勝を遂げ、一九七八年にはフランス政府からフランス文化に貢献した人に贈られるナポレオンが制定したレジオンドヌール勲章のシュヴァリエ（騎士）級を贈られるに至りました。無論、カイテルさんのフランス料理人としての腕前を讃えての叙勲です。これはフランスに渡れば国賓待遇を意味し、当時、パリのNATO本部に勤務していた軍人の弟さんも驚愕したとのことです。

因みに日本人シェフではフランス料理の三国清三シェフが最近受賞したのが最初です。

カイテルさんは一九八六年、十六年間副料理長を務めた京王プラザホテルを退職し、オーナーシェフとしてレストランカイテルを新宿に開店しました。レストランカイテルは、たちまち日本で一番美味しいドイツレストランとなりました。また元民社党議員で三島由紀夫さんの友人でもあった麻生良方氏の奥さんが新宿靖国通り沿いで始めた「ホーフブロイハウス東京」のシェフも務めていました。このビアホールはミュンヒェンの有名なホーフブロイと提携したオフィシャルな支店で、当時日本で唯一ホーフブロイハウスビールが飲める場所でした。また、最盛期にはファンと共にミュンヒェン旅行なども行っていました。しかし残念ながらホーフブロイハウス東京はオーナーの病気が原因で廃業となったと聞いています。因みに現在新宿にあるホーフブロイの提携店ツム・ビーアホフとは無関係です。

カイテルさんはその後もドイツ大使館のガーデンパーティーの料理の指揮を取ったり、ドイツに里帰りしたりと活発に活躍され、いつまでも若々しい印象でした。レストランカイテルは誰を連れて行っても恥じないハイクオリティなお店でした。カイテルさんの影響を受けた人は多く、横浜地ビールのブラウマイスターはカイテルさんとの出会いがビールの道を歩むきっかけだったと言っています。

また二〇一一年、ドイツ大使館はカイテ

ルさんに日独交流百五十周年を記念して感謝状を贈っています。カイテルさんはいつも楽しい会話でお客さんを楽しませ、多くのファンがおりました。

　不死身のように思われたカイテルさんは近年体調を崩され、入退院を繰り返されていましたが、今年に入って症状が悪化し、二月一日、午前九時四十三分永眠されました。今年はレストランカイテル創業三十周年にあたります。カイテルさんの素晴らしい味は息子さんのオリバー・カイテル氏に受け継がれています。「俺以上に才能がある」とめったに人を褒めないカイテルさんの保証付です。僕はこれからもレストランカイテルに通い続けるつもりです。ここには、カイテルさんの魂が生きているのです。

僕のゴジラ人生

「漫画の手帖」第72号（二〇一六年）

　庵野秀明総監督の「シン・ゴジラ」が大ヒット上映中！　十二年待ちに待ったゴジラは想像の斜め上を行く素晴らしい出来栄えで、大感激の飯田橋です！　庵野さんとはＧＡＩＮＡＸ時代から満更知らない仲でもないし御宅の同志として心からお祝い申し上げます。

　さて一九五四年、映画好きな父親（当時五十四歳）は無謀にも二歳七ヶ月の僕を当時評判だった怪獣映画「ゴジラ」に連れて行きました。僕は比較的大人しい子供だったので泣きわめいたりせず大丈夫だと思ったのでしょう。僕はちゃんと静かに観ていましたが、後で画面が暗くて怖かったと言っていたそうです。これが僕とゴジラの最初の出会いでした。翌年、父親は「ゴジラの逆襲」にまた僕を連れて行きました。父親曰く「お前は既にゴジラの側に立っていた。悪いのは人間だ。ゴジラがかわいそうと主張していた」そうです。ラジオからは歌謡曲「ゴジラさん」がしきりに流れていました。三つ子の魂百までも！　僕は未だにゴジラの味方なのです。

　僕はその後、一九六〇年（八歳）の「キングコング対ゴジラ」から今年（六十四歳）の「シン・ゴジラ」まで、全てのゴジラ映画二十九作品をリアルタイムで観ました。無論、他の東宝特撮映画もです。ですから、かつて三島由紀夫さんが大のゴジラファンである事を知った時はとても嬉しく思いました。彼は大晦日は自由が丘の武蔵野推理劇場でポケットウヰスキーを片手に朝から晩まで「ゴジラ映画」を観ていたそうです。大晦日の三島家では、大作家は粗大ゴミだったのです。因みに初代ゴジラ公開時に多くのマスコミや批評家がゲテモノ扱いをした中で、三島さんのみが「原爆の恐怖がよく出ており、着想も素晴らしく面白い映画だ」「文明批判の力を持った映画」と絶賛していたのです。

　ゴジラシリーズは一九七四年の「ゴジラ対メカゴジラ」で二十周年を迎え、同年行われた野田昌宏さんプロデュースの第二回日本ＳＦショーの中で高千穂遥先生によって「ゴジラ二〇周年イベント」が行われました。しかし、翌年、第十五作目の「メカゴジラの逆襲」の観客動員が九十七万と歴代最低を記録したことにより、東宝は巨額の制作費がかかる特撮映画であるゴジラシリーズの制作を中止しました。

一九七七年の「スターウォーズ」の大ヒットを受けて、東宝の中にもゴジラを復活させようとする気運が生まれました。それに呼応するかのように特撮ファンの間にも東宝特撮映画を、とりわけゴジラシリーズ復活を望む声が沸き起こり、まだビデオソフトも普及していなかったので、各地の映画館では「特撮大会」等の名前を冠した徹夜の上映会が何度も行われるようになりました。東京では池袋の文芸座や、浅草東宝、関西では伊丹のグリーン劇場等が有名でした。しかし、ゴジラが本当に復活するまでには九年の歳月がかかったのです。

特撮ファンダムでは一九八一年の第一回特撮大会の実行委員長だったN君が中心となって「ゴジラ復活委員会」が生まれ、同人誌を発行し、遂には現在怪獣造形作家として有名な品田冬樹氏にキンゴジの着ぐるみを発注して自主制作のショートフィルムを作るまでに至っていました。

従来、僕はSF大会以外のファン活動はあまりしておりませんでしたが、すーぱーがーるカンパニーを設立し、ファンダムで活動するようになってから、一挙に世界が広がり、元々好きだった東宝特撮ファンダムにも顔を出すようになりました。すると、そこはSF大会や、コミケで知った顔ばかりだったのです（笑）。よく考えれば当然の帰結でした。我がすーぱーがーるカンパニーにも東宝特撮ファンはたくさんいたのです。

一九八三年はものすごく忙しい年でした。「ななこSOS」のアニメ放映の年であり、僕らは関西と関東の二回の「ななこまつり」を主催し、またゴジラ絡みでは日比谷公会堂で行われた伊福部昭コンサート「伊福部昭・SF特撮映画音楽の夕べ」（八月五日）で自主管理委員会を運営し、更に大阪で行われた第二十二回日本SF大会「ダイコン4」（八月二十日〜二十一日）にも遠征したのです。そこではまた吾妻ひでおファンの総合コンベンションAZICON1も行われました。またこの年、ヒカシューの井上誠氏によるシンセサイザーと合唱による東宝特撮音楽集のレコード「ゴジラ伝説」がキングレコードより発売を開始、その制作にあたっては、東宝特撮ファンダムからボランティアのゴジ伝合唱団が結成され、僕も勿論、すーぱーがーるカンパニーからも何人もの有志が加わりました。また「ゴジラ１９８４」の撮影も始まっており、お約束の「逃げ惑う群衆」のエキストラにも多くの同志が参加しました。

一九八四年六月、九年ぶりに新作の「ゴジラ映画」の制作が発表されました。それと同時に東宝公認のゴジラファンクラブが結成されました。発足記念イベントとして井上さんの「ゴジラ伝説コンサート」が七月に渋谷で行われました。さらに九月、大島で「大島ゴジラ伝説ライブ」が行われました。

僕らすーぱーがーるカンパニーの特撮オタクの面々もこのツアーに大勢参加しました。

ところで件のゴジラ復活委員会は、本当のゴジラ復活を前にして、何故か活動を停止してしまいました。それどころか、ライバル会社の大映から出資してもらって「マイティレディ」という巨大美少女モノの特撮映画を作ろうとしていました。僕ら旧い特撮オタクは大いに憤慨し、この大島ツアーの船上で、新しい「ゴジラ映画」を応援するための突撃隊を結成しようということになりました。それが「大島ゴジラ団」でした。後に香山滋のジュブナイル版「ゴジラ」の中に出てくる「東京ゴジラ団」の後を襲って「東京ゴジラ団」と改名しました。物語の中の「東京ゴジラ団」とはゴジラを自分たちが操っていると称して日本政府から金を騙し取ろうとするセコイ詐欺師集団です。そして実際に上陸したゴジラに近づきすぎて、罰が当たって踏み殺されてしまうのでした。

僕ら東京ゴジラ団の最初の作戦は東宝ゴジラクラブ公認の無料配布同人誌を制作することでした。何故か新しい「ゴジラ」に冷たい特撮ファンたちに、あるいは、オールナイト上映会などの待機列に対し、これを配布して盛り上げるのが目的でした。僕はこのためにドイツ行きを一回諦めて、その資金を充てました。そしてゴジラクラブ公認で砧撮影所へ何度も行き、取材しました。中野特技監督、ゴジラの造形の特美の中丸さん、初代東宝シンデレラの沢口靖子さんのインタビュー、それから新しいメーサー車の図面も付けました。また表紙は「劇画ヒットラー」で仲良しになった水木しげる先生とゴジラ団の同志で日本一のゴジラコレクターの一人である粕谷くんに描いていただきました。こうして素晴らしい無料配布同人誌が完成しました。

　ところが、東宝の宣伝部は初代ゴジラの真似をして無意味な「情報封止」を思いつきで始めました。初代の時はゲテモノ映画とレッテルを貼られるのを防ぐためには、多少効果があったかも知れませんが、一九八四年の時はむしろ有害だったと思います。せっかくの少年雑誌の取材申し込みを次々と断ってしまったのですから！　そして、さらに東宝宣伝部はゴジラクラブ公認の我々の同人誌をも潰そうとしてきたのでした。刷り上がって、後は配布するだけという状態で潰されてはたまりません。僕はあるパーティーの席上でプロデューサーの田中友幸氏に直訴しました。田中プロデューサーは「ファンがせっかく身銭を切ってやってくれるんだ。しかもこちらで一度許可したというじゃないか！　好きなようにやってもらおうよ！」と味方して下さったのです。僕はその日から田中プロデューサーに足を向けて寝られないと思いました。

　井上さんの「ゴジラ伝説３」の制作は八四年の春頃から始まりました。当時キングレコードが入っていた天風会館でゴジ伝合唱団の録音が行われました。録音が中盤に差し掛かった時、井上さんが「どなたか『俺ら宇宙のパイロット』の歌詞を知りませんか？」とおっしゃったのです。何と僕はすーぱーがーるカンパニーのメンバーの一人がテレビで録画した「妖星ゴラス」から耳コピーした歌詞の写しをたまたま奇跡的に持っていたのです。そこで入社間もない大月さんが、それを人数分コピーして下さいました。

　僕らはこうして同人誌「大戸島通信」を浅草や、池袋でファン待機列に無料配布し、また雑誌「宇宙船」の同人誌コーナーに情報を載せていただいて無料配布しました。一九八四年十二月十五日、前日から東宝のフラッグシップ館たる日劇東宝に僕らは品田ゴジラ（破李拳竜）と共に泊まり込み、最初の上映を待ちました。また盟友のアマチュアフィルムメーカーの今井聡監督が素晴らしいＲＣショッキラス（フナムシ）を作ってきてくれました。

　第一回の上映の後、僕らはランクルに品田ゴジラを載せて、キャンペーンに出動しました。運転はあのプロレスオタクで有名な中村太同志でした。キャンペーンの内容は東宝直営館前で初日の各上映休憩時間に「ゴジラ回し」をするというものでした。まず、新宿コマ劇場の東宝に向かいました。近道をして国会横を通ると機動隊が右翼の宣伝カーと間違えてブロックしようとしました。しかし「ゴジラ」と大書きした看板を発見し、慌てて通してくれました。ウグイス嬢役の東宝ゴジラクラブ事務局長、高野さゆりさんが「おまわりさんもゴジラ見に来て下さいね！」とすかさずアナウンスしました。新宿の次は渋谷、次は上野と直営館巡りをしました。因みにゴジラ団は「ビオランテ」の時もゴジラ回しをやりました。

　また東京ゴジラ団は恐れを知らない集団だったので、「一九八四ゴジラ」の終了後、南高円寺にあった居酒屋ゴジラ屋の二階で「ゴジラ反省会」を催しました。そこには橋本幸治本編監督、中野昭慶特技監督をはじめ多くの関係者がおいでになったのです。そこで我々は将来のゴジラへの夢を真剣に語り合いました。

　中野監督とは、ゴジラ団活動を通じて、とても親しくさせていただいていました。とあるイベントで中野監督のトークショーがあり、その終了後の質問タイムに、あるオタク青年がオールナイト上映会でエンドロールに円谷英二監督の名前が出てくると拍手があるのに中野監督の時は誰も拍手しないが何故だと思うかというとても失礼な質問をしたのです。中野監督は「人には色々物の見方があり、どういう感想を持たれるかは、映画を観た方の自由ですから、それはそれで良いのではないでしょうか？」とお答えになりました。イベント終了後、僕は中野監督と呑む機会があり、監督は先の質問にふれ、「ああいうのに腹を立てなくなるまで三年かかりました。」と笑って話されました。その後東宝のゴジラファンクラブに行くことがあり、事務局長の高野さゆりさんにその話をしました。「中野監督はゴジラシリーズの予算が減らされた中で良く頑張っていたのに、悪く言われて気の毒だ」と言うと突然高野さんがダメダメと目配せをしたのです。何だと思っていたら僕の座っていたソファの後ろに誰あろう田中友幸プロデューサーが座っていたのでした！　田中プロデューサーは僕の方に向いて「君の言うとおりだよ。中野くんには気の毒なことをしたと思っているんだ。」とおっしゃったのです。僕はお世話になった田中プロデューサーがもっと好きになりました。彼こそがゴジラの生みの親なのです！当時ファンの中には田中さんを悪く言う人もいましたが、僕は田中友幸缶バッチを自作して必ず胸に付けていました。

　僕は「伊福部昭・ＳＦ特撮映画音楽の夕べ」を始めとして、多くの伊福部昭コンサートに行きました。府中で行われた伊福部コンサートでは、三島さんの憂国忌実行委員会や、日本を守る国民会議の運営委員会でいつもご一緒しており、また伯父の同級生でもあった黛敏郎さんが芥川也寸志さんと共に来ていました。それもその筈、黛さん達は伊福部さんの一番弟子だったのです。僕はオペラ「金閣寺」の初演の時に、一緒にドイツに行ったほど黛さんとは親しかったのですが、彼は僕がゴジラファンだとは知らなかったので、驚ろかれた様でした。黛「飯田橋くんはワーグナーしか聞かないのかと思ったら伊福部さんも聞くのか！」飯田橋「僕はゴジラが好きなんです。」黛「三島さんもそうだった。」
忘られぬ懐かしい思い出です。

　僕らの愛した居酒屋ゴジラ屋（初代）は南高円寺の住宅街の中にありました。木造の二階建てで一階はカウンターのみの狭いお店でしたが、近所にすーぱーがーるカンパニーの仲間が多く住んでいたので、良く通いました。経営者は木澤雅博さんという時代劇俳優さんでした。ゴジラ屋のメニューには茶色の「ゴジラ酎ハイ」とか白濁した「モスラ酎ハイ」とかがありました。またケースの中にはゴジラや怪獣のソフビが飾ってありました。ゴジラ屋が無かったら恐らくゴジラ団も生まれなかったと思います。居酒屋ゴジラ屋はその後、駅に近い場所に引っ越して少し広い二階で営業を再開しました。名前は「ゴジラ屋の逆襲」に変わりました。木澤さんは後に「開運何でも鑑定団」でテレビに出演されるようになったので、ご存知の方も多いと思います。林海象監督の傑作「夢見るように眠りたい」（佐野史郎初主演）では夢の中の浪人の役を演じています。木澤さんは漫画家の奥さんと結婚しました。結婚式の僕の隣の席は林海象監督でした。また、木澤さんは「ゴジラ２０００ミレニアム」に佐野史郎と共に佐々木教授の役で出ています。木澤さんの夢は古玩具店を開くことでした。そこで「ゴジラ屋の逆襲」を閉めて、高円寺駅のガード下商店街についに念願の古玩具店「ゴジラ屋」をオープンしました。「ゴジラ屋」は二店舗あり、そのうち「ゴジラ屋２」は現在再び居酒屋になっています。

　自主制作映画監督の今井聡くんとは一九八三年のウラコンで出会いました。彼は庵野監督と同じ大阪芸大生で、特撮のエキスパートであり、また僕とは人形趣味の同志でもありました。当時今井監督はタカラバービー（後のジェニー）を使って戦隊モノの人形特撮映画を撮っていたのでした。彼は前述の如くゴジラ団のゴジラ回しにも参加し、その後、平成ゴジラシリーズの特技監督であった川北紘一監督の助監督になりました。またジェニーを使った人形特撮テレビシリーズの傑作「かわいいジェニー」（二〇〇七年）の実質的な特技監督は今井監督です。因みにシリーズ中の悪役「シスターＢ」の声優で、オープニングとエンディングを歌ったシンガーソングライターの桃井はるこさんを今井監督に紹介したのは僕でした。

さて、雑誌宇宙船に掲載された東京ゴジラ団の「大戸島通信」の記事を見て、アメリカのゴジラファンから一部欲しいと連絡がありました。僕は彼のゴジラ愛に感動し、手持ちのＲＣゴジラに中野監督のサインを入れてプレゼントしました。彼から泣かんばかりの感謝の手紙がきました。交流は続き、一九九八年のエメリッヒ版「ゴジラ」の時は「あんなのはゴジラじゃない、被爆し巨大化したトカゲだ」と大変憤慨した手紙が来ました。「あれは日本のボケ老人漁師が大きい生物は何でもゴジラと称したせいでマスコミもそれに倣っただけだ。我々はあれをゴジラとは認めない」。エメリッヒ・ゴジラにはゴジラ愛が欠けていたのです。その点、二〇一四年の「レジェンダリー・ゴジラ」にはオリジナルへのリスペクトが感じられました。

一九九二年八月、横浜のみなとみらいの国際会議場パシフィコ横浜で第三十一回日本ＳＦ大会ＨＡＭＡＣＯＮが行われました。僕は地元だったので何と渉外局長を柴野拓美先生から仰せつかりました。その年の暮れ、「ゴジラ対モスラ」が封切られることになっていました。そこで僕は大会企画として「ゴジラ企画」を企画しました。そして旧知のゴジラのスーツアクターの薩摩剣八郎さんをゲストにお迎えしました。僕は横浜在住でしたが、薩摩さんをアテンドするために新横浜のプリンスホテルに一緒に宿泊し、前日は打ち合わせを兼ねて一杯やりました。翌朝、タクシーでパシフィコに向かう首都高の上で薩摩さんは「俺はこう入って来て、こう歩いて行くんだ」とゴジラのみなとみらいへの進入路を説明して下さいました。懐かしい思い出です。

また、当時のＳＦ大会では、オープニングイベント（例えばオープニングアニメとか）をやるのが常でしたが、ＨＡＭＡＣＯＮでは直前になってそれが何にも用意されていないことが判明しました。そこで、何故か僕が何とかすることになりました。考えた末に「ゴジラ対モスラ」の寸劇をやることにしました。実行委員長にモスラになっていただき、ゴジラ役は旧友のＧＴＯくんにお願いしました。そしてボール紙でランドマークタワーを作りました。ウチの玄関の前でスプレーでモスラの羽根を塗装しました。これは某自主制作映画にヒントを得て作ったオープニングでした。しかし何とか間に合わせることが出来ました。

ゴジラ映画シリーズは平成、ミレニアムを経て第二十八作目、二〇〇四年の「ゴジラＦＩＮＡＬ ＷＡＲＳ」で再び長い休眠に入りました。観客動員数の落ち込みが原因と言われています。しかしアメリカの「レジェンダリー版」（二〇一四）の頃より、また日本製「ゴジラ」制作の機運が生まれて来ました。発表されたのは「エヴァ」の庵野秀明総監督、「平成ガメラ」の樋口真嗣監督のタッグです。ゴジラファンは不安と期待との入り混じった気持ちで固唾を飲んで封切り日、二〇十六年七月二十九日を待っていました。

しかして我々の期待も不安も見事に裏切られました！　「シン・ゴジラ」は予想の遥かに上を行く大傑作だったのです。我々のような古くからのゴジラファンはもちろん、全く新しい客層、就中《なかんずく》、女性層までも巻き込んでの快進撃です。二〇十六年九月八日の時点で僕は十一回観ました。九月十五日の発声可能上映会も参ります。

なんか身内が大成功して故郷に錦を飾ったようです！

ゴジラオタクで良かったと心から思う昨今です。

ドイツ行進曲愛好会はもうすぐ五〇周年

「漫画の手帖」第73号（二〇一七年）

僕がドイツ行進曲に興味を持ったキッカケは、もちろん僕がヒトラー研究を志すおかしな小学生だったからですが、その結果、不思議なご縁から、このポピュラーのジャンルよりむしろクラシックに分類にした方が座りが良い五百年の伝統を誇るドイツの軍楽と一生熱烈におつきあいすることになったのです。

　さて、僕が最初に出会ったドイツ行進曲は小学生の運動会で聞いたカール・タイケ作曲の「旧友」とウンラートの「カール王」です。カール王とはドイツのヴュルテンベルク王国のカール一世のことですが、我が国では阪妻の「無法松の一生」（昭和十八年）での運動会のシーンでこの曲が使われたので有名です。またオーストリアの行進曲ですがシュランメルの「ヴィーンはいつもヴィーン」もテレビのニュース番組のテーマ音楽として使われていたのでお馴染みでした。あと運動会で演奏されたドイツ行進曲としては同じくタイケの「ツェッペリン伯爵行進曲」、オーストリアのフランツ・ヴァーグナーによる「双頭の鷲の元に」等があります。前者はあのツェッペリン飛行船の発明者のことです。作曲された当初は「トイトーネン行進曲」と呼ばれていました。トイトーネンとはドイツ人の古い呼称です。アメリカ風に「征服者」と呼ばれることもあります。後者のヴァーグナーはあの楽劇のリヒャルト・ヴァーグナーではありません。彼はユダヤ系だったのでナチス時代には演奏されませんでした。

　僕が最初に買って貰ったドイツ行進曲のレコードはアメリカの軍楽隊の演奏でした。そこにはオーストリア（現在のチェコ）のフチークの「剣士の入場」が入っていたのです。サーカスを思わせるその曲の入ったそのレコードを僕は穴のあく程繰り返し聴きました。この後、小学生の僕はドイツ行進曲のレコードを探し回りました。今度は日本の演奏団体による十七センチ盤を発見しました。このシリーズは一九六三年に設立された東京吹奏楽団による世界の行進曲を録音したもので、そのドイツ・オーストリア編を何枚か発見したのです。これはなかなかマニアックなレコードでした。ブラートフィッシュの「シュタインメッツ行進曲」やローラントの「巨人衛兵の分列行進曲」等が収録されていました。ドイツ行進曲は戦前から日本にＳＰレコードの形で数多くの本場の演奏が紹介されていました。ドイツ行進曲は所調《いわゆる》敵性音楽ではなかったので、さかんに日本ニュース等のニュース映画の伴奏に使われており、またラジオ番組で放送されることも少なくありませんでした。また戦前・戦中に行われていたラジオ体操第二の伴奏音楽はドイツの「ホーエンフリートベルガー」行進曲が用いられていました。ことほど左様にドイツ行進曲は日本で親しまれていたのです。ただ一般の日本人はそれがドイツ行進曲であるという認識はなかったかもしれませんが。

　こうして僕はクラシックのヴァーグナーファンであると同時にドイツ行進曲マニアへの道を歩き出しました。一九六八年、アメリカ原盤の「わが闘争」という二枚組のレコードが日本で発売されました。これはヒトラーの演説や当時の音源を利用した一種のドキュメンタリーレコードでした。実はこのアルバムはドイツ行進曲と行進歌、軍歌の宝庫だったのです。僕は当時既に三島由紀夫さんの戯曲の歴史考証の仕事をしており、このレコードには大いに勇気付けられたものでした。

　やはり日本の国内盤だけでは、ドイツ行

進曲を収集するのは困難だったので、僕はドイツやアメリカからレコードを輸入することを考えました。そのためにはまずどういうレコードが向こうに存在するのかを調べなければなりません。そこで僕はスワンというアメリカのレコードカタログを手に入れました。そしてドイツ行進曲らしきレコードを探しました。穴があく程カタログを調べ、運良く発見するとヤマハ等の輸入を代行してくれるレコード店に注文するのです。そして何ヶ月も待って幸運な場合は現物が届くというわけです。また輸入レコード店という有難いお店もありました。僕はお茶の水にあった輸入レコード店に足繁く通っていました。また運良くドイツ行進曲のレコードを発見することもありました。

　こうして少しずつ僕のドイツ行進曲のコレクションは増えてゆき、それと同時に知識も増えてゆきました。また映画「バルジ大作戦」（一九六六年）では「パンツァーリート」というドイツの軍歌が歌われ、とても感銘を受けました。さらに一九四〇年のイギリス上空の戦いを描いた映画「空軍大戦略」（一九六九）のトレーラーでは「バーデンヴァイラー行進曲」が用いられていました。この第一次大戦に起源を持つ華麗な行進曲こそはヒトラーが演説会等で出囃子のように用いた言わばヒトラーのテーマ曲なのでした。

　そのためドイツ連邦軍の軍楽隊は、この曲を連隊行進曲にしていたバイエルン親衛連隊の戦友会の会合を例外として、人前でこの曲を演奏することは禁じられています。

　一九七〇年、雑誌「レコード芸術」の読者投稿欄に「ドイツ行進曲の好きな人はいないか」という投書が載りました。投稿したのは中島省氏、当時ノーベル書房の部長さんでした。それに反応したのは法務省に勤めていた原景左光氏、そして小生でした。僕たちは日比谷にあった音楽喫茶タクトで集いました。そしてドイツ行進曲の素晴らしさを熱く語り合い、ドイツ行進曲の日本に於ける愛好と普及のために愛好会を作ろうということになりました。そして名称はドイツ行進曲愛好会（Die Gesellschaft der Liebhaber deutscher Ma”rsche）略称GLDMに決まりました。ドイツ語名は僕が作りました。初代の会長は中島さんに決まりました。因みに二代目は原さん、現在は三代目の小生が会長を務めています。そして更に「レコード芸術」に事の顛末を報告し、ドイツ行進曲愛好会の会員を募集しました。

　日本中から多くの応募者がそれに応えました。隠れドイツ行進曲ファンは少なからず存在したのでした。

　以前に漫手にも書きましたが、この年、僕はクラスメートと共に「ドキュメンタリー・アドルフ・ヒトラー」というスライドにナレーションと音楽とSEをつけた番組を制作し、高校の文化祭で発表しました。これは三時間に及ぶ大作で、ここでも僕のドイツ行進曲が大活躍したのです。

　この年の十一月に三島由紀夫さんが自衛隊の東部方面総監部で魂のクーデターを訴えて自決しました。翌年、僕に水木しげる先生の「劇画ヒットラー」の原作を担当することになりました。前年の「ドキュメンタリー」の経験がとても役立ちました。

　大学時代に僕はドイツ行進曲関係でも色々な新しい活動を行いました。一九七四年日本フォノグラムの浅倉部長さんと知り合ったのも不思議なご縁でした。浅倉さんは先年珍しい「戦艦大和の歌」を収録した「海ゆかば　甦る栄光の海軍軍楽隊」というボックスアルバムを制作していました。このアルバムには戦艦大和の砲声や、幻の「戦艦大和の歌」が収録されていました。また演奏は海軍軍楽隊の生き残りの隊員達が担当しました。貴重な音源と資料は話題になってこの種のアルバムとしては大ヒットでした。

　そこで浅倉さんは新しいアイデアを考えました。それはヒトラーの生涯を二枚組のアルバムにすることでした。その制作を僕が全て担当することになりました。アルバムタイトルはずばり「アドルフ・ヒトラー」でした。音源はセルプというフランスのドキュメンタリーレコード会社から購入しました。約一年がかりで僕はそのアルバムを完成しました。その副産物として派生したのはアルバムの中に収録されていた「リリーマルレーン」を日本に流行らせるというプロジェクトでした。そこにベストセラー「南京虐殺のまぼろし」の作者鈴木明氏が新刊の「リリーマルレーン」を聞いたことがありますか？」を提げて合流しました。世界的に有名な敵味方共に歌った奇跡の歌「リリーマルレーン」は何故かそれまで殆ど日本では知られていませんでした。そこで深夜放送の枠を持っているシンガー達に楽譜とその由来を書いたメモを配ったのです。作戦は大成功でした。ドイツに行った僕はベルリンのレコード店で売り子から「何故、日本人はリリーマルレーンを欲しがるの？」と聞かれたのでした。多くの歌手がリリーマルレーンを歌いました。加藤登紀子、森山良子、淡谷のり子、戸川昌子らがシングル盤を吹き込みました。こうしてリリーマルレーンは日本でも広く知られるところとなり、後にアニメ「マクロス」の元ネタになりました。プロトカルチャー！

一九七五年「ドキュメンタリー・アドルフ・ヒトラー」を仕上げてから、僕は初めてドイツに向かいました。この年は元ナチス・ドイツの軍需大臣アルベルト・シュペーア氏との会見や、オーストリアへの語学留学、さらにヒトラー関連の旧跡巡りに終始し、軍楽隊関係のアクションは殆ど何もありませんでした。

僕は翌年の一九七六年もドイツに行きました。今回は事前にドイツ連邦軍の軍楽総監にアポを取ってあったので、スムーズに表敬訪問をすることが出来ました。軍楽総監部はボンの郊外のケッセニッヒというところにありました。そこのローゼンブルクという古城が軍楽総監の居城でした。当時、軍楽総監はヨハネス・シャーデ大佐でした。シャーデ大佐はかつて日本の陸自の中央音楽隊長、須摩洋朔一佐が総監部を訪ねたと言っていました。僕以前にはここを訪れた日本人は彼だけでした。たまたま遊びに来ていた元司令部軍楽隊長ゲアハルト・ショルツ中佐がカーキ色のメルセデスで僕をホテルに送ってくれました。ショルツ中佐は、中佐が日本でも知られていると言うと嬉しそうに「本当か？」と笑いました。軍楽隊を訪ねたいという僕のリクエストに応えて、軍楽総監シャーデ大佐は仲の良いコブレンツの陸軍第5軍楽隊のシュリューター中佐を紹介してくれました。第5軍楽隊はコブレンツのグナイゼナウ兵舎にありました。この時、僕は初めてシュリューター中佐にお会いしました。シュリューター中佐はアーティスト肌の軍楽隊隊長でその指揮は素晴らしいものでした。ある理由から僕は中佐と生涯の友になる運命でした。僕はボンのベートーヴェンハレで行われたコンサートに同行しました。

僕は一九七七年、吹奏楽研究家の赤松文治氏の紹介でベルリンの若い行進曲作曲家アンドレアス・コーヴァルト君と知り合いました。彼は自分の作品を海上自衛隊東京音楽隊に演奏して貰い、それをレコーディングしてLPを作るために日本に来ていたのです。僕らはすぐ仲良くなり、将来、ドイツ行進曲のみのコンサートを日本で行うという計画を立てました。

僕は当時（財）日独協会の青壮年部の役員だったので、件のコンサートを（財）日独協会の主催で行おうと考えました。そして遂にそれは実現に向けて始動することになりました。軍楽隊全員を招聘することは財政的に無理なので、シュリューター中佐のみを客演指揮者として招待し、海上自衛隊東京音楽隊を指揮してもらうことにしました。自衛隊の音楽隊はお金は取れないので、資金は僕のドイツ行きの資金全部と日独協会内とドイツ行進曲愛好会から寄付を募ることにしました。また会場は日比谷公会堂に決まりました。コンサートの名称は「ブラスムジークアーベンド」（吹奏楽の夕べ）と名付けました。

一九七九年、僕は再びドイツに参りました。ヒトラー研究旅行と共に、ドイツ行進曲関係の目的地にも色々と参りました。ベルリンのコーヴァルトくんのところにも参りました。そして最後にコブレンツのシュリューター中佐のところに参りました。僕は翌年のコンサートの成功を確信しました！

一九八〇年、僕はコンサートの準備に余念がありませんでした。まず入場券は往復葉書で申し込む方式にしました。また色々なミリタリー関係や模型の雑誌に無料で広告を載せて貰いました。それから日独協会に泊まり込んで送られて来た往復葉書の返信面にハンコを押して送り返す作業をしました。手伝ってくれた友人が堀江美都子のファンなので、気分転換に三越の屋上に堀江美都子ショーを見に行ったこともありました。

九月の半ば、遂にシュリューター退役中佐とコーヴァルト君が成田にやって来ました。僕は二人を迎えに成田に行きました。その頃の高速道路はものすごく混んでいて、都内まで三時間かかりました。ホテルは代々木のサンルートでした。毎日２人をタクシーで迎えに行き、上用賀の海上自衛隊東京音楽隊まで送りました。そこで毎日練習をしたのです。或る夜、震度４の地震がありました。二人は驚いて外に出てホテルの隣の公園で朝まで過ごしたとのこと。ある日居酒屋に行き、シュリューター中佐がお腹を壊したこともありました。医学博士の叔父が往診してくれました。シュリューター中佐は薬をたくさん出した叔父の事を藪医者だと言っていました。

僕の作ったセトリには例のバーデンヴァイラー行進曲がありました。シュリューター中佐は多少不安に思い、バーデンヴァイラーを演奏して良いかと西ドイツの大使館付き武官フーフシュミット大佐に訊きました。大佐は「バーデンヴァイラーもドイツ行進曲だ。問題ない。」と答えました。またシュリューター退役中佐はかつての制服着用を許されました。

九月二十日、いよいよ「ブラスムジークアーベント」当日です。日比谷公会堂は大入り満員でした。コンサートはホスト役の海上自衛隊東京音楽隊長によるヴァーグナーから始まりました。それから約二時間、ドイツ行進曲ばかりの空前絶後のコンサートが行われました。

コンサート終了後、六本木のドイツレストラン「ドナウ」でシュリューター中佐の歓迎会とドイツ行進曲愛好会十周年記念宴会が行われました。僕は翌日からシュリューター中佐を奈良と京都の旅行に連れて行きました。

ドイツ人は京都より、自然の多い奈良が好きなようです。京都では、ユーハイムでシュヴァルツヴァルトキルシュ・ベッヒャー（黒い森サクランボパフェ）を食べました。シュリューター中佐はアイスクリームが少ないと文句を言いシェフにそう伝えよと言いました。僕も確かにアイスクリームが少ないと思いました（笑）。

コーヴァルト君はコンサートを金子技師が録音したテープをドイツに持ち帰り「東京のドイツ軍楽」というレコードを作りました。そのレコードはとてもドイツ的だと大変ドイツで評判が良かったです。

その後、シュリューター中佐はピノチェト大統領（ホントはピノチェと発音する）から大佐待遇でチリに招聘され、チリの軍楽隊を完全にドイツ式に教育することになりました。ユーチューブにチリの軍楽隊が驚くほどドイツ的な演奏をする映像がアップされていますが、シュリューター中佐の弟子達なのです。因みにピノチェト大統領は晩年僕のプロデュースしたＣＤ四十枚組の「ドイツ行進曲大全集」をいつも愛聴していたそうです（泣）。

さて、一九八四年、突然、ドイツから拙宅に電話がありました！ なんと軍楽総監のシャーデ大佐でした。今度、うちの空軍第1軍楽隊が日本に行くことになったのでよろしく頼むという内容でした。

それは一九八四年四月二十五日から五月六日まで、当時コミケの会場でもあった晴海の国際見本市会場で戦後初のドイツ博が行われ、西ドイツの国会議長が国を代表して来日し、その開会式で日独の国歌を演奏するのがドイツ空軍第1軍楽隊の使命なのでした。

国会議長はドイツ空軍1号機（Luftwaffe 1）で来日するので、それに同乗してくれば六十名の軍楽隊員も容易く来日出来るという訳です。僕は国歌を演奏するだけでは余りにももったいないとドイツ大使館で主張しました。ドイツの軍楽隊が日本に来日するのは戦後初めてのことなのです。いや、ドイツの練習艦隊は軍楽隊を乗せて来ないので、これこそドイツ軍楽隊の史上初の来日なのでした！ 僕は「ブラスムジークアーベント」の成功でドイツ大使館から一定の評価を得ていたので、この僕の主張は通りました。都内の会場は余りに急だったので取れませんでしたが、ドイツの皮革産業の中心都市オッフェンバッハ市と姉妹都市になったばかりの川越で野外コンサートを行うことになったのです。

ドイツ博の数日前、国会議長とドイツ空

軍第1軍楽隊を乗せたドイツ空軍1号機は羽田にやって来ました。その頃、僕も考証協力で関わっていた青池保子先生の少女漫画「エロイカより愛をこめて」がとても人気があり、主人公のフォン・デム・エーベルバッハ少佐のFCの皆さんにお願いして、僕たちは大きな花束を持って空軍第1軍楽隊を待っていました。まず国会議長がタラップから降りて来ました。彼を外務省の方々や、ドイツ大使館の方々が型通りに迎えました。それからドイツ空軍第1軍楽隊隊長ローランド・リントテー中佐が降りて来ました。それに六十名の隊員が続きました。エーベルバッハ少佐FCのエロイカ・ファンの皆さんは歓声を上げて彼らに駆け寄り巨大な花束を贈りました。これにはリントナー隊長も、隊員達も心底驚きました。なぜドイツ空軍軍楽隊が日本の少女達に人気があるのか？　全く予想外の奇襲攻撃だったからです。

　ドイツ空軍第1軍楽隊の野外コンサートは川越のはつかり球場で行われることになりました。親独家の当時の市長は川越の公立の学校にコンサート参加を要請しました。しかし日教組が「軍楽隊のコンサートなんかに純真無垢な生徒を派遣せよとは何事か」とボイコットしたのです。その窮状を救ったのは地元の私立の女子校でした。全校生徒参加でコンサートを支えてくれました。だから、はつかり球場は女子校生でいっぱいでした。制服姿のドイツ空軍第1軍楽隊が入場してくると、彼女たちはロックスターを迎えるように「キャーッ」と嬌声を挙げました。そうなのです。驚くべきことに彼女たちの多くもエロイカファンだったのです。この歴史的コンサートの通訳兼HCは僕が務めました。コンサート終了後にはドイツ空軍第1軍楽隊は市中を演奏行進しました。そして女の子たちも一緒に行進したのでした。また、僕は彼らを鎌倉観光に連れて行きました。もちろん少佐FCの皆さんも一緒でした。また華道の先生で鎌倉に詳しい僕の母親も和服を着て参加しました。

　因みにリントナー中佐はドイツのドイツ軍楽愛好会の同志マイスナー氏の知り合いで、バーデンヴァイラー行進曲の作曲家ゲオルク・フュルストのレコードを彼が制作した時、それを演奏したのはリントナー中佐指揮のドイツ空軍第1軍楽隊だったのです。また、横浜オクトーバフェストにミュンヒェンからやって来た楽隊のメンバーにも元軍楽隊員がおり、リントナー氏から「よろしく」との伝言を伝えてくれました。

　ドイツには多くの軍楽隊がありますが、その頂点に位置するのはドイツ連邦軍司令部軍楽隊とタイトル無しの「ドイツ連邦軍軍楽隊」です。前者は現在ベルリンに駐屯しており、旧東ドイツ軍楽隊の流れを汲んでいます。それに対し、後者は西ドイツ時代の司令部軍楽隊の流れを汲んでいるのです。

　つまり、現在のドイツ連邦軍軍楽隊には二つのエリート軍楽隊が存在するのです。一九八八年に東京ドームと大阪城ホールで行われた世界マーチングバンドページェントにやって来た西ドイツ連邦軍司令部軍楽隊は後者の方でした。指揮者はハインツ・ディーター・パウル中佐でした。この時も僕は彼らをきっちりアテンドさせていただきました。

　さて、ドイツ行進曲愛好会がリリースに関わったレコード、CDは枚挙にいとまがありません。まず、某所で発見されたテレフンケンのメタル原盤によるLP二枚組、さらにそれに加えて同原盤から復刻したLP九枚、ドイツ統一を記念したCD四十枚組大全集、ハンス・フリース中佐の「不滅のドイツ行進曲名曲集」、フィリップス原盤によるCDシリーズ等々。これらで殆どのドイツ行進曲の基本的な名曲をカバーすることが出来ます。またそれらのライナーノートは我々の手によるものです。

　こうして、ドイツ行進曲愛好会は二〇一七年一月二十八日の例会で第二五〇回目の例会を迎えました。ドイツ行進曲愛好会例会は二ヶ月に一回サンプラザの研修室にて行われます。そして二〇二〇年には五十周年を迎えます。ドイツ行進曲は僕の人生の応援歌なのです！

飯田橋の孤独のグルメ

「漫画の手帖」第74号（二〇一七年）

漫画「孤独のグルメ」（久住昌之原作 谷ロジロー作画）を元にテレビ東京が制作したテレビドラマシリーズが根強い人気で、二〇一二年から二〇一七年まで何と六シーズン（六クール）にもわたって放映されています。その放映時間が深夜の六十分であるため、不穏当な時間に食欲を刺激され、夜食を食べるに及ぶ視聴者達からは「メシテロ」と呼ばれて怖れられています（笑）。ストーリーは雑貨輸入業者の井之頭五郎（松重豊）が仕事の合間に立ち寄る店を描くグルメドラマです。五郎は独身で下戸という設定。ひたすら気の向くままに旨そうな店をめぐります。

　さて、飯田橋と五郎の共通点は孤独に一人で美味い店との出会いを楽しむというところです。僕は日本でも、ドイツ・オーストリアでも基本的に一人で旅するタイプでした。尤も最近は各地に友人が出来て、一緒に食事に行くことも少なくありませんが。僕は好きな店が決まっていて何度もそこに通うタイプです。最初は偶然に発見したり、知人に紹介されたりした店も、今や飯田橋のテリトリーとなり、必要とあらば友人をそこに誘います。それらの店は飯田橋が個人的に自信を持って紹介する飯田橋ベストです。今回はみなさんに飯田橋のとっておきをご紹介しようと思います。

【横浜編】

「洋食の美松」

　ここは横浜で最も美味しい洋食屋さんです。所在地は石川町駅南口からほど近い、フェリスを始めとする山手のリセのお嬢さん達が闊歩するリセエンヌ小路にあります。ホテルニューグランドの総料理長の血を引くマスターの作るソースは絶品で、ここの料理は全て美味しいです。僕が好きなのはスパゲッティミートボールです。リーズナブルなお値段からは想像出来ない旨さに驚かれるでしょう。お電話で営業を確かめてから行かれると良いと思います。夜のみ営業、月曜・木曜定休

「レストラン コトブキ」

　ここは横浜の中心商業地区伊勢佐木町の五丁目、老舗の洋食屋さんです。かつては映画館日劇へ続く横丁でやっていました。ここもホンモノの洋食屋さんの洋食が食べられる数少ないお店です。朝から夜の十二時まで営業しており、名画座「ジャック＆ベティ」のレイトショーを観てから行くと素敵です。映画「私立探偵濱マイク」の監督 林海象さんと主演の永瀬正敏さんの色紙が飾ってありますが、二人の愛したお店なのです。彼らの好きなメニューはここのオムライスでした。

　僕のお勧めはレバーカツです。レバーに弱かった僕が大好きになった逸品です。

「ホテル ニューグランド ザ・カフェ」

　山下町のホテル ニューグランドの一階にあるカフェです。僕は五階の豪華なフレンチレストランより、ここの洋食が好きです。シーフード ドリア、スパゲッティ ナポリタン、プリン アラ モードは絶品です。これらはホテル ニューグランド発祥の料理なのです。ここの欧風カレーもとても美味しいです。

バー「シーガーディアンⅡ」

　横浜で最も伝統あるバーだった、ホテル ニューグランド「シーガーディアン」の後

継店です。素晴らしい英国風のバーで、各種のこの店発祥のカクテルが楽しめます。例えば進駐軍接収時代、マッカーサーのスタッフが愛した「セブン セブン」とか。

「勝烈庵」馬車道総本店

僕はここの勝烈定食が関東一円のトンカツ屋で最も美味しいと思っています。昭和十二年創業の老舗です。勝烈定食は肉はヒレカツが基本で自家製の生パン粉と多くの野菜と果物から作られたソースの美味しさは比類がありません。

僕は一階のカウンターで目の前で揚げているのを見ながら揚げたてを食べるのが一番好きです。お椀は赤だしで食事を引き締めます。かつて来日したドイツのオタクさん達を連れて行ったら、あまりの美味しさに全員がお代わりをしました。先先代の当主が棟方志功と親しかったので、棟方志功の作品がたくさん飾ってあります。

「馬車道十番館」

勝烈庵の斜め横にそびえる英国風の西洋館が馬車道十番館です。一階にはゆったりしたカフェで本格的なコーヒー、紅茶はもちろん美味しいケーキの数々を楽しむことが出来ます。

またこのカフェのカレーも絶品なので見逃せません。二階には知る人ぞ知る英国風の本格的なバーがあり、あらゆるお酒が揃っています。さらに上の階には素晴らしいフレンチレストランがあります。因みにこの十番館は勝烈庵の経営なのです！　勝烈庵で勝烈定食を食べた後、十番館でお茶をすれば、完璧です。

喫茶店「サモワール」

馬車道商店街をしばらく歩くとヤマザキパンの先にある素敵なカフェがサモワールです。サモワールとはロシアの湯沸かし器のことです。ここのコーヒーや紅茶は本格的なものですし、ケーキも中々のクオリティです。さらに日替わりのランチもあります。僕のお薦めはここのオムライスなのです。オムライスには色々種類があり、バリエーションを楽しめます。オムライスはランチタイム終了後の十四時からです。

日本蕎麦「大むら」

関内大通り、関内ホールの楽屋口の少し先にある日本蕎麦屋さんです！　ここは僕の大好きなお蕎麦屋さんで、お蕎麦は一般的なニハチ蕎麦ですが、シンプルな中にうまさが光る逸品でとても美味しいのです。

また、丼ものも、天丼、カツ丼、親子丼、玉子丼と揃っています。僕はここのカツ丼が大好きです。日曜、祝日定休。

日本蕎麦「志な乃」

ビルの一階の奥にある本格的な信州蕎麦のお店です。

黒く固めの手打ち蕎麦を食べたい方にお薦めです。お値段はちょっぴり高めですが、その味は期待を裏切らないと思います。

日本蕎麦「戸隠」

松坂屋カトレアプラザの先にある老舗のお蕎麦屋です。伊勢佐木町付近の住民は夜、ここで一杯という方も多いです。お薦めは小分けの器に入った連山という出雲風の蕎麦です。

日本蕎麦「角平」

この店は戦前はトンカツ屋さんでしたが、昭和二十五年から日本蕎麦屋に商売替えしました。角平の名前は平沼の角にあるお店というところから来ています。天ざるはここが発祥です。でも僕のお薦めはカツ丼です。かつてのトンカツ屋時代の誇りにかけてものすごく美味しいのです！　またこの店は岸伸介首相や、大野伴睦が愛した店としても知られています。

「萬珍楼 点心舗」

僕の最も好きな飲茶の店です。クオリティがとても高く、美味しいです。南京町ではベストのお店です。因みに我々旧い横浜人は中華街ではなく神戸のように南京町と呼びます。

ダイニングジャズバー「ウィンドジャマー」

南京町の一画に七十年代からあるジャズバーです。ウィンドジャマーとは船乗りの憂鬱のことです。お勧めのグルメはここのハンバーガー「キャプテンズバーガー」が最高です。一キロのメガバーガーもあります。ジャズの生演奏とハンバーガー、南京町の大人のオアシスです。

鰻「つきじ宮川本店」関内店

横浜で一番美味しいウナギ屋です。築地の宮川ののれん分け店かと思います。僕が特に好きなのはうな丼の中にもう一つ蒲焼きが入っている「中入れ」です。関内地区の常磐町にあります。

牛鍋「荒井屋　伊勢佐木町本店」

横浜は文明開化の牛鍋、スキヤキの発祥の地です。三軒の当時からの牛鍋、スキヤキ店が存在します。僕が一番好きな店は荒井屋です。創業明治二十八年、ここには普通のスキヤキ、牛鍋はもちろん、特筆すべきは明治時代に「かけ」と呼ばれた「昔風牛鍋」があることです。四角く切られた牛肉が多少辛めのつゆの中に入っています。これを食べれば当時の「かけ」を偲ぶことができるのです。

牛鍋「太田縄のれん」

明治元年創業。これが、おそらく明治時代の最初期の牛鍋です。なんと味噌煮なのです。

牛肉という四つ足をいかにして食べるか、悩んだ末にイノシシ鍋のような味噌煮込みに落着したのでしょう。この形式の牛鍋はおそらくここでしか食べられないでしょう。漫画家の横山隆一が愛した店としても知られています。ただ値段は安くはありません。

スキヤキ「じゃのめや」

創業明治二十六年、ここのスキヤキが一番、現在のスキヤキに近いです。つまり、味噌煮込み、「かけ」、そして現在のようなスキヤキ、牛鍋になったのです。ここの牛鍋はその完成形を今日に伝えています。

台湾料理「阿里山」

本町小学校へゆく途中を左に曲がったところにある老舗の台湾料理店です。味は美味しく、値段はリーズナブル。

台湾料理「第一亭」

テレビの孤独のグルメでも紹介された名店です。ホルモン系の料理が美味しいです。京急日ノ出町駅から川の方に洋食屋の横を入ります。

カフェ「アボリータム」

横浜駅東口、横浜中央郵便局隣の崎陽軒本社ビル一階にある大きなカフェです。ここはとてもゆったりしていて、コーヒーや種類豊富な紅茶が有名です。また食事のメニューも充実しており、プレミアムハイティーセットは限定ですがとても豪華です。僕の好きなのは鎌倉ハムのボンレスハムを用いたハムサンドです。ここは僕の横浜駅の応接間であり、東京方面に出撃する時の待機場所です。

ビアホール「アリババ」

崎陽軒本社ビルの地下に位置し、横浜駅東口地下街とも繋がっています。種類豊富なビールや、崎陽軒の底力を見せつける食事やおつまみの数々はバラエティーに富んだチョイスを提供しています。僕はカフェアボリータムで待ち合わせし、エレベーターでアリババに移って一杯というのが好きです。

【東京編】

ドイツレストラン「カイテル」

何度もこの連載で紹介した日本で一番美味しいドイツレストランです。先年亡くなった創設者のハルトムート・カイテルさんが作った素晴らしいお店です。カイテルさんは四十以上の国際的な賞を受賞した天才的シェフでしたが、現在は彼の息子さんがその味を完璧に受け継いでいます。僕はここではお任せコースを頼むようにしています。

ローソンの１００均の角を曲がるとドイツ国旗が目印です。

ミュージックレストラン「アルテリーベ東京」

横浜のアルテリーベの姉妹店でしたが、現在はファンによって運営されています。東京で最もレベルの高いミュージックレストランです。プロのオペラ歌手やミュージシャンがハイレベルの演奏を聞かせます。

お料理はドイツ料理です。ネットサイトで情報を確認してから電話予約することをお勧めします。

【大阪編】

「はり重」グリル　道頓堀本店

はり重は大阪一の肉問屋です。そこが運営しているレストランが「はり重」グリルです。

当然、肉料理が素晴らしく美味しいです。僕が一番好きなのはビーフカツレツです。ここのビフカツは最高です。大阪に行ったら必ず食べます。

【名古屋編】

「矢場トン」本店

言わずと知れた名古屋のソウルフードのひとつ、味噌カツのお店です。僕は名古屋に行ったら必ずここに参ります。最近は東京にも支店が出来ました。

【静岡編】

「鰻の石橋」

静岡で一番美味しい鰻屋さんです。いわゆる一本焼きというヤツです。メニューは基本的にこれだけです。これがものすごく美味しいのです。またアイスクリームに抹茶をかけたデザートも絶品です。必ず予約することをお勧めします。ちょっと行きにくいのでタクシーで行かれると良いです！

以上が飯田橋が自信をもって皆さんにお勧めできる名店の数々です。興味を持たれたなら、ぜひご自分で行って見てください。後悔はさせません！

（編集注、各店舗の電話番号と所在地は削除しました。）

「劇画ヒットラー」の真実

「漫画の手帖」第75号（二〇一八年）

先日、Wikipediaの「劇画ヒットラー」の項目を参照したら、二〇一八年二月現在、誤解を招く様な記述があるのを発見しました。概要という項目に、「執筆にあたり、構成や資料収集を手伝う協力者がいたが、ヒットラーに対する考え方が水木は不満だったようで、原案にはほとんど依拠せずに水木色が強く出た作品となった。」とあります。僕はこの作品が生まれるに当たって、事実上、水木先生を直接手伝った唯一の人間であり、水木先生が亡くなってしまった今日、この記述が間違っていることが分かるのは僕だけなので誤解や間違いが定着する前にここに真実を書き残す必要を感じ、漫手誌上にてそれ試みようと思います。

この記述は脚注によれば漫画評論家呉智英氏が水木しげる先生から一九八〇年代初頭頃に聞いたとする伝聞に依拠しています。それは「水木しげるの戦場」（中公文庫）の後書きでした。そこには「劇画ヒットラー」を描く際に「原作」が存在したこと。それを書いた人物が所謂「ヒトラー嫌い」だったので水木先生はそれを参考にしなかったことが書かれています。この事情に関しては「東西奇ッ怪紳士録」（小学館文庫）

の同氏のよる後書きに、もっと詳しく書かれているので、引用します。

「（水木しげる先生は）水木の元に出入りしていた資料整理のアルバイトの男に、ヒトラーの資料を収集させた。彼は（中略）資料に基づいて簡単なプロットを書いた。（水木）『ところが、あんた、彼はヒトラーが嫌いなんです。やっつけようとしとるんですわ』（中略）『あんた、ヒトラーは面白い男です。奇妙な男ですよ、ええ』それがプロットを書いた男にはわからない。ユダヤ人を大量虐殺した悪人だとしか考えていたい。『自分は、途中からどんどん変えていったです。それで最後の方で、ちょっと面白くなった』」

とあるのです。これは僕の知る事実とはかなり異なっています。これらの記述がWikipediaの間違った解説の元になっているのだと思います。本当は僕がWikipediaの記述を直接訂正してしまえば、話がはやいのですが、Wikipediaでは関係者が直接書き込むのを客観性を担保するために禁じています。そこでここに『劇画ヒットラー』の真実」という一文を漫手に書かせていただく事にしました。またWikipediaや先程の呉智英先生の記述が誤解であることを証明する水木しげる先生ご自身による週刊読書新聞の記事（全集未収録）も最後に引用させていただく事にしました。

まず最初に申し上げておくべきことは、僕がプロのヒトラー研究家であるということです。アルバイトの資料集め係などではありません。僕は自分の生涯をかけてヒトラーの研究をしています。また僕は歴史家はニュートラルでなければならないという信念を持っており、反ナチスの立場からヒトラーをやっつけるためにヒトラー研究をしている訳でもありません。

さて漫手の皆さんには、何度も書きましたのでご存じのことが多いと思いますが、重複を承知の上で敢えて再度ご説明させていただきます。

僕が戯曲「わが友ヒットラー」の歴史考証をお手伝いした三島由紀夫さんが自衛隊市ヶ谷駐屯地で自決されたのが一九七〇年ですが、その翌年の一九七一年、大人向けの漫画週刊誌「週刊漫画サンデー」に「革命家シリーズ」と銘打った連載が始まりました。

当時中国は文化大革命の時代で、シリーズ第一弾は藤子不二雄Ａ先生が描いたまるで中共の教科書のような「劇画　毛沢東伝」でした。それは毛沢東を偉大な革命家として賛美したもので、戦前彼が漫画家をしていたら、同じようなヒトラー賛美漫画を描いたであろうと思わせるような内容でした。

驚くべきことに当時は手放しで毛沢東や中共にかぶれていた日本文化人がたくさんおり、戦前のヒトラーブームを彷彿とさせるような感じだったのです。そしてその年の春頃、水木しげる先生による革命家シリーズ第二弾、「劇画　ヒットラー」連載の予告が載りました。水木しげるファンだった僕は「すは一大事！」とばかり、水木プロに愛の手を差し伸べたのです。

つまり、三島由紀夫さんの時と同じく、水木しげる先生がヒトラー漫画を描くにあたり、資料その他で、お困りに違いないと拝察し電話をかけたのでした。また、三島さんが戯曲「わが友ヒットラー」を書くにあたって、僕が歴史考証に協力したこともお話ししました。それは正に渡りに船だったようで、僕は水木先生からすぐ水木プロに来るようにと言われました。その日の事は、日本読書新聞の一九八四年四月三〇日号の水木さんの連載コラム「わが友」に載っています（別掲資料参照）。そこでは僕はまるで鬼太郎と桃太郎を足したような少年だったと描写されています。

さて、後日、水木先生はお兄さん運転の車で、横浜の伊勢佐木町にあった僕の「研究室」（笑）にやってきました。彼はそこで、僕が高校二年生の時に作った3時間に渡るスライドプログラム「ドキュメンタリー・アドルフ　ヒトラー」をご覧になりました。

「劇画ヒットラー」は最初、山田はじめという方が原作を担当することになっていたのです。しかし、彼の「原作」はヒトラーを狂気の独裁者、悪の権化とする、余りにもステレオタイプなものだったのです。水木さんにはそれが気に入らなかったのです。そして、僕が水木さんの「劇画ヒットラー」の原作のお手伝いをすることになりました。

　また、水木先生はうちから役に立ちそうな資料を約二百冊程持ってゆかれました。呉智英さんの文章に出てくるプロットを書いた人物とはこの山田はじめさんの事だと思います。しかし、ヒトラーの資料は彼が集めたものではありません。また「劇画ヒットラー」を水木しげる先生が描くにあたり本当に参考にされたのは僕の執筆した原作でした。因みに山田はじめ氏の原作からインスパイアされたのは第一話のみです。また年表や地図、参考文献一覧、登場人物解説は全部僕が担当しました！　また実業之日本社版の単行本の装丁も僕がやらせていただきました。呉智英さんは原作協力者が二人いたことをご存知無かったのです。

　「劇画ヒットラー」の連載は昭和四十六年五月八日号から八月二十八日号まで十七回掲載されました。僕は当時、定時制の高校に通っていたので、昼間は水木プロに詰めて作業する事も可能でした。当時週刊連載をたくさん抱えてものすごく忙しかった水木さんとの打ち合わせは、他の編集者の間に挟まっての順番待ちで、結構大変でした。ですから、暇なときはベタ塗りまで手伝いました。

　手持ち無沙汰にしていると、あの朝ドラ「ゲゲゲの女房」の中に出てきた水木先生の父上イトツ（胃が突出して強いから）こと武良亮一氏がいつも僕の相手をしてくれました。「しげるはただの漫画家じゃない、ニーチェや、ショーペンハウアーのような哲学者なんだよ」という言葉が記憶に残っています。優しかったイトツ氏は一九八四年に八十八歳で亡くなりました。

　作業が遅れて、帰れなくなってあの増改築を繰り返した迷路のような富士見町の方の水木プロに泊まったことも一度ならずありました。また調布駅まで、自家用車で送ってもらったこともありました。そんな時は下のお嬢さんが一緒に車に乗りたくてガレージの隅で待っていました。彼女はたいてい「ゲゲゲの歌」を口ずさんでいました。可愛かったです。

　また当時、水木先生は「星をつかみそこねる男」という近藤勇の漫画を描いていて、一緒に三鷹の龍源寺の墓所に墓参りしたこともありました。

　ヒットラーの頃の水木プロにはつげ義春先生もいました。「劇画ヒットラー」の漫画サンデー増刊号が出た時には不遜にも先生の本にサインをさせていただきました。

　連載終了後、僕は町田の玉川大学入りました。町田と調布は近いので、よく放課後水木プロに遊びに行きました。こうして、僕は水木先生の友人の末席を汚すようになったのです。

　一九八六年、帝国ホテルで行われた水木プロ創立二十周年記念謝恩パーティーにももちろん出席しました。舞台では、余興に聖飢魔IIが「ゲゲゲの鬼太郎」の歌を歌いました。

　ヒトラー生誕一〇〇周年の一九八九年、講談社から「劇画ヒットラー」の最終形態とも言うべき豪華愛蔵版「コミック・ヒットラー」を出版するという連絡が僕のところに来ました。この本はその年の秋、九月十六日に初版が発売されました。まず描きおろしのカラー口絵が水木先生のキャプション付きで最初の数頁を飾り、巻末には年表と共に新たにヒットラー写真集が付きました。驚かされたのは新作漫画「ヒットラー会見記」でした。これは怪人アラマタ氏の幽界ロケットに乗って、僕と水木しげる先生が霊界のヒットラーに会いにゆく漫画だったのです。ヒットラーは建設が予定されていた首都ゲルマニアや、欧州文化の中心足るべきリンツの巨大な模型に囲まれて独りで暮らしていました。僕は恐らく元総統と水木先生の通訳として同行したのでしょう！　この不思議な漫画には本当に感動させられました。僕は水木先生のおかげで、ヒットラー生誕一〇〇周年に、元総統についに会うことが出来たのです！　僕は水木先生に心から感謝したものです。

　その二十年後の二〇〇九年、水木しげる画業六十周年記念謝恩会が、十一月に行われました。そこには翌年から始まる「ゲゲゲの女房」のキャストも来ていました。因みに「ゲゲゲの女房」では水木プロ二十周年の時に水木先生が先生の敬愛する南方熊楠に倣ってシルクハットを被っているのですが、それは本当はこの画業六十周年謝恩会でのエピソードなのでした。
　後日、実業之日本社版の単行本が復刊された時、原作協力者としてのぼくの名前は初版では消されていました。友人のＴくんが実業之日本社に抗議してそれは復活しました。感謝しています。

飯田橋修一こと　後藤修一

覚書……「劇画ヒットラー」で僕がやったこと。

○初代原作協力者の山田はじめに代わって原作協力資料約２００点の貸出
○僕が制作した「ドキュメンタリー・アドルフ・ヒトラー」を水木しげる先生のために上映
○「劇画ヒットラー」のためにネーム参考用シナリオ作成
○人物紹介、年表、地図、その他巻末資料集作成
○単行本「劇画ヒットラー」装丁
○劇画ヒットラー全般アドヴァイス

参考……『日本読書新聞』一九八四年四月三十日号

「わが友　ヒットラー少年　鬼太郎と桃太郎をあわして……」

　後藤修一氏は、一四、五年前だったか、ぼくが「ヒットラー」をかこうとしたとき、桃太郎のような顔をして突然現れ、「ヒットラー」の漫画が出れば世界一で、ぼくが一番喜ぶでしょうな」といったような、独話とも夢話ともつかぬ言葉を発し「ヒットラー」のストリーについて、無料で全面奉仕するから協力させてくれということだった。たしか高校三年位だったろうか、話をきくと「ヒットラー」のこととか、戦争のことなどだけでなく「ドイツ文化」についてもくわしかったとつけ加えておく。氏は、それ以来毎週のようにあらわれ、ヒットラーについてのシナリオやら助言を桃太郎のような顔つきで、されるのだった。我が家では誰いうとなく、氏を「ヒットラー少年」と呼ぶようになった。それほど氏は、ヒットラーについてくわしく……というより「ヒットラー」から生まれた少年みたいだった。その頃、「漫画サンデー」に連載していた「ヒットラー」が長かったから、しぜん親しくなり横浜の伊勢佐木町のハンドバックやカバンを売っているお店にうかがった。ハンドバック屋の三階の屋根裏部屋みたいなところが氏の部屋だった。一人息子らしく部屋を全部占領していてかなり広く、友達なんかいてにぎやかだった。氏は鬼太郎と桃太郎を合わしたみたいな顔でニヤニヤしておられたわけだが、世の中には変わった少年もいるものだというのがぼくの印象だった。（中略）
　その後「ヒットラー少年」は、ナチス時代の軍需相のシュペーアとか、親衛隊長ヒムラーの娘などとドイツに行って話をしたり、日独協会の青年部の委員長になったりして、大へんなドイツ通になっておられる。全く年月のたつのは早いものだ。マスコミのみなさま「ヒットラー」のことについて知りたいことがあったら、ゼヒ後藤修一氏にきいて下さい。

水木しげる　マンガ家

（編集注、このエッセーが、絶筆となりました）

「後藤修一氏をお見送りする会」顛末記

すーぱーがーるカンパニーT機関　田村　誠

私の思想的師匠であった後藤修一さんが、この7月に急死された。死因は、熱中症による心不全だと言われている。記憶が残っているうちに、亡くなられた平成30年7月19日前後の出来事を記録しておこうと思う。

生前、後藤さんから「えへへ、田村君、今日はお暇ですか？」と、はにかみながらの電話がよくかかってきた。こういう時は何かのライブや会合のお誘いではなく、個人的に私と話がしたい場合が多かった。大概は、私の事務所の近く、六本木にある24時間営業（当時）の居酒屋「赤札屋」か、秋葉原「肉の万世」地下のビアホール、銀座か上野の「ライオン」が多かったと思う。

いろんな問題を抱えて悩んでおられた様子だった。特に「終活」的な話が多かったが、私と話をすることによって、後藤さんなりに頭の中で整理をされていたのだろう。でも、「そう言えば田村君、あのアニメを見てますか？」とすぐに話が脱線してしまい、結局、メインの話が進まないまま「呆けないうちに。そのうちに」的な感じで、二人っきりで呑むことが5年ほど続いた。「終活」的な話が中途半端なままであったのが悔やまれる。

■自宅から店舗ビルへの移転

平成20年頃、以前から両膝の関節を痛めていたのが、より悪化してしまい、杖を使う姿が多くなった。同時期には、太ももに「蜂窩織炎」を発症。再発を繰り返すが入院されることは避けられているみたいだった。平成29年夏頃になると、両手で杖を持たなければ歩けなくなり、ついに車椅子でないと外にも出られないほど、歩行困難となってしまっていた。

平成29年5月、自宅一階応接室横のトイレ付近の壁から漏水して水浸しに。完全な修理は断念し、緊急避難的に伊勢佐木町の店舗ビルに住居を移すことにしたと聞く。

店舗ビルは古く、いわゆるペンシルビルの3階建て。正面1～中2階が店舗（現在は別の業者に貸し出している）。裏側1階半分は倉庫兼裏口。2階半分がダイニング（応接室？）。3階は居住スペースとなっている。屋上にプレハブを建てて4階にして、ヒトラー研究室として使われていた。『劇画ヒットラー』の取材で、水木しげる先生が訪れたのは、このプレハブの部屋である。

店舗作りのために階段が狭く急な角度であった。両膝を痛めている為に居住スペースがある3階までの上り下りが困難だったようで、常に2階の部屋を使用していた。

部屋にはエアコンや空気清浄機を新しく設置したが、ここも荷物で溢れ、日頃は、新たに購入した人間工学チェアに座り、折り畳みの机で作業をし、夜はそれらを片付けて、床に直接マットと布団を敷いて休んでいたようだ。

6月頃に、階段用昇降機を設置する計画を立てていたが、ビルの構造上の問題があったのか、いつの間にか話は立ち消えとなった。また、私と共通の先輩である比留間氏が後藤さんの体調を心配し、近くの賃貸マンションを探して転居させようとの計画があった。後藤さんからは「一階にコンビニがあるところがいい」等の希望があり、条件が合わずに移転話は進んでいなかった。

■急死に至るまでの経緯

後藤さんが体調不良を訴えた日から亡くなる直前までの記録が、Facebookやmixiに残されている。

7月11日
(Facebook 01:08)

ご心配をおかけするので、書くのをやめようと思いましたが。今朝、宅配便を受け取りに行って、暑くて酷い目にあいました。熱中症の前段階みたいでした。

ふらふらして、動悸が激しくなり、まるで過呼吸みたいになりました。死ぬ思いで二階へ一段ごとに息を整えつつ、上がり、横になって、どうやら事なきを得ました。死ぬかと思いました(笑)。こんな経験は初めてなのです。マジ生命の危険を感じました。

激しい動悸と過呼吸。怖かったです。

(mixi 07:10)

朝食、野菜ジュース、アミノサプリ。

昨日はちょっと熱中症ぽかったので、今日は真剣に身体を休めます。

申し訳ないけれど、宅配便を受け取りに一階に行くのもパスします。

7月12日
(mixi 08:36)
朝食、野菜ジュース、アミノサプリ。
2日間、休んだので、かなり良くなってきました。天気が酷く悪くなければ、出かけます。

7月13日
(mixi 10:35)
朝食、野菜ジュース、アミノサプリ。
今日は食料が尽きたので、買い出しに行きます。

7月14日
(mixi 08:34)
朝食、野菜ジュース、アミノサプリ。
今日は暑くなるので、エアコン部屋でまったり過ごします!

7月15日
(mixi 06:22)
朝食、野菜ジュース、青汁。今日も猛暑なので、なるべくおとなしくしております!

7月16日
(mixi 09:58)

朝食、野菜ジュース、アミノサプリ。

今日は猛暑なのですが、珍しく寝坊。良く寝られました。まったり自宅警備。宅配便などは居留守。

(Facebook 10:18)

本日は海の日、まったりと自宅警備。

夜、日が落ちた頃を狙ってマクドナルドの出前を取ったのですが、荷物を受け取って、二階へ戻る階段で、少し呼吸が荒くなり、動悸が激しくなりました。怖かった。

7月17日
(mixi 08:21)

朝食、野菜ジュース、アミノサプリ。

ちょっと体調が心配なので、医者に行くのを諦めました。

(Facebook 21:26)

本日昼間、ちょっと調子が悪くなりました。怖いです。横になって、水分を補給したら、治りました!

脈が早くなり、過呼吸風になりました。先日と同じ感覚でした。気をつけます!

エアコンのないおトイレに行きました。やばかった(笑)。

今日もちょっと危ない感じがするので、まずクロネコさんに事情を電話してから、インターフォンのコンセントを抜いて、居留守することにしました。

7月18日
(mixi 08:48)
朝食、野菜ジュース、アミノサプリ。まだ熱中症ぽい症状があるので、二階から下に降りないことにしました！
(Facebook 20:07)
浅利慶太氏（演出家、元劇団四季代表）が亡くなりました。ご冥福をお祈りします。

（公開されているものでは、このお悔やみの書き込みが最後となった。）

21時頃にFacebookのフォロワー（友人）とMessengerで、「明日午前中に病院へ行きます」旨の会話を、後藤さんがされていたとの話があったようだ。

私を含めたフォロワーは、決して放置していた訳ではない。皆、食事面も含めて、これではダメだと後藤さんの体調を心配し、電話やSNS等で、入院を強く勧めていたのだ。しかし、プライベート事に関しては人の意見はまったく聞かない人だった…。

■7月21日、警察署に捜索依頼をする

19日以降、ネット上の後藤さんの書き込みが止まった。当初は入院されたのだなと思っていたが、20日になっても音信不通のままである。電話にも出ない。嫌な予感がする。

21日18時頃、後藤さんからコミック・マーケットのサークルチケットや駐車券を受け取る約束をしていた阿部氏から「後藤さんと連絡がつかない。伊勢佐木町のお店に行ってみる」との電話が入る。私は、すぐさま比留間先輩に相談。「地元の警察署に捜索してもらえ」との指示を受け、神奈川県警伊勢佐木署に電話を入れた。担当警察官から説明を受けるのだが、個人情報とかで、とても歯切れが悪い。

22時半頃に、親戚の方から電話がかかってきた。やはり、亡くなっていたとのこと。すぐに先輩や友人らに後藤さんが急死された旨の第一報を入れ始める。

翌日、日学同の片瀬先輩が伊勢佐木警察署を訪ね、個人情報の壁に阻まれながらも、葬儀屋を聞き出し、所在不明であった御遺体の安置場所を確認。線香をあげてきたとのこと。

現時点で分かっていることは、次の通りである。

・18日夜半までの生存は確認されている。
・警察官が店舗ビル二階で後藤さんを発見。一階まで降ろし、監察医が死亡を確認。司法解剖後、事件性がみられないことから、葬儀屋にご遺体を引き渡したとのこと。

■通夜・葬儀なしの直葬

ご親戚に、葬儀はどうされるのか聞いてみた。御高齢のために通夜や葬儀の準備が出来ないので、葬儀屋が斎場にご遺体を運んで火葬だけを行う「直葬」にするという。あれほど友人が多かったのに、通夜・葬儀なしの直葬とは、あまりにも忍びない。「せめて我々友人だけでも、お見送りをさせてほしい」とご親戚に直訴して許しを得ることが出来た。

■「お見送りをする会」を企画

7月22日。比留間先輩に頼んで、葬儀屋との打ち合わせをしてもらう。狭いと思われる斎場なので、当初はお誘いする方を限定的にしようと考えていたが、先輩から「呼ばれなかった人から恨まれるよ」との意見が出る。「直葬を公開したら、五百名は来ますよ」と言ったのだが「葬儀屋には伝えておいたけど、大丈夫だそうだよ」と。葬儀屋も、後藤修一ってどんな人間なのか知らないから冗談だと思っていた節がある。「いいのですね」と念を押して、7月24日に告知を出して公開した。

25日になって、先輩に「大人数で来られては困る」と葬儀屋が言い始めたようだ。斎場にも多数の問い合わせがあったとのこと。「お見送りをする会」自体を中止にしてもらいたいらしい。「だから言ったジャン」。思わず横浜弁が出そうになった。今まで後藤さんといろんなイベントを企画、裏方として動いてきたが、必ずハプニングが発生し、トラブル続きでてんてこ舞いとなり、肝を冷やすことばかりであったが、最後のイベントも、やっぱりそうなるのかと、自虐的な笑いが漏れ出た。

とはいっても、何らかの対策を講じなければならない。参列を予定している方々に「葬儀」ではないこと。斎場に棺が到着し、釜入れする約10分間だけのお見送りをする会であり、その場ですぐに解散すること。くどいとは思ったが、改めて「ご注意」の告知を急いで出した。

■「お見送りをする会」当日

久保山斎場は、先の大戦で、いわゆるA級戦犯7名が荼毘に付された由緒ある火葬場である。三階建てで、一階が焼場。二〜三階は待合室となっている。

二階に百名ほどが集まったあたりで葬儀屋はパニックを起こしていた。「他の遺族に迷惑をかけたら、斎場が釜入れを拒否する場合がある」と脅すので、参列者は使われていない三階通路に移動してもらった。

「一階玄関が大変だ」と、葬儀屋からまた注意を受ける。一階ホールも七十名は集まっていて玄関は一杯に。外にも数十人ほど見える。最終的に二百名以上の参列者となった。

9時45分にご遺体が到着。すぐに焼き場に運ばれて釜入れの準備に入る。参列者は一列に並んで棺の中に花を入れ、短い時間ではあったが、後藤さんに直接、お別れをする時間が取れたと思う。

棺桶に入れられた後藤さんは、顔にはガーゼが掛けられてあり、身体は一回りも二回りも小さく感じられる。本当に後藤さんなのだろうか。不思議な感覚であった。

当初は、誰にも見送られることなく荼毘に付されるところであったが、台風で雨に濡れたり、遠方から駆け付けてくれた二百名以上の友人、また、斎場には来られていたが、離れて見送っていた友人や、全国各地で、釜入れ時間の十時に合わせて黙祷して下さった友人の存在に、後藤修一さんはすごく喜んでくれたに違いないと確信しています。

準備不足と不手際が多々あった「後藤修一氏をお見送りする会」でありましたが、ご賛同いただきました皆様に、この場を借りて、厚く御礼申し上げます。

「お見送りをする会」から数ヶ月が経った。その間、関東や関西などで「偲ぶ会」も行われた。

不肖の弟子として、やれるだけのことはやったつもりであるが、後始末は、まだまだ数年はかかるだろう。私が向こうに逝って後藤さんに遇ったら、「あの亡くなられ方はひどいですよ。それに部屋の荷物！　本当に大変だったのですから」と、怒ってしまうと思う。いつものように、ちょっと困った顔をして「田村だけだよ、僕が謝るなんて事をするのは」とか言ってもらえれば救われるのだけどな。さてさて、どんな対応をされるのだろうか。今から楽しみ（？）にしている。

後藤修一さんのご冥福をお祈り致します。合掌

（平成30年10月に記す）

平成十九年六月十五日、ミドリヤ閉店の日

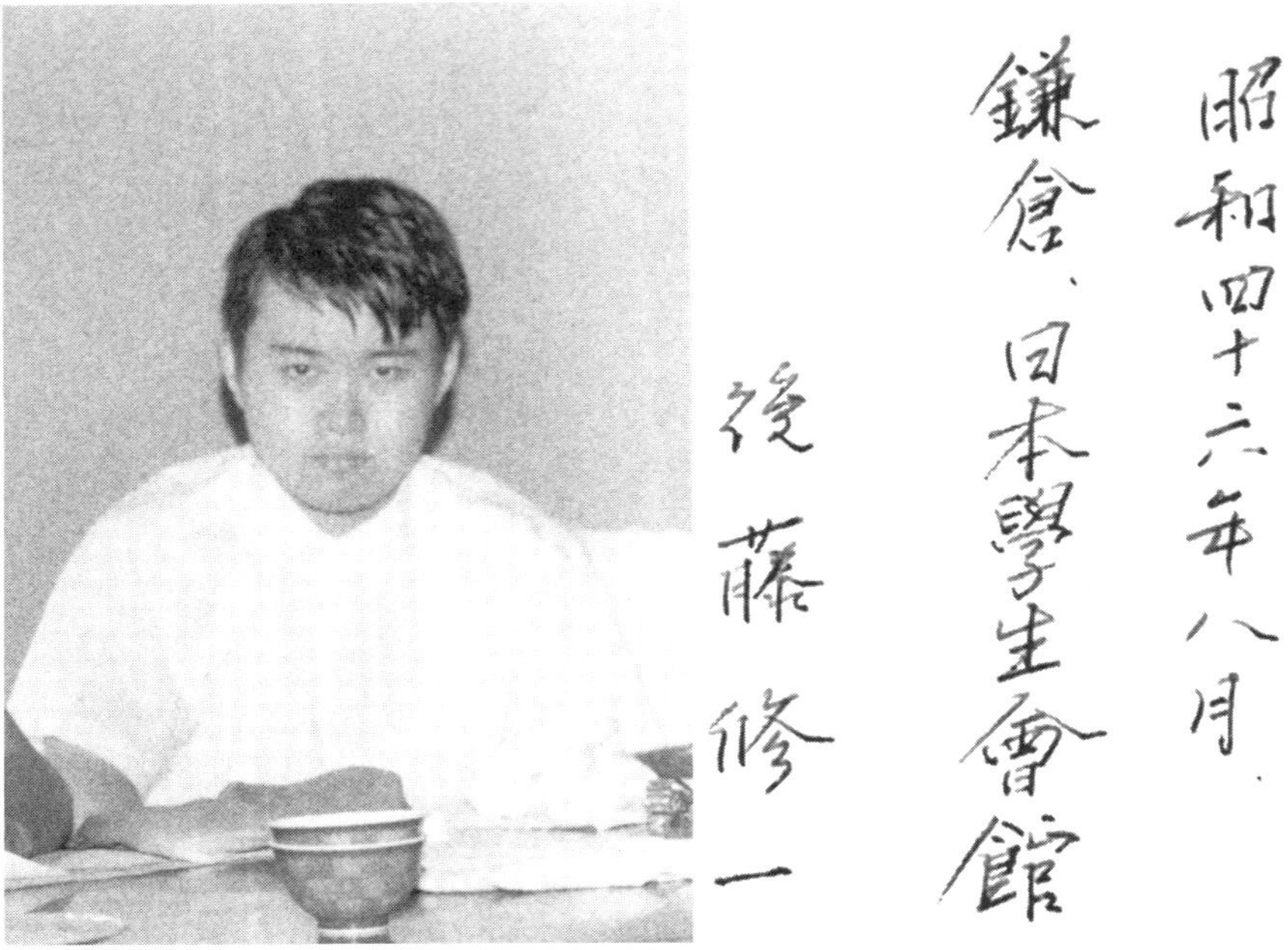

日本学生同盟の下部組織「全国高校生協議会」に加盟した頃。18歳。

日本学生同盟、政治集会
20歳頃。

元武装親衛隊少尉ゲアハルト氏と（平成8年頃）

TAD発足当時（平成2年頃）

フォン・エッツ・ドルフ氏寄贈の碑にて（飯盛山・会津若松市、平成12年頃）。

「憂国忌」音響室にて（平成29年）

シュリューター中佐の歓迎会（昭和55年）

後藤さんが終生
大事にした「まりちゃん」は
お母様が昔にお迎えした
舶来のお人形の魂から
引き続きで実は年上かも？
（そんな夢を見ました）
来世はきっと人間に…
後藤さんちのお昼は手作りの
お重箱仕立てでした（本当）

後藤さんはタクシーで
「お世話様でした。ありがとう
御座います」と必ず言いました。
誰に対しても丁寧で
相手を見て態度を変える事は
なく、そんな上品な高潔さが
本当に大好きでした。
少年時代に接したかの方の
影響もあるとのこと。

その方の御生まれが
もっと遅く、同世代だったら
情熱の矛先が違って
アニメ化するような作品にも
才能を発揮して、2.5次元な
舞台に自ら立ってたかも？

ご両親をなくされ
愛着あるご自宅が損壊後は
やむなく仮住まいになって
不自由でお寂しい時間も
多かったと思います。
昭和な妄想絵を捧じて
ご冥福をお祈り致します。
後藤さん、またね！
春菜　拝
（表紙担当）

編集後記にかえて

編集担当　田村　誠

後藤修一さんとの出会い

　昭和57年の春頃、神戸・三ノ宮で毎月開催していた「吾妻ひでおファンクラブ・シッポがない」の会合に、後藤修一さんがゲストとして参加された。この時が初めての出会いとなった。私が18歳前後の頃だったと思う。吾妻先生の漫画「ななこSOS」キャラクター「飯田橋」君のコスプレをし、タカラトミーから発売されたばかりの「ジェニー（旧タカラバービー）」をオカッパにカットし、紺色のセーラー服を着せて「ななこ」仕様にしたお人形を大事そうに抱いていらっしゃる姿がなんとなく可笑しく、「シッポがない」内に『飯田橋修一FC』を発足させたのでした。これがきっかけで後藤さんと親しくなり、横浜に帰られてからも、京都に住んでいた私のところへ毎日の様に電話をいただくようになった。電話代が三分で四百円ほどかかる時代に一〜二時間の長電話！　こちらから電話をして、キャッチホンで長く待たされる時のドキドキ感は凄かったです（笑）

　昭和58年春、「シッポがない」と「すーぱーがーるカンパニー」共催で、『ななこSOSアニメ化記念イベント　ななこまつり』を神戸と東京で開催。夏には、大阪でSFファンの集まり『第22回日本SF大会DAICON4』に参加。後藤さんらも関東から某右翼団体の大型街宣車で乗り付けるなどして、大いに盛り上がった年となりました。遊ぶことに夢中となったあまり、会社をクビになった私は、自宅警備（自宅で引き籠もりになる状態）を決め込み、「いやぁ、困りましたワ」と後藤さんにグチをこぼして過ごしておりました。それから数日後、突然、遠くから地響きのように、あの『伊福部マーチ』が！　段々と音が大きくなってきたなと思っていたら、なんとスピーカーから「あー、あー、田村君、ヘンタイ・ロリコンの田村誠君！」と私の名前を連呼し始めるではありませんか。驚いて家から飛び出すと、ランドクルーザーを改造した、現在のDJポリスが乗るような警察車両仕様の街宣車が私の目の前に停まり、後藤さんと中村太さんがニコニコして降りてこられました。「お元気ですか。ちょっと息抜きで、東京へ遊びに行きませんか」とお誘いを受けたのでした。とりあえずは、簡単に京都の観光案内をして、京都四條南座近くの蕎麦屋で食事をとった後、「それでは参りましょうか」と、街宣車は名神高速の京都南インターに入り、そのままズンズンと東へ進んでいくのです。こちらは着の身着の儘の状態で、財布の中身もン千円しかない。翌朝、横浜の後藤邸に到着。ただただ唖然とするしかなかった。後藤さんはこの時は「長くても一週間ぐらいで帰るだろう」と思っていたみたいだったけど…。こちらとしては、拉致状態で連れて来られた事だし、ここは遠慮なくと開き直って、後藤邸に居候を決め込むことにした。その期間、約六ヶ月。ついに後藤邸からの退場（退去）のホイッスルが吹き鳴らされた。中村太邸や某右翼大の学生寮に身を寄せ、最終的には中村さんの友人が経営していたアパートに転がり込むことになる。それからは東京各地を転々として、いつの間にか結婚もし、いっちょ前に居を構えてしまった。なぜ田舎に帰らなかったのだろうか。その理由は私自身もはっきりしない。ただ、面倒臭かっただけなのかもしれない。まるで他人事のようですね。困ったことです。後に、「き、君、まだ居たのか」「東京に連れてきた責任が僕にもあるからなぁ」と呆れ顔の後藤さんでありましたが、亡くなるまでの約35年間、いろんな「面白いこと」をお手伝いすることが出来た。あっという間でありました。ウソみたいだが本当の話なのです。

「漫画の手帖」のエッセー

私なんかは、熱しやすくて冷めやすいタイプで、興味がなくなれば「なかったこと」にしてしまうが、後藤さんは、ヒトラー研究はもちろん、漫画、アニメ、ミリタリー、お人形、アイドルなど、一度、興味を持ったこと全てにチェックをされていた。他に民族運動をやり、夜はドイツから入る連絡に対応されていた。また、コーディネーター的立場から、あらゆるヲタク分野の相談事もこなされていたようだ。一時期は地域の民生委員もされていた。エッセーに書かれていたほとんどは、実は同時進行の出来事だったのだ。完全主義者の後藤さんらしいが、高校生時代に睡眠不足で身体を壊したというのに、懲りずに寝ない生活をずっと続けていらしたことが寿命を縮めたと言っても過言ではない気がする。後藤さんご本人は、百歳までの人生計画を立ていらしたのに、六十六歳で中断せざるを得なかったのは、心底不本意な出来事だったに違いない。

生前、優れた日本アニメを輸入した国が、勝手に酷い改変を無断で行い、日本側も知ってか知らずか放置している現状に疑問を呈され、それを糺す為の団体を創りたいねとおっしゃっていた。また、後藤さんは、いろんな作品に手弁当（タダ働き）で参加しつつ、ご自身の強い意志で名前を出さないことを美学とされていた。後でそのことが話題となった時、匿名巨大掲示板などで嘘つき扱いされることが多かった。やはり相当に悔しかったようで、「僕は僕の方針があるから、今のままやり続けるけど、例えば、ヲタク専門のコーディネーター達を組織することが出来たら面白いかもね」…と、熱く語られていた。どこまで本心であったのかは不明だが、行動を起こされる前に旅立たれてしまった。

次回の『漫画の手帖』のエッセーに、一九七六年頃、オペラ『金閣寺』のためだったと思うが、渡独された作曲家・黛敏郎氏の通訳として付き添われた時の話を書いてもらおうと思っていた。この渡独された際の記録はほとんど残っておらず、黛先生亡き後、ドイツオペラの貴重な証言になると思ったからだ。本当は『漫画の手帖』75号に書くつもりだったようだったが、ウィキペディアの「劇画ヒットラー」の記事は、どうしても無視出来ないと、絶筆となった『「劇画ヒットラー」の真実』を先に書くことになってしまった。今から思うと、残念で仕方がない。

最後に、先輩の比留間誠司さんから「おい、田村が出した同人誌（遺稿集）、あれ、市販本にして出そうぜ。修一の供養にもなるからな」とお声がけいただいた。当初は、プロの方が編集をし直すものと思っていたが、「いや、同人誌っぽい方が修一らしい」とのことで、平成30年12月29日に冬コミケに合わして自費出版した『後藤修一遺稿集「漫画の手帖」編　我がオタク人生に悔いなし』を再編集し、画像などを新しく加えたものを出すことにした。同人誌版の「編集後記」を、ここに再録しておく。

当初、追悼集を出そうと準備し始めたのですが、後藤さんのあまりにも広い交友関係に今更ながら驚いております。

「お見送りする会」や「偲ぶ会」などに出席された方々から一言、コメントをいただく機会がありながら、その準備もまったく出来ず、ただただ、オロオロするばかりでありました。

ふと、後藤さんがミニコミ誌「漫画の手帖」にエッセーを寄せていたのを思い出し、遺稿集を出すことにしました。なんと、数えて四十一編も書いておられたのです。本を探しましたが、三分の二しか集められず、残りは出版元の「漫画の手帖」藤本孝人代表に無理を言ってデータをいただきました。御礼申し上げます。

予算もなく、詰め込むだけ詰め込んだ形での遺稿集となってしまいましたが、後藤さんが六十六年の人生をかけて築きあげてきた「オタク人生」の記録、どうぞご覧頂きたく思います。

資料提供／編集協力（敬称略）

浅野正美
吾妻ひでお
石井元章
猪川小砂★STONE
片瀬　裕
くだん書房　藤下真潮
倉田わたる
啓文社　荒井南帆
啓文社　漆原亮太
清水裕之
シュミット＆ゾーン
ジンジム
鈴木秀寿
長野暁齋
春菜ななこ
比留間誠司
mane_kineko
漫画の手帖　藤本孝人
三島由紀夫研究会　玉川博己
YUJI@_紙芝居やれます。
吉岡　平
wacky猫 ふれんず

絵と文字／後藤修一

わが友

後藤修一

ごとう・しゅういち　ヒットラー研究家　1952

ヒットラー少年

鬼太郎と桃太郎をあわして……

水木しげる　マンガ家

「日本読書新聞」1984年4月30日 寸

ヒットラーは無から有を
造り出した。すべては
彼の心の中に在ったのだ。
宇宙にはムダは存在せぬ。

Schuichi Gotoh

3/6/2645

講談社版「コミック・ヒットラー」へのサイン
（1985年、田村所有）

後藤修一《ごとうしゆういち》　遺稿集《いこうしゆう》「漫画《まんが》の手帖《てちよう》」編《へん》

我《わ》がオタク人生《じんせい》に悔《く》いなし

発行日／２０１９年8月30日　初版発行

著者／後藤（飯田橋）修一
発行人／漆原亮太
編集人／田村　誠
表紙デザイン／株式会社G-PLUS　長野曉齋
発行所／啓文社書房
　　　東京都新宿区新宿1-29-14 パレドール新宿7階
　　　電話／03-6709-8872
発売所／啓文社
印刷・製本／シナノ印刷

https://kei-bunsha.co.jp/

ISBN／978-4-89992-067-0